佛教与晚唐诗

修订本

胡　遂 ·著

邓田田 ·整理

民主与建设出版社

·北京·

图书在版编目（CIP）数据

佛教与晚唐诗 / 胡遂著；邓田田整理 . -- 北京：
民主与建设出版社，2024. 10. -- ISBN 978-7-5139
-4770-1

Ⅰ. I207.22；B949.2

中国国家版本馆 CIP 数据核字第 2024L6A189 号

佛教与晚唐诗
FOJIAO YU WANTANG SHI

著　　者	胡　遂	
整　　理	邓田田	
责任编辑	廖晓莹	
封面设计	言　成	
出版发行	民主与建设出版社有限责任公司	
电　　话	（010）59417749　59419778	
社　　址	北京市朝阳区宏泰东街远洋万和南区伍号公馆 4 层	
邮　　编	100102	
印　　刷	天宇万达印刷有限公司	
版　　次	2024 年 10 月第 1 版	
印　　次	2025 年 2 月第 1 次印刷	
开　　本	880 毫米 ×1230 毫米　　1/32	
印　　张	11	
字　　数	210 千字	
书　　号	ISBN 978-7-5139-4770-1	
定　　价	50.00 元	

注：如有印、装质量问题，请与出版社联系。

前言

　　在中国文学史上，晚唐是一个转折时期，也是一个备遭贬损的时期，后世诗评家论及晚唐诗时，多以"气弱格卑""哀思之音""衰陋"[1]"衰飒"[2]以及"叹老嗟卑""力孱气萎""寒俭有僧语"等语作为定论，认为晚唐诗格调低下无可取。这里仅以严羽《沧浪诗话》为例，即可见一斑。如其《诗辨》曰："论诗如论禅，汉魏晋与盛唐之诗，则第一义也。大历以还之诗，则小乘禅也，已落第二义矣。晚唐之诗，则声闻、辟支果也。"[3]又如其《诗评》曰："大历以前，分明别是一副言语，晚唐分明别是一副言语。"[4]"大历之诗，高者尚未失盛唐，下者渐入晚唐矣。晚唐之下者，亦堕野狐外道鬼窟中。"[5]然而，正如叶燮在《原诗》中所指出的："论者谓晚唐之诗，其音衰飒。然衰飒之论，晚唐不辞；若以衰飒为贬，晚唐不受也。夫天有四时，四时有春秋，春气滋生，秋气肃杀，滋生则敷荣，肃杀则衰飒，气之候不

1　吴可：《藏海诗话》，见丁福保辑：《历代诗话续编》，中华书局1983年版，第331页。

2　叶燮：《原诗》卷一，内编上，见丁福保辑：《清诗话》，上海古籍出版社1978年版，第605页。

3　郭绍虞：《沧浪诗话校释》，人民文学出版社1981年版，第11—12页。

4　《沧浪诗话校释》，第139页。

5　《沧浪诗话校释》，第146页。

同，非气有优劣也。使气有优劣，春与秋亦有优劣乎？故衰飒以为气，秋气也。衰飒以为声，商声也。俱天地之出于自然者，不可以为贬也。又盛唐之诗，春花也。桃李之浓华，牡丹芍药之妍艳，其品华美贵重，略无寒瘦俭薄之态，固足美也。晚唐之诗，秋花也。江上之芙蓉，篱边之丛菊，极幽艳晚香之韵，可不为美乎？夫一字之褒贬，以定其评，固当详其本末，奈何不察而以辞加人，又从而为之贬乎？则执‘盛’与‘晚’之见者，即其论以剖明之，当亦无烦辞说之纷纷也已。"[1] 叶燮这段话的意思是：一、晚唐诗的确有衰飒之气，但其特征是虽"寒瘦俭薄"，但又"幽艳晚香"，也就是如同秋花一样，自有其特色；二、晚唐诗的"衰飒"乃是因其时代气候所造成的，而并非晚唐诗人本身气格低劣，故不应一味执着于"盛""晚"之现象以贬责诗人作者，而是要详其本末，深究这种现象形成的原因。

对晚唐诗"衰飒"现象形成之原因的探究，笔者早在20世纪80年代就开始了。十多年来，也写过不少这方面的文章。同时进行的还有佛学与文学关系的研究。但是，将佛教与晚唐诗二者联系起来做较为深入具体与系统的研究却是近年来才开始的。2003年，我的《佛教与晚唐诗研究》课题获准立项，从此便专力就此进行系统的思考与探讨。一年多来，感到还是有所心得的。首先，对晚唐文人与佛教结缘的原因基本上有了一个比较清晰的认识，其次是初步认识到晚唐安穷乐道的涉佛诗与宋代理学的建立之间是有一定关联的，再次是对中国历史上知识分子在安身立命方面的经验教训有了一定的感受。

关于晚唐文人与佛教结缘的原因，大致说来有这么几个因缘。一是时代走向所致。正如不少前辈与时贤所论及的，自佛教传入中国以来，东晋、南北朝、安史之乱后、晚唐、宋代、明末、晚清，几乎在每一个封建末世或者

---

1 《清诗话》，第605页。

动乱衰微的时代，人们都有向佛教中寻找出路的迹象。二是此期社会动乱，官场倾轧，军阀混战，为儒已经基本无用，既无法治世，也无法治心，宋代"儒门淡泊，收拾不住，尽归释氏"的现象实际上是从中晚唐时开始的。[1] 三是佛教在晚唐武宗发起"会昌法难"之前势力已经极为高涨，经过"会昌法难"，虽遭打压，但不久又再度兴盛，至懿宗时已具相当规模，对当时社会造成的影响至为巨大。四是在晚唐科举选拔制度的严酷重压之下，广大不遇难达、身处下层的知识分子已经陷入难以解脱的生存困境，他们不得不另寻精神出路，另找安身立命之处将自己救拔出来。上述四因素中前三者人们已经论述得比较多，而对于第四个方面的原因至今还缺少足够的认识，因此本书在这一方面用力甚多，论析较详，并认为理学的产生与此也有一定关联。概言之，无论是佛学的为广大读书士子所接受并应用于生活，还是理学强调治心、修身以实现"内圣"人格境界作为人生成就的价值标准，都是读书士子们不甘心为包括科举取士在内的社会价值观念牢笼左右，而希求自我超越与自我成立以从生存困境中拔脱出来的一种尝试。

中唐以还，广大读书士子在现实生活中越来越被驱入社会边缘地位，处此穷途末路，便不得不考虑在精神的世界里树立独立的人格境界以实现自我救助，宋代理学即是沿着此一思路所产生，而中晚唐以来佛学日益为广大读书人所采用则成为此间的一个契机，一个中介。宋代读书士子最终选择了不遇不达却以崇高的人格境界成就了自我的陶渊明与杜甫作为前贤中的榜样，而否弃了叹老嗟卑、气格衰微的晚唐诗，在这一精神出路的探索过程中，晚唐诗虽然被作为历史教训来看待，但却自有它的认识意义。概言之，它为中国后期封建社会中的知识分子走出困境、开辟生路是付出了代价的。

1　关于这一点，田耕宇先生在《梅开二度话死生——对中唐以来文学好谈生死问题的思考》(《西南民族学院学报》1994 年第 5 期) 一文中曾有比较详细的论述，可以参看。

文学史上，论及"魏晋风度""晋宋风神"时总喜欢以"高蹈绝尘""高慕远举"来盖定，并认为此种风神气度在后世已经绝迹，一去不返。其实此期文人的深层心理质素之所以高远而不卑近，与他们没有受到后世社会那样长期科举制度的精神摧压有关。自唐初开科取士以来，一代又一代的文人们就被牢笼于科场，很少有能逃脱的。到晚唐，不但科举取士已近定规，而且代代相递的承传，使此种制度日益成为一柄锋利的双刃剑，一方面可以开辟广大读书士子的出路，另一方面也在宰割他们的精神，磨损他们的灵气。而由于取录名额的限制，就在极少部分人开出生路的同时，绝大多数却在长期的生命耗损与精神摧压下，变得越来越气格萎弱，性情郁抑，就像是从小就被包了小脚似的，局促已成定势，始终难以放开了。六朝文人没有受到过这样从少年、青年时期就开始的科举压力，他们不是在压力与束缚下成长起来的，因此六朝人的高举，精神上是自由的，情性上是旷达甚至狂放的。自唐以来，文人很少有人能高蹈远举、放旷自然，再也无法形成魏晋、晋宋那样的一代风流，科举制度对文人们从幼年开始就造成的精神摧压当是一个很重要的原因。另外还有一个重要原因，即是后世文人很少能够像六朝士族文人那样具有强大的经济与军事实力。自唐以来，庶族地主阶级甚至贫寒出身的文人们由于利益的驱使，由于要解决衣食经济等的生活需要，其功利目的性越来越明确，越来越强烈。为了达到目的，他们不得不在包括科举考试在内的社会现实中处处就范，甚至摧眉折腰。这种在现实生活中的摧眉折腰，也必然导致精神上越来越难于高蹈振举。李白是最后一个具有魏晋风度的大诗人。正是由于他一方面受到时代社会环境的制约，也不得不屈己于人。另一方面，他又始终葆有魏晋那种高蹈放旷气质，时时感到这种摧眉折腰的痛苦不自由，因此他的怨愤比谁都大。正是这种精神上始终不息不减的对自由境界的向往与渴望，使他的诗发言出语比谁都高远，也由于现实生活中的难得自由与不得不抑情约性，他的痛苦与压抑感受也就比谁都来得敏感，来得强烈。而对于自中晚唐时代开始的无论从财力还是从才气上都远远不如李白的广大不得志的读书人来说，他们中的绝大部分都只能感到深深的屈辱与痛楚，感到极为凄凉孤苦而又心酸无奈。

正是处在这种深陷人生困境不得脱拔的烦恼痛苦状况下，在中国历史上已经为六朝文人起过排忧解惑作用的佛教又再度走进了晚唐文人的心中，因着佛教特有的认识论、本体论、方法论、实践论等理论，在晚唐时期，大量的咏怀诗、怀古诗、隐逸诗、禅悦诗与酬赠之作中，都充满了对现实人生的伤感，对历史功业的否定，对隐逸避世的向往，对佛寺禅门的倾服，以及对清、寂、静、净人格境界的推崇赞颂等内容。而融合佛教教义，此期此类诗歌的重点乃着落在苦、空、寂、静等几方面，其中"苦"是对生活现实的反映，"空"是对历史人生的认识，"寂"是寂灭来自世俗社会的种种尘劳妄念，"静"是自静其心，自净其性，从而使身心归于平静，安于宁静。它既包括了诗人们对世相人生的感受与认识，也包括了他们对隐逸避世与宗教皈依的生活实践与情感体验，一切都十分具体，也比较深入。可以说不但真实地表现了晚唐诗人们自我救拔的心路历程，而且无论从文学史还是思想史的角度来看，都具有一定的典型意义。

晚唐时代，由于动乱末世的原因，人们普遍遭受到比初、盛、中唐时要远为严重得多的生、老、病、死等来自现实生活的磨难。而作为读书士子的文人们，为了功名举业、仕宦前程，还要忍受着比一般人更为沉重的爱别离、怨憎会、求不得等种种心灵的痛苦煎熬，惟其如此，佛教最基础的"苦谛"理论中"人生是苦"的教义便深深切入了不少晚唐诗人的心灵，一时间，叹老嗟卑、伤时怨命甚至咒天骂地的声音充斥弥漫于诗坛。[1]其中最为伤

---

1 如胡震亨《唐音癸签》（上海古籍出版社 1981 年版，第 286 页）卷二十七中就指出："咸通而后，奢靡极，衅孽兆，世衰而诗亦因之气萎语偷，声繁调急，甚者恣目编吻，如戟手交骂者有之。"

心酸楚者莫过于在遭遇科举应考落第之后那种悲愤失望情感的发泄了，正如胡震亨在《唐音癸签》卷二十六中所指出的："晚唐人集，多是未第前诗，其中非自叙无援之苦，即訾他人成事之由。名场中钻营恶态，忮懥俗情，一一无不写尽。"[1]由此可见，这种种痛苦基本上都是集中于"求不得"这一人生最大痛苦的，而痛苦的根源又几乎都是来自于科举取士这一社会价值取向。也就是说，不取得科举功名，便不能进入仕宦从政的人生道路。不经由仕宦从政之路，便无法施展人生抱负，实现人生理想，而通过建功立业以显示的人生价值也无法体现。质言之，这一体现人生价值的道路便是经由科举及第——仕宦从政——施展抱负——建功立业而完成的。

然而，当怀抱人生失意情感的晚唐诗人们站在标志着前人所建树之功业的历史遗迹面前时，这种因无法体现人生价值的痛苦却又有所减轻。昔日的王图霸业已随历史浪潮逝去，长空渺渺，大河滔滔，一切都已经荡然无存。于是，一种古往今来，所有功名事业乃至荣华富贵都不可能永久长驻，都将归于幻灭的感受，融合着佛教"万法皆空"的本体论、认识论，使失意的诗人们终于由彻底看空、彻底否弃而得到了精神上的解脱。本来千军万马经过科举考试这一独木桥就是极其困难的事，何况即使取中进入仕途，即使也能建立重大功业，到头来也不过仍旧是一场空幻。既然如此，又何必为求不得而伤悲，为得到了而沾沾自喜、扬扬得意呢？纵观晚唐时大量的怀古诗，吊古伤今，抚今追昔，所指向的大都只是一个"空"字。可以说，这种对历史功业普遍持否定态度的思想认识，正是作者们在为自己从今天所遭遇的生存困境中解脱出来说法的。如果说咏怀诗中所充满的是一种自伤情调的话，那么不少怀古诗中所蕴含着的乃是晚唐大部分失意文人的一种自慰心理。当然这些作者中间也有不少是已经科场得中并进入了官场者，但是他们也普遍感

1　《唐音癸签》，卷二十六，第277页。

到生不逢时，感到很难有通过功业立身扬名的可能，因此也就有通过否定功名事业来进行自我安慰的必要。

接下来的人生课题便是梦醒之后的晚唐诗人往何处去。在将功名事业及其所参照下的人生价值全盘否定之后，究竟何处还可以安身？何处还可以立命？晚唐隐逸诗人之多与晚唐隐逸诗风之盛这一现象，便是对这一问题的解答。晚唐诗人的隐逸避世也往往与林泉和佛门分不开。概言之，林泉固然可"隐"，但若谈到真正的"逸"，恐怕佛门更具有一种从精神上完全超越而不仅仅只是超脱于世俗社会的作用。只有放弃儒门而归依佛门，才能使这种从现实社会中逃离的行为不失清高体面，才能因"理得"而"心安"，从而以坚定的宗教信念支撑自己尽可能将隐逸进行到底。正是将佛门与林泉结合起来的这种隐逸方式，使不少晚唐诗人得到自安——既安其身，亦安其心，使他们逐渐泯灭了原来那种汲汲于名利富贵、戚戚于荣辱得失的世俗尘劳妄念，熄灭了积极入世的浮躁急切之意欲愿望，从而活得平静、安宁与恬然自适。

如果说隐逸是不得意的晚唐诗人们一种身处乱世的自安方式，山水田园给诗人们提供了一个可以安身安心之处所的话，那么禅悦给诗人们提供的就是自定方式。因为"定"不仅需要有定所，而且更需要有定力，只有具备了一定的定力，才能做到"八风"吹不动，面对世俗红尘的种种逼迫与诱惑，都能如如不动，始终保持着清净无染的本然心性。在晚唐禅悦诗中，诗人们悦于法喜，悦于佛理，悦于佛事，悦于淡泊宁静的禅门幽栖生活，悦于调练心意、观心看净的宗教体验，表现的乃是一种极为静寂、寂默的精神状态，这就是一种禅定的功夫。在大量的禅悦诗中，人们直接描述了在佛门宗教实践中所获得的种种感受与觉悟，记下了自己如何通过修习以平息烦恼、安定心神、证解菩提般若佛智的心得体会。他们相信，只有通过禅定，才能了观世事人生的实相，才能回归自己本来清寂净静无染无着无待无求的心性。这种心性正是一种如如不动的"真如心"，它与时时攀缘客尘外境、追求世俗物欲、处在无休无止的烦恼尘劳之纠缠系缚之中的"杂染心"亦即"妄心"不同，是没有任何生灭变化而永恒寂静的。这种"真如心"所表现出来的定力足以超越一切是非得失对待，彻底断除了烦恼忧愁，从而也就保证修持者进入涅槃境界，实现完全的精神解脱。

全部佛教的理论就是解脱的理论，而佛教的解脱，说到底乃是对人生烦恼痛苦这种心理感受的对治，因此它并不是从物质意义上来解决问题，而是主体通过自我主观认识与精神状态的改变，达到心灵深处的抚慰和平衡，使烦恼痛苦的感受不再纠缠逼迫于心，让心灵处于一种平和宁静乃至愉悦从容的状态。也就是说，这种对人生烦恼痛苦的解脱，是着重在通过认识的改变而化解矛盾的。如前所述，晚唐读书士子最大的烦恼痛苦乃在于功名事业不可得，人生价值无从实现。他们在刻苦攻读诗书经典并奋力拼搏名场之后，竟无法获得应有的人生成就感，这种失落已然成为郁积于他们心中的一个情结。然而，正是佛门所标榜的人格理想境界，为他们另外树立了一种人生价值标准，使他们在这种人生境界与人格精神的参照下，仍然可以成就人生。在晚唐不少涉佛酬赠诗中，诗人们无论是自我表白也好，还是赞颂对方也好，所标榜的几乎都是一种佛家所特有的清寂静净之人格精神。这种人格精神的重点在净，在寂。由此出发，体现一个人之成就与价值的，不是外在的建功立业，而是内在的心性修养，或者说内在的心性修养比外在的作为更为重要，更为关键。这样，晚唐不少身处困穷的文人们，即使不遇不达，没有机会建功立业，也同样可以成就自己的人生，同样保持自信、自足的精神状态，而不会有失落感。

本书分五个专章探讨了佛教对晚唐诗歌的影响，描述了诗人们在自伤、自慰、自安、自定、自成等各个方面的具体表现，并注意将这一文学现象放在文学史与思想史的发展过程中来做观照，而着重分析了科举取士制度对中国知识分子精神世界与生存处境所带来的一系列问题。中晚唐，尤其是晚唐时代，科举取士几乎成为庶族知识分子唯一的仕宦出身之路，影响到他们的整体精神风貌与前代文人有很大的不同。当这种生存困厄束缚压抑得他们无路可走时，就只好借助佛教来进行自我解脱，由此另外开辟一条蹊径。这样，不但给自己找到了一条清高体面的退路，同时也有了一种可以比较明确的修为方向，使自己的灵魂有安守之处，使自己的精神有一向往的目标。正是这种自我救拔的尝试，启发了宋代那些也同样身处贫寒困穷的知识分子们。据记载，宋初最开始的理学先驱"三先生"——胡瑗、孙复、石介，都是出身极为孤苦寒微者，他们却都不以科举功名为重。其所以创立以"内圣""心性"为标志的新儒家人格理想，正是为广大得不到科举功名，也无法进入仕宦之途，无法实现光宗耀祖、以功业名垂千古的"外王"人生理想的封建社会知识分子们另外开辟一条人生出路。理学无疑是融合了儒释道三家思想而又以儒释二家为主要成分的，但它一方面吸取了晚唐人叹老嗟卑、过于寒俭枯寂的教训，另一方面又采取了晚唐人另立价值标准的有效方式。它企图树立"道""理"之精神实体来振拔士人的自强自立性，以安贫乐道的"内圣"人格修养来体现人生价值，这正是为疗治士大夫文人精神虚弱疾患所开出的固本扶元之方。理学家们也许并非一开始就很在意于官方对他们的崇扬，甚至于还曾经使官方在相当一段时期内对他们的学说以具有妨害统治作用的异端视之。但后来官方终于嗅出了此中可以借以麻痹士人思想、巩固自己统治的成分，于是理学的命运也与它的老祖宗——先秦原始儒家一样，大走起红运来。由此看来，一种人格理想其所以会在一个特定时期内得以肯定并流行开来，归根到底还是存在决定意识，一方面是人们的现实生存呼唤理论，另一方面也是理论为人们的现实生存提供依据，做出解释，给出说法。明乎此，我们对晚唐时代的这些或功名无望，功业难成，或胸怀匡世济民之志而不能获骋的穷困士子们其所以如此看重人格人品的清高，宋代理学其所以倡扬通过内在心性修养以达到"成贤""成圣"的人生境界就不难理解了。

总而言之，晚唐诗人们对佛教的普遍接受，并借以自伤、自慰、自安、自定、自成的种种认识、行为与修持实践，从整体上来看，表现了那一代文人们的脆弱性与自私性，反映了他们胸襟局狭、才力平庸、涵养欠缺深厚的一面。我们从晚唐诗中所看到的，也是那个时代的中国士大夫知识分子们，面对无法改变的生存现实，在探索着，寻究着，如何能够安身安心，如何活得体面堂皇，如何调节心态，如何平衡情绪，如何自成自足自尊自信这样一段心路历程。而这也是一代又一代的中国文人找寻精神出路、实现自我救拔的一个片断、一帧缩影。如何面对来自现实生活中的种种逼迫与诱惑？如何正确处理各种错综复杂的社会矛盾？如何正确对待个人的穷通得失？如何在遭遇不测不幸之后仍能坚忍不拔地生存下去？从大的方面来看，晚唐时代所产生的这种崇佛向佛的士林风尚与文坛现象给后世的读书士子们在安身立命方面所提供的主要是一种历史教训。我们认为，作为知识分子而言，无论处在何种生存状况下，无论个人境遇是穷是达，其地位是高是低，都始终不能忘记自己在社会生活中的角色与责任，不能动摇自己的人生信仰与理念，始终坚持乐观进取的人生观、世界观，不断扩展胸襟怀抱，强健精神气骨，为社会、为人类做出自己应有的贡献。

目录

第一章

生存的感伤——佛教与晚唐咏怀诗

人生苦难之叹：生、老、病、死前四苦

人生苦难之叹：怨憎会、爱别离、求不得、五蕴盛后四苦

一、人生苦难之叹：生、老、病、死前四苦

晚唐诗人的杰出代表杜荀鹤在《郊居即事投李给事》中曾自叹道："江湖苦吟士，天地最穷人。"[1]在《冬末自长沙游桂岭留献所知》诗中也说自己乃是："四海内无容足地，一生中有苦心诗。"[2]这些咏怀之作，不仅是他本人感叹身世时的夫子自道，而且在晚唐那些不遇不达的诗人中也很具代表性。概言之，诗中所道乃是当时这些诗人的三个特点：一是生平遭际普遍都很艰难困苦；二是平生苦吟不辍，以诗为业；三是诗人们所吟咏的多半都是感伤人生苦难的诗篇。这些遭逢衰世且又不为世用的士大夫文人们，面对如此残酷无情的生存现实，他们一方面是孜孜不倦地"苦吟"不息，不得不以诗歌创作为自己安顿生命的精神寄托；另一方面则是悲悲切切地"吟苦"成风，于诗篇中反复慨叹身处人生人世中的各种烦恼痛苦。因此，所谓"苦心诗"者，乃是包括了"苦吟"与"咏苦"两方面的，不仅是说刻苦为诗，苦吟成癖，也是道尽其诗中所充满的乃是对于人世人生中种种备受煎熬逼迫的悲愁痛苦感受。

关于晚唐诗中多穷苦、愁苦之音，前人早有感受。那么，在晚唐人集中为什么会充满那么多悲愁戚苦之叹呢？这其中的缘由，既有"饥者歌其食，劳

---

1 彭定求等编：《全唐诗》，卷六九一，中华书局 1960 年版，第 7929 页。

2 《全唐诗》，卷六九二，第 7953 页。

者歌其事"的存在决定意识之原因，另一方面，也与他们多结缘佛门、深受佛法理论的影响有关。方干说："闲言说知己，半是学禅人。"[1]栖心佛道，遁迹禅门，这确实是当时那一群身处末世之诗人的共同思想归趣。正因为他们的人生观、世界观深受佛教影响，所以才对世事人生有着远比一般人更深的感悟和更多的感叹。具体到吟咏情怀、感叹身世的咏怀之作方面，这种对现实人生的生存之感伤又往往集中在佛教的理论基础——"苦谛"方面。

佛教为何以"人生是苦"为其理论基础呢？追溯到佛教的创始，方立天先生分析道："佛教把人生看为痛苦的过程，宣扬一切皆苦，苦海无边的观念，是古印度人深受社会、自然和个体身心的压迫或约束的产物。它反映了当时古印度东北地区的奴隶社会乃是一座人间地狱。正是由于奴隶主的庸俗贪欲、粗暴情欲、卑下物欲，由于种姓制度所造成的严重不平等，给广大人民带来了无限的苦难。同时印度地处热带，气候炎热，被称为'炎土'，旱季干旱成灾，雨季大雨成灾，人民生活艰难，医学水平又低，人们的健康没有保障，死亡率高。苦谛学说的实质，主要是社会奴隶制和自然地理环境所造成的痛苦的一种曲折反映，是人民在社会和自然的双重压迫下的悲痛呻吟。"[2]由此看来，佛教的产生首先是缘于古印度社会现实的深重苦难。而从后世史实来看，佛教所最为流行的时期，往往也是历史上人们蒙受苦难最多、时局最动乱不安的时代。这正如李泽厚在《美的历程》第六章"佛陀世容"中所指出的，越是在黑暗动乱、苦难深重的年代里，佛教就越有市场。换言之，人们就越需要佛教为自己抚慰灵魂，安顿心神。历史上，佛教从两汉之际传入华夏一直到三国时代，都并未得到较大的发展，它在中国得以迅速而广泛地传播流行，首先是在战乱十分频繁的南北朝时代。这一时期中，

---

1 《白艾原客》，《全唐诗》，卷六四八，第 7445 页。

2 方立天：《佛教哲学》，中国人民大学出版社 1991 年版，第 77 页。

人们之所以如痴如狂地崇拜信仰它，乃是出于对黑暗苦难社会现实的抗议与逃避。可以说，正是当时那种阶级之间的、民族之间的、统治集团之间的反复的、经常的杀戮和毁灭所造成的残酷现实，将人们驱向了以"苦谛"为理论基础、以出世解脱为终极目标的佛教。

纵观有唐一代历史，也正是如此。虽说总的来看，整个唐代社会基本上都是儒释道三教并重，但在具体的时期内还是有所轻重崇抑的。历史记载表明，从中唐开始到晚唐朝政越来越走下坡路，与此同步，佛教在社会上的影响也越来越大，势头之大，以至于要让儒学卫道士韩愈疾呼"人其人，火其庐，焚其书""挽狂澜于既倒，障百川之东流"，导致唐武宗发布会昌五年（845）的全国上下拆佛寺、烧佛经、没收教产、强令僧人还俗的毁佛命令。然而，这场毁佛事件过后不到两年，宣宗即位后，不但撤消禁令，重新恢复了佛教的地位，而且其势头越张越炽。宣宗以后的懿宗、僖宗、昭宗几代皇帝，都是崇佛的。而在佛教毁而再兴之后，禅宗由于具有简捷方便、直指人心的特点，便以其"一花开五叶"的势头得以迅速发展，进而无比兴盛。一股前所未有的崇禅思潮在当时的社会各阶层广泛延展开来，禅宗思想深入浸透士人心中，在这群遭逢乱世的穷途末路知识分子当中，犹如一剂清心凉血的灵丹妙药，使他们心境逐渐变得平和，精神也得到了暂时的休歇。借助佛禅思想，不少晚唐文人调整了自己对于人生与世界的认识，建立了新的生活方式，使自己得以在这衰乱之世生存下来。明乎此，我们也才能够对晚唐诗人们的佛门因缘、佛学修养、佛教意识、佛法感悟等诸多方面有一个初步的了解。

我们知道，全部佛学的理论，就是解脱的理论，所有佛门的修习，也是以解脱为最终目的与最高境界的。其所以如此，乃是因为在佛教看来，人世的真相、人生的本质就是一个"苦"字，要想脱离这受苦受难的尘世，除了以解脱为其宗旨的佛门别无他法。因此，原始佛教的理论，首先就是建立在

"四谛"基础上。而所谓"四谛"之第一谛，即是"苦谛"。"苦谛"认为，世间犹如苦海，人身是受苦的载体，人生是苦难的历程。进而言之，三界众生，六道轮回，一切生命与生存现象，无不都是苦的表现。"由于一切事物都是由因缘和合产生，都必须相资相待，所以任何事物都无自我实体可言。又由于因与缘的时刻变异，所以事物也总处于变动不居的状态。在这无常的迁流中，众生不能自作主宰，得不到自由，所遭遇的只是种种无法回避和摆脱的烦恼痛苦。佛学把这些烦恼分别为二苦、四苦、八苦乃至一百几十种苦等诸苦。"[1]通常人们所讲的主要是生、老、病、死这四苦。就晚唐诗人而言，使他们感到人世人生无非是苦，最首先的原因当然是时代的衰落与动乱。所谓"以衰调写衰世，事情亦自真切"[2]。这就是晚唐的时代特点与文化精神。据《资治通鉴·唐纪五十九》记载，唐文宗大和二年（828），刘蕡在《对贤良方正直言极谏策》中指出："臣以为陛下之所虑者，宜先忧宫闱将变，社稷将危，天下将倾，海内将乱，此四者，乃国家已然之兆。"[3]总之，由中唐开始的朋党相争、宦官专权、藩镇割据等社会矛盾，到晚唐愈演愈烈。生活在这样一种"变""危""倾""乱"社会环境中的士大夫知识分子，心中越来越感到悲苦失望，因为他们深深明白，自己再也不可能希望像生活在圣明时代的盛唐前辈们那样通过不朽功业来建立起自己在社会中的价值与地位。这种心理状态也决定了他们再也不可能像那他们的盛唐前辈那样昂扬狂放，乐观进取，而更多的是忧愁凄苦，悲观消极，一种秋风夕阳般的萧瑟、黯淡之感，总是时不时地袭上心头。

其次，晚唐社会政治的日益走下坡路，也导致科场越来越黑暗腐败。本来唐代的科举考试就不糊名、不锁院，对考生在应试之前干谒请托从未加

---

1 参见拙著《中国佛学与文学》，岳麓书社 1998 年版，第 2 页。

2 《唐音癸签》，卷八，第 81 页。

3 《资治通鉴》，卷二四三，中华书局 1976 年版，第 7856 页。

以禁止。到晚唐,这种凭借权势与钱财开路而获取功名的现象就更为普遍了。正如《唐摭言·卷六》中记载一位举子所写的:"仆窃谓今之得举者,不以亲,则以势;不以贿,则以交;未必能鸣鼓四科,而裹粮三道。其不得举者,无媒无党,有行有才,处卑位之间,仄陋之下,吞声饮气,何足算哉!"而晚唐诗人中出身世族的很少,多半都是来自中小地主与自耕农阶层,像杜荀鹤、周贺、任蕃、唐求等人都属于"食无三亩地,衣绝一株桑"[1]的穷苦读书人,他们往往出身寒微,衣食尚且不周,妻子尚且不保,又何来钱财行贿主司呢?并且,晚唐时代,贵族阶层对庶族士子的歧视又有所抬头,武宗朝,就连以栽培擢拔寒微著称的宰相李德裕也曾经说过"朝廷显官,须是公卿子弟。……寒士纵有出人之才,登第之后,始得一班一级,固不能熟悉也"[2]。

在这种情况下,出身寒微的诗人们,尽管勤学奋斗,也只能落得个连年奔波于驿路、苦苦挣扎于考场的处境了。曾有学者做过统计,在晚唐,士子们经历一二十次,甚至三十多次才获得一第的大有人在。如郑谷赴考16年,方得一第,入第后又经过7年,才得授一尉。刘得仁考了近20年,项斯考了整整20年,杜荀鹤考了二十余年,韩偓、吴融各考了24年,以"苦吟"著称的卢延让考了25年,而写作《本事诗》的孟棨竟考了三十多年。曹松及第时已达七十余岁。他与同是年逾古稀的王希羽和已过花甲的刘象等五人同时放榜,号称"五老榜",一时竟传为美谈。晚唐诗人崔珏伤悼李商隐的诗说:"孤负凌云万丈才,一生襟抱未曾开。"[3]前一句用来概括所有晚唐诗人倒不一定确切,但后一句却确实道出了他们的共同的人生遗憾。"趋时不圆转,自古易

---

1 杜荀鹤:《秋日寄吟友》,《全唐诗》,卷六九一,第7943页。
2 刘昫:《旧唐书·武宗纪》,中华书局1975年版,第603页。
3 《哭李商隐》,《全唐诗》,卷五九一,第6858页。

湮沉"[1]"我自与人无旧分，非干人与我无情。"[2]"才自清明志自高，生于末世运偏消"，一方面是生不逢时所带来的悲观失望，另一方面是人生道路上的多次挫折与长期压抑，这就使他们比同时代的其他人要更多地感到人世的悲惨凄苦。然而，正如佛教所言："烦恼即菩提。"正是此种不遇难达的机缘，才使这群诗人有远比其他人强烈的欲求解脱人生烦恼痛苦的精神需要，才有了倾心佛门、向往清静无为的迫切意愿。缘于此，他们的集中才不但有大量的佛教题材之作，而且也往往充溢着哀叹人生悲苦的深深感慨。

虽然这些感叹人生悲愁的戚苦哀音，使后世认为他们的诗气格卑弱，情味衰飒，不如初盛唐诗之昂扬振奋、气干青云。但是，正如丹纳在《艺术哲学》中所言："悲伤既是时代的特征，那他在事物中看到的当然是悲伤。……在悲伤的时代，周围的人在精神上能给他哪一类的暗示呢？只有悲伤的暗示，因为所有人的心思都用在这方面。他们的经验只限于痛苦的感觉和感情，他们所注意的微妙的地方，或者有所发现，也只限于痛苦方面。"[3]概言之，在晚唐那样一个江河日下、万方多难、黑暗腐败的时代与社会中，这群身处社会边缘的诗人对于人生的体验大多只有痛苦与悲伤。也正由于此，他们才会与佛寺禅门结下不解之缘。早在1987年，笔者就在《关于佛教与晚唐山水诗的综合思考》一文中做过统计："与初、盛、中阶段比较，晚唐诗中有关佛教题材的作品较前期明显增多。据初步统计，《全唐诗》中有关佛教题材（以诗题为准，包括登临题咏寺院、赠僧访僧、参禅拜佛等内容）的作品共2136首，而其中属于晚唐诗人的作品就有1035首。"[4]佛教思想及题材在晚唐诗坛盛行的情况由此可见一斑。

1　刘得仁：《夏日感怀寄知己》，《全唐诗》，卷五四四，第6290页。

2　杜荀鹤：《旅中卧病》，《全唐诗》，卷六九二，第7950页。

3　丹纳：《艺术哲学》，人民文学出版社1963年版，第36—37页。

4　载《求索》，1987年第6期。

以佛教"苦谛"理论来观照晚唐的社会现实，诗人们首先感到的是自己所遭受到的来自生存的逼迫之痛苦，即所谓"生苦"。如前所述，相对初、盛、中唐时期而言，晚唐文人的人生出路是越来越狭窄。如许浑早在元和初年二十余岁时即进入科场，其后却屡试不第，直到文宗大和六年（832），45岁时才得以取中进士，可见其科举道路极为坎坷艰难。然而，一第之后，在其后的礼部再试中竟又未能顺利通过，故不得马上释褐授官，只得依例往节度使府中做幕。在南海（今广东广州）卢钧幕府中经过了两年之后，于开成三年（838）秋才得任当涂（今属安徽）县尉一职，此时诗人已年届五十，故有所谓"一尉沧洲已白头"[1]的深沉悲叹。但进入官场以后，他的仕途也并不畅达。会昌元年（841）秋擢升监察御史，但因为官刚直，严于职守，故不但忤逆权贵，且触怒人主，只得于会昌三年（843）告病辞职东还。会昌六年（846），宣宗即位，政治形势有所好转，他又决计出山。好不容易于大中三年（849）再拜监察御史，但事与愿违，仍然得不到朝廷的支持与信任，在再次失望后，不得不"抱疾不任朝谒，坚乞东归"[2]，隐居家乡丹阳（今属江苏）丁卯桥。大约在大中四年（850）之后，又曾出任过睦州（今浙江建德）刺史、郢州（今湖北钟祥）刺史等职。由此可见，这种屡试不中，几仕几隐，时升时降的人生经历曾经带给诗人多少烦恼忧愁。缘于此，在他的诗集中才会有那么多的人生不自由的感叹。如在《将赴京留赠僧院》诗中，他感伤道：

　　　　九衢尘土递追攀，马迹轩车日暮间。

　　　　玄发尽惊为客换，白头曾见几人闲。

1　许浑：《陪宣城大夫崔公泛后池兼北楼宴》，见罗时进：《丁卯集笺证》，江西人民出版社 1998 年版，第 235 页。

2　许浑：《乌丝栏诗自序》，《丁卯集笺证》，第 358 页。

空悲浮世云无定，多感流年水不还。

谢却从前受恩地，归来依止叩禅关。[1]

在诗人看来，人生就是在逐逐红尘中无休无止的追攀辛劳中度过的，那终年飘游异乡、没日没夜的奔波劳碌，只赢得袅袅青丝换成苍苍白发，大好年华如同流水逝去不能复返，而身世却仍如浮云飞絮，不可把握，不可主宰，无有定处。所谓"世路无穷，劳生有限，似此区区长鲜欢"[2]"长恨此生非我有，何时抛却营营？"[3]可以说，苏轼这种人生是苦、人生极不自由的苦况，许浑早在二百多年前就已经尝够了。又如《途中逢故人话西山读书旧曾游览》一首曰：

西岩曾到读书堂，穿竹行沙十里强。

湖上梦余波滟滟，岭头愁断路茫茫。

经过事寄烟霞远，名利尘随日月长。

莫道少年头不白，君看潘岳几茎霜。[4]

诗中"经过事寄烟霞远，名利尘随日月长"两句就颇能概括出佛教之人生观、世界观。在佛教看来，所谓世间的种种名利得失、荣辱祸福皆为虚幻，而众生之所以受苦受难乃是因为以虚为实，终日追逐这些虚幻不实之物所致。其实世事都如同浮云烟霭，所谓"一切有为法，如梦幻泡影，如露复

---

1 《丁卯集笺证》，第 281 页。

2 苏轼：《沁园春》，见曾枣庄：《苏词汇评》，四川文艺出版社 2000 年版，第 55 页。

3 苏轼：《临江仙》，《苏词汇评》，第 69 页。

4 《丁卯集笺证》，第 283 页。

如电，应作如是观"[1]。因此，不但人生如梦，而且人生也如寄。既然一切世事都只是一场如烟似雾的空幻，又何必追名逐利，终年劳累，无有尽时呢？再如《赠别》一首云：

> 眼前迎送不曾休，相续轮蹄似水流。
>
> 门外若无南北路，人间应免别离愁。
>
> 苏秦六印归何日，潘岳双毛去植秋。
>
> 莫怪分襟衔泪语，十年耕钓忆沧洲。[2]

在这里，诗人一方面感伤自己的轮蹄劳顿相继相续，无有片刻休歇之时，另一方面又慨叹年华老大、两鬓斑白，而所苦苦追求的功名事业仍旧渺然无期，毫无着落。因此弄得虽有亲友却难免别离，虽有家园却难以回归，想到这一切人生苦况，他真希望能够彻底放下，终老沧洲算了。然而，即使归隐家山，躬耕渔钓，人生的忧愁烦恼又何能彻底免除呢？佛教的所谓"生苦"，并非仅指人在出生时所经受的痛苦，而是包含了人生下来就是受苦，人的一生始终伴随着的就是苦难，人生就是苦，人世就是苦，苦海无边，苦难无穷的意思。概言之，活在人世间就是苦。要想解脱苦，就只能是学"无生"之法。不然的话，所谓："是非境里有闲日，荣辱尘中无了年。"[3]"往事只应随梦里，劳生何处是闲时"[4]，是不可能彻底放下的。正是这样，许浑才会对他的朋友发出这样的劝告："今日劝师师莫惑，长生难学证无生。"[5]而

---

1 《金刚经》，见《释氏十三经》，书目文献出版社 1989 年版，第 11 页。

2 《丁卯集笺证》，第 280 页。

3 许浑：《将赴京题陵阳王氏水居》，《丁卯集笺证》，第 284 页。

4 许浑：《旅怀作》，《丁卯集笺证》，第 286 页。

5 许浑：《闻释子栖玄欲奉道因寄》，《丁卯集笺证》，第 157 页。

这种"无生"的人生观、价值观，就是从"生苦"的意识出发，以生为累，以身为累，从而不恋此生，亦不恋此身。这当然不是说必须舍弃生命，而是不再执虚为实，为此身此生而忧伤烦恼，劳碌奔波，这就是佛教的寂灭、寂静之意。就许浑为代表的山林隐逸诗人而言，这种对于"生苦"的解脱即是对所有世俗名利的放弃，心中再不生起欲念烦恼。正如许浑所言，是"光阴难驻迹如客，寒暑不惊心是僧。……身闲境静日为乐，若问其余非我能"[1]。"紫陌事多难数悉，青山长在好闲眠。"[2]因为只有这样，才能够达到"禅心空已寂，世路任多歧"[3]的境界，才是有现实可行性的对"生苦"的解脱。

又如杜荀鹤，他生当唐末，卒年已接近五代，其诗作以能够真实地反映唐末社会动乱现实、具有诗史意义而颇获不少古今诗评家赞赏誉美之辞。近现代以来，更有不少文学史认为他是晚唐诗坛继承杜甫、白居易的优良传统，关心民瘼，针贬社会黑暗腐败的三大现实主义诗人之一（另外两位是皮日休与聂夷中）。笔者曾在研究晚唐山林隐逸诗派的系列论文中对其人其诗做过一些探讨，认为他首先是一位不屈服于命运，不甘心于平庸，始终关心国事民瘼的儒者；其次是一位经常感叹人生且多言穷愁，甚至也时作归隐之思的逸士；再次是他由于人生遭际、家居环境、师友交游等种种原因，与佛道禅门也有着极深的渊源。在《自叙》一诗中，杜荀鹤对自己的平生曾有过高度概括："酒瓮琴书伴病身，熟谙时事乐于贫。宁为宇宙闲吟客，怕作乾坤窃禄人。诗旨未能忘救物，世情奈值不容真。平生肺腑无言处，白发吾唐一逸人。"[4]这也可视作对其心志最真实最自然的表白。

由此看来，杜荀鹤作为一位本性淳朴厚道之人，深怀一种悲天悯人之

---

1 《南庭夜坐贻开元禅定精舍二道者》，《丁卯集笺证》，第 152 页。

2 《经行庐山东林寺》，《丁卯集笺证》，第 283 页。

3 《白马寺不出院僧》，《丁卯集笺证》，第 96 页。

4 《全唐诗》，卷六九一，第 7930 页。

菩萨心肠，既拥有儒者仁民爱物的心胸，也具有佛家慈悲为怀的佛性。因着这颗慈悲心，他与佛教就自然很为投缘。何况他的家乡安徽池州，在唐代也是佛教极为兴盛的地方，他自号"九华山人"，九华山更是佛教著名胜地，它与五台、峨眉、普陀合称为中国佛教四大名山。据佛教典籍记载，唐玄宗开元年间，释迦牟尼佛祖遣弟子地藏王菩萨渡海来此开辟道场，传戒于山中的化城寺，至99岁圆寂，在此弘法近70年。自此以后，九华山便成为地藏王菩萨的道场。它远近闻名，不仅山中颇多名寺，而且进香拜佛的信众经年不绝。至于生活在其周围的居民，更很少有不信奉佛教者。杜荀鹤既以"九华山人"为号，其信仰之虔诚亦自可知。

当然，影响杜荀鹤信奉佛教最直接也是最重要的原因还是因为诗人一生饱经生活磨难，屡遭人生挫败。世路之崎岖坎坷、命运之艰辛多舛，使他不得不信解佛理禅意，尤其是对人生是苦的"苦谛"理论深有体会。并且，师友之间的相互影响也是造成杜荀鹤较多接受佛理沾溉的重要原因之一。据考证，与杜荀鹤经常交往过从的朋友中就既有许多僧人，也有许多诗友兼道友，如方干、刘得仁，都是虔诚的信佛者，他所敬仰的前辈诗人贾岛、许浑等也都是佛学修养十分高深者。正是上述多种原因，杜荀鹤不但有着归向佛门的思想旨趣，也具有一定的佛学修养。在他现存的三百余首诗中，仅从题目来看，其中涉佛涉僧诗就有43首，占其诗作总数近1/7。内容包括登山寺、题僧院、题佛塔、书僧壁、宿禅房、观寺景，以及赠僧、访僧、寻僧、忆僧、参僧、谒僧、寄僧、送僧、吊僧等。甚至因为具备高深的佛学修养，他还可以谐调僧人之间因宗派理论不同的争论，如《空闲二公递以禅律相鄙因而解之》一首即可为证。而与他交往过从的僧人也为数不少，仅有名可考者就有临上人、会上人、真上人、宗上人、闲上人、元上人、质上人、德玄上人、悟空上人、著禅师、石壁禅师、休禅和、海禅和、觉禅和、江寺禅和、紫阳僧、休粮僧、袒肩和尚、诗僧云英、愿公、空公、闲公等。

如前所述，杜荀鹤自述其平生苦吟不辍，而从其"苦心"中所吟出来的又大多是些苦诗。如"况是孤寒士，兼行苦涩诗"[1]，"吟苦猿三叫，形枯柏一枝"[2]，"烛共寒酸影，蛩添苦楚吟"[3]，"江湖苦吟士，天地最穷人"[4]，"冷极睡无离枕梦，苦多吟有彻云声"[5]，"兄弟无书雁归北，一声声觉苦于猿"[6]，"此时若有人来听，始觉巴猿不解啼"[7]，"啼花蜀鸟春同苦，叫雪巴猿昼共饥"[8]等诗，都可见出他集中的"苦心诗"，往往是兼及了"苦吟"与"吟苦"两方面的。据不少学者考证，杜荀鹤生于唐武宗会昌六年（846），其父杜筠为池州石埭县（今安徽石台）长林乡乡正。乡正是掌管一乡政教禁令的小吏，任此职者亦需具备一定文化程度。受家庭影响，杜荀鹤七岁知好学，资颖豪迈，志存经史。长成之后，他刻苦学习，所谓"闭户十年专笔砚"[9]，曾与二三学友同在庐山隐栖读书，大约在懿宗咸通十一年（870）前后，他结束了山居攻读生活，下山求取功名，此时他不过二十四五岁。然而自从进入科场之后，却连年颠顿，屡试不第。直到昭宗大顺二年（891），尝尽天涯漂泊、文场困顿之苦的诗人才得以"裴贽侍郎下第八人登科"[10]取中进士，此时他已年近知命。由此可见，其科举道路极为艰难坎坷。然而，唐制规定，"进士放榜敕下后，礼部始关吏部，吏部试判两节，授春关，谓之关试，始

---

1 《下第出关投郑拾遗》，《全唐诗》，卷六九一，第7938页。

2 《长安冬日》，《全唐诗》，卷六九一，第7929页。

3 《秋日怀九华旧居》，《全唐诗》，卷六九一，第7941页。

4 《郊居即事投李给事》，《全唐诗》，卷六九一，第7929页。

5 《馆舍秋夕》，《全唐诗》，卷六九二，第7959页。

6 《江下初秋寓泊》，《全唐诗》，卷六九三，第7952页。

7 《秋夜苦吟》，《全唐诗》，卷六九三，第7983页。

8 《酬张员外见寄》，《全唐诗》，卷六九二，第7961页。

9 杜荀鹤：《投江上崔尚书》，《全唐诗》，卷六九二，第7957页。

10 辛文房：《唐才子传》，卷九，见周本淳：《唐才子传校正》，江苏古籍出版社1987年版，第294页。

属吏部守选。"[1]因此，中进士后的杜荀鹤虽也通过了吏部考试获得释褐资格，但由于时危世乱，并没有马上得授实际官职，故只得依旧还归家山。直至数年之后，诗人才应宣州节度使田頵之请，入其幕府从事。昭宗天复三年（903），杜荀鹤已58岁，他奉命出使汴州（今河南开封）访梁王朱全忠，受到朱的器重。同年十二月，原府主田頵因兵败被杀，杜荀鹤便往依梁王朱全忠，任翰林学士、主客员外郎。这是他生平最为风光的一页。然而，这耀眼的风光却真如昙花一现，据说他任官不过十日便罹患重疾身亡。由此可见，杜荀鹤的一生可以说是屡试不第、仕宦艰难、怀才不遇、赍志以殁的一生。这种备尝酸辛的人生经历曾经带给诗人极为深重的烦恼忧愁。缘于此，在他的诗集中才会有那么多感伤人生艰辛困苦的悲叹。如《下第东归道中作》诗中，他感伤道：

> 一回落第一宁亲，多是途中过却春。
> 心火不销双鬓雪，眼泉难濯满衣尘。
> 苦吟风月唯添病，遍识公卿未免贫。
> 马壮金多有官者，荣归却笑诗书人。[2]

在《长安道中有作》中，他更为自己的贫穷困窘而倍感伤心：

> 回头不忍看赢僮，一路行人我最穷。
> 马迹蹇于槐影里，钓船抛在月明中。
> 帽檐晓滴淋蝉露，衫袖时飘卷雁风。

---

1 《唐音癸签》，卷十八，第198页。
2 《全唐诗》，卷六九二，第7959页。

子细寻思底模样，腾腾又过玉关东。[1]

    面对极看重门第且夤缘成风的晚唐科场，杜荀鹤这位"三族不当路"[2]的衣衫破旧、瘦马羸僮之"天地最穷人"[3]，尽管劳累奔波、辛苦辗转，但结果还是只落得"长年犹布衣"[4]。在诗人看来，这种"驱驰岐路共营营，只为人间利与名"[5]，飘游异乡、没日没夜的求名干禄行为，只赢得两眼昏花，双鬓飞雪，一身尘土，满腹悲愁。也正因着这份悲愁困苦的感受，使诗人不由得反思起浮世人生来，他在诗中写道："大道本无幻，常情自有魔。人皆迷著此，师独悟如何。"[6]"云山已老应长在，岁月如波只暗流。唯有禅居离尘俗，了无荣辱挂心头。"[7]由此可见，诗人这种对人生的感悟所表现的正是佛教的人生观、世界观。与许浑一样，杜荀鹤想到，如要解脱人生烦恼痛苦，唯一的办法也只能是学佛教"无生"之法，舍此别无他路。在《赠题兜率寺闲上人院》诗中，他说："人间寺应诸天号，真行僧禅此寺中。百岁有涯头上雪，万般无染耳边风。挂帆波浪惊心白，上马尘埃翳眼红。毕竟浮生谩劳役，算来何事不成空。"[8]在《题德玄上人院》诗中，他更明确地指出："浮生自是无空性，长寿何曾有百年。""我虽未似师披衲，此理同师悟了然。"[9]然而，熟谙佛理的诗人尽管深知"身未立前终日苦，身当立后几年荣。万般不

---

1 《全唐诗》，卷六九二，第 7966 页。

2 《寄从叔》，《全唐诗》，卷六九一，第 7929 页。

3 《郊居即事投李给事》，《全唐诗》，卷六九一，第 7929 页。

4 《寄从叔》，《全唐诗》，卷六九一，第 7929 页。

5 《遣怀》，《全唐诗》，卷六九二，第 7966 页。

6 《题著禅师》，《全唐诗》，卷六九一，第 7946 页。

7 《题开元寺门阁》，《全唐诗》，卷六九二，第 7967 页。

8 《全唐诗》，卷六九二，第 7963 页。

9 《全唐诗》，卷六九一，第 7955 页。

及僧无事，共水将山过一生"[1]，但他终其一生，并非能放弃对仕宦之途的追逐，其人生也总是处在奔波劳累的艰辛困顿之中，很难有"共水将山"无事清闲的时刻。也正缘于此，他感叹"生苦"的诗篇就源源不断地有新材料、新感受，这似乎也是在从另外一个方面证实"烦恼即是菩提"的至理吧。

当我们举出两位身处晚唐开始与晚唐行将结束时的诗人作为代表进行剖析之后，再来看看广大的诗人群体之生存状况。像"幼有清才"的方干，"貌陋兔缺，性喜凌侮"，"散拙无营务，大中，举进士不第，隐居镜湖"[2]。其《新正》诗"每见新正雪，长思故园春。云西斜去雁，江上未归人。又一年为客，何媒得到秦"[3]，便充满了无人媒荐因而不得入京获第的感叹。从诗中"每见""长思""又一年"等语来看，在其长年多次奔趋于求第途中无疑是尝尽了人生的艰辛困苦的。而由于其生理上的缺陷，可想而知，他比一般人要蒙受更多的人情冷暖、世态炎凉的生存苦味。又如刘得仁这位以"五言清莹，独步文场"的贵主之子，放弃世袭爵禄，立志要走科举功名之路，结果却弄得"出入举场二十年，竟无所成"[4]。在《夏日感怀寄所知》诗中，他说："了了见岐路，欲行难负心。趋时不圆转，自古易湮沉。日正林方合，蜩鸣夏已深。中郎今远在，谁识爨桐音。"[5]在《陈情上知己》诗中，他又哀叹道："性与才俱拙，名场迹甚微。久居颜亦厚，独立事多非。刻骨搜新句，无人悯白衣。明时自堪恋，不是不知机。"[6]在这种出入举场数十载，却始终未遇知音赏识的牢骚愤慨与感伤自怜之中，饱含着人世生存进退两难的烦恼痛苦。然

---

1 《题道林寺》，《全唐诗》，卷六九三，第 7981 页。

2 《唐才子传》，卷七，《唐才子传校正》，第 226 页。

3 《全唐诗》，卷六四九，第 7458 页。

4 《唐才子传》，卷六，《唐才子传校正》，第 194 页。

5 《全唐诗》，卷五四四，第 6290 页。

6 《全唐诗》，卷五四四，第 6291 页。

而，所谓"愁心不易去，蹇步卒难前"[1]，在漫长的人生道路上，这样的身心交困之辛酸痛苦又何日是了时呢？

翻开晚唐人的诗集，可以说，到处充满着人生悲苦之叹，身世凄凉之吟，如顾非熊《秋日陕州道中作》曰："孤客秋风里，驱车入陕西。关河午时路，村落一声鸡。树势标秦远，天形到岳低。谁知我名姓，来往自栖栖。"[2] 项斯《中秋夜怀》云："沧波归处远，旅食尚生愁。赖见前贤说，穷通不自由。"[3] 这些本来就家境贫寒的诗人们经过连年应举的折腾，生活更加窘迫，甚至一贫如洗。这在当时的正史与野史中都屡有记载。李洞的处境是"病居废庙冷吟烟，无力争飞类病蝉"[4]。杜荀鹤更凄惨，竟弄得"食无三亩地，衣绝一株桑"[5]。可以说，生活上的贫病饥寒，更在他们心灵深处投下了浓重的阴影。当然，这些诗人们比起当时的平民百姓来，生活状况还是要好得多。晚唐时代，那些连年饱经战乱饥荒的折磨，在生死线上苦苦挣扎的穷苦人民，除了兵祸与天灾，还有来自从朝廷到地方官吏的劳役、赋税等盘剥之苦。如前所述，杜荀鹤是一位以反映时代现实擅长的诗人，即从他最著名的《山中寡妇》与《旅泊遇郡中叛乱示同志》等诗来看，晚唐时代下层人民所蒙受的苦难就可见一斑。前诗云："夫因兵死守蓬茅，麻苎衣衫鬓发焦。桑柘废来犹纳税，田园荒后尚征苗。时挑野菜和根煮，旋斫生柴带叶烧。任是深山更深处，也应无计避征徭。"[6] 后诗云："握手相看谁敢言，军家刀剑在腰边。遍搜宝货无藏处，乱杀平人不怕天。古寺拆为修寨木，荒坟开作甃城

---

1 刘得仁：《寄雍陶先辈》，《全唐诗》，卷五四四，第 6291 页。

2 《全唐诗》，卷五〇九，第 5792 页。

3 《全唐诗》，卷五五四，第 6417 页。

4 李洞：《废寺闲居寄怀一二罢举知己》，《全唐诗》，卷七二三，第 8294 页。

5 杜荀鹤：《秋日寄吟友》，《全唐诗》，卷六九二，第 7943 页。

6 《全唐诗》，卷六九二，第 7928 页。

砖。郡侯逐出浑闲事，正是銮舆幸蜀年。"[1]当然，这些都是纪实诗而非咏怀之作，但以此为参照，我们更能理解为何在那个时代人们会如此深切地感受到人世间到处都是一片"苦海""火宅"，会如此深契"人生是苦"的佛法理论的原因。

由于晚唐诗人们在追求实现理想的人生道路上屡遭摧挫，他们用尽家财，劳心竭力，而所希冀的功名事业仍然渺茫无望，所以对自己的大好年华在年复一年的折腾中徒然流逝无不倍感伤心。他们对"老苦"这一巨大的人生痛苦也远较一般人更为敏感。也正缘于此，在他们的诗集中，对"老苦"的悲叹又往往是与对功业无成的伤感有关，并与行役、别离、伤春、悲秋等内容相联系。我们试看许浑的《下第别杨至之》诗：

> 花落水潺潺，十年离旧山。
> 夜愁添白发，春泪减朱颜。
> 孤剑北游塞，远书东寄关。
> 逢君话心曲，一醉灞陵间。[2]

诗人因何而愁？因何流泪？只因"十年离旧山"而"孤剑北游塞"。而这种日夜相续、春秋代序、十年苦熬于异乡的结果，却仍旧是有志难遂，不得一第。饱经如此惨苦的"愁"与"泪"的煎熬折磨，又焉能不令诗人头生白发、面减朱颜呢？在唐代，由于社会上通行着缙绅虽位极人臣，不由进士出身，终不为贵这样的价值观念，进士科举遂成为"士林华选"。众多士人趋向此门，使进士科考试竞争非常激烈，极难获中，当时就有所谓"三十老

---

1 《全唐诗》，卷六九二，第 7950 页。
2 《丁卯集笺证》，第 44 页。

明经，五十少进士"的说法，可见及第之艰难不易。到中晚唐时，士人久困场屋，甚至终身不得一第者更是大有人在。如顾况之子顾非熊，"在举场角艺三十年"[1]，至会昌五年（845），方得一第；又如陈峤一身孤苦无依，数举不遂，蹉跎困窘，以至于到了风烛暮年，才始获得一第，还乡已耳顺矣。至新婚时，竟已年近八十。相比之下，许浑在他们中间还算是比较幸运的，但也于45岁时才得中一第，以后还经过一番腾挪辗转，才授任官职。与长年奔波于科考旅途有关的是，诗人在匆匆行役之中便难免不深切感受到"世间何物催人老，半是鸡声半马蹄"的来自身与心两方面的疲惫与痛苦。在这山程水驿的长年跋涉之中，诗人的大好年华不知不觉地如流水般逝去了，而白发渐生，人生渐老，故乡越来越远，亲友渺无音讯。然而，远在天涯的诗人只能是独自一人默默无言咀嚼着那份人生痛苦，匆匆行走在漫长的不知何处是归程的道路上。正是这种频繁侵扰的落第、行役、别离等忧愁烦恼，使诗人集中充满了一片难以抑制的叹老衰飒之声：

> 未明唤僮仆，江上忆残春。
>
> 风雨落花夜，山川驱马人。
>
> 星星一镜发，草草百年身。
>
> 此日念前事，沧洲情更亲。[2]

> 何当开此镜，即见发如丝。
>
> 白日急于水，一年能几时。
>
> 每逢芳草处，长返故园迟。

---

1 《唐才子传校正》，卷七，第222页。

2 赵嘏：《东归道中二首》其二，《全唐诗》，卷五四九，第6345页。

所以多为客，蹉跎欲怨谁。[1]

远梦如水急，白发如草新。

归期待春至，春至还送人。

别家鬓未生，到城鬓似发。

朝朝临川望，灞水不入越。[2]

终年唯旅舍，只似已无家。

白发除还出，丹霄去转赊。

夏游穷塞路，春醉负秦花。

应是穹苍意，空教老若耶。[3]

远色岳阳楼，湘帆数片愁。

竹风山上路，沙月水中洲。

力学桑田废，思归鬓发秋。

功名如不立，岂易狎汀鸥。[4]

溪叠云深转谷迟，暝投孤店草虫悲。

愁连远水波涛夜，梦断空山雨雹时。

边海故园荒后卖，入关玄发夜来衰。

1 于武陵：《客中览镜》，《全唐诗》，卷五九五，第6896页。
2 曹邺：《四怨三愁五情诗十二首》其三，《全唐诗》，卷五九二，第6861页。
3 许棠：《旅怀》，《全唐诗》，卷六〇三，第6973页。
4 张乔：《岳阳即事》，《全唐诗》，卷六三八，第7311页。

东归未必胜羁旅，况是东归未有期。[1]

　　此生何处遂，屑屑复悠悠。
　　旧国归无计，他乡梦亦愁。
　　飞尘长满眼，衰发暗添头。
　　章句非经济，终难动五侯。[2]

　　上举这些充满因征戍、行旅、迁谪等人生颠簸而导致双鬓飞雪、星星满镜之悲伤的诗作，在晚唐人集中比比皆是，不一而足。诗人薛能总结道："一想流年百事惊，已抛渔父戴尘缨。青春背我堂堂去，白发欺人故故生。道困古来应有分，诗传身后亦何荣。谁怜合负清朝力，独把风骚破郑声。"[3]另外一位诗人薛逢则在《镊白曲》中唱道："去年镊白鬓，镜里犹堪认年少。今年镊白发，两眼昏昏手战跳。满酌浓醅假颜色，颜色不扬翻自笑。少年曾读古人书，本期独善安有余。虽盖长安一片瓦，未遑卒岁容宁居。前年依亚成都府，月请俸缗六十五。妻儿骨肉愁欲来，偏梁阁道归得否？长安六月尘亘天，池塘鼎沸林欲燃。合家恸哭出门送，独驱匹马陵山巅。到官只是推诚信，终日兢兢幸无咎。丞相知怜为小心，忽然奏佩专城印。专城俸入一倍多，况兼职禄霜峨峨。山妻稚女悉迎到，时列绿樽酣酒歌。醉来便向樽前倒，风月满头丝皓皓。虽然减得阃门忧，又加去国五年老。五年老，知奈何？来日少，去日多。金锤锤碎黄金镊，更唱樽前老去歌。"[4]从上面这两首诗中我们可以看出，面对人生易老、岁月无情的残酷现实，不少诗人渐渐觉

1　张乔:《望巫山》,《全唐诗》,卷六三九,第7333页。
2　许棠:《遣怀》,《全唐诗》,卷六〇三,第6965页。
3　《春日使府寓怀二首》,《全唐诗》,卷五五九,第6482页。
4　《镊白曲》,《全唐诗》,卷五四八,第6319页。

悟起来，既然生命苦短，又何必劳心竭力，苦苦奔波于求名求利之途，使自己"早生华发"呢？于是，自号"江湖散人"的陆龟蒙在《自遣诗三十首》其七中便吟道：

> 长叹人间发易华，暗将心事许烟霞。
> 病来前约分明在，药鼎书囊便是家。[1]

而另一位高隐镜湖、以散淡著称的诗人方干也写道：

> 欹枕亦吟行亦醉，卧吟行醉更何营。
> 贫来犹有故琴在，老去不过新发生。
> 山鸟踏枝红果落，家童引钓白鱼惊。
> 潜夫自有孤云侣，可要王侯知姓名。[2]

面对"岁月老将至"的残酷现实，赵嘏似乎也看透了：

> 平生事行役，今日始知非。
> 岁月老将至，江湖春未归。
> 传家有天爵，主祭用儒衣。
> 何必劳知己，无名亦息机。[3]

他们都不约而同地想到了归隐烟霞、栖身渔钓、尽享天爵，因为只有在

---

1 《全唐诗》，卷六二八，第 7207 页。
2 《山中言事》，《全唐诗》，卷六五一，第 7472 页。
3 《东归道中二首》其一，《全唐诗》，卷五四九，第 6345 页。

这里才可以"形散""神散""心散""意散",自由自在、潇洒无拘地度过一生,而不必苦心经营"章句""经济",更不必屈辱自己的心志到"王侯"权贵那里去求得他们的赏识与恩赐了。

当然,陆龟蒙、方干他们这种想法基本上还是属于道家的,赵嘏更是没有完全脱离儒家。此时不少诗人由于受到佛教的影响,对人生现象似乎看得比他们更为透彻一些,如李咸用也曾经有过"秋萤一点雨中飞,独立黄昏思所知。三岛路遥身汨没,九天风急羽差池。年华逐浪催霜发,旅恨和云拂桂枝。不向故人言此事,异乡谁更念栖迟"[1]的痛苦经历,但当他在接触到诗僧修睦之后,终于悟到了所谓"老苦",不过是自寻烦恼、自找麻烦而已。在《长歌行》诗中,他说:

> 要衣须破束,欲炙须解牛。
>
> 当年不快意,徒为他人留。
>
> 百岁之约何悠悠,华发星星稀满头。
>
> ……
>
> 眼前有物俱是梦,莫将身作黄金仇。
>
> 死生同域不用惧,富贵在天何足忧![2]

"眼前有物俱是梦,莫将身作黄金仇",这就是属于佛教人生观的大彻大悟。杜牧对佛教本无很大兴趣,然而受时代影响,他也常有"闲爱孤云静爱僧"的时候,并且他为人极其聪慧,足够的超常智慧使他对于世相人生的认识常常与佛理暗为相通,在《池州送孟迟先辈》诗中,他居然一改平时儒者面貌,慨然唱道:

---

1 《秋夕书怀寄所知》,《全唐诗》,卷六四六,第 7407 页。

2 《全唐诗》,卷六四四,第 7379 页。

人生直作百岁翁，亦是万古一瞬中。

······

月于何处去，日于何处来？

跳丸相趁走不住，尧舜禹汤文武周孔皆为灰。

酌此一杯酒，与君狂且歌。

离别岂足更关意，衰老相随可奈何？[1]

在杜牧看来，人没有不老不死的，即使是尧、舜、禹、汤、文、武、周、孔那样的绝代圣贤，最终也不过是化为灰烬，因此，功业又有何意义？人生又有何意义？由此观之，长生不老的百岁翁也就更没有意义了。老苦也好，离别也好，一切都不足以挂怀，不足为累了。这是何等的通脱，而这种"尧舜禹汤文武周孔皆为灰"的对世间事物本性皆不过是一场空幻的认识，又正是属于佛教而非儒家与道教的。对此，那位最终归趋到禅门的方干处士当然认识得更为清楚，他在深感"醉吟雪月思深苦，思苦神劳华发生"[2]后，终于意识到，无论老苦也好，贫穷也好，所有的人生烦恼最终都只能在佛道禅门中才能得到消除，所谓"原上桑柘瘦，再来还见贫。沧州几年隐，白发一茎新。败叶平空堑，残阳满近邻。闲言说知己，半是学禅人"[3]。对于这一批身处衰世乱世且又不遇不达的文人士子们来说，如果再继续执守儒家理想，那只能是更增添心头痛苦，对人生毫无补益。因此不归趋佛门，不学禅参道又能怎么办呢？面对此情此境，真是舍此别无他法了。许浑在《赠契盈上人》诗中也非常明确地说："月沉霜已凝，无梦竟寒灯。寄世何殊客，修身

---

1 《杜牧集》，岳麓书社 2001 年版，第 17 页。
2 《书桃花坞周处士壁》，《全唐诗》，卷六五〇，第 7466 页。
3 《白艾原客》，《全唐诗》，卷六四八，第 7445 页。

未到僧。二毛梳上雪，双泪枕前冰。借问曹溪路，山多路几层？"[1]在这里，所谓"二毛梳上雪"，是说梳子上粘满的白发已经如同雪一般白了；而"双泪枕前冰"，则是说眼泪双双落下，流到枕上凝结成了寒冰。诗人由寄身客尘以至于年华衰老、愁苦无穷而想到栖心佛门而获得解脱。诗的结尾"曹溪路"云云，用的就是禅门典故。据说，初唐时禅宗南宗创始人慧能在避北宗领袖神秀之害时南逃广东，曾在曲江东南之双峰山下曹溪寺中大力弘扬南宗禅法，从此曹溪便成了南宗禅的发源之处，成为后世人们所仰望的禅宗胜地。诗人在这里是说，虽然心中非常想解脱这些人生烦恼，但不知佛门路遥，佛法弘深，自己能否达道？"借问"，当然是向契盈上人借问，在这里，诗人对契盈上人为他解脱包括"老苦"在内的种种人生痛苦所寄托的深切期望彰然可见。

与"生苦"相关联的是，晚唐人诗集中也充满了对"病苦"的悲叹。这一方面是因为他们生活窘迫、劳累奔波以致贫病交加；另一方面也与屡遭摧挫、仕宦无望所造成的心情长期处于压抑之精神状态有关。严羽说："唐人好诗，多是征戍、迁谪、行旅、离别之作，往往能感动激发人意。"[2]正如晚唐人的"老苦"叹一样，他们的"病中吟"也往往是作于旅途客舍之中。如杜荀鹤，他一生都几乎消磨在"人世鹤归双鬓上，客程蛇绕乱山中"[3]的艰辛曲折的求名干禄旅途中。翻开他的诗集，那些《旅中卧病》、《秋日旅舍卧病呈所知》、《秋日卧病》（一作《秋日旅中》）等诗，仅看题目便知都是旅中所写。其中尤以《旅中卧病》一首写得最为凄切：

秋来谁料病相萦，枕上心犹算去程。

风射破窗灯易灭，月穿疏屋梦难成。

---

1 《丁卯集笺证》，第9页。

2 《沧浪诗话·诗评》，《沧浪诗话校释》，第198页。

3 杜荀鹤：《途中春》，《全唐诗》，卷六九二，第7972页。

故园何啻三千里，新雁才闻一两声。

我自与人无旧分，非干人与我无情。[1]

　　面对着山村旅馆中灯残窗破、秋风射眼的凄凉夜景，老病交加的诗人心中充满的痛苦可想而知。然而，是"三族不当路"[2]"我自与人无旧分"[3]的客观条件限制了自己的仕途，才使自己饱尝人生诸苦而不得遂其志。往后看，家山远隔，何啻三千里；往前看，不知何日才能出头遂其心志，此时此刻，卧病在床的诗人那满腹悲辛又岂是一声长叹了得的？

　　类似的遭遇，在晚唐诗人中实在不属少见，如薛能《下第后春日长安寓居三首》其二说：

暂屈固何恨，所忧无此时。

隔年空仰望，临日又参差。

劳力且成病，壮心能不衰。

犹将琢磨意，更欲候宗师。[4]

顾非熊《秋夜长安病后作》说：

秋中帝里经旬雨，晴后蝉声更不闻。

牢落闲庭新病起，故乡南去雁成群。[5]

1　《旅中卧病》，《全唐诗》，卷六九二，第7950页。

2　《寄从叔》，《全唐诗》，卷六九一，第7929页。

3　《全唐诗》，卷六九二，第7950页。

4　《全唐诗》，卷五五八，第6473页。

5　《全唐诗》，卷五〇九，第5792页。

裴夷直《秦中卧病思归》说：

> 索索凉风满树头，破窗残月五更秋。
> 病身归处吴江上，一寸心中万里愁。[1]

项斯《长安书怀呈知己》说：

> 江湖归不易，京邑计长贫。
> 独夜有知己，论心无故人。
> 一灯愁里梦，九陌病中春。
> 为问清平日，无门致出身。[2]

在这里，诗人所遭遇的有贫病交加、劳病交加、老病交加诸种苦况，如此种种，不一而足。由此可见，失意的诗人们不但对人生充满艰辛困苦的"生苦"深有体会，对衰鬓苍颜、头童齿豁的"老苦"比一般人更为敏感，而且因为长年奔波旅途，漂泊异乡，过着"朝随贾客忧风色，夜逐渔翁宿苇林"[3]"帽檐晓滴淋蝉露，衫袖时飘卷雁风"[4]的风餐露宿的生活，因而疾病丛生也是难以避免的了。李商隐《寓兴》诗说：

> 薄宦仍多病，从知竟远游。
> 谈谐叨客礼，休浣接冥搜。

---

1 《全唐诗》，卷五一三，第5860页。
2 《全唐诗》，卷五五四，第6419页。
3 杜荀鹤：《舟行即事》，《全唐诗》，卷六九二，第7953页。
4 杜荀鹤：《长安道中有作》，《全唐诗》，卷六九二，第7966页。

树好频移榻，云奇不下楼。

岂关无景物，自是有乡愁。[1]

当薄宦、远游、乡思与多愁多病的身心结下不解之缘，如影随形、不得解脱的时候，诗人不禁要在其作品中叫苦连天了。前人指责晚唐诗格调不高的原因之一就是认为此时诗人集中多叹老嗟卑之作，如草间之虫吟，砌下之蛩唱，大都是一些悲凄戚苦的微音细响。事实也确实如此。但毫无疑问，生活在此时的诗人们所反映的正是衰乱末世中自己的不幸与人民的苦难，是那个时代的真实写照。

如果说像项斯、李商隐还只是因为追求举业、谋食稻粱而漂泊异乡的话，生活在唐末大动乱中的郑谷等人为了躲避兵灾杀戮而逃难天涯时所遭受的疾病折磨之苦就更悲惨了。在《江行》诗中，郑谷写道：

漂泊病难任，逢人泪满襟。

关东多事日，天末未归心。

夜雨荆江涨，春云鄢树深。

殷勤听渔唱，渐次入吴音。[2]

这是写自己在"关东多事日"，不但不能归返家乡，而且还不得不在天末飘零的痛苦之上再加上病魔侵袭残害之苦。在另一首直接以《奔避》为题的诗中，他写道：

---

1 刘学锴、余恕诚：《李商隐诗歌集解》，中华书局 1998 年版，第 1254 页。
2 《全唐诗》，卷六七四，第 7719 页。

奔避投人远，漂离易感恩。

愁鬓霜飒飒，病眼泪昏昏。

孤馆秋声树，寒江落照村。

更闻归路绝，新寨截荆门。[1]

　　由此可见，疾病的磨难对于这些遭逢天下已倾、海内已乱、社稷已遭翻覆崩溃而不得不仓皇逃命的唐末士子们来说真可谓是雪上加霜。无怪乎另一与郑谷同时，也饱受兵祸折腾的著名诗人韦庄要发出"如幻如泡世，多愁多病身"的沉重哀叹了。

　　说到晚唐诗人中饱受"病苦"缠绕者，许浑也算是一个典型了。根据元人辛文房《唐才子传·卷七》介绍，"（许浑）少苦学劳心，有清羸之疾。……后抱病退居丁卯涧桥村舍"[2]。如前所述，他自己在诗序等文章中也多次提到因抱疾患病而辞官归家之事，由此可见，在他一生之中，自幼及老，确实没少遭受过病魔的缠绕侵害，而这也许正是他之所以会比一般人更为深切地信解佛教人生"八苦"教义的原因之一。缘于此，他的集中才会有不在少数的以抱病为题的诗篇。如《卧疾》诗云：

寒窗灯尽月斜晖，佩马朝天独掩扉。

清露已凋秦塞远，白云应长越山薇。

病中送客难为别，梦里还家不当归。

唯有寄书书未得，卧闻燕雁向南飞。[3]

1 《全唐诗》，卷六七五，第 7729 页。

2 《唐才子传校正》，第 201 页。

3 《丁卯集笺证》，第 266 页。

诗人于异乡染疾，心情自是万分愁苦，而病痛的折磨与念家的忧思合在一起，使人更觉得感伤深重，悲苦难禁。又如《卧病寄诸公》一首云：

> 飞盖集兰堂，清歌递柏觞。
> 高城榆柳荫，虚阁芰荷香。
> 海月秋偏静，山风夜更凉。
> 自怜书万卷，扶病对萤光。[1]

诗的前四句想象昔日同游的诸位好友正相聚在一起，清歌高咏，飞盖流觞，宴游酣饮，耽良辰而赏美景，自是其乐融融；后四句却写自己此刻孤身一人，独处穷山，不但寂寥无伴，而且抱病床前。山风吹来，只觉夜更凄凉，明月独照，更增萧瑟秋思。结尾"自怜书万卷，扶病对萤光"一联，更是道尽了萧斋岑寂、孤苦羸弱的人生悲愁之境，可以说，若无亲身之经历体验，是绝写不出具有如此真切之哀感诗句的。

在《病中二首》中，诗人倾吐了自己那一番久耽于病，而不能为国尽忠，以报君恩的苦恼，他说："三年婴酒渴，高卧似袁安。秋色鬓应改，夜凉心已宽。风衣藤簟滑，露枕竹床寒。卧忆郊扉月，恩深未挂冠。""秋归人暂适，扶杖绕西林。风急柳溪响，露寒莎径深。一身仍白发，万虑只丹心。此意无言处，高窗托素琴。"[2]在这两首诗中，许浑的思想很有些矛盾之处，一方面，所谓"高卧似袁安""夜凉心已宽""秋归人暂适"云云，似乎颇有些"因病得闲殊不恶"[3]的庆幸；但另一方面，"卧忆郊扉月，恩深未挂冠""一

---

1 《丁卯集笺证》，第117页。

2 《丁卯集笺证》，第72页。

3 苏轼：《病中游祖塔院》，见冯应榴：《苏轼诗集合注》，上海古籍出版社2001年版，第444页。

身仍白发，万虑只丹心"等句又明确表示了自己因婴患疾病以致耽误了报效国家之大业的深深忧虑与不安。正是这种难以言状的复杂心情、悲愁苦况，使他只能于"高窗托素琴"中聊以发抒之。值得注意的是第一首中的"风衣藤簟滑，露枕竹床寒"一联与第二首中的"风急柳溪响，露寒莎径深"一联，它除了渲染出荒野林泉凄恻萧条之深秋气氛之外，也通过那飒飒作响、一阵紧似一阵的秋风，表现出一年将尽、日月不居的时光紧迫感。常言道"好汉只怕病来磨"，诗人尽管心怀壮志，可又其奈身何？正如他在《将离郊园留示弟侄》《赠李伊阙》等诗中所感叹的："久贫辞国远，多病在家稀。"[1]"贫笑白驹无去意，病惭黄鹄有归心。"[2]贫病交加的无情现实使得诗人常常无法施展自己的抱负，实现自己的远大理想。所谓"久病先知雨，长贫早觉秋。壮心能几许，伊水更东流"[3]，"燕雁水乡飞，京华信自稀。箪瓢贫守道，书剑病忘机"[4]，即是此种心情的流露。也许正是这种病痛的时时折磨，使诗人不仅更倾心向佛，而且也只能好静好闲而不乐驰竞。他诗中那些"忆昨未知道，临川每羡鱼。世途行处见，人事病来疏。微雨秋栽竹，孤灯夜读书。怜君亦同志，晚岁傍山居"[5]，"异乡多远情，梦断落江城。病起惭书癖，贫来负酒名"[6]"病移岩邑称闲身"等句，都是病中所吟之微音细响，清则清矣，闲则闲矣，但情味衰飒，声调凄苦，未免为后世所诟病。然而，此种"病中吟"又正是来自诗人对生命的真实体验，这份体验往往使他与佛教"苦""空"教义深相契合。晚唐时代，不仅许浑在生病之时常常寄居佛寺，

1 《丁卯集笺证》，第45页。

2 《丁卯集笺证》，第175页。

3 《洛中秋日》，《丁卯集笺证》，第64页。

4 《题官舍》，《丁卯集笺证》，第86页。

5 《卜居招书侣》，《丁卯集笺证》，第108页。

6 《旅夜怀远客》，《丁卯集笺证》，第116页。

所谓"西风吹雨雁初飞,病寄僧斋罢献书"[1],像李昌符、郑谷他们也是因病而更加趋向佛门的。如李昌符《寻僧元皎因赠》诗说:"此生迷有著,因病得寻师。"[2]郑谷《题庄严寺休公院》说:"病客残无著,吾师甚见容。""未省求名侣,频于此地逢。"[3]这些都可看作他们栖身禅门寻求佛理以消除病痛之例证。

与"病苦"不同的是,"死苦"的指向是曾经存在着的一切的彻底毁灭。在死亡面前,人在浮生浮世所追求、经营过的一切,瞬间都荡然无存,灰飞烟灭,变得毫无意义,毫无价值,都只不过是一场"空"而已。佛教认为,世间一切事物与存在,虽然在现象上是"有",但在本质上都不过是"空"。众生之所以遭受烦恼痛苦,乃是因为只见其"有"而未见其"空",从而执虚为实,陷入无边苦海不得解脱,而事物的本质之所以是空的,乃是因为事物的存在既无主宰无实体可言,也时时处于迁流不息的变动过程中,因而任何事物都不可能永久,都无不经历成、住、坏、空的过程。就人类而言,"成"相当于其成长阶段,"住"相当于其壮年阶段,"坏"相当于其老年阶段,"空"则是死亡。《三国演义》小说开篇的那首《临江仙》词说"是非成败转头空",这里的"转头",就是指死亡。"死苦"是四苦中最大的痛苦,虽说恩仇荣辱、是非得失,一切都已消除,但"死生亦大矣,岂不痛哉?"(王羲之《兰亭集序》)因此,死苦并不仅只在于死亡本身,更在于对死亡的体验与感受,而这种体验又往往是通过对他人之死的感受所产生的,所以我们将诗人们集中一部分伤感他人死亡的哀悼诗也算作咏怀之作,就不是没有缘由的了。在晚唐人的诗集中,对死亡的哀伤体验无疑是唱得最为沉痛的悲歌,不少还掺杂着对佛教空观的认识。

如韦庄《哭麻处士》与《哭同舍崔员外》两诗就是对友人的哀悼,前一

---

1 《东陵赴京道病东归寓居开元寺寄卢员外宋魏二先辈》,《丁卯集笺证》,第274页。

2 《全唐诗》,卷六〇一,第6948页。

3 《全唐诗》,卷六七六,第7756页。

首诗说：

> 却到歌吟地，闲门草色中。
>
> 百年流水尽，万事落花空。
>
> 繐帐扃秋月，诗楼锁夜虫。
>
> 少微何处堕，留恨白杨风。[1]

后一首诗云：

> 却到同游地，三年一电光。
>
> 池塘春草在，风烛故人亡。
>
> 祭罢泉声急，斋余磬韵长。
>
> 碧天应有恨，斜日吊松篁。[2]

　　当作者重经亡友的旧居与昔年同游之处时，闲门、繐帐、诗楼、池塘、春草、松篁、竹树，一切都与往日无异，然而物是人非，睹此更增悲凉。面对苍凉寥落的日暮斜阳十分黯淡的景色，倾听着耳边传来的在悲风中飒飒作响的白杨树叶抖动声，一种对死亡的感受袭上心头，诗人的心情更显得无比凄苦难挨。

　　张蠙《哭建州李员外》诗也是很有代表性的，建州李员外即是李频，他在晚唐诸诗人中不仅相对来说仕途比较通达，而且诗歌成就也算是很高的，可就是这样一位幸运者，在张蠙看来，也不过是：

---

1 齐涛：《韦庄诗词笺注》，山东教育出版社 2002 年版，第 162 页。

2 《韦庄诗词笺注》，第 259 页。

诗名不易出，名出又何为。

捷到重科早，官终一郡卑。

素风无后嗣，遗迹有生祠。

自罢羊公市，溪猿哭旧时。[1]

在这里，作者指出，即使像李频这样诗名特出，科举早得，成就了一番事业者，也只落得"官终一郡卑""素风无后嗣"的凄惨命运。即使因为他能德泽于民，使人们像纪念羊祜一样"遗迹有生祠"，不忘祭祀他，但"千秋万岁名，寂寞身后事"，于他本人而言，这一切又能有何实际意义呢？在死亡面前，都不过是一场空幻罢了。

又如徐夤在《潘丞相旧宅》诗中写道：

绿树垂枝荫四邻，春风还似旧时春。

年年燕是雕梁主，处处花随落月尘。

七贵竟为长逝客，五侯寻作不归人。

秋槐影薄蝉声尽，休谓龙门待化鳞。[2]

诗中所写的这位潘丞相功业不能说不显赫，门第不能算不高贵，但在死亡面前，一切荣枯盛衰都不过成了毫无意义的过眼烟云。所谓"七贵竟为长逝客，五侯寻作不归人"，当一切功名爵禄、荣华富贵都如浮云消逝殆尽的时候，留下的只有那门前的绿杨与树上聒耳的蝉声。面对这一切，整日忙碌的人们还能说什么呢？

---

1 《全唐诗》，卷七〇二，第8072页。

2 《全唐诗》，卷七〇八，第8146页。

其余如郑谷《吊故礼部韦员外序》云：

腊雪初晴花举杯，便期携手上春台。

高情唯怕酒不满，长逝可悲花正开。

晓奠莺啼残漏在，风悱燕觅旧巢来。

杜陵芳草年年绿，醉魄吟魂无复回。[1]

方干《哭江西处士陈陶》云：

寿尽天年命不通，钓溪吟月便成翁。

虽云挂剑来坟上，亦恐藏书在壁中。

巢父精灵归大夜，客儿才调振遗风。

南华至理须齐物，生死即应无异同。[2]

曹松《哭陈陶处士》云：

园里先生冢，鸟啼春更伤。

空余八封树，尚对一茅堂。

白日埋杜甫，皇天无耒阳。

如何稽古力，报答甚茫茫。[3]

周朴《哭陈庾》云：

---

1 《全唐诗》，卷六七六，第 7748 页。

2 《全唐诗》，卷六五一，第 7474 页。

3 《全唐诗》，卷七一六，第 8223 页。

系马向山立，一杯聊奠君。

野烟孤客路，寒草故人坟。

琴韵归流水，诗情寄白云。

日斜休哭后，松韵不堪闻。[1]

　　许浑《重哭杨攀处士二首》云：

绿云多学古，黄发竟无成。

酒纵山中性，诗留海上名。

读书新树老，垂钓旧矶平。

今日悲前事，西风闻哭声。[2]

从官任直道，几处脱长裾。

殁后儿犹小，葬来人渐疏。

邻翁占池馆，长吏觅图书。

身贱难相报，平生恨有余。[3]

　　这些都是诗人写目睹到的死亡之后的其情、其景、其事、其境，皆极为凄凉悲惨，令人读之不但肝肠寸断，而且万念俱灰，从而加深了对死亡的体验。

　　如前所述，杜荀鹤是一位苦苦追求功名而屡试不第的诗人，在他心中始终郁结着一股怀才不遇的悲愤。因此，在其诗集中，对死亡的体验也往往

1　《全唐诗》，卷六七三，第7699页。

2　《丁卯集笺证》，第104页。

3　《丁卯集笺证》，第105页。

与佛教苦空观念以及对怀才不遇、赍志以殁之不幸身世的伤悼有关。如他的《经贾岛墓》云：

> 谪宦自麻衣，衔冤至死时。
>
> 山根三尺墓，人口数联诗。
>
> 仙桂终无分，皇天似有私。
>
> 暗松风雨夜，空使老猿悲。[1]

《哭刘得仁》云：

> 贾岛还如此，生前不见春。
>
> 岂能诗苦者，便是命羁人。
>
> 家事因吟失，时情碍国亲。
>
> 多应衔恨骨，千古不为尘。[2]

　　诗人所伤悼的这些或为前辈或为师友的亡者，都与他自己有着同命相怜的不遇不达的悲惨身世，他们一生都曾苦心为诗，都曾奋力拼搏于科场，都留下了无论内容还是艺术都足以动人、垂诸不朽的篇章，但他们的命运却都是那样的凄惨，最终无不落得个"仙桂终无分"的结果。这一切，难道真是"岂能诗苦者，便是命羁人"吗？《哭方干》云：

> 何言寸禄不沾身，身没诗名万古存。

---

1 《全唐诗》，卷六九一，第 7934 页。

2 《全唐诗》，卷六九一，第 7941 页。

况有数篇关教化，得无余庆及儿孙。

渔樵共垒坟三尺，猿鹤同栖月一村。

天下未宁吾道丧，更谁将酒酹吟魂。[1]

杜荀鹤尽管发出这样的怀疑，但他却绝不能接受这一事实，因为他毕竟还在强作支撑奋战于名场，还在苦苦写着那些"关教化"的五七言诗。因此，那种"何言寸禄不沾身，身没诗名万古存"的肯定与其说是对逝者的安慰，不如说是在给自己饱受生苦、老苦、病苦多种折磨已经难以支撑的身心打入的一剂强心针。然而，事实上却是，这种强为振作的高调唱之后，最终又还是不免落到"渔樵共垒坟三尺，猿鹤同栖月一村。天下未宁吾道丧，更谁将酒酹吟魂"的哀叹中。那三尺孤坟、一弯残月、鹤唳猿啼陪伴吟魂的悲凉凄惨之景，只能更加凸显出"身没诗名万古存"的虚幻不实，将所谓"诗名万古存"的真实价值撕开来给人们看。是啊，"病向名场得，终为善误身"[2]。既然逝者已矣，那么生者又何必再执着辛苦、烦劳于世呢？深受佛教理论熏染的诗人似乎已对"死苦"有所感悟，他说："闲来吟绕牡丹丛，花艳人生事略同。半雨半风三月内，多愁多病百年中。开当韶景何妨好，落向僧家即是空。"[3]也就是说，任你人生花朵开得何等鲜艳，但最终都只是一个"空"字。由此，诗人发出"举世尽从愁里老，谁人肯向死前闲"[4]"是个少年皆老去，争知荒冢不荣来"[5]的感慨，这既是对自己的告诫，也是对世人的警醒。归根到底，与"半雨半风三月内，多愁多病百年中"一样，都是对人

---

1 《全唐诗》，卷六九二，第7962页。

2 杜荀鹤：《哭友人》，《全唐诗》，卷六九一，第7945页。

3 《中山临上人院观牡丹寄诸从事》，《全唐诗》，卷六九二，第7962页。

4 《秋宿临江驿》，《全唐诗》，卷六九二，第7951页。

5 《重阳日有作》，《全唐诗》，卷六九二，第7952页。

生最终不免堕入"死苦"的一种深刻认识。

晚唐尤其是唐末，是中国历史上一个极为悲惨的时代，人们不仅无可避免地要遭到正常死亡，而且更有不少因为兵灾战祸而死于非命者。面对这些无辜者的惨死，人们不仅触目惊心，惨不忍睹，而且更能引发起对生命无常，一切皆空之佛教"苦谛"的深省。关于当时的平民百姓被军阀们如同屠宰鸡犬一般的遭到血腥杀戮的情况，我们从下面的诗作中也可略知一二，如褚载的《吊秦叟》诗云：

> 市西楼店金千秤，渭北田园粟万钟。
> 儿被杀伤妻被虏，一身随驾到三峰。[1]

这是身旁一个家财万贯且娇儿绕膝、美妻拥怀之富人的遭遇。想当初，为了积攒下这"市西楼店金千秤，渭北田园粟万钟"的雄厚家业，这位秦叟曾经是如何费尽心机、耗尽气力啊。可是当一场猝不及防的兵灾横祸飞来后，只落得个"儿被杀伤妻被虏"的结局，过去苦心经营的一切，顷刻间都灰飞烟灭了。面对此情此景，活着的人们又怎能不深深信服人生是苦、万法皆空的佛教教义呢？韦庄在《秦妇吟》中说唐末那些富贵人家在兵乱之中的惨景是："内库烧为锦绣灰，天阶踏尽公卿骨"[2]，由此看来，这位秦叟一家的遭遇只不过是晚唐时代的一个缩影罢了。

杜荀鹤的《哭贝韬》诗是庆幸身处乱世的朋友终于得其善终的，诗云：

> 亲朋来哭我来歌，喜傍山家葬荔萝。

---

1 《吊秦叟》，《全唐诗》，卷六九四，第 7992 页。
2 《韦庄诗词笺注》，第 191 页。

四海十年人杀尽，似君埋少不埋多。[1]

一句"四海十年人杀尽"真是令人触目惊心，千载之下读之仍不免胆寒。然而，这绝不是诗人文士的夸张之辞，这就是活生生的晚唐现实。这种血腥的大屠杀，在晚唐人诗集中记载得极多，如刘象《邺中感旧》就写道："顷年曾住此中来，今日重游事可哀。记得几家欢游处，家家家业尽成灰。"[2]如杜荀鹤的《旅泊遇郡中叛乱示同志》谓："握手相看谁敢言，军家刀剑在腰边。遍搜宝物无藏处，乱杀平人不怕天。古寺拆为修寨木，荒坟开作甃城砖。郡侯逐出浑闲事，正是銮舆幸蜀年。"[3]如方干的《过申州作》谓："万人曾死战，几户免刀兵。井邑初安堵，儿童未长成。凉风吹古木，野火烧残营。"[4]无怪乎曹松会在《己亥岁二首》诗中说："泽国江山入战图，生民何计乐樵苏。凭君莫话封侯事，一将功成万骨枯。""传闻一战百神愁，两岸强兵过未休。谁道沧江总无事，近来长共血争流。"[5]

与曹松同时的张蠙有一首诗题目就叫《吊万人冢》，诗曰：

兵罢淮边客路通，乱鸦来去噪寒空。

可怜白骨攒孤冢，尽为将军觅战功。[6]

这一方面可见当时死亡的人数之多，另一方面也与曹松诗一样，指出造成

---

1 《全唐诗》，卷六九三，第 7978 页。

2 《全唐诗》，卷七一五，第 8216 页。

3 《全唐诗》，卷六九二，第 7950 页。

4 《全唐诗》，卷六四九，第 7449 页。

5 《全唐诗》，卷七〇七，第 8237 页。

6 《全唐诗》，卷七〇二，第 8085 页。

这种惨剧的原因就是军阀们争夺江山。在这样生灵涂炭的时代里，人们简直生活在人间地狱之中，平民百姓无不难安，深感性命朝不保夕，至于那些被军阀们当作炮灰的士卒们的生命更是鸡犬不如了。常言道，"宁为太平犬，不作乱世人"，这况味已经为不幸的晚唐人所深深体验到了。总之，佛教的"死苦"之说在这时之所以比唐代任何一个时期都更深入人心，就不是偶然的了。

　　此外，我们从李商隐《行次西郊作一百韵》、韦庄《秦妇吟》等长诗所描写的巨大场面中，都可看出在那兵荒马乱的年月里白骨成堆、血流成河的人间惨剧。当时的惨景确实是："乱离寻故国，朝市不如村。"[1]"近郊经战后，处处骨成丘。"[2]"兵戈村落破，饥俭虎狼骄。"[3]"兵火有余烬，贫村才数家。"[4]"高田长槲枥，下田长荆榛。农具弃道旁，饥牛死空墩。依依过村落，十室无一存。存者皆面啼，无衣可迎宾。""大妇抱儿哭，小妇攀车辐。……少壮尽点行，疲老守空村。"[5]"岸上花根总倒垂，水中花影几千枝。一枝一影寒山里，野水野花清露时。故国几年犹战斗，异乡终日见旌旗。交亲流落身羸病，谁在谁亡两不知。"[6]在刀兵浩劫过后，无论城市乡村，到处都只是一片渺无人烟的荒凉破败，真是满目疮痍，没有半点生气。汉末时代曹操和王粲笔下那种"白骨露于野，千里无鸡鸣"（曹操《蒿里行》）、"出门无所见，白骨蔽平野"（王粲《七哀诗》）的历史画面又重新出现在晚唐人的眼前。在晚唐人看来，这历史的如此相似，究竟只是偶然出现，还是必然的循环？如前所述，佛教"四相迁流"理论讲的就是世间任何

1　李山甫：《乱后途中》，《全唐诗》，卷六四三，第 7371 页。

2　马戴：《邯郸驿楼作》，《全唐诗》，卷五五五，第 6439 页。

3　罗隐：《秋江》，见李之亮：《罗隐诗集笺注》，岳麓书社 2001 年版，第 144 页。

4　钱珝：《江行无题一百首》四十三，《全唐诗》，卷七一二，第 8190 页。

5　李商隐：《行次西郊作一百韵》，《李商隐诗歌集解》，第 232 页。

6　韩偓：《伤乱》，见齐涛：《韩偓诗集笺注》，山东教育出版社 2000 年版，第 148 页。

事物都无不要经历一个成、住、坏、空的过程。"成"是其兴起阶段,"住"则是其兴盛时期,到了"坏"的阶段就势必要走下坡路,而所有一切最终都不免要归结于"空"。

德国哲学家海德格尔曾经认为,真正的存在之本体论的结构,须待把先行到死中去之具体结构找出来,才弄得明白。由此可见,晚唐诗人所经历的这场死亡无数的人间大灾难,的确对他们于死亡之本质的深入思考有一定的警醒作用。所谓"铁马云旗梦渺茫,东来无处不堪伤。风吹白草人行少,月落空城鬼啸长。一自纷争惊宇宙,可怜萧索绝烟光。曾为塞北闲游客,辽水天山未断肠"[1],"水自潺湲日自斜,尽无鸡犬有鸣鸦。千村万落如寒食,不见人烟空见花"[2],这就是晚唐诗人所面对的无比荒凉凄惨的画面。在这些诗句中所反复出现的"空"字,难道真是偶然的吗?不是,绝不是。昔日的繁华兴盛,昔日的欢歌笑语,昔日的樵歌渔钓,昔日的安居乐业,一切都只化成了一个"空"字。晚唐诗人目睹大批生民无辜死亡的残酷事实,亲身经受朝不保夕、动荡不安的逃命生活,难道不能由感受到"死苦"的无比悲惨进而觉悟到人世人生都不过只是一场空幻吗?我们知道,无论儒家还是道家都不曾解决过生死问题带给人们的恐惧,都回避将死亡的真相撕开给人看。但佛教不同,佛教正是首先将包括"死苦"在内的生、老、病、死这最悲惨的人生痛苦无情地揭示在人们面前,从而使人们警醒到这世间的一切贪欲、追逐、求索、算计、辛苦、劳累,一切嗔恚、怨欢、得失、是非、荣辱,其实都是毫无意义的。尤其在那些人命已如同草芥、大批死亡的惨绝人寰的历史浩劫面前,人们更不得不感到人生的虚幻,人世的在劫难逃,从而加深了对一切皆空的认识。

---

1 吴融:《彭门用兵后经汴路三首》其三,《全唐诗》,卷六八四,第7859页。

2 韩偓:《自沙县抵龙溪县值泉州军过后村落皆空因有一绝》,《韩偓诗集笺注》,第90页。

二、人生苦难之叹：怨憎会、爱别离、求不得、五蕴盛后四苦

如前所述，佛教认为，世间一切生命与生存现象，无非都是苦的表现。生、老、病、死四苦，只是我们通常的说法，事实上，佛门讲得更多的是"八苦"理论。所谓"八苦"，即是在前四苦的基础上再加上爱别离、怨憎会、求不得、五蕴盛四苦。相对而言，"八苦"之说更为全面地概括人生中来自身心逼迫摧残各方面的痛苦。概言之，生、老、病、死、爱别离、怨憎会、求不得、五蕴盛这八苦既来自自然规律的限制，也缘于众生对于情与欲的执着与贪求。因此，佛教苦谛的第五苦即是"怨憎会苦"。

所谓"怨憎会苦"，即是指众生因为各种客观原因所支配，从而不由自主地不得不与不喜欢甚至仇怨的人打交道，不得不从事自己不愿意甚至非常厌恶的事的这种身心交违的痛苦。那么，晚唐诗人所最不喜欢的人与最厌恶的事究竟是什么呢？明人胡震亨说过："晚唐人集，多是未第前诗。其中非自叙无援之苦，即訾他人成事之由。名场中钻营恶态，企冀俗情，一一无不写尽。"[1]从这段话中，我们似乎可以看出晚唐诗人的现实处境及其由此而形成的内心情结与精神状态即是：日益处于社会边缘，既无用武之地，更无成就与价值可言；因着官场的腐败黑暗，欲求科第进阶而不得其门而入；因久困

---

1 《唐音癸签》，卷二十六，第 277 页。

场屋，于是既自叹无人援助，又痛恨他人得以成事；在精神状态方面则是以局促、拘挛、轻浅、微弱等为特征。

然而，因着传统儒家人生观、价值观的关系，这样的处境与心态并没有阻止晚唐士子奋斗在追求科举仕宦方面的进取之为。因为，在中国，凡遵行儒家传统思想的士人们，往高处说，大都怀有为君辅弼、致君尧舜的宏远志向；往低处说，出仕做官，这既是他们的政治理想，也是他们谋身养家的一种手段。所谓"学成文武艺，货与帝王家"。正如农人以种田为其口食依据一样，绝大部分读书人亦即"士"即是以仕宦从政作为自己衣食来源的。这从《孟子·滕文公下》的"士之仕也，犹农夫之耕也"[1]等说法也可得知。而唐代实行的科举取士制度，为出身贫寒的庶族之士提供了一条仕宦出路，致使自初盛唐以来，广大知识分子便奔走在这条路上。然而，如前所述，由于朝政的日趋黑暗，科场也变得十分腐败，到晚唐时代，这条路对广大出身寒微的士子们来说，是越来越狭窄了。但是，为了取得一第，他们还是不得不强打精神，调动所有精力与财力，也参与到请托夤缘这种不正之风中来。可以想知，这种干求拜谒之举，对于原本以才智自傲、以清高自许的士人们来说，是一件极其屈辱自己人格与心志的行为，所谓"伺候于公卿之门，奔走于形势之途，足将进而趑趄，口将言而嗫嚅"[2]。当原本清高的士人不得不放下架子，置身于这种极其尴尬难堪场面时，他们心中常常充满的就是一种极为深重的"怨憎会"之痛苦了。

当我们翻开晚唐人的集子，往往会看到许多以投某某、呈某某、献某某、上某某为题的诗作，还有的干脆以陈情某某为其题目，这些无疑都是他们"伺候于公卿之门，奔走于形势之途"攀附夤缘的明证。然而，这种违己

---

1 杨伯峻：《孟子译注》，中华书局 1960 年版，第 142 页。

2 韩愈：《送李愿归盘谷序》，《韩愈集》，岳麓书社 2000 年版，第 246 页。

之为的难堪与痛苦也就包含其中了。如顾非熊在《冬日寄蔡先辈校书京》诗中写道：

> 弱冠下茅岭，中年道不行。
>
> 旧交因贵绝，新月对愁生。
>
> 旅思风飘叶，归心雁过城。
>
> 唯君知我苦，何异爨桐鸣。[1]

在这里，诗人一方面叙说自己仕途偃蹇的愁苦，另一方面对蔡校书这位知音能赏识他心存感激，实际上是希望蔡校书能对自己再一次援之以手，给予实质性的帮助。李频在诗派中算是通达的，其进取心也很强，但当他遭遇到落第的不幸之后，也写了陈情诗给张侍御，自叙悲苦，自言心志。诗云：

> 刖足岂一生，良工隔千里。
>
> 故山彭泽上，归梦向汾水。
>
> 低催神气飞，僮仆心亦耻。
>
> 未达谁不知，达者多忘此。
>
> 行年忽已壮，去老年更几。
>
> 功名如不彰，身殁岂为鬼。
>
> 才看芳草歇，即叹凉风起。
>
> 骢马未来朝，嘶声尚在耳。[2]

---

1 《全唐诗》，卷五〇九，第5786页。

2 《下第后屏居书怀寄张侍御》，《全唐诗》，卷五八九，第6845页。

我们很难想象这位一贯以清雅诗风见称于世，在当时颇受诗人们敬仰爱戴的贵官在下第后竟会落到"低催神气飞，僮仆心亦耻"的不堪境地。连顾非熊那样一位高尚之士在其陈情诗中自言寒苦，也几近乞哀告怜。在《陈情上郑主司》中，他写道：

> 登第久无缘，归情思渺然。
>
> 艺惭公道日，身贱太平年。
>
> 未识笙歌乐，虚逢岁月迁。
>
> 羁怀吟独苦，愁眼愧花妍。
>
> 求达非荣己，修辞欲继先。
>
> 秦城春十二，吴苑路三千。
>
> 茅屋山岚入，柴门海浪连。
>
> 遥心犹送雁，归梦不离船。
>
> 时节思家夜，风霜作客天。
>
> 庭闱乖旦暮，兄弟阻团圆。
>
> 朝乏新知己，村荒旧业田。
>
> 受恩期望外，效死誓生前。
>
> 愿察为袁意，彷徉和角篇。
>
> 恳情今吐尽，万一冀哀怜。[1]

像刘得仁这样的一生困于场屋而白衣终老的诗人其感触就更加深刻了，在《陈情上李景让大夫》中他写道："一被浮名误，旋遭白发侵。裴回恋明主，梦寐在秋岑。遇物唯多感，居常只是吟。待时钳口定，经事压低心。辛

---

1 《陈情上郑主司》，《全唐诗》，卷五〇九，第5789页。

苦文场久，因缘戚里深。老迷新道路，贫卖旧园林。……此生如遂意，誓死报知音。上德怜孤直，唯公拔陆沉。丘山恩忽被，蝼蚁力难任。作鉴明同日，听言必重金。从兹更无限，翘足俟为霖。"[1]可以看出，在这些诗中，有感伤，有哀叹，有乞求，有无奈，然而全都落实到希冀那些权要名流们能够"怜孤直""拔陆沉"，使身处贫寒的士子们能遂却心愿，改变命运。所以是"从兹更无限，翘足俟为霖"。

当然，这些陈情诗并非全都是夸大其辞，事实上，诗人们为了追求仕进也确实是忍受了极大的身心痛苦。如罗隐在《西京崇德里居》诗中说：

> 进乏梯媒退又难，强随豪贵殢长安。
> 风从昨夜吹银汉，泪拟何门落玉盘。
> 抛掷红尘应有恨，思量仙桂也无端。
> 锦鳞赪尾平生事，却被闲人把钓竿。[2]

诗人想要仕进却又缺少梯媒，致使登科折桂之想总是成空，于是他不得不滞留在这红尘滚滚的长安城中。而长安米贵，居大不易，为了存身于此中，他也许不得不像杜甫当年一样，过着"朝扣富儿门，暮随肥马尘，残杯与冷炙，到处潜悲辛"[3]的屈辱难堪生活，其中也许更有许多我们不得而知的难言之隐。想到这里，诗人更加觉得自己简直就像一条鲤鱼一样，尽管有着金灿灿的"锦鳞赪尾"，却无法跳过龙门，相反还总是被那些"闲人"钓来钓去，遭到无端捉弄，处处身不由己。然而，这辛酸，这悲怨，又向何人诉说，又有谁能理解呢？尤其使他伤悲的是，他还不能够轻易退出长安，还

---

1 《全唐诗》，卷五四五，第 6302 页。

2 《罗隐诗集笺注》，第 8 页。

3 《奉上韦左丞二十韵》，见仇兆鳌：《杜诗详注》，中华书局 1979 年版，第 73 页。

要继续忍受那"强随豪贵"的违背心志之苦恼，这种进退两难的"怨憎会苦"，怎能不教诗人泪落玉盘呢？在另外两首诗中，罗隐讲得更加明白，一首是《投所思》，诗云：

> 憔悴长安何所为，旅魂穷命自相疑。
> 满川碧嶂无归日，一榻红尘有泪时。
> 雕琢只应劳郢匠，膏肓终恐误秦医。
> 浮生七十今三十，从此凄惶未可知。[1]

另一首是《春日叶秀才曲江》，诗云：

> 江花江草暖相隈，也向江边把酒杯。
> 春色恼人遮不得，别愁如疟避还来。
> 安排贱迹无良策，裨补明时望重才。
> 一曲吴歌齐拍手，十年尘眼未曾开。[2]

在前诗中，诗人感叹说，漂泊与贫穷，简直像两个魔鬼一样始终不放弃地纠缠着他，使他甚至于不得不怀疑自己是不是生来就是这种命运，这辈子恐怕是永远难以逃脱魔爪了。那满川的青碧山峦，却如同重重障碍，阻挡了他的归家之路；那滚滚的红尘，更是扑面而来，直让他双目流泪不止。人生的寿命差不多已过去了一半，看起来，自己这一辈子注定要与栖栖惶惶为伴了。诗人怎能不感慨万端呢？在后一首中，诗人说自己本想趁着春和景明之际，到江边散散心，但看着满眼的"江花江草"，不由得睹物伤情，想起自

---

1 《罗隐诗集笺注》，第 9 页。
2 《罗隐诗集笺注》，第 26 页。

己家乡钱塘那无比秀美的风景，只感到"别愁如疟避还来"。他希望早日摆脱这种落魄的"贱迹"，但与其说是没有良策，还不如说是没有良机。真是自己越不愿意的事，越找上门来。这佛门的"怨憎会苦"，简直如影随形、半步不离地伴随着他，这怎不教我们的诗人苦恼万分？

如果说，罗隐所遭遇的还只是不第所带来的种种"怨憎会"苦情，那么郑谷所遭遇的则是兵荒马乱、流落他乡的"怨憎会"苦。在《送进士许彬》中，他写道："泗上未休兵，壶关事可惊。流年催我老，远道念君行。残雪临晴水，寒梅发故城。何当食新稻，岁稔又时平。"[1]在《渠江旅思》中，他又写道："流落复蹉跎，交亲半逝波。谋身非不切，言命欲如何。故楚春田废，穷巴瘴雨多。引人乡泪尽，夜夜竹枝歌。"[2]诗人在垂老之年遭逢兵祸，已经是人生大不幸了，何况在乱离中，亲旧几乎一半已撒手尘寰，离他而去。伴随他的，不是天寒地冻，就是苦雨连绵，事事都不如意，件件都只能引人伤心，真是命与仇谋，雪上加霜啊！因此，当诗人夜夜听着那异乡人所唱出的极为凄凉的竹枝歌时，想到自己的不幸身世，想到动荡乱离的时代，那滚滚而下的乡泪，真是流不完，淌不尽。何时才能结束这种令人难堪的"怨憎会苦"？诗人简直不敢想象。

上面所引述的"怨憎会苦"之感叹，主要还是表现在诗人们为了仕宦进身而不得不降志屈身干谒拜求公卿权要，为了获得一第而不得不留滞他乡饱受行役漂泊之苦以及因兵荒马乱而离散逃难等方面，这在晚唐时代确实有很大的代表性。相比之下，诗人李商隐虽然科举道路比较顺遂一些，但终其一生，也难以逃脱仕宦坎坷的人生痛苦，他所承受的主要是另外一种漂泊天涯、常年做幕的风尘小吏那种寄人篱下、受人支使的屈辱。陶渊明在《归去

---

1 《全唐诗》，卷六七四，第 7707 页。

2 《全唐诗》，卷六七四，第 7717 页。

来辞》中说："既自以心为形役，奚惆怅而独悲？"[1]可以说，正是这种心为形役的不自由生活，使他感受到极大的难堪与痛苦。众所周知，李商隐虽然出身贫寒，但却很有一番政治抱负，而且也具备一定的政治才能。我们从他的咏怀诗、咏史诗中可以看出，指点江山，褒贬史实，其眼光的确不同一般。无论是"历览前贤国与家，成由勤俭败由奢"[2]的高瞻远瞩，还是"窦融表已来关右，陶侃军宜次石头"[3]的具体谋划，在感会时代风云、追溯历史成败的伤今悼古之中，都表现了远过他人的历史识见。可是，在他的一生中，却始终未有施展抱负、表现才能的机会，一辈子就在那与"等因奉此"的公务应酬文字打交道的幕府生涯中度过，这难道是他这位志向高远之文人所愿意的吗？尤其使他感到痛苦的是，由于屈居下僚，还不得不听命于那些眼光短浅，胸无点墨且不仁不义，一心只以搜刮民脂民膏、残害百姓为能事的上司。在《任弘农尉献州刺史乞假归京》这首诗中，他倾吐自己心中的悲愤说：

> 黄昏封印点刑徒，愧负荆山入座隅。
> 却羡卞和双刖足，一生无复没阶趋。[4]

这是诗人因为"活狱"（即减轻或免除对受冤囚犯的处罚）而得罪上司愤然辞职所作。在这里，我们可以看到，这位情深义重的眷眷诗人，在极其黑暗冷酷的官场中是多么的无奈与屈辱，他要想不残害无辜的善良百姓，就不得不得罪上司；要想保住自己的官职，就不得不昧着良心与上司狼狈为奸。晚唐时代，不但贪官横行，而且暴吏也特别多，终日周旋在这些灭绝天良、草

---

1 《陶渊明集》，中华书局 1979 年版，第 160 页。
2 《咏史》，《李商隐诗歌集解》，第 347 页。
3 《重有感》，《李商隐诗歌集解》，第 124 页。
4 《李商隐诗歌集解》，第 341 页。

菅人命、用百姓的鲜血染红自己顶子的残暴官吏之间，已经让诗人感到莫大的悲哀与痛苦，更何况还常常要"为五斗米向乡里小人折腰"呢？盛唐诗人高适在任县尉时，说自己与其过着"拜迎官长心欲碎，鞭挞黎庶令人悲"的生活，还不如辞官不做，有所谓"乃知梅福徒为尔，转忆陶潜归去来"[1]之叹。而李商隐面对着因"活狱"而开罪于上司这事，他也不禁羡慕起历史上那位因献玉璧而两次遭到楚王刖足的卞和氏来。诗人愤慨地说，自己倒不如像他那样，因为没了双腿，再也用不着去衙门里趋拜，去受那份怄上司气的活罪了。诗人在这种似乎不近情理的激愤语中，表现的是自己那种不愿意再承受压抑、不甘心继续违背心志的极为强烈的愤慨与反抗情绪。可以说，这种激愤正是诗人长期蒙受身心相违，不但没有自由，有负大志，辱没才能，而且还时时深感良心责备之"怨憎会苦"终于爆发出来的结果。

六朝时梁代文人江淹在《别赋》中曾经凄然叹息道："黯然销魂者，唯别而已矣！"的确，离别是人生中最为痛苦的事。因此，佛教"八苦"说的第六苦，即是"爱别离苦"。按照佛教的说法，这是指众生不由自主地与相爱的人或事离别的痛苦。佛教认为，人们在主观和客观两方面都有所喜爱，但因为外在原因却不得不离别，难以相爱。如父子、兄弟、夫妇、朋友、情爱浃洽，欢乐相融，后来终不免是父子东西、兄弟南北，骨肉分离，甚至祸起非常，造成生离死别的莫大痛苦。《大涅槃经》卷十二说："何等为爱别离苦？所爱之物破坏离散。"[2]李商隐在《杜司勋》中说："高楼风雨感斯文，短翼参差不及群。刻意伤春与伤别，人间唯有杜司勋。"[3]其实，在晚唐大写伤别之情的诗人，又何止杜牧一人！更进一步说，晚唐人的"爱别离苦"所包含的内容，又岂止与亲友与情爱离别之事！翻检晚唐人的诗集，我们会

---

1 《封丘县》，见孙钦善：《高适集校注》，上海古籍出版社1984年版，第170页。

2 陈聿东等编：《佛教文化百科》，天津人民出版社1993年版，第931页。

3 《李商隐诗歌集解》，第875页。

看到，在叹老嗟卑的同时，诗人们也总是在感伤离别。如前所述，晚唐人一方面是为了求取极为不易的功名利禄而离别家乡与亲友；另一方面则是因躲避兵灾祸患而背井离乡，漂泊天涯。因此晚唐人集中，以抒写这一类伤别情怀的声音最多，而又往往与叹老嗟卑夹杂在一起。同时，从当时诗坛风尚来看，抒写男女艳情尤其是婚外恋情也是另一种比较强大的创作倾向，由于封建伦理道德标准的规范，这类恋情也多在否定之列，故难以为社会所承认，因此便不免横生许多间阻，由此也就产生了不少倾诉男女相思相别情感的诗作，这无疑也属于对"爱别离苦"的感叹。

许浑《别韦处士》诗说："南北断蓬飞，别多相见稀。更伤今日酒，未换昔年衣。旧友几人在，故乡何处归。秦原向西路，云晚雪霏霏。"[1] 这是感伤自己自从与家乡及亲友之分别之后，如同蓬草飘飞南北一样，无有止泊之处。罗隐《秋夜寄进士顾荣》诗云："秋河耿耿夜沉沉，往事三更尽到心。多病漫劳窥圣代，薄才终是费知音。家山梦后帆千尺，尘土搔来发一簪。空羡良朋尽高价，可怜东箭与南金。"[2] 这是写自己在清冷的秋夜里，独自一人咀嚼着离家漂泊之苦，诗中也兼及了对知音的思念与对良朋的向往；马戴《寄远》诗云："坐想亲爱远，行嗟天地阔。积疹甘毁颜，沉忧更销骨。迢迢游子心，望望归云没。乔木非故里，高楼共明月。夜深秋风多，闻雁来天末。"[3] 这是将与家乡之别和与亲爱之别合在一起写，由于诗人心头上交织着这两种人生痛苦，所以他不免落到"积疹甘毁颜，沉忧更销骨"的境地。诗的末尾"闻雁"一句，既是羡慕大雁能够回归，也有希冀大雁为自己捎带书信，从而慰藉那位此时正独倚高楼之上，与自己共仰天上一轮明月的爱人之意，这双关的语意，将"爱别离"的苦情渲染得十分浓烈。韦庄《惊秋》诗云："不向

---

1 《丁卯集笺证》，第 39 页。

2 《罗隐诗集笺注》，第 101 页。

3 《全唐诗》，卷五五五，第 6436 页。

烟波狎钓舟，强亲文墨事儒丘。长安十二槐花陌，曾负秋风多少秋。"[1]这是说自己本是多情善赏的风流才子，最喜爱的事就是在大自然的良辰美景中纵情游玩，但是为了博取当时人人都很看重的功名利禄，得以荣父母，养妻子，不得不与乐事相违而成天"强亲文墨事儒丘"。可以看出，这种压抑自己自然情性、辜负自己大好时光的行为，同样也是一种极为无奈的"爱别离苦"。

赵嘏曾以一联"残星几点雁横塞，长笛一声人倚楼"诗闻名于晚唐，被冠以"赵倚楼"之雅号。其实这首诗中所写的也是"爱别离"情。诗的题目就叫《长安晚秋》，诗云：

> 云物凄凉拂曙流，汉家宫阙动高秋。
> 残星几点雁横塞，长笛一声人倚楼。
> 紫艳半开篱菊静，红衣落尽渚莲愁。
> 鲈鱼正美不归去，空戴南冠学楚囚。[2]

诗人缘何而倚楼？他倚楼时所见者何？所闻者何？当这些所见所闻作用于诗人时，在他心中会涌起怎样的情感？说到倚楼，我们会想起中国古代文人墨客的登楼情结。自从汉末三国时的王粲登上湖北当阳城楼写下一篇《登楼赋》以来，登楼望乡就成了中国历代文人诗词文中的常见题材。赵嘏曾于文宗大和六年（832）左右自宣城赴长安应举，初试不第，以后便留滞长安数年，不得回归山阳家中。值此清秋清晨之际，他登上城楼，瞭望家乡方向，心中不免有些凄凉伤感。而此时眼前所见的横空而过的南飞雁阵，与耳畔传来的悠扬而凄清的长笛之声，更增添了他的乡思惆怅。紫菊半开静蕊，

---

1 《韦庄诗词笺注》，第 95 页。

2 《全唐诗》，卷五四九，第 6347 页。

使他想起弃官归田的陶令；荷花落尽红衣，更令他思念家乡的莲塘。结尾一声"鲈鱼正美不归去，空戴南冠学楚囚"的长叹，便饱含了"有家归不得"的人生遗憾。是啊，究竟是什么阻挠自己不能像晋时的张翰那样，见秋风一起，便毅然放弃官职名爵返回家乡，尽情享受鲈羹莼脍的美味佳肴呢？又究竟是什么束缚着自己不能"潇洒送日月"[1]，而苦苦缧系在这"冠盖满京华，斯人独憔悴"[2]的长安城中，过着楚囚一样的不自由生活呢？不言而喻，束缚诗人情性，使他受着这"有家归不得""爱别离苦"活罪的，正是当时以功名仕宦作为衡量士人标准的价值观念，正是在这根指挥棒的支配下，我们的诗人才会过得如此的无奈与不自在。

赵嘏还有几首诗也是以抒写思家怀归之情而备受时人称赏的，如《东望》诗云："楚江横在草堂前，杨柳洲西载酒船。两见梨花归不得，每逢寒食一潸然。斜阳映阁山当寺，微绿含风月满川。同郡故人攀桂尽，把诗吟向沉寥天。"[3]又如《寄归》诗云："三年踏尽化衣尘，只见长安不见春。马过雪街天未曙，客迷关路泪空频。桃花坞接啼猿寺，野竹庭通画鹢津。早晚相酬身事了，水边归去一闲人。"[4]诗中所谓"同郡故人攀桂尽"当然是一种夸张之辞，因为唐时进士名额极少，及第者平均每年不过二十余人，不比宋代中进士者动辄即是数百甚至千余人。但"两见梨花归不得，每逢寒食一潸然""三年踏尽化衣尘，只见长安不见春"的情感体验却非有亲身经历者不能道出。也许是其心中的家乡观念特别浓厚的缘故，在赵嘏诗集中，以思乡为题材的作品特别多。另一首以《寒食遣怀》（一作《忆山阳》）为题的诗也因风物凄清而客情萧瑟，在晚唐曾传诵一时。诗云：

---

1 杜甫：《自京赴奉先县咏怀五百字》，《杜诗详注》，第 73 页。

2 杜甫：《梦李白二首》其二，《杜诗详注》，第 264 页。

3 《全唐诗》，卷五四九，第 6347 页。

4 《全唐诗》，卷五四九，第 6350 页。

折柳城边起暮愁，可怜春色独怀忧。

伤心正叹人间事，回首更惭江上鸥。

鶗鴂声中寒食雨，芙蓉花外夕阳楼。

凭高满眼送清渭，去傍故山山下流。[1]

从"爱别离"的角度来看，这首诗是在伤春之上再加伤别，故情怀更为悲凄。那明丽的春光，温馨的家乡，本来都是诗人所最爱，但为了求取功名，诗人不得不忍心与它们分隔，独自一人冒着霏霏的寒食细雨，默默无言地登上那夕阳惨淡的异乡城楼。回首平生，俯仰人间，诗人甚至感到自己还不如江上之白鸥。杜甫说："白鸥没浩荡，万里谁能驯？"[2]白鸥的精神就是酷爱自由，就是能够展开翅膀纵情飞翔在广阔的江海之上，而我们的诗人却享受不到这份舒展的自由，此时此刻，他只能"凭高满眼送清渭，去傍故山山下流"，将自己对故乡的一番思念之愁心托之于眼前的流水，希望它将那种天涯思归的拳拳之情带回故山。由此可见，赵嘏在当日诗坛上获得盛名绝不是偶然的，因为他诗中的这种饱含"爱别离"情怀的身不由己之苦情，无疑打动了许多与其同病相怜的士子们，赢得了他们心灵世界的普遍共鸣。

无独有偶，晚于赵嘏的唐末诗人崔涂也是以清词妙句而获得诗坛盛誉的，他是江南人，家居富春江一带。虽然在光启四年（888）即登进士第，但由于当时天下已十分混乱，故其一生中大部分时间都过着穷年漂泊、羁旅终生的动荡生活，足迹所到之处，有今江苏、安徽、江西、河南、湖北、湖南、四川、陕西等地，其诗多写落魄异乡的羁愁别恨，情调抑郁低沉。清人所编选的《唐诗三百首》很推崇他的《巴山道中除夜书怀》一诗，诗云："迢

---

1 《全唐诗》，卷五四九，第6349页。

2 《奉赠韦左丞丈二十二韵》，《杜诗详注》，第73页。

递三巴路，羁危万里身。乱山残雪夜，孤烛异乡人。渐与骨肉远，转于僮仆亲。那堪正漂泊，明日岁华新。"[1]其情怀固然真切感人，但在当时，人们传诵最广的还是《春夕》一首。诗云：

> 水流花谢两无情，送尽东风过楚城。
> 胡蝶梦中家万里，子规枝上月三更。
> 故园书动经年绝，华发春唯满镜生。
> 自是不归归便得，五湖烟景有谁争。[2]

此诗尤以"胡蝶梦中家万里，子规枝上月三更"一联脍炙人口。"蝴蝶梦"典故，本出自《庄子》，庄周在睡梦中梦见自己变成了一只蝴蝶，醒来后遂不知是蝴蝶为庄周所化，还是庄周为蝴蝶所化，由此得出与天地万物同一的"齐物"结论。在这里，崔涂既然做了一场"蝴蝶梦"，本不应该有什么"物""我"的分别了，更何况那些个由"我"所派生出来的喜怒哀乐之情感呢？然而，诗人毕竟多情，他什么都可以忘却，唯独不能忘却的是自己那万里之外的家乡。也许，在那场春梦之中，他所化身的那只蝴蝶正翩翩飞舞在家乡，栩栩然，欣欣然，无比快乐自在呢。然而，当一场梦醒之后，家，那最可爱的地方，却再也见不着了，只有那耳边传来的杜鹃啼鸣，声声凄厉地提醒他，这是在异地他乡啊，别再做那美梦了。诗人抬头看看，只有那三更时分的清冷明月映照着孤苦凄凉的自己才是真实的现实，而家乡，不过只是梦中美景罢了。杜甫《江汉》诗说"片云天共远，永夜月同孤"[3]，是的，对于漂泊天涯的游子们来说，只有天上的那一轮明月，才永远不会抛弃

---

1 《全唐诗》，卷六七九，第 7785 页。

2 《全唐诗》，卷六七九，第 7783 页。

3 《杜诗详注》，第 2029 页。

自己，离开自己，才能始终伴随着自己度过漫漫长夜，度过孤苦凄凉的异乡生涯。结尾一联"自是不归归便得，五湖烟景有谁争"更是明确点出"爱别离"的主题。诗人意谓家乡的五湖烟景虽然美好，但也并没有谁来与自己争夺啊，只要自己此时肯回去，马上就可以受用这些明媚鲜妍的良辰美景啊，但是，自己为什么要如此残忍地舍弃所爱而漂泊他乡呢？诗人没有明白做出回答，但在另一些诗中似乎已经告诉了我们，如"况值干戈隔，相逢未可期"[1]"那堪试回首，烽火是长安"[2]。我们将这些诗结合在一起看，其答案已是昭然。细心的读者们难道不能有所体会吗？

　　以上所引述的大多是抒发家乡之思与亲友之别等情感的作品，这是晚唐诗中最常见的主题之一，其例证之多，简直不胜枚举。这种现象，也印证了严羽"唐人好诗，多是征戍、迁谪、行旅、离别之作，往往能感动激发人意"[3]的识见确实无误。但是，在晚唐那个面临国破家亡的动乱时代，还存在着另一种"爱别离苦"，这在韩偓、韦庄、司空图等人的诗集中不时可见。如韩偓的《故都》诗云：

> 故都遥想草萋萋，上帝深疑亦自迷。
> 塞雁已侵池籞宿，宫鸦犹恋女墙啼。
> 天涯烈士空垂涕，地下强魂必噬脐。
> 掩鼻计成终不觉，冯驩无路学鸣鸡。[4]

　　韩偓幼有诗名，长登进士第，曾任左谏议大夫。昭宗天复元年（901），

1　《秋夕与友人话别》，《全唐诗》，卷六七九，第7771页。
2　《南山旅舍与故人别》，《全唐诗》，卷六七九，第7774页。
3　《沧浪诗话·诗评》，《沧浪诗话校释》，第198页。
4　《韩偓诗集笺注》，第61页。

为翰林学士，后迁中书舍人，又升任兵部侍郎、翰林承旨等职，颇为昭宗信任，几度欲擢之为宰相，皆辞让不受。但仍为朱温嫉恨，贬为濮州（今山东鄄城）司马。后唐朝倾覆，遂南依闽王王审知而卒。韩偓在唐代诗歌史上，虽以绮丽柔婉的"香奁体"诗风著称，但作为一位深怀尽忠报国之深衷而不得遂其志愿的老臣，处在那"有心杀贼，无力回天"的晚唐末世，其心中充溢的悲愤凄凉可想而知。此诗所倾诉的正是这种眼看朝廷覆亡在即，却莫可如何的悲伤无奈。诗以"故都"为题，首联即写自己被逐出朝廷之后，无时不怀念故都的一切。因当时昭宗已为朱温挟持至洛阳，故诗中所指的故都即是长安。想到昔日繁华兴盛的京城，如今只是一片荒草萋萋的零落景象，诗人心中又如何不痛心疾首呢？故此，颔联"塞雁已侵池籞宿，宫鸦犹恋女墙啼"两句：一方面展现了今日之深宫早已成为南来北往的塞雁所栖息的地方，其凄凉荒败之景象宛然可见；而另一方面则通过那些昔日的宫鸦们却仍然始终不曾改变地依恋着荒草中蜿蜒逶迤的宫围女墙，并不时发出声声凄惨哀鸣之场景的描写，寄托了自己那份无比眷恋皇城故迹的拳拳深情。诗的后半部分，表现的乃是一种噬脐莫及的追悔与报国无门的愧疚与遗憾，其中所指向的，不正是这批身处国破家亡之际的老臣们对前朝那种难以割舍的"爱别离苦"吗？王国维曾说李后主的亡国词中所抒写的感情具有"释迦基督担荷人类罪恶"的意义，相比之下，韩偓此诗所表现的情怀更显得博大深切，故其境界也非上述那些思家念友之作可以比并。

韩偓的姨夫李商隐乃是晚唐时一位以善写《无题》爱情诗著称的大诗人。在他诗中所抒发的"爱别离"情怀就更多了。由于他对爱本来就怀有始终不渝的执着追求，而其身世却又极为凄凉与不自由，所以他笔下的"爱别离"之悲剧色彩就显得更加浓重。除了与他人相同的思家念友之情之外，义山笔下还出现了良朋好友之间由于遭到小人间隔所造成的"爱别离苦"，如写他与令狐绹感情纠葛的"黄叶仍风雨，青楼自管弦。新知遭薄俗，旧好隔良缘"[1]"北斗兼春远,南陵寓使迟。天涯占梦数,疑误有新知"[2]等。作为一个襟抱远大、识见不凡的志者,他也常常有着"急景忽云暮,颓年浸已衰。如何匡国分,不与夙心期"[3]"我愿为此事,君前剖心肝。叩头出鲜血,滂沱污紫宸。九重黯已隔,涕泗空沾唇"[4]的报国无门、遇合无期的人生遗憾。但义山写得最多也最好的乃是男女相思之别情,这是因为他心中所充溢的"爱别离"情感,在长期的悲苦生涯中,通过无数次痛苦的、悲剧性的情爱体验,已经郁结成了一种"爱别离"之情结的缘故。

　　义山的一生可谓是备受阻隔的一生,他幼年丧父,家世贫寒,"内无强劲,外乏因依"[5]。26岁中进士后,本应春风得意,但应博学宏辞科考却因宵小阻隔而落选。后来再试得中,授以馆职,旋又因人作梗而外调为弘农尉。县小官微,处处遭受摧抑的现实使高傲的诗人无法忍受,不久便辞官归家,以后遂羁泊天涯依人做幕,在"厄塞当途,沉沦记室"[6]的困穷中落拓终生。仕途的挫隔再加上爱情生活的屡遭间阻,与亲人远隔千里的长期睽离,如此经历都已经在诗人心中形成了一种解不开的情结,一种无法排遣的思维意绪。从性质上来分析,这些意绪与这种情结,无疑都是属于"爱别离"的。一部《玉溪生诗集》,抒发"爱别离"情感的佳句名篇比比皆是,如"红楼隔雨相望冷,珠箔飘灯独自归"[7]"来是空言去绝踪,月斜楼上五更

<hr />

1　《风雨》,《李商隐诗歌集解》,第1400页。

2　《凉思》,《李商隐诗歌集解》,第1959页。

3　《幽居冬暮》,《李商隐诗歌集解》,第474页。

4　《行次西郊作一百韵》,《李商隐诗歌集解》,第232页。

5　《祭徐氏姊文》,见刘学锴、余恕诚:《李商隐文编年校注》,中华书局2002年版,第690页。

6　朱鹤龄:《笺注李商隐诗集序》,见刘学锴、余恕诚、黄世中:《李商隐资料汇编》,中华书局2001年版,第243页。

7　《春雨》,《李商隐诗歌集解》,第1769页。

钟"[1]"如何雪月交光夜,更在瑶台十二层"[2]"来时西馆阻佳期,去后漳河隔梦思"[3]"月姊曾逢下彩蟾,倾城消息隔重帘"[4]"竹坞无尘水槛清,相思迢递隔重城"[5]。这些饱含着"爱别离"之遗憾与痛苦的清辞丽句无不深切感人。

由于长期沉沦下僚,漂泊天涯,义山与他的恋爱对象,往往是在"相见时难别亦难"[6]的相思痛苦中度过。因此,他只能以"身无彩凤双飞翼,心有灵犀一点通"[7]"蓬山此去无多路,青鸟殷勤为探看"[8]"何当更剪西窗烛,却话巴山夜雨时"[9]的审美想象与"春蚕到死丝方尽,蜡炬成灰泪始干"[10]"直道相思了无益,未妨惆怅是清狂"[11]的真情表白来冲淡乃至升华这种因"爱别离"所带来的噬心痛苦。

比李商隐生年稍后的唐彦谦也是晚唐时代一位善写《无题》情爱之作的诗人。虽然他的诗名不如李商隐大,成就也不及李商隐高,但其博学多才、文辞绮丽也颇似义山,他集中的《无题》诗虽不如义山多,但所表现出来的那份"爱别离苦"也同样非常感人。如"春江新水促归航,惜别花前酒漫觞。倒尽银瓶浑不醉,却怜和泪入愁肠。"[12]"谁知别易会应难,目断青鸾

1 《无题》,《李商隐诗歌集解》,第 1467 页。

2 《无题》,《李商隐诗歌集解》,第 1449 页。

3 《代魏公私赠》,《李商隐诗歌集解》,第 784 页。

4 《楚宫二首》其二,《李商隐诗歌集解》,第 702 页。

5 《宿骆氏亭寄怀崔雍崔衮》,《李商隐诗歌集解》,第 71 页。

6 《李商隐诗歌集解》,第 1461 页。

7 《无题》,《李商隐诗歌集解》,第 389 页。

8 《无题》,《李商隐诗歌集解》,第 1461 页。

9 《夜雨寄北》,《李商隐诗歌集解》,第 1230 页。

10 《无题》,《李商隐诗歌集解》,第 1461 页。

11 《无题》,《李商隐诗歌集解》,第 1451 页。

12 《无题十首》其四,《全唐诗》,卷六七一,第 7668 页。

信渺漫。情似蓝桥桥下水，年来流恨几时干。"[1] "漏滴铜龙夜已深，柳梢斜月弄疏阴。满园芳草年年恨，剔尽灯花夜夜心。"[2] "忆别悠悠岁月长，酒兵无计敌愁肠。柔丝漫折长亭柳，绾得同心欲寄将。"[3] "杨柳青青映画楼，翠眉终日锁离愁。杜鹃啼落枝头月，多为伤春恨不休。"[4] 可以看出，在这些《无题》诗中反复出现的"惜""怜""忆""恨"等表达情感的动词，所表现的都是一种因与亲爱之人别离而造成的忧愁烦恼心绪。当它们与"花前""银瓶""铜龙""灯花""柔丝""杨柳""翠眉""杜鹃""青鸾""蓝桥"等意象与典故结合在一起时，那种因"爱别离"所造成的忧愁烦恼似乎已化成了一种美的情境与画面，但是，当你真正置身此中的时候，在那长期分别的漫漫等待中，却又是何等的难堪难挨啊！更何况，这种思念如果双方彼此都是真诚无伪、坚贞不渝的话，也许苦涩中还能有几分甘甜；倘若是对方一去不返、杳如黄鹤，甚或"不念携手好，弃我如遗迹"的话，那么这杯苦酒就只有独自一人默默吞下了。当然，幸好唐彦谦不是那样的薄情之人，如同义山一样，他也是一个多情种子，于是，在他笔下，我们常常可以看到以男性为主人公的伤别之作，如"谯楼夜促莲花漏，树阴摇月蛟螭走。蟠蛰对月吸深杯，月府清虚玉兔吼。翠盘擘脯胭脂香，碧碗敲冰分蔗浆。十载番思旧时事，好怀不似当年狂。夜合花香开小院，坐爱凉风吹醉面。酒中弹剑发清歌，白发年来为愁变"[5] 这样的作品，在今天看起来也许很平常，但在当时却是颇为稀少的声音。因为一直到五代时，在叙写男女情爱的诗词中，绝大多数都是以女性为主人公，表现的几乎都是女性对男性的思慕与爱恋。这种性

1　《无题十首》其五，《全唐诗》，卷六七一，第 7668 页。

2　《无题十首》其六，《全唐诗》，卷六七一，第 7668 页。

3　《无题十首》其八，《全唐诗》，卷六七一，第 7668 页。

4　《无题十首》其九，《全唐诗》，卷六七一，第 7668 页。

5　《叙别》，《全唐诗》，卷六七二，第 7681 页。

别角色的改换，要到北宋时的柳永、晏几道、秦观等人生失意的才子词人那里才会作为一种现象出现。而晚唐以李商隐、唐彦谦等为代表的诗人，却能够不顾忌自己的身份，直接以自我为主人公，从男性的角度来表现相思离别之情。正缘于此，唐彦谦也如同柳永等人一样，常常将相思离别之情与羁旅漂泊之愁结合起来写，如《夜泊东溪有怀》一首云：

> 水昏天色晚，崖下泊行舟。
> 独客伤归雁，孤眠叹野鸥。
> 溪声牵别恨，乡梦惹离愁。
> 酒醒推篷坐，凄凉望女牛。[1]

《客中感怀》一首云：

> 客路三千里，西风两鬓尘。
> 贪名笑吴起，说国叹苏秦。
> 托兴非耽酒，思家岂为莼。
> 可怜今夜月，独照异乡人。[2]

在前一首中，我们可以看出，在那天涯"独客""行舟"漂泊的"孤眠"中，诗人所见的那些暮色中的"归雁""野鸥"等，所引起的都只能是"伤""叹"之悲情，而"溪声""乡梦"，更增添了他心中无限的忧思惆怅。一场酒醒之后，诗人推开窗篷，想透透气，解解愁闷，然而，抬头仰望

---

1 《全唐诗》，卷六七一，第 7674 页。
2 《全唐诗》，卷六七一，第 7673 页。

夜空，映入眼帘的，却是那高悬在天边的牛郎星与织女星，正隔着一条银河遥遥相望，触景自然难免生情，诗人会想到什么？他心中的愁闷解除了没有？一切似乎都已经不言而喻。后一首诗，从前四句来看，似乎只是一般的对风尘漂泊的感叹，对为了求取功名而背井离乡行为的悔恨。但后四句则将主题作了更深一层的揭示，诗人明白地说：自己心中所充满的，并不仅仅只是对家乡的思念，而是更具一份"可怜今夜月，独照异乡人"的遗憾。读到这里，不禁使我们想起杜甫的《月夜》诗："今夜鄜州月，闺中只独看。遥怜小儿女，未解忆长安。香雾云鬟湿，清辉玉臂寒。何日倚虚幌，双照泪痕干。"[1]杜甫所写的也是自己独自一人离家在外看月的情怀，他由今夜在此地看月的自己，想到此时也正在家中看月的妻子，于是种种的爱怜体贴都由此而生。最后他希望有一天能回到家中与妻子团圆，两人双双倚在窗户边看月，那时候，不但消除了"爱别离"的人生痛苦，而且可以尽情享受天伦之乐，可以想见，诗人唐彦谦心中所充满的也正是与杜甫相同的感受。

佛教认为，人生在世，由于受到欲望与情感的支配，在主观上便有所爱有所不爱，"爱别离"与"怨憎会"的烦恼痛苦也因此而产生。如前所述，李商隐是一个感情世界十分丰富的人，在他的诗中，往往有将痛苦与欢乐、挚爱与厌倦、隔与不隔等两两相对来写的现象。比如在《蝉》这首咏物诗中，诗人写道：

> 本以高难饱，徒劳恨费声。
>
> 五更疏欲断，一树碧无情。
>
> 薄宦梗犹泛，故园芜已平。
>
> 烦君最相警，我亦举家清。[2]

---

1 《杜诗详注》，第 209 页。

2 《李商隐诗歌集解》，第 1027 页。

在这里，"薄宦梗犹泛"一句，是说自己一直做着低微的小官，到处漂泊，犹如漂浮在大水中的木偶一样身不由己，这无疑是一种"怨憎会苦"；而"故园芜已平"一句则是说当自己想到归隐家乡躬耕终老时，而故园的田地早已荒芜，自己也无处安身了。这种有家归不得的苦恼当然是属于"爱别离苦"的。诗人正是通过这两相对比，更进一步突显了人生的无奈与凄凉。然而，这种种无法回避的人生痛苦究竟如何是了？在另一首《北青萝》诗中，诗人说：

> 斜阳西入崦，茅屋访孤僧。
>
> 落叶人何在？秋云路几层。
>
> 独敲初夜磬，闲倚一枝藤。
>
> 世界微尘里，毋宁爱与憎。[1]

当诗人寻访高僧而不见，一个人独倚枯藤静静地聆听着佛门那悠扬、清脆的钟磬之音时，忽然有所觉悟：一个个体的人，置身于这世界之中，不就如同微尘一样渺小与微弱吗？自身已不可把握，世界更不可把握，一切都只是虚幻，毫无实在可言。那么，对于人的情感，就更不可执着了，因为无论是爱是憎，都不过是虚幻的反映，相对人自身来说，可以说是幻中之幻了。所谓"因梦中梦，见身外身"，唯有佛法，才能消解一切郁结于心头的痛苦，使人趋于平静，归于宁静。可以说，在晚唐时代以依托佛门教义来解脱"爱""憎"情感纠葛烦恼的诗人还不在少数，如罗隐在《寄无相禅师》诗中就说："老住西峰第几层，为师回首忆南能。有缘有相应非佛，无我无人始是僧。烂椹作袍名复利，铄金为讲爱兼憎。何如一衲尘埃外，日日香烟夜

---

1 《李商隐诗歌集解》，第 1871 页。

夜灯。"[1] 薛莹在《羡僧》诗中也说:"处世曾无著,生前事尽非。一瓶兼一衲,南北去如归。"[2] 他们都曾经遭遇过非常不幸的命运,心中都曾经有过极大的愤懑不平,但最终都只能以佛门教义来消却心头火焰,像僧人那样做一个泯灭七情六欲的无爱无憎之人。

佛教"八苦"的第七苦是所谓"求不得苦",即指众生有所欲求而得不到满足的痛苦。佛教认为,求不得苦有二种:一是自己所希望的东西,想要得到却不可能;二是为了想得到的东西,花费了许多工作气力,结果还是没有得到。的确,在现实生活中,人们的要求、欲望、喜爱,往往是很难得到满足的,甚至所求愈奢,愈不能得到,痛苦愈大。

因此,"求不得苦"往往是与人们欲望的过于强烈执着,希望过于高远难攀有关联的。在中国古代,读书士子最强烈的人生欲求、人生愿望是什么呢?毫无疑问,那就是读书做官,也就是孔子所提出的"学而优则仕"。于是,从孔子时代开始,读书人从小所受的教育,就是以从政为目标,一方面是通过从政以行道,另一方面也通过从政以干禄。

唐代所盛行的科举考试制,虽然相对前代九品中正制的由世族豪门把持仕进出路,有利于人才的公平竞争,使读书人无论出身贫富贵贱都能有从政机会,但是也导致了"千军万马过独木桥"现象的出现。于是,自唐太宗发出"天下英雄皆入吾彀中"的欢呼起,唐代士子便开始了在科举考试这条独木桥上千辛万苦地长途跋涉与劳心竭力地苦苦追求。因此,若论唐代士子的"求不得苦",最苦莫过于对科举功名的追求了。与宋元明清数代相比,唐代虽然基本上是每年都开科考,但进士的取录名额却少得可怜。在有唐一代290年的历史中,平均每年中进士的名额大约在25人左右。宋代则虽然

---

1 《罗隐诗集笺注》,第 298 页。

2 《全唐诗》,卷五四二,第 6266 页。

自英宗治平三年（1066）起改为三年一开考，但每次取录名额总是数百上千人。另外，唐代士人在县试与府试中通过了，还只能说是具备了进京应省试的资格，取得了一张准考证而已。而不像明清时代，县试、乡试等各级考试通过了也能授予秀才、举人之类的一定功名，而这些功名，标志着一个读书人已经得到了国家的承认，具备了一定的从业或仕宦资格，也可以进入仕途做官，因此不少人考到秀才或举人功名即可作罢，而不必像唐人一样非到京城去考一个进士不可。再者，与后世比较，唐代的交通设施相对不健全不发达，因此举子们南来北往、东奔西走的应试路途也相对要困难得多。

仅从以上数端来看，就可知唐代士子要取得一个进士功名是多么的不容易。而越到晚唐，士人们对进士功名也就越加重视，这不仅因为当时不少制举科因其渐渐衰微不得不停考，而且常举科中的明经、明法等科因其注重经义、律法之记诵而不大能够看出考生的文才，所以也渐渐不为朝野看好，由明经科出身者在进入仕途后，其升迁前程也远不如由进士科出身者迅达，故"士林华选"，特在进士一途。这种因进士功名进入仕途而位至尊显的现象，从中唐开始，越到晚唐就越明显、越普遍，因此也就更加促使士人们纷纷聚集到进士科来应试，乃至形成一股前所未有的追求进士科举功名的强大潮流。

然而，越到晚唐，由于朝政日趋衰微，科场也变得越来越腐败黑暗，贫寒士子们的及第也就越来越困难。如前所述，中晚唐时士人久困场屋，甚至终身不得一第者大有人在。这种久试不第的"求不得"痛苦，在他们的诗中就屡有反映，如李频的《长安感怀》就叹嗟道："一第知何日，全家待此身。"[1] 许浑也说："文字何人赏，烟波几日归。"[2] 这两人相对而言仕途还算是比较通达的，其余像刘得仁、杜荀鹤等人的痛苦就更多更深了，刘得

---

1 《全唐诗》，卷五八九，第6843页。

2 《示弟》，《丁卯集笺证》，第17页。

仁在《省试日上崔侍郎四首》诗中写道:"如病如痴二十秋,求名难得又难休。""方寸终朝似火燃,为求白日上青天。"[1]这种内心极度悲痛的"求不得苦",不是亲身经历过的人是写不出来的。杜荀鹤一生都奔波在应试路上,他的"求不得苦"也不亚于刘得仁,在《长安冬日》诗中,他写道:"近腊饶风雪,闲房冻坐时。书生教到此,天意转难知。吟苦猿三叫,形枯柏一枝。还应公道在,未忍与山期。"[2]在多次落榜之后,他还在苦苦等待,还不肯放弃在这种"求不得苦"中自我煎熬。

在晚唐人诗集中,到处充满着人生悲苦、身世凄凉之吟,其中许多都是与这种科场失利的"求不得苦"有关的。首先是旅途奔波辛劳之苦。如黄滔的《秋辞江南》诗说:

> 灞陵桥上路,难负一年期。
> 积雨鸿来夜,重江客去时。
> 劳生多故疾,渐老少新知。
> 惆怅都堂内,无门雪滞遗。[3]

如前所述,唐代自高祖武德四年(621)开始科举考试以来,一直到哀帝天祐四年(907)亡国,终朝一代,几乎每年都举行了进士科考试。于是,就在这年复一年的岁月里,广大生活在中下层的读书士子们不断地长途跋涉在山高水险的应举征途上。因此,诗中的所谓"一年期",既指应试之期,也包括了对"这一次""这一年"应试结果的期望。然而,为了不负这"一年期",诗人们要忍受的乃是"积雨鸿来夜,重江客去时。劳生多故疾,渐

---

1 《全唐诗》,卷五四五,第6303页。
2 《全唐诗》,卷六九二,第7950页。
3 《全唐诗》,卷七〇四,第8079页。

老少新知"的凄风苦雨、江湖漂泊、疾病饥寒、孤独忧伤等来自外界自然环境与自我内心世界煎熬的各种人生痛苦。而岁月流逝，年齿渐老，何时才能"雪滞遗"？何门才能"雪滞遗"？诗人怀着惆怅的心情，眼巴巴地等待着，一年又一年，真是"苦海无边"啊！

　　在另一首《入关旅次言怀》诗中，黄滔这种"求不得苦"就表露得更加明白了，他说：

> 寸心唯自切，上国与谁期。
> 月晦时风雨，秋深日别离。
> 便休终未肯，已苦不能疑。
> 独愧商山路，千年四皓祠。[1]

　　面对一次又一次落榜的残酷无情现实，诗人不禁反躬自省起来：如此不惜煎熬自己身心的迫切追求，究竟是为了什么呢？难道真是为了荣华富贵吗？自己好像并不是这样的人啊！扪心自问，自己才能出众，抱负远大，也并非那些只是为身家之计、稻粱之谋的人可比。面对着年年必须经过的商山路途边上的四皓祠，诗人感到自己原本也是像他们那样高洁的文士。但是，为什么四皓能高卧云丘、不求仕达而自己却做不到呢？于是诗人不禁深怀愧意。然则所愧者何？即是一个"求"字也。在四皓，是世求于人才；在自己，却是人才求于世。对比之下，诗人感到了"求"的可悲可怜。然而，"便休终未肯，已苦不能疑"，限于那个时代与社会的价值观，诗人尽管已经意识到自己深陷"求不得苦"中，但却又极其难以自拔，带着这满怀的羞愧，他不得不又匆匆上路了。

---

1 《全唐诗》，卷七〇四，第 8079 页。

黄滔是福建人，与他同样必须经过商山之路进京赴考的另一位诗人赵嘏则是山阳人（今江苏淮安）。赵嘏过商山时也写有一首《旅次商山》的诗：

> 役役依山水，何曾似问津。
> 断崖如避马，芳树欲留人。
> 日夕猿鸟伴，古今京洛尘。
> 一枝甘已失，辜负故园春。[1]

　　在那长年累月、风尘仆仆地奔走京城的山水行役途中，诗人一方面是深深感到疲惫、厌倦、孤独、荒凉，另一方面则是觉得对不起故园那明媚鲜丽的大好春光。所谓"一枝甘已失"云云，是说进士及第的折桂功名如果追求不到尚不足为恨，遗憾的只是辜负了我的家乡啊！细细品味，这一句"故园春"中的含义恐怕还不仅只是指自然界的春光，其中所包蕴的，也许更有那些来自亲友们的关爱与期盼、温情与压力等内容。中国古代文士其所以如此不辞辛苦、不避羞辱，年复一年地追求科举功名，乃是因为这并不仅仅只是自己个人的事，而是关系到荣父母、养妻子、光宗耀祖、沾溉乡亲族里、报答师恩知己等一系列问题。明乎此，对于他们那种欲罢不能的行为，我们当会有更多更深的理解，因为这当中，的确有许多难言之隐。

　　赵嘏的另一首《早发剡中石城寺》也是对这种奔波求名干禄之苦深表遗憾与惆怅。诗云：

> 暂息劳生树色间，平明机虑又相关。
> 吟辞宿处烟霞去，心负秋来水石闲。

---

1 《全唐诗》，卷五四九，第 6346 页。

竹户半开钟未绝，松枝静霁鹤初还。

明朝一倍堪惆怅，回首尘中见此山。[1]

　　这是写诗人于途中歇宿深山寺庙时的所见所感。缘于那树色苍苍、烟霞霭霭、清幽而静谧的山寺景色之缘故，诗人似乎得到了片刻的安息与平静。那清澈见底的澄碧秋水与晶莹圆润的溪中涧石，那透过幽深的竹林传到远处去的悠扬钟声，那山岚雾色笼罩中苍劲肃穆的松树，与松枝上悠闲栖息着的丹顶仙鹤，一切都令人尘虑顿消，机心歇息。但是，这样的时刻毕竟太短暂了，当平明降临，诗人不得不带着比来时更加深重的惆怅心情，还是匆匆下山去了。就在那一步一步趋向红尘的路上，他忍不住好几次回头怅望，心中真是感慨万端。佛门常道"苦海无边，回头是岸"，自己为什么要一再忍受着这令人深恶的"求不得苦"而不肯回头呢？这种身不由己的人生痛苦究竟何时才能解脱？

　　如上所述，诗人们对于自己这种深陷名场中的"求不得苦"，并不是没有认识，没有反省，但他们似乎都并没有因此而罢休，这到底是什么缘故呢？张蠙在《投所知》诗中说：

十五年看帝里春，一枝头白未酬身。

自闻离乱开公道，渐数孤平少屈人。

劣马再寻商岭路，扁舟重寄越溪滨。

省郎门似龙门峻，应借风雷变涸鳞。[2]

1　《全唐诗》，卷五四九，第 6350 页。

2　《全唐诗》，卷七〇二，第 8081 页。

这是一首投赠拜谒之作，当然不可能完全是诗人心中的真实想法。但其中还是透给了我们一个消息，那就是尽管诗人已经为登科第在应试路上奋斗了15年之久还未能酬其志，但对那些有权力帮助"孤寒""孤平"的贫穷士子出头的达官贵人们还是寄托着一份殷切的盼望。正是因为始终存在着这样一丝希望，所以才不惜年复一年地驱促"劣马"、强登"扁舟"，冒着千难万险奔波在山程水驿之中。在这些明明无效的"再寻"与"重寄"的行为中，表现的不正是儒家那种"知其不可为而为之"的精神吗？诗人希冀自己的这位"所知"能为这种坚忍不拔的精神所感动，从而让自己这条小小的鱼儿，从目前已陷入涸辙的困境中跳出来，成为一条飞舞长空的云龙，既舒展自己的理想抱负，也报效国家，报答知己。可以说，一方面是这种对当道权要与科场主考等官员们十分渺茫的希望，另一方面是身负着家乡父老、亲友知己们的殷切期盼，使晚唐士子们瞻前顾后，欲哭无泪，欲罢不能，深深地陷入科举功名的"求不得苦"中不可自拔。

于邺在《春过函谷关》诗中说道：

> 几度作游客，客行长苦辛。
>
> 愁看函谷路，老尽布衣人。
>
> 岁远关犹固，时移草亦春。
>
> 何当名利息，遣此绝征轮。[1]

许浑在《早发中岩寺别契直上人》诗中也说道：

> 苍苍松桂阴，残月半西岑。

---

1 《全唐诗》，卷七二五，第8312页。

素壁寒灯暗，红炉夜火深。

厨开山鼠散，钟尽岭猿吟。

行役方如此，逢师懒话心。[1]

　　这两首诗，一首写在行役途中，一首写在山岩佛寺中，但在那看似消极的慨叹中，都开始表现出一定的觉悟，都对追求名利的逐逐红尘生活表示了极度的厌倦。许浑在另一首《送段觉归杜曲闲居》诗中更是以几近悲切的声音哀叹道："书剑南归去，山扉别几年。苔侵岩下路，果落洞中泉。红叶高斋雨，青萝曲槛烟。宁知远游客，羸马太行前。"[2]如前所述，他是一个很有佛门清净之性且又喜爱自由萧散的文人，这样，在他那"羸马""远游"的旅途中，一方面是所登临的佛寺多，另一方面心中那种凄凉无奈的感慨也远比他人来得深重与频繁，如《晨别翛然上人》诗云："吴僧诵经罢，败衲倚蒲团。钟韵花犹敛，楼阴月向残。晴山开殿响，秋水卷帘寒。独恨孤舟去，千滩复万滩。"[3]可以看出，在出世与入世两种截然不同的生活中，诗人显然是喜爱前者而厌恶后者的，但这种人生遗憾又似乎终难摆脱，于是，在著名的《秋日赴阙题潼关驿楼》中，就出现了这样的诗句：

红叶晚萧萧，长亭酒一瓢。

残云归太华，疏雨过中条。

树色随山迥，河声入海遥。

帝乡明日到，犹自梦渔樵。[4]

---

1 《丁卯集笺证》，第20页。

2 《丁卯集笺证》，第5页。

3 《丁卯集笺证》，第68页。

4 《丁卯集笺证》，第54页。

"帝乡"已在眼前了，但我们的诗人所恋恋不舍的仍是"渔樵"。前人对此诗评价甚高，如《雷起剑评丁卯集》卷下云："'帝乡明日到，犹自梦渔樵'，悠然。"俞陛云《诗境浅说》甲编云："篇终始言赴阙，舣棱在望，而故乡回首，犹梦渔樵，知其荣利之淡也。"[1]但是，如果了解到大多数晚唐诗人都多少有这样一种想望渔樵清闲而厌倦帝乡竞躁的文坛现实的话，那么许浑在这里不过是表示了一种两难的心境罢了。从画外音中透给我们的也许更是一份凄凉无奈，而非悠然潇洒，相比而言，前者的含义要深刻得多。因为人们感受的烦恼越大，蒙受的苦难越多，对解脱的要求也就越明确，越迫切。从这个意义上来说，苦难也是一种机缘，一种契机，它迫使人们不能不思考如何解脱的出路，从而将自己救拔出无比的苦海。

像上述奔波于长途跋涉的应试途中，一遍又一遍反复咏叹着"求不得苦"的诗篇，我们还可以举出很多，如郑谷《倦客》诗云："十年五年岐路中，千里万里西复东。匹马愁冲晚村雪，孤舟闷阻春江风。"[2]项斯《中秋夜怀》诗云："趋驰早晚休，一岁又残秋。若只如今日，何难至白头。沧波归处远，旅食尚生愁。赖见前贤说，穷通不自由。"[3]他们都像绝大多数晚唐士子一样，奔波在应举的途中，过着"终年唯旅舍，只似已无家"[4]的艰辛生活，相比之下，能够像王播那样寄食僧舍，虽然常常受尽僧人白眼但还能有个栖身之处，也就算是不错了。

与"求不得苦"更为直接的是落第之苦。在晚唐诗人集中，送人下第和书写自己下第的诗特别多。我们仅看《全唐诗》中的题目就可知一斑了。据初步统计，在晚唐人诗集中，写有此类题目一篇的诗人有：温庭筠《下第

---

1 《丁卯集笺证》，第 55 页。

2 《全唐诗》，卷六七六，第 7750 页。

3 《全唐诗》，卷五五四，第 6417 页。

4 许棠：《旅怀》，《全唐诗》，卷六〇三，第 6973 页。

寄司马扎》，章孝标《下第后献主司》，殷尧藩《下第东归作》，雍陶《再下第将归荆楚上白舍人》，李远《友人下第因以赠之》，司马扎《送友人下第东游》，李昌符《下第后蒙侍郎示意指于新先辈宣恩感谢》，许棠《下第东归留别郑侍郎》，林宽《下第寄欧阳瓒》，张乔《送许棠下第游蜀》，罗邺《下第》，许彬《送人下第归江州》，张曙《下第戏状元崔昭纬》，张蠙《下第述怀》，孙定《下第醉中寄孙储》，裴说《春暖送人下第》，于邺《下第不胜其忿题路左佛庙》。写有二篇的诗人有：顾非熊《下第后寄高山人》《下第后送友人不及》，刘驾《送友下第游雁门》《下第后屏居长安，书怀寄太原从事》，邵谒《下第有感》《送从弟长安下第南归觐亲》，方干《送喻坦之下第还江东》《送姚舒下第游蜀》，高蟾《下第出春明门》《下第后上永崇高侍郎》，韦庄《下第题青龙寺僧房》《癸丑年下第献新先辈》，李洞《下第送张霞归觐江南》《送张乔下第归宣州》。写有三到四篇的诗人有：李山甫《下第卧疾卢员外召游曲江》《下第献所知三首》《下第出春明门》，朱庆馀《送张景宣下第东归》《送顾非熊下第归》《送崔约下第归淮南觐省》《送人下第归》，刘沧《送友人下第归吴》《下第东归途中书事》《下第后怀旧居》《送友人下第东归》。写有五篇的诗人有：罗隐《送臧濆下第谒窦鄜州》《送进士臧濆下第后归池州》《送顾云下第》《下第作》《下第寄张坤》，曹邺《送进士下第归南海》《送厉图南下第归澧州》《下第寄知己》《关试前送进士姚潜下第归南阳》《送进士李殷下第游汾河》，黄滔《送陈樵下第东归》《下第出京》《下第》《送林宽下第东归》《下第东归，留辞刑部郑郎中诫》。

　　以上仅从作品数量上，我们似乎能对这些诗人在主观性格与情感方面的状况略知一二，更可以看出他们以及身边亲友不幸的应试遭际等客观情况。

　　若论晚唐人所写的下第之作，以许浑、杜荀鹤、李频、郑谷四人为最多。大致而言，李频写有六篇，有《下第后屏居书怀寄张侍御》《和友人下第北游感怀》《送许寿下第归东山》《送友人下第归越》《送友人下第归宛陵》

《送友人下第归感怀》等。除了第一篇之外，其余均为送人下第之作。这是因为李频自己应试虽也有过落榜遭遇，但毕竟次数不多。如前所述，他在晚唐诗人中仕途还算顺利的，但从五篇送人下第诗来看，他无疑是一位有着宽厚胸怀、颇为体恤友朋的仁爱之人。郑谷也写有六篇，计有《送进士赵能卿下第南归》、《下第退居二首》、《赠下第举公》、《送进士王驾下第归蒲中》（时行朝在西蜀）、《同志顾云下第出京偶有寄勉》、《送举子下第东归》。与李频相似，他也只有二首是感叹自己落选遭遇的诗篇，其余皆为送人下第之作。郑谷虽然在举场也曾经有过多次颠簸，但及第后的仕途还算通达，他也是一个仁慈宽厚之人，加之自己也曾有多次不幸遭遇，故颇为同情体贴他人，其《送举子下第东归》情真意切，体贴入微，其推己及人的胸怀宛然可见。杜荀鹤诗中以下第为题的共有八篇，即《下第投所知》《下第出关投郑拾遗》《下第东归别友人》《送吴蜕下第入蜀》《下第东归道中作》《下第投所知》《下第寄池州郑员外》《下第东归将及故园有作》。可以看出，除了一篇是送友人吴蜕下第入蜀的，其余或陈情，或叹嗟，都是抒写自己落第的悲伤与怨愤。如前所述，他是晚唐诗人中遭受科举考试折腾最多的诗人之一，如此年年饱经磨难，岂能不呼天喊地，怨天尤人？因此，无论从晚唐贫寒士子们"求不得苦"的角度来看，还是放在旧中国封建时代广大读书人追求科举功名的"求不得苦"这一大范围中来认识，杜荀鹤这类作品以及其他与之有关的诗作，都具有一种可供仔细分析研究的标本意义，我们在研究晚唐诗时，对这一类作品绝不能忽视。

最后要谈到的是同样在晚唐享有盛名的诗人许浑。有意思的是，许浑这位耽乐渔樵风月、向往林泉隐逸的"江山风月主"（陆游《读许浑诗集》所云："裴相功名冠四朝，许浑身世落渔樵。若论风月江山主，丁卯桥应胜午桥。"[1]他所写的内容大多都是向往林泉隐逸、耽乐渔樵风月之种种高情雅事），集中的下第之作数量竟然多达十首，居晚唐写作此类题材之冠。这些作品依次为：《下第别友人杨至之》《下第寓居崇圣寺感事》《下第送宋秀才游岐下、杨秀才还江东》《下第归朱方寄刘三复》《下第有怀亲友》《下第怀友人》《下第归蒲城墅居》《下第贻友人》《送李文明下第鄜州觐兄》《送王总下第归丹阳》，可以看出，除了两首是送他人下第的，其余均是为自己所作。但是，与杜荀鹤不同，面对一次又一次的落第遭遇，许浑很少去找掌管此事的当道权要们陈述悲情，在他的诗中，所表现的更多的是一种对自己干求名利行为的伤感与反思甚至追悔。当然，我们并不否认，这其中有许多客观因素，比如许浑与杜荀鹤的生活年代大约相差近40年，在他所处的那个时代里，官场与科场的黑暗腐败也没有严重到像唐末时那种程度。再者，许浑的门第与家世也比杜荀鹤相对优越与富有，因此，同是落第，他的心态就显得从容一些，而杜荀鹤则显得十分激切，杜荀鹤在"三族不当路"万般无奈的困穷境地中，也难免因到处干求甚至"穷不择路"到有些"滥"的程度，以致引起后世不少文人的非议。但是，无论是杜荀鹤的《下第东归道中作》："一回落第一宁亲，多是途中过却春。心火不销双鬓雪，眼泉难濯满衣尘。苦吟风月唯添病，遍识公卿未免贫。马壮金多有官者，荣归却笑读书人"[2]，还是许浑的《下第寓居崇圣寺感事》："怀土泣京华，旧山归路赊。静依禅客院，幽学野人家。林晚鸟争树，园春蝶护花。东门有闲地，谁种邵平瓜"[3]，其中都充满无限的辛酸与伤痛。可以说，这种因对功名举业"求不得苦"而产生的为数极多的下第诗中，饱含着的正是失意诗人们那极为辛酸、羞愧、耻辱、悔疚、恼怒、悲伤、愤慨等情绪。如果说它们是由字字血、声声泪所

---

1 《丁卯集笺证》，第390页。

2 《全唐诗》，卷六九二，第7959页。

3 《丁卯集笺证》，第61页。

凝聚而成，一点也不算过分。在这些作品中，有的诗人在哀叹，如林宽《下第寄欧阳瓒》云：

> 诗人道僻命多奇，更值干戈乱起时。
>
> 莫作江宁王少府，一生吟苦竟谁知。[1]

有的诗人在追悔，如邵谒《下第有感》云：

> 古人有遗言，天地如掌阔。
>
> 我行三十载，青云路未达。
>
> 尝闻读书者，所贵免征伐。
>
> 谁知失意时，痛于刃伤骨。
>
> 身如石上草，根蒂浅难活。
>
> 人人皆爱春，我独愁花发。
>
> 如何归故山，相携采薇蕨。[2]

罗隐《下第寄张坤》云：

> 漫费精神掉五侯，破琴孤剑是身仇。
>
> 九衢双阙拟何去，玉垒铜梁空旧游。
>
> 蝴蝶有情牵晚梦，杜鹃无赖伴春愁。
>
> 思量不及张公子，经岁池江倚酒楼。[3]

---

1 《全唐诗》，卷六〇六，第7000页。

2 《全唐诗》，卷六〇五，第6993页。

3 《罗隐诗集笺注》，第308页。

更多的诗人却是进退两难，如黄滔的《下第东归，留辞刑部郑郎中诚》诗云：

> 去违知己住违亲，欲发羸蹄进退频。
> 万里家山归养志，数年门馆受恩身。
> 莺声历历秦城晓，柳色依依灞水春。
> 明日蓝田关外路，连天风雨一行人。[1]

更有的诗人面对着官场腐败、科场黑暗，夤缘请托成风、唯财是举而非唯才是用的极不公平现象，发出极为愤慨的指责，如高蟾的《下第后上永崇高侍郎》诗云：

> 天上碧桃和露种，日边红杏倚云栽。
> 芙蓉生在秋江上，不向东风怨未开。[2]

胡曾的《下第》诗云：

> 翰苑何时休嫁女，文昌早晚罢生儿。
> 上林新桂年年发，不许平人折一枝。[3]

罗隐《丁亥岁作》（中元甲子）更是将懊恼、追悔、愤慨、讽刺、指责一齐凝聚于笔端，他痛苦地写道：

---

1 《全唐诗》，卷七〇五，第 8108 页。
2 《全唐诗》，卷六六八，第 7649 页。
3 《全唐诗》，卷六四七，第 7438 页。

病想医门渴望梅，十年心地仅成灰。

早知世事长如此，自是孤寒不合来。

谷畔气浓高蔽日，蛰边声暖乍闻雷。

满城桃李君看取，一一还从旧处开。[1]

诗人尽管有着"锦鳞尾"的不凡才具，且盛名遍在人口，但由于门第清寒而又性情孤傲，屡屡触怒公卿权贵，因此十余次应举皆不第。面对多次遭到"把钓竿"者播弄的现实，诗人不但指出榜上那些及第举子绝大部分都是公卿世家子弟："满城桃李君看取，一一还从旧处开。"而且说自己甚至还不如那些通过耍弄猴把戏博得君王一笑的倡优伎人，所谓"十二三年就试期，五湖烟水奈相违。何如买得胡狲弄，一笑君王便着绯。"[2]这真是讽刺挖苦到了极点。在晚唐的不第举子的诗中，还有比他挖苦讽刺得更为犀利辛辣的，如章碣在《癸卯岁毗陵登高会中贻同志》中就一针见血地指出：

尘土十分归举子，乾坤大半属偷儿。[3]

这在当时真是惊世骇俗之音！于邺更直接以《下第不胜其忿》为题，在道旁左侧的佛庙门前题诗道：

雀儿未逐飚风高，下视鹰鹯意气豪。

自谓能生千里足，黄昏依旧委蓬蒿。[4]

---

1 《罗隐诗集笺注》，第 301 页。

2 《感弄猴人赐朱绂》，《罗隐诗集笺注》，第 378 页。

3 《全唐诗》，卷六六九，第 7654 页。

4 《全唐诗》，卷七二五，第 8314 页。

由此看来，胡震亨说："晚唐人集，多是未第前诗。其中非自叙无援之苦，即訾他人成事之由。名场中钻营恶态，企冀俗情，一一无不写尽"[1]，这真是十分准确的把握。但是，这些晚唐诗人们尽管如此蒙受不幸，因着当时佛教流行的缘故，他们在大发了一通牢骚之后，最终还是选择了自消心头之火的办法，即使是那个极尽嬉笑怒骂之能事，开口就是怨愤不平的罗隐，他也似乎看透了，其《北邙山》诗中说："一种山前路入秦，嵩山堪爱此伤神。魏明未死虚留意，庄叟虽生酹满巾。何必更寻无主骨，也知曾有弄权人。羡他缑岭吹箫客，闲访云头看俗尘。"[2]其《东归别常修》说得更为明白："六载辛勤九陌中，却寻归路五湖东。名惭桂苑一枝绿，鲙忆松江两箸红。浮世到头须适性，男儿何必尽成功。唯惭鲍叔深知我，他日蒲帆百尺风。"[3]就连那位心声最悲切、愿望也最急切的杜荀鹤，一旦走进佛门寺院，心情也顿时变得清凉平静起来了，在《宿东林寺题愿公院》诗中，他说："古寺沉沉僧未眠，支颐将客说闲缘。一溪月色非尘世，满洞松声似雨天。檐底水涵抄律烛，窗间风引煮茶烟。无由住得吟相伴，心系青云十五年。"[4]后人极赏诗中"一溪月色非尘世，满洞松声似雨天"两句，殊不知这正是终日挣扎在滚滚红尘中，而又极为厌倦那纷纷扰扰的躁动不安的诗人，在陡遇难得的清凉世界之享受时的殊胜之乐。换言之，只有厌倦尘世的人才能感受到这殊非尘世的幽独清静的优美境界之美。在另一首《赠休粮僧》诗中，杜荀鹤说："争似吾师无一事，稳披云衲坐藤床。"[5]他直接表达了对佛门中人的向往之意，因为只有僧人们才能"无一事"，既不奔波，也无烦恼。而要做到这些，一言

---

1 《唐音癸签》，卷二十六，第 277 页。

2 《罗隐诗集笺注》，第 302 页。

3 《罗隐诗集笺注》，第 309 页。

4 《全唐诗》，卷六九二，第 7970 页。

5 《全唐诗》，卷六九二，第 7970 页。

以蔽之，那就是无欲无求。韦庄在《下第题青龙寺僧房》诗中说："千蹄万毂一枝芳，要路无媒果自伤。……酒薄恨浓消不得，却将惆怅问支郎。"[1]这首诗里的"支郎"，就是东晋高僧支道林支遁，在这里，韦庄将青龙寺的这位大师比作支遁，说自己满怀的悲伤惆怅无法可以消除，只有佛寺高僧才能为自己解脱，可见他也是将解除人世烦恼痛苦的希望寄托于佛门的。

佛教苦谛的最后一苦是"五蕴盛苦"，它又称五阴盛苦，五取蕴苦，五盛阴苦。五阴即"五蕴"，佛教认为众生是由色、受、想、行、识五种因素组成，它包括人的身与心亦即物质与精神两方面。一般来讲，"色蕴"指物质，即人的肉身、肉体。"受蕴"指人的感受，当外界作用于眼、耳、鼻、舌、身等感官时就会生起喜、怒、哀、乐种种感情、感受。"想蕴"指人的理性活动，如人见外境而于心中产生判断事物为红绿、大小等性质的概念识别活动。"行蕴"指人的意志活动，是为有意造作。"识蕴"是指统一前几种活动的意识，也可以说是精神总体。佛教认为，众生都是由这五种因素即"五蕴"组成，"五蕴"时时刻刻都处在生灭变化无常中，盛满各种身心痛苦。一方面，生、老、病、死、怨憎会、爱别离、求不得这前七苦皆因"五蕴"的活动而产生，而七苦一旦产生出来又一齐向"五蕴"汇集。由于"五蕴"汇合了一切烦恼痛苦，所以称"五蕴盛苦"。在这里，"盛"则有盛载、聚集的意思。也就是说，当"五蕴"与"盛"或"取"（指一种固执的欲望、执着贪爱）联络在一起就会产生种种贪欲烦恼。佛教认为"求不得苦"是前六苦的总原因，而"求不得"之所以成为苦，又是由于"五蕴盛"的作用。

由此可见，"五蕴盛苦"是一种人的内心世界中说不出的心焦与烦恼，一种莫可言状的躁动不安情绪，它有点类似德国哲学家海德格尔所谓的"烦"。就"色"即肉身而言是烦忙；就"受""想""行""识"而言是烦

---

1 《韦庄诗词笺注》，第 58 页。

神。海德格尔认为人生在世，总是处在一种无法摆脱的"烦"的状态中，因此，人性被遮蔽，无法实现真正的敞亮。佛教也认为，众生由于具有"我"这种意识的缘故，因此就产生了与"我"有关的各种欲望，爱"我"所爱，恶"我"所恶，取"我"所取，避"我"所避。对各种不利于"我"、对"我"将造成危险的事感到害怕，对各种有利于"我"、对"我"将造成方便的事感到喜欢。正是这种执着于"我"的意识，使众生一举手一投足，一起心一动念，无不想到一个"我"字，无不从"我"的得失利害出发。而此"我"并非是"真我"，而是被各种贪欲与烦恼所蒙蔽了的"伪我"。众生之所以沉浮在无边的"苦海"中不得解脱，陷入在熊熊的"火宅"中不得安宁，就是身心时时刻刻处在被"五蕴"等各种行为意识所烦忙烦神而没有片刻停止安歇的缘故。

就晚唐人而言，由于受着远比初盛中唐严重的前七苦的艰辛折磨，因此心中的痛苦更为强烈，与此同时，对人生痛苦的感受也比生活在唐前期社会中的人们要敏感得多。在他们的诗集中，那种并非具体来自某件事、某种原因所形成的烦恼，而是具有一种普泛性、无常性的痛苦感受也抒发得非常多，比如，来鹄《除夜》诗云：

> 事关休戚已成空，万里相思一夜中。
> 愁到晓鸡声绝后，又将憔悴见春风。[1]

诗人在这旧往新来的年关交替之际，回首过去，思想未来，一切休戚怨欢，相思相别，令他思绪万端，彻夜不能成眠。是什么折磨得诗人如此憔悴不堪呢？正是"五蕴"，是"五蕴"的互相交合作用，折腾得他身心没有片

---

1 《全唐诗》，卷六四二，第7359页。

刻的安宁，在这年复一年的煎熬中，诗人越来越憔悴，直至走向衰老死亡。

又如黄滔的《关中言怀》诗云：

> 事事朝朝委一尊，自知无复解趋奔。
>
> 试期交后犹为客，公道开时敢说冤。
>
> 穷巷住来经积雨，故山归去见荒村。
>
> 举头尽是断肠处，何必秋风江上猿。[1]

诗人只知道自己年复一年、日复一日、事复一事地成天忙碌趋奔，似乎没有个尽头。即使是应举参考这样的人生大事，也只是麻麻木木地交卷，消极被动地等待，等候着命运的支使。到底是什么折腾得自己这样既疲惫不堪，而又进退两难呢？诗人不知道，他只知道自己放眼望去，世间无一不是烦恼，无一不是痛苦，如何才能"解趋奔"？他似乎还毫无办法可想。

相比之下，唐末人褚载显得比来鹄、黄滔他们更为心酸，他在再次落第之后写了一首《投节度邢公》的诗说：

> 西风昨夜坠红兰，一宿邮亭事万般。
>
> 无地可耕归不得，有恩堪报死何难。
>
> 流年怕老看将老，百计求安未得安。
>
> 一卷新书满怀泪，频来门馆诉饥寒。[2]

在深秋静夜里，诗人独自一人歇宿在邮亭驿馆，一方面是离乡背井的漂

---

1 《全唐诗》，卷七〇五，第8108页。

2 《全唐诗》，卷六九四，第7990页。

泊，另一方面是再次落第的打击，蒙受这雪上加霜的双重痛苦，诗人长吁短叹，起坐不安，片刻都难以平静。他想到归家，可是家中没有田地，即使回去又如何能生活？这似乎是连效法陶渊明都不可得，因为陶渊明还有"方宅十余亩，草屋八九间"可以安身。在这种有家也归不得的情况下，他只能做一个过河卒子往前冲了。但是，没有人来帮助自己，又怎能有出路呢？此时此刻，如果有人援之以手，给予帮助，自己就是为他去死也值得啊！可是，这样的知己，这样的恩人在哪里呢？困守在孤馆中的诗人此时就像那涸辙中的鱼儿一样渴望着您的帮助啊！怀着这样的心理，诗人在静夜中一方面是感叹流年似水，就这样在求名求利的风雨飘摇中不知不觉地过去了，另一方面他却是无论如何也不能使自己安定下来，思来想去，他只好带着自己的一卷诗篇与满腹心酸，请求这位节度使邢公给予帮助。由此看来，"五蕴盛苦"给人最大的折磨就是令人时时刻刻不得安宁。

为了能使自己"心安"，刘得仁甚至不愿过白天而宁愿过黑夜，他在《宿僧院》诗中说："禅地无尘夜，焚香话所归。树摇幽鸟梦，萤入定僧衣。破月斜天半，高河下露微。翻令嫌白日，动即与心违。"[1]薛能更是目睹着纷纷扰扰的长安大道，发出了"汲汲复营营，东西连两京。关缯古若在，山岳累应成。各自有身事，不相知姓名。交驰兼众类，分散入重城。此去应无尽，万方人旋生。空余片言苦，来往觅刘桢"[2]的感叹，将那些为"五蕴"的支配驱使，陷入滚滚红尘中没完没了地奔忙劳碌的"众生相"揭示出来给人看。薛逢直接以《六街尘》为题，写道："六街尘起鼓冬冬，马足车轮在处通。百役并驱衣食内，四民长走路岐中。年光与物随流水，世事如花落晓风。名利到身无了日，不知今古旋成空。"[3]在展现了人们终日马不停蹄地奔走于名利之中的画面后，

<hr/>

1 《全唐诗》，卷五四四，第6281页。

2 《长安道》，《全唐诗》，卷五六〇，第6507页。

3 《全唐诗》，卷五四八，第6327页。

明确揭露了这一切的实质都不过是一场空幻。可以说，在晚唐时代，由于种种来自物质与精神的逼迫，士人普遍处于"耳边要静不得静，心里欲闲终未闲"[1]的状态中。因着时代风尚的关系，一些人只好采取"得即高歌失即休，多愁多恨亦悠悠。今朝有酒今朝醉，明日愁来明日愁"[2]的听之任之、得过且过的态度；而大部分诗人则仍旧免不了将解脱的希望寄之于佛门，马戴说："坐卧禅心在，浮生皆不知。"[3]喻凫说："心源无一事，尘界拟休回。"[4]项斯说："见僧心暂静，从俗事多屯。"[5]似乎都得到了一定的平息与休歇。但是，正如欧阳修在《秋声赋》中所言："人为动物，唯物之灵，百忧感其心，万事劳其形，有动乎中，必摇其精，而况思其力之所不及，忧其智之所不能，宜其渥然丹者为槁木，黟然黑者为星星，念谁为之戕贼，亦何恨乎秋声！"人生在世，本来就免不了"百忧感其心，万事劳其形"，更何况在晚唐时代，广大士人不仅由政治中心逐出，而且空前边缘化。一种前所未有的惶恐不安之末世情绪弥漫于整个社会，充溢于士人心中，要想在如此动乱的社会环境中求安心，求放心，又有几人能真正做到？

　　综上所述，我们可以看出，前人在评论晚唐诗时，其所以往往会产生一种"格卑气弱""逼仄""寒俭"的概念，大部分都是缘于上述种种"叹老嗟卑"之声。对这些感伤身世、感慨生存的作品，我们当然不必为其掩饰与辩解。但是，有一点必须指出，那就是无论这些声音多么悲苦，多么低沉，多么怨愤不平，甚至也还有不少乞哀告怜的求助于人的陈辞干谒之言，但它们都是发于诗人内心深处的最真实的声音。诗中所写的种种苦况，无一不是诗

1　罗隐：《寄右省王谏议》，《罗隐诗集笺注》，第 22 页。

2　罗隐：《自遣》，《罗隐诗集笺注》，第 73 页。

3　《宿无可上人房》（一作《宿翠微寺》），《全唐诗》，卷五五五，第 6433 页。

4　《游云际寺》，《全唐诗》，卷五四三，第 6270 页。

5　《落第后归觐喜逢僧再阳》，《全唐诗》，卷五五四，第 6423 页。

人们所亲身体验的切肤之痛，尽管悲凄微弱，但它来自诗人最真切最深刻的人生感受，因此十分具体，十分生动，也十分感人。它正是处在那个动乱末世中广大的贫穷失意的读书人承受了种种人生苦难后用心血所凝聚而成的诗的结晶，最真实地反映了封建社会的中下层知识分子的境遇与心态。

可以说，在封建社会的每一个朝代，无论其兴盛期也好，衰微期也好，读书人中能够"优则仕"得到高官厚禄的又有几人？能够侥幸获取一第的也是微乎其微。于是，广大的读书人就摆脱不了身世沦落、穷愁潦倒的不幸命运，这样一大批原本心怀修齐治平大志而竟沦落成"百无一用"之社会边缘人的书生们，其心境之苦可想而知。少怀大志，刻苦攻读，十载寒窗，方磨得一剑。然而出得山来，却连遭摧挫，屡败文场，不但前路茫茫，而且饥寒贫病，羁泊他乡。不但无以荣父母、养妻子，而且也无法向家乡父老交代，无法酬谢那些在人生道路上对自己充满深切期望、从精神与物质等方面都给予过支持与帮助的知己。若论人世间的苦人儿，最苦莫过于这些生活在社会下层的读书人。因为他们所承受的人生痛苦，不但有物质上的，而且更有精神上的。和一般不读书的人相比，他们的主观愿望最高，而客观遭遇最惨，这种强烈的反差，使他们在一次次失望中最终走向绝望，走向空无，在精神上遁入空门，泯灭壮志，埋葬人生理想与信念，这就是封建社会后期相当一部分读书人最终的心灵归宿与精神结局。因此，晚唐诗中这种感伤身世诸苦的声声哀叹，不仅在每一个末世时代有其代表性，而且在整个封建社会的寒士群体中都有它的代表性，即使从这个意义上来说，我们也不应当忽视它的认识作用。

第二章

历史的反思——
佛教与晚唐怀古诗

一、四缘说诗：怀古情结的由来

　　在晚唐诗坛上，怀古之作无疑是一种较为显著的创作思潮。[1]这说明诗人们在对生存进行感伤的同时，也开始思考起历史人生的问题。并且，在这些怀古诗作里，人们大多表现出一种对世事无常、一切都成空幻的感叹。那么，这种现象产生的原因究竟是什么呢？按照佛教理论，世间一切事物与现象的产生，都必须具备四个条件，那就是"四缘"。佛教认为："一切所有缘，皆摄在四缘，以是四缘，万物得生。"具体来说，这"四缘"就是指因缘、等无间缘、所缘缘、增上缘。所谓因缘，是事物得以产生的根本原因，即具有性质、本性作用的内因。所谓等无间缘，又称次第缘，是指主体思维展开时，能引发起后念的前念，也就是能触发主体联想的连续念头。所谓所缘缘，即指主体面对的认识对象，即心所攀缘的境界。佛教认为，心具有能缘的作用，但必须有所缘的对象，才能发生缘起。也就是《杂阿含经》所说的"法不孤生，仗境而起"。所谓增上缘，是指对事物产生具有影响作用的某种外在条件，它分为有力增上缘与无力增上缘。有力增上缘是指对事物的产生能带来帮助的积极作用，无力增上缘则包括一切不会对事物的产生起妨害作用的条件。在这里，我们正可以借用佛教"四缘"说来对晚唐怀古诗进

---

1 有学者曾对此进行过统计，有唐一代共有咏史怀古诗 1424 首，晚唐占 1014 首。仅从这一数量就可知晚唐怀古之作的昌盛。详见王红：《试论晚唐咏史诗的悲剧审美特征》，《陕西师大学报》1989 年第 3 期。

行分析论辩，也许这样会使我们对于其兴盛的原因与特点的形成等问题看得更为清楚一些。

首先，从因缘来说，人类本来就具有探究事物真相的一份天性，而对于人生价值、人世意义、天地万物的本原本性、古往今来的各种事物的存亡更替、兴衰代谢等问题也一直是人类困扰心头的重要问题，是人们永恒思考的课题。而晚唐诗人作为中国士大夫文人就更有其特性，他们一方面与其他知识分子一样，具有读书穷理、深入思考的浓厚兴趣。另一方面，由于从小所受到的儒家教育，他们也往往有一份自觉担当社会人生责任的明确意识。并且作为诗人，他们对于社会人生乃至宇宙天地间的万事万物，更有远较常人敏锐的感悟能力与究本穷源的理性精神。这样，就使得他们在面对种种常人无法理解的现实问题时，常常会从历史源流、从宇宙万物的本质上去进行观照考察，深入探究，从而得出根本性的结论。也许正是缘于此，当他们在面对具体的事物与现象时，常常会产生出一种自觉不自觉的追溯源流的深层次感悟。

其次，从等无间缘来说，晚唐怀古之作的大量出现，自有其历史承传原因。众所周知，咏史诗起于东汉的班固之作，而怀古之叹则最初见于汉末的《古诗十九首》。东汉末年，社会动乱不已，灾祸频仍，面对死生变幻无常，人世无法把握残酷现实，人们产生了对生命的重新认识，进而引起了"人的觉醒"。《古诗十九首》的作者们就曾对着松丘陵园、白杨荒冢，唱出了一首首人生无奈的悲歌。如《驱车上东门》云："驱车上东门，遥望郭北墓。白杨何萧萧！松柏夹广路。下有陈死人，杳杳即长暮。潜寝黄泉下，千载永不寤。浩浩阴阳移，年命如朝露。人生忽如寄，寿无金石固。万岁更相送，圣贤莫能度。服食求神仙，多为药所误。不如饮美酒，被服纨与素。"[1]

---

1 《古诗源》，中华书局 1963 年版，第 91 页。

又如《去者日以疏》云："去者日以疏，来者日以亲。出郭门直视，但见丘与坟。古墓犁为田，松柏摧为薪。白杨多悲风，萧萧愁杀人。思还故里闾，欲归道无因。"[1]正是这种对于死亡的哀叹，使他们不由得产生了抓住今天、及时行乐的心理，所谓"为乐当及时，何能待来兹"[2]是也。

魏晋南北朝时的怀古咏史之作中，人们则更多地表现了面对王朝更替无时与命运难以把握的思考与感慨。阮籍《咏怀诗》诗中有《步出上东门》《驾言发魏都》等篇，左思更有以"咏史"为题的八首组诗。而这些作品中诗人们所一再抒发的怀才不遇、知音难再之感伤，也深深影响了初唐陈子昂《蓟丘览古》《岘山怀古》《白帝怀古》《感遇》与盛唐李白《古风》《越中览古》《苏台览古》《夜泊牛渚怀古》等诗。陈子昂在《燕昭王》中慨叹："南登碣石馆，遥望黄金台。丘陵尽乔木，昭王安在哉？霸图今已矣，驱马复归来。"[3]李白也在《经下邳圯桥怀张子房》中感叹："子房未虎啸，破产不为家。沧海得壮士，椎秦博浪沙。报韩虽不成，天地皆振动。潜匿游下邳，岂曰非智勇。我来圯桥上，怀古钦英风。唯见碧流水，曾无黄石公。叹息此人去，萧条徐泗空。"[4]也许是由于时代的原因，陈、李等人诗中这种对英雄事业的向往、对人生机遇的渴求显得更加明确与强烈，无论是"前不见古人，后不见来者，念天地之悠悠，独怆然而涕下"[5]那种强烈的感情宣泄，还是"登舟望秋月，空忆谢将军。余亦能高咏，斯人不可闻"[6]那种旷代难遇知音的伤感，其实内涵都是希求积极进取、奋发有为的，自有一番功名事业心与

---

1 《古诗源》，第 91 页。

2 《生年不满百》，《古诗源》，第 91 页。

3 《全唐诗》，卷八十三，第 896 页。

4 瞿蜕园、朱金城：《李白集校注》，上海古籍出版社 1980 年版，第 1298 页。

5 陈子昂：《登幽州台歌》，《全唐诗》，卷八十三，第 902 页。

6 李白：《夜泊牛渚怀古》，《李白集校注》，第 1314 页。

济世安民的远大理想。概言之，他们并没有从历史中获得多少感悟，他们只是借历史事实而浇自己心中怨愤不平的块垒而已。除了李白的"只今唯有西江月，曾照吴王宫里人"[1]与崔颢的"昔人已骑黄鹤去，此地空余黄鹤楼"等少数作品似乎略略带有一点宇宙人世的感受之外，可以说，在整个初盛唐时期，人们还很难有较为清楚的对于宇宙人生进行终极思考的理性意识。而这种所谓"宇宙意识"的产生，也与唐人感情充沛、多情善感有关。严羽《沧浪诗话》说："唐人好诗，多是征戍、迁谪、行旅、离别之作。"[2]可以想见，当胸怀阔大、激情洋溢且极具包容力的盛唐诗人们接触到那些留存着历史遗迹的自然山水时，难免不会涌起一时空悠远、万古苍茫的人世沧桑感，这也是很自然的事。

总之，从盛唐到中唐前期的怀古咏史诗，所表现的大多是对朝廷政治的期盼，对自我命运不遇不达的激愤怨嗟，如李白《登金陵凤凰台》所云"总为浮云能蔽日，长安不见使人愁"[3]，杜甫《咏怀古迹五首之二》所云"怅望千秋一洒泪，萧条异代不同时"[4]等，当他们将古代的历史事实与今天的现实人生结合起来思考时，总没有跳出"自我"的范围，他们所关心的，不是如何让皇帝给予自己一个施展抱负的机会，就是个人的建功立业、立身扬名问题，一切叹嗟与伤感，总来自于对垂丹青于后世千秋万代的殷切希望。

提到中唐怀古诗，我们不能不注意到以《西塞山怀古》《台城》《台城怀古》《金陵怀古》《蜀先主庙》等著称的大诗人刘禹锡，他无疑是中唐时此类题材写得最多也最好者。其《西塞山怀古》云："王濬楼船下益州，金陵王气黯然收。千寻铁锁沉江底，一片降幡出石头。人世几回伤往事，山形依旧

---

1 《越中览古》，《李白集校注》，第1292页。

2 《沧浪诗话校释》，第198页。

3 《李白集校注》，第1234页。

4 《杜诗详注》，卷十七，第1501页。

枕寒流。今逢四海为家日，故垒萧萧芦荻秋。"[1]此诗无疑最为脍炙人口，流传久远。而《金陵怀古》所云"潮满冶城渚，日斜征虏亭。蔡洲新草绿，幕府旧烟青。兴废由人事，山川空地形。后庭花一曲，幽怨不堪听"[2]，《台城》所云"台城六代竞豪华，结绮临春事最奢。万户千门成野草，只缘一曲后庭花"[3]，却与《西塞山怀古》寓意相似，都是通过历史兴亡事实给当朝统治者提供现实借鉴，希望他们能够励精图治，整肃朝纲，重振大唐帝国的雄风。后一首点出南朝末代皇帝陈后主因贪听《玉树后庭花》艳曲，迷恋女色亡国，尤其启发了后来杜牧《泊秦淮》的诗意。值得注意的是，他的《蜀先主庙》云："天地英雄气，千秋尚凛然。势分三鼎足，业复五铢钱。得相能开国，生儿不象贤。凄凉蜀故伎，来舞魏宫前。"[4]诗中已经露出宿命不可逃脱的意味。而《金陵五题》中的《石头城》所云"山围故国周遭在，潮打空城寂寞回。淮水东边旧时月，夜深还过女墙来"[5]，《乌衣巷》所云"朱雀桥边野草花，乌衣巷口夕阳斜。旧时王谢堂前燕，飞入寻常百姓家"[6]，《台城怀古》所云"清江悠悠王气沉，六朝遗事何处寻？宫殿隐嶙围野泽，鹡鸰夜鸣秋色深"[7]，则明显有一种文人士大夫面对历史遗迹，深感浮世盛衰无常、沧海桑田须臾改换的深沉感叹，传达出的正是那种人类置身于永恒的大自然之中时的充满迷惘、空漠、幻灭之思的意味。

可以说，正是刘禹锡等人的此类诗成为晚唐怀古之作的等无间缘亦即次第缘，它对晚唐怀古诗中大量充溢的人事盛衰无常、人生空幻不实的慨叹无

---

1 《全唐诗》，卷三五九，第 4058 页。

2 《全唐诗》，卷三五七，第 4017 页。

3 《全唐诗》，卷三六五，第 4115 页。

4 《全唐诗》，卷三五七，第 4016 页。

5 《全唐诗》，卷三六五，第 4117 页。

6 《全唐诗》，卷三六五，第 4117 页。

7 《全唐诗》，卷三六五，第 4117 页。

疑有着一定的启发作用。

再次，从所缘缘来看，晚唐人所面对的正是一个灾难深重的时代。如前所述，佛教认为，"法不孤生，仗境而起"。在"四缘"之中，所缘缘无疑是除因缘之外最为重要的一缘。它所指向的，乃是人人都必须面对的现实问题。那么，晚唐人所遭遇的又是怎样一种有别于唐代其他时期的现实呢？

我们知道，晚唐时代，上层统治者之间的互相倾轧十分激烈，由此所带来的朝廷官僚们的炎凉翻覆、瞬息荣枯，走马灯似的"乱纷纷你方唱罢我登场"现象也就难免不给人们带来触目惊心的感受。史载，大宦官鱼朝恩因"安史之乱"中领兵起家，权倾一朝，代宗时却被宰相元载制伏，自缢而死。而元载本人曾在肃宗、代宗时为相十余年，气焰之嚣张，权势之威赫，两朝之中几乎无人可比。当其兴盛之时，"室宇宏丽，冠绝当时。又于近郊起亭榭，所至之处，帷帐什器，皆于宿设，储不改供。城南膏腴别墅，连疆接畛，凡数十所，婢仆曳罗绮一百余人。恣为不法，侈僭无度"[1]。元载后来得罪下狱，制下赐其自尽，与他同朝为相的王缙被连坐贬官。接着，刑部尚书王昂、吏部侍郎杨炎、户部侍郎赵纵、大理少卿裴翼、起居舍人韩会等十余人，皆因元载事被贬。而元载家中，不仅其妻在京兆府被笞死，三子皆赐死，女儿没入掖庭，而且其父、祖数代之坟皆被挖毁，并剖棺弃骸，焚骨扬灰。又，据《旧唐书·卷十一》记载，宦官李辅国专权于肃宗朝，曾号称"尚父"，一朝无人敢触犯。代宗登基后，不但罢免了他大元帅及兵部尚书等职务，而且派人暗杀于府中，其头颅亦被割去。受其牵连，秘书监韩颖、中书舍人刘烜等皆流放岭表，不久都被赐死。与李辅国同样显赫的大宦官程元振后来也没有好下场，他先是被削去官爵，放归田里。后被捕入狱，诏下御史台鞠问，代宗广德二年春又流配溱州。

---

1 《旧唐书·元载传》，第 3411 页。

文宗朝，神策中尉王守澄告宰相宋申锡与漳王谋反，即令追捕。后贬宋申锡为太子右庶子，漳王降为巢县公，宋申锡则再贬开州司马。武宗朝，大宦官仇士良"收捕仙韶院副使尉迟璋杀之，屠其家"[1]，又赐安王、陈王与杨贤妃死。懿宗朝，刺史崔雍因防守庞勋义军不力，被赐自尽。其亲族司勋郎中崔原、比部员外郎崔福、长安县令崔朗、左拾遗崔庚、荆南观察支使崔序皆连累而被贬官。

僖宗朝，由于发生了王仙芝、黄巢造反事件，义军官军之间的多次战争，致使"流尸塞江""江陵焚剽殆尽"[2]。广明元年（880）十一月，黄巢攻入京城，僖宗与后妃及诸王逃蜀，宰相以下数百官员扈从不及，匿于闾里，皆为捕出诛杀，无一幸免。中和元年（881），京畿地区发生大饥荒，人相为食，白骨山积，前所未有。光启元年（885），平叛黄巢的诸军因种种矛盾互相攻战，"神策军溃散，遂入京师肆掠。乙亥，沙陀逼京师，田令孜奉僖宗出幸凤翔。初，黄巢据京师，九衢三内，宫室宛然。及诸道兵破贼，争货相攻，纵火焚剽，宫室居市闾里，十焚六七。贼平之后，令京兆尹王徽经年补葺，仅复安堵。至是，乱兵复焚，宫阙萧条，鞠为茂草矣"[3]。

昭宗朝，王祚殆尽，情景更为凄惨。先是朱温密令韩建与刘季述等围十六王府宅。"诸王惧，披发沿垣而呼曰：'官家救儿命！'或登屋沿树。是日，通王、覃王已下十一王并其侍者，皆为建兵所拥，至石堤谷，无长少皆杀之，而建以谋逆闻。"[4]宦官刘季述与王仲先等谋废昭宗，幽禁于东内问安宫，入宫大行杀戮，又死伤无数。此后昭宗虽仍居帝位，但被劫往凤翔，已不得安宁，而朱温先是胁迫唐室迁洛阳，纵部下烧杀抢掠，后又遣蒋玄晖、

1　《旧唐书·卷十八上》，第584页。

2　《旧唐书·卷十九下》，第706页。

3　《旧唐书·卷十九下》，第722页。

4　《旧唐书·卷二十上》，第762页。

史太等人追杀昭宗，京城长安几为废墟。昭宗死后，朱温又立辉王李柷为哀帝，不过三年，又废哀帝为济阴王，自己称帝于汴州，国号梁，唐朝国祚便从此告终。

像上述这些朝政盛衰倏忽，朝臣朝不保夕，官吏因连累动辄数十百千人受贬谪、判流放、惨遭诛杀甚至满门灭绝的例子，在中晚唐史中可说是代不绝书，而且越到后期这种现象就越发严重。韩愈在《圬者王承福传》中，就记述京城泥瓦匠王承福的亲身见闻说："嘻，吾操镘以入富贵家有年矣。有一至者焉，又往过之则为墟矣。有再至三至者焉，而往过之，则为墟矣。问其邻，或曰：'噫，刑戮也。'或曰：'身既死而其子孙不能有也。'或曰：'死而归之官也。'"[1]这种现象，真如后世孔尚任在《桃花扇》中《哀江南》曲所言，是"眼见他起高楼，眼见他宴宾客，眼见他楼塌了"。无怪乎晚唐诗人罗邺在《牡丹》诗中要深深感叹道："落尽春红始著花，花时比屋事豪奢。买栽池馆恐无地，看到子孙能几家。门倚长衢攒绣毂，幄笼轻日护香霞。歌钟满座争欢赏，肯信流年鬓有华。"[2]这正是对朝开夕谢、倏忽荣枯世情的总结。尤其是中晚唐时相继出现的"永贞革新""甘露之变"，更令不少穿朱着紫的高官们都深怀朝不保夕的危惧，所谓"昨日屋头堪炙手，今朝门外好张罗"[3]。史载"甘露之变"中，宦官"杀诸司六七百人，复分兵屯诸宫门，捕（李）训党千余人斩于四方馆，流血成渠"[4]，"流血涂地。京师大骇，旬日稍安"[5]。参与除宦官的宰相王涯、贾餗、舒元舆，大臣李训、郑注、罗立言、李孝本、韩约等人皆遭灭族之祸，死者近千人，宦官不但"迫

---

1 《韩愈集》，第 161 页。

2 《全唐诗》，卷五五四，第 6419 页。

3 白居易：《放眼五首》其四，《白居易集》，卷十五，第 319 页。

4 《新唐书·李训传》，欧阳修、宋祁：《新唐书》，中华书局 1975 年版，第 5312 页。

5 《旧唐书·卷十七下》，第 562 页。

胁天子，下视宰相"，而且"陵暴朝士如草芥"[1]。

概言之，当时唐王朝宦官专权、朋党相争、藩镇割据、财政紊乱等各种弊端愈演愈烈，已经陷入积重难返、无法制止的地步。这正如《资治通鉴·唐纪六十》所言："于斯之时，阉寺专权，胁君于内，弗能远也；藩镇阻兵，陵慢于外，弗能制也；士卒杀逐主帅，拒命自立，弗能诘也；军旅岁兴，赋敛日急，骨血纵横于原野，杼轴空竭于里闾。"[2]正是这种动乱不已、一切都无法把握的动荡不安现实，使人们深怀忧虑，充满惶惑与迷惘。因为当初盛唐时，人们所关心的乃是如何建立功名事业，出将入相，富贵风流。然而，时至中晚唐，即使建立了功名事业，官居极品，享有荣华富贵，赫赫威权，到头来也难免不身败名裂，甚至身首异处，落得个极为悲惨的下场。于是，一种人生无法把握、世事变幻无常的社会心理不由得弥漫开来。人们也因此开始对历史做出反思，因为历史常常有着惊人的重复，从历史可以看到现实，透过历史可以认识今天。

复次，从增上缘来说，晚唐时代，有着比初、盛、中期更为虔诚信奉佛教的社会环境。据《新唐书·李德裕传》记载，当时老百姓入寺为僧的人数极多，以至"自淮而右，户三丁男，必一男剃发"[3]。尽管在武宗朝，曾发生了中国历史上最重大的毁佛事件"会昌法难"，但是，在这场佛门灾难过后不到两年，宣宗即位，不但撤消了前朝禁令，重新恢复了佛教的地位，而且其势头还越演越烈。到大中五年（851），全国僧尼数量又差不多恢复到毁佛前的水平了，全国上下，到处可见重修的庙宇。宣宗以后的懿宗、僖宗、昭宗几代皇帝，都是极为虔诚崇佛的，懿宗拜迎佛骨的仪典规模之盛大，花费人力财力的巨大，较宪宗朝可谓有过之而无不及。上有所好，下必效之，晚

---

1 《资治通鉴》，卷二四五，第7919页。

2 《资治通鉴》，卷二四四，第7880页。

3 《新唐书》，第5329页。

唐时期的官僚士大夫中也信佛成风。一部禅宗典籍《五灯会元》，所记载的在家信佛之居士弟子中晚唐官僚就占了很大的数量。此时，社会上谈禅说佛蔚成一种时髦风尚，以至于方干在《白艾原客》诗中要说"闲言说知己，半是学禅人"[1]了。

确实，我们今天翻开《全唐诗》纵观晚唐作品，仅从题目来看，其中涉佛涉僧诗就占了相当大的比例，内容包括登山寺、题僧院、题佛塔、书僧壁、宿禅房、观寺景，以及赠僧、访僧、寻僧、忆僧、参僧、谒僧、寄僧、送僧、吊僧等，诗人们倾心向佛之势头亦由此可见。而自中唐以来，也有少部分仕宦失意的知识分子正式告别儒门而投身佛寺，所谓"颠顿文场之人，憔悴江海之客，往往裂冠裳，拨缯缴，杳然高迈，云集萧斋，一食自甘，方袍便足"[2]。这些人由于原来的文化修养，入寺为僧以后，也仍然保留了写作诗歌的兴趣与习惯，这从元人辛文房《唐才子传》中所记诗僧以晚唐人数最多也可以看出。正是这些有文化的僧人们，在与文士及官员们的交往中，一方面将高深的佛学修养以各种方式灌输给他们，另一方面又由于有了来自上层的吹捧从而获得较高声誉与地位，他们在向社会民众说法弘教时也更具有权威性，而佛教教义也就更深入人心，佛法僧三宝也更为人们所信服供奉。而佛经典籍浩如烟海，佛教法门八万四千，佛教教义千言万语，归根到底一句话就是一个"空"字。可以想见，当处于动乱不已的时局之中的晚唐诗人们目睹着一件件一桩桩变幻莫测的无情现实时，佛教那"万法皆空""诸行无常""诸法无我"的教义又怎能不让他们深深折服？反过来，当他们以这种"空观"来审视反思古往今来的历史时，更只能感受到无事不幻，无情不空，一切都无常无我，不可把握。

---

1 《全唐诗》，卷六四八，第7445页。
2 《唐才子传》，卷三，《唐才子传校正》，第76页。

也许正是上述这些原因，当我们对晚唐以前的怀古之作做出一番历史追溯后，再来对照晚唐时代的这类题材作品，不难看出，在晚唐以前，诗人们怀古感叹的着眼点，更多地是注重社会现实问题，他们立足于个体的自我，而向外在寻索缘由，也就是求于人而不是求于己。而晚唐时的怀古诗，则往往注重的是历史人生的问题，他们大多都不仅只是着眼于个人，更多地是从事物的规律、本性上来思考问题，进而发出感慨。也可以说，在晚唐以前，人们的怀古还只停留在对个别事件、个别人物的感叹上，而晚唐人的怀古，却开始具有一种从事物的本质、本性出发来体察宇宙人生现象背后的根本实质的明确意识。

那么，是什么使晚唐人具有这种终极关怀意识呢？追溯缘由，原因当然有多种，但我们可以肯定地说，佛教影响是其中的一大因素。具体而言，这种文学现象的产生正是与佛教空观在那个时代诗人们头脑中所形成的一种理念有关系的。

二、四相迁流：诸行无常、万法皆空的体悟

一般来说，佛教空观属于认识论范畴。众所周知，释迦牟尼创立佛教，是为了解脱众生沉浮人世的烦恼痛苦。为了达到这一目的，佛教始终在寻求人生乃至宇宙万象的真实本质。佛教理论一般是从境、行、果三方面进行论述的。境，即人们所认识的对象。行，是为了达到解脱目的的修持行为。果，是通过修行实践所证得的结果，就佛教而言，就是得到完全解脱的境界。也可以这样说，境是佛教对世界的认识，行与果是佛教的实践活动。佛教理论主要表现在对境这一认识对象之真实本质的探究方面，而正确的佛教认识方法也就是佛慧，亦即佛教智慧，就是一种与世间凡俗认识论完全不相同的思想观点。

早期佛教理论的"十二因缘"说追溯了人生其所以会产生烦恼痛苦的根本原因。佛陀首先从对众生的生命过程进行分析入手，追溯到生命的形成，也就是"生"。有生才会有死，因此老死的原因只能是"生"。而"生"又是怎样产生的呢？佛陀认为，众生的"生"，是因为自己前世所造的"业"所决定的。这个"业"，在十二因缘中叫作"有"，它表示一种存在，指前世种种善恶思想行为事实。而"有"则是受"爱"的支配而产生。所谓"爱"，即是指众生对欲求的贪恋、执着。而"爱"又是缘何而起的呢？佛陀追溯到"受"，即感受，正是因为对种种事物生出或苦或乐的感受，

才会产生喜爱或厌恶的情感意识。而"受"又是如何形成的呢?"受"缘于"触",即接触,人生出胎以后,眼、耳、鼻、舌、身、意等器官与外境相接触,从而产生触觉。而触觉正是苦乐等感受产生的前提。然而,产生触觉的原因又是什么呢?当然是人的各种感官了。这些感官早在母体胎中就渐渐长成了。佛教把众生尚未出胎时形成的眼、耳、鼻、舌、身、意六种认识器官叫作"六处",六处"的原初状态是什么呢?是"名色",名指精神,色指物质,"名色"即是坐胎初始时精神与物质的结合体。而"名色"缘于"识"。这个"识",即是在父精母卵媾合的刹那所产生。佛经上一般称为"魂神精识",因此,尽管佛教不承认灵魂之说,但这个"识"即含有灵魂的意思。据说,"识"是在父精母卵相结合的那一刹那间产生的,谓之"生有"。但"识"所产生的根本原因,乃是由于"行"的牵引作用,父母的媾合只不过是一种机缘。"行"又是什么呢?这就是指宿世所做的能招致今生福罪果报的善恶等"业"。这种"业"能决定众生今世的投生。又由于"行蕴"乃是一种精神意志活动,故牵引着"识"向其应去之所在投生。而造成"行"这种宿世之"业"的原因又是什么呢?佛陀做出结论说,乃是"无明"。

这"无明"就是世间一切烦恼,众生受苦受难的总根源。按照佛教的说法,世界乃是由于众生的业力所造成的,而这业的造作即是缘于"无明"。这是从共体而言。从个体而言,则"无明"决定"行"(个体宿世所造之"业"),"行"又决定"识","识"即是今世的胎识。然后才有生、老、病、死等人生流转的过程。"无明"的含义又是什么呢?佛教认为:"于法不了为无明。""言无明者,痴暗之心,体无慧明。""痴谓无明。"可见,无明首先是一种由于不懂得佛法真谛而产生的对世间事物的错误颠倒的认识。它的性质是"痴"。"痴"也就是于诸事理迷暗为性,能障无痴一切杂染所依为业。比如,人生明明是空虚无常的,人世间一切都如梦幻泡影,众生却偏偏要执虚为实,为之苦苦追求。人身是由色、受、想、行、识"五蕴"和合而成的，本无实体的"我"，众生偏偏要执"无我"为"我"，为"我"而生出种种嗔喜爱恶。这就是一种迷暗，一种愚痴无明。这种无明能产生一种生起烦恼障的功能，使"一切杂染"得以依止附着，从而使众生原本如明镜般朗澈湛明的本性蒙上俗念乌云，不得见性。在"无明"的作用下，众生执"无常"为"常"，执"无我"为"我"，起心动念，无不为着"常""我"，于是便造下种种业（身业、语业、意业），这业就是"行"，它决定了众生来生轮回于世间再受苦受难。

由此可见，"无明"便是使众生沉沦苦海的根本原因，是一切烦恼的渊薮。众生要想解脱，首先必须从破除"无明"做起，即把对世界诸法实相错误颠倒了的认识再颠倒过来，觉悟到"无常""无我"，不再执虚为妄，不再为着"常""我"而起心动念造业，从而去染趋净，才能从世间烦恼痛苦的无尽轮回循环流转中解脱出来。

从断除"无明"的错误认识出发，佛教又提出三条最基本的教义，即"诸行无常""诸法无我""涅槃寂静"。这三条基本原理又常常被佛门称之为"三法印"。"三法"指佛学三大义理，"印"即印证，意谓人们的一切认识是否符合佛教义理，可以此三条原则作为标准来衡量，可以说，这三条原则即是一切大小乘佛教义学最基本的理论纲领。

首先，"诸行无常"的"行"，本指迁流不息的意思。佛教认为，世间一切事物都是由因缘和合而生，时时刻刻处于变动不居中，因此是"行"。由于一切"行"都是必须依赖因缘而生的，所以又叫作"有为法"。佛教认为，另外还有一种不须待因缘和合而生的"无为法"，如涅槃、虚空等即是，它们是不属于"诸行"的范畴的。由于"诸行"总处于无休无止的迁流变动中，所以是"无常"。"无常"的"常"即是永恒的意思，"无常"并非是指偶然。佛教是很讲究因果、业报的，即使某种现象的产生是偶然的，但其中也一定蕴含着必然的因素，这个必然，就是万有因果律。"无常"是

"诸行"的表现，其实质乃是"空"。因此，佛教说"空"，并不是一无所有的意思，也不是明明面对客观现象却视而不见，这个"空"就是不实在的意思。《般若波罗蜜多心经》说："色不异空，空不异色，色即是空，空即是色。"[1]这里的"色"，即指现象、物质。现象、物质并不是不存在，而是处在"无常"之中，故其性质乃是"空"。而这个"空"也不能独立存在，它体现在一切事物现象中，所以是"色即是空，空即是色"，色空一如，色空不二。所谓"若见缘起便见法，若见法便见缘起"。这也是叫人从一切事物的因缘关系上去认识"无常""性空"的佛学道理的。

无常还被分为一期无常和念念无常两种。一期无常又称相续无常，是讲任何事物在一定时期内都必定要经历成、住、坏、空（或生、住、异、灭）的变化，如人的生、老、病、死，最后都要归于坏灭。这一过程就叫作一期无常，一期无常所包括的四项过程，在佛法教义中被称为"四相迁流"，"四相迁流"被认为是一切事物存在的必然形式。念念无常的"念"，是"刹那"的意思。"念念"即"刹那刹那"，指极为短暂的时间。佛经上说，一弹指间便有六十五刹那。"念念无常"即是说任何事物在没有坏灭之前，刹那刹那，都处于迁流不息的代谢过程，没有一刻能够休止。

其次，"诸法无我"的"诸法"是指一切事物与存在。"我"是实体与主宰的意思。按照缘起说理论，世界上任何事物都不可能独立存在，都必须依赖一定的因缘和合而生，因此，任何事物也就失去主宰的作用，失去了具有独立性质的实体意义。这就是"诸法无我"。

"诸法无我"主要分"人无我"和"法无我"两种。传统佛教特别看重"人无我"。他们认为人身乃是由色、受、想、行、识五蕴因缘和合而成的，从成分上来分析，则是地、水、火、风四大元素构成。离开"五蕴""四

---

1 《释氏十三经》，第12页。

大"，就无所谓人身，所以有"五蕴非有""四大皆空"之说。佛教认为，人在一昼夜间便有六十四亿九万九千九百八十一刹那五蕴在生灭代谢。可见"四大""五蕴"都是时时变动不定的，和合而身生，分散而身灭，成坏无常，虚幻不实。正是基于人的身体是"四大"的组成物，"四大"最终分离而消散，所以人就根本没有一个真实的本体存在，没有实体可以把握，所以说是"人无我"。众生如果将这个并不实在的假合之身执着为"我"，就会兴起贪念，并由此产生烦恼，进而造下种种业，堕入轮回受报，永远无法解脱。因此，佛教认为"我执"即是无明，即是产生一切烦恼痛苦的万恶之源，只有彻底破除，才能获得解脱。

再次，"涅槃寂静"的"涅槃"是圆满成就的意思，而"寂静"则更多的是从彻底解脱角度来说明佛教修持的最终境界。其实二者是一而二、二而一的。"涅槃寂静"即是佛教修习的最根本目的，是一切学佛者所追求的最高理想境界。

关于"涅槃寂静"的实际内容，原始佛教与后来的大乘佛教是有所不同的。

原始佛教的"涅槃寂静"内容乃是灰身灭智，即在这世界上不留下任何痕迹，进入六道轮回造业受报的主体再也不存在，一切烦恼与痛苦的根源全都息灭，修习者得到了彻底的解脱，这就是"无余涅槃"。后来大乘佛教中以龙树、提婆为代表的中观学派认为涅槃寂静乃是一种宇宙的最高真理，它与世间在本性上是一致的，即从本体上讲，两者的性都是"空"，但从现象上来看，两者又都是不可言说的"妙有"，这就是所谓"真空妙有"说。因此众生的解脱烦恼痛苦，并不在于灰身灭智，厌弃生命，而是在于正确认识一切事物无非性空的实相，从而用这些认识来指导自己在世间的生活，这种涅槃被称作是"实相涅槃"。换言之，"实相涅槃"就是一种对佛法真理的证悟。只有在彻底证悟了佛法真理的前提下，才有可能去除"我执"虚妄杂染，纯洁操守，成就佛道。

与小乘佛教的修习目的只是为了自己的解脱不同，大乘佛教要求人们在解脱自身的同时，也要普度众生，所谓自利利人，自觉觉他。这才是圆满无缺的功德成就。因此，即使自己已经证悟佛法，可以进入无余涅槃，但为了救度众生，也绝不进入。为了救度罪孽深重的众生超脱苦海，修行者应"以大智故，不住生死；以大悲故，不住涅槃"，这种不弃人间又不住生死的悲智双修方式便是所谓"有余涅槃"。

在"实相涅槃"理论中，大乘中观学派提出的一个重要观点即是"万法皆空"说，即认为既然一切事物必须依赖因缘和合才能产生，那么事物就失去了自性，换言之，也就是自性本空，一切事物都没有实体可言，不仅"人无我"，法也是"无我"的。后来无着、世亲等人又创立了大乘瑜伽行派。他们对"一切皆空"理论有所修正，认为作为成佛主体的"识"即是世界的根本所在。但"识"虽然有其存在，世界万象却是虚幻的，它们都只不过是"识"的变现而已。这就是"万法唯识""识有境无"说。这个"境"，即是指外境，指主观认识之外的客观物质世界。瑜伽行派认为，众生的解脱途径就是通过修持者的主观能动作用，逐步将自己"识"中的染污成分改换为清净成分，随着这一过程的进展，众生也就转化成佛，得到涅槃解脱了。

为了让人们认识到"万法皆空""一切皆空"的佛法至理，佛教特别强调对外在事物做合乎佛教真理的体察观照，要求人们通过对外在事物成、住、坏、空"四相迁流"过程的观照思考，体悟世间万事万物本性不过是虚空不实的。由于一切事物都处在不断生灭变化的过程中，因此其本质永远是无常无恒的，这种不可把握的无常无恒性质，就是"空"。可以说，"空"也就是世间万事万物的本性。

如前所述，晚唐诗人目睹"眼见他起高楼，眼见他宴宾客，眼见他楼塌了"的兴衰无常、倏忽变化的政坛局势，感受到人世炎凉、屡遭劫难的动乱现实，心中不免产生迷茫困惑，进而开始反思历史，因为从历史可以看现实，历史可以印证今天。也许正是缘于此，在晚唐诗坛上，怀古诗的数量空前高涨起来。杜牧、李商隐、许浑、刘沧、马戴……这些在文学史上数得着名字的诗人几乎没有没写过怀古诗的，并且在他们的诗作中，常常充满着一种面对江山遗迹而兴起的对历史、人生甚至苍茫宇宙的深重慨叹。罗宗强先生在《唐诗小史》中指出，晚唐怀古诗大多"从具体史实上升为对历史的纵览，在更为广阔的时间背景上，回顾历史，往往带有哲理意味"[1]。这确实是一语中的。

如许浑的《金陵怀古》云：

> 玉树歌残王气终，景阳兵合画楼空。
>
> 松楸远近千官冢，禾黍高低六代宫。
>
> 石燕拂云晴亦雨，江豚吹浪夜还风。
>
> 英雄一去豪华尽，唯有青山似洛中。[2]

又如他的《凌歊台》云：

> 宋祖凌歊乐未回，三千歌舞宿层台。
>
> 湘潭云尽暮山出，巴蜀雪消春水来。
>
> 行殿有基荒荠合，寝园无主野棠开。
>
> 百年便作万年计，岩畔古碑空绿苔。[3]

---

1 罗宗强：《唐诗小史》，陕西人民出版社 1987 年版，第 276 页。

2 《丁卯集笺证》，第 129 页。

3 《丁卯集笺证》，第 133 页。

可以看出，诗人之所以每每突出那种"松楸远近千官冢，禾黍高低六代宫""行殿有基荒荠合，寝园无主野棠开"的凄凉画面，正是告诉人们：眼前这一片苍凉荒芜的寝园坟冢，曾经是极为热闹繁华的歌舞风流之地，其潜台词却是：那么，今日的热闹繁华、风流欢娱之地，未来又将如何呢？这正如金圣叹《贯华堂选批唐才子诗》卷六所云："如此楸梧禾黍，皆是当时朝朝琼树、夜夜璧月之地之人也！""前者固不知后，后者亦不知前也。'青山似洛中'，掉笔又写王气仍旧未终。"[1]亦如王羲之在《兰亭集序》中所指的："后之视今，犹今之视昔也。"此中深意，自是不言而喻。不少学者在评论许浑怀古咏史之作时，指出他往往能以现实衬托历史，以历史反映现实，从而具有哲理意味，能给人以理性之启示。其实这种哲理意味正来自佛教理论，而诗人这种特定的理性认识也是与他作为一个奉佛者所具有的佛教成、住、坏、空四相迁流之空观有关的。

我们再来看看杜牧的作品。

二月春风江上来，水精波动碎楼台。

吴王宫殿柳含翠，苏小宅房花正开。

解舞细腰何处往，能歌姹女逐谁回？

千秋万古无消息，国作荒原人作灰。[2]

万古荣华旦暮齐，楼台春尽草萋萋。

君看陌上何人墓，旋化红尘送马蹄。[3]

---

1 《丁卯集笺证》，第 135 页。

2 《悲吴王城》，《杜牧集》，第 283 页。

3 《春日古道旁作》，《杜牧集》，第 302 页。

相比之下，杜牧当然没有许浑那样的佛学修养，但他也从兴亡盛衰的强烈对比出发，指出昔日繁华热闹、美人歌舞旋化成灰，而今日之古墓上的灰尘又化为红尘滚滚，如此周而复始，循环不尽，其实都是过眼烟云。因此他所揭示的也仍旧是佛教成、住、坏、空四相迁流之空观哲理，也同样具有启人沉思的意义。

像这样以今日之尘土破败映衬昔日之玉容花貌，从而表现出热闹繁华只是一时的，而留给后世的只是寂寞荒凉的怀古之作，还有孟迟的《兰昌宫》：

> 官门两片掩埃尘，墙上无花草不春。
> 谁见当时禁中事，阿娇解佩与何人。[1]

以及崔橹的《华清宫三首》：

> 草遮回磴绝鸣銮，云树深深碧殿寒。
> 明月自来还自去，更无人倚玉栏干。

> 障掩金鸡蓄祸机，翠华西拂蜀云飞。
> 珠帘一闭朝元阁，不见人归见燕归。

> 门横金锁悄无人，落日秋声渭水滨。
> 红叶下山寒寂寂，湿云如梦雨如尘。[2]

---

1 《全唐诗》，卷五五七，第 6460 页。
2 《全唐诗》，卷五六七，第 6567 页。

它们都是从抚今追昔出发，以眼前所见的废殿、荒台、颓垣、断墙、枯草、冷云、寒月等阒寂无人的凄凉景色映衬昔日繁华热闹的美人如玉、歌舞风流，通过今昔盛衰对比，从而得出一切皆虚幻无常、不能把握的结论，尤其是"湿云如梦雨如尘"一句所透出的如梦如幻之感，更可谓是画龙点睛的神来之笔。

直接揭示出世事人生如梦如幻的作品还有李商隐的《咏史》：

北湖南埭水漫漫，一片降旗百尺竿。
三百年间同晓梦，钟山何处有龙盘。[1]

许浑的《金谷怀古》（此诗一作杜牧作）：

凄凉遗迹洛川东，浮世荣枯万古同。
桃李香销金谷在，绮罗魂断玉楼空。
往年人事伤心外，今日风光属梦中。
徒想夜泉流客恨，夜泉流恨恨无穷。[2]

薛逢的《题白马驿》：

晚麦芒干风似秋，旅人方作蜀门游。
家林渐隔梁山远，客路长依汉水流。

---

1 《李商隐诗歌集解》，第1384页。
2 《丁卯集笺证》，第282页。

満壁存亡俱是梦，百年荣辱尽堪愁。

胸中愤气文难遣，强指丰碑哭武侯。[1]

在这些诗里，作者更进一步指出，既然千古兴亡最终都不过是一场梦幻，那么，人世的荣枯、荣辱、成败、得失之间又有什么区别呢？所谓"浮世荣枯万古同""百年荣辱尽堪愁"都是从时间视角上来看待事物的，因为荣也好，枯也好，辱也好，随着时间的流逝变迁，都将不存在，从终极的意义上来审视人间的荣枯、荣辱，都只不过是历史长河中的一朵旋生即灭的浪花，是茫茫宇宙间的一点过眼云烟，倏忽破灭，转瞬归于寂静，毫无任何意义可言。正如于濆在《经馆娃宫》中指出的："勾践胆未尝，夫差心已误。吴亡甘已矣，越胜今何处。当时二国君，一种江边墓。"[2]也就是说，在不存在与无意义这一点上，各种看似截然不同的是非得失、成败兴亡、荣枯盛衰，其实质是没有什么不同的。

既然尘世的荣辱、荣枯之间并没有任何分别，那么人们就完全没有必要去劳心竭力地追逐这些虚幻不实的名利豪华了。本于此，不少诗人也对尚在梦幻之中汲汲遑遑追名逐利而不辞劳苦、苦苦挣扎在滚滚红尘中的世人发出了警醒，如杜荀鹤的《登城有作》云：

上得孤城向晚春，眼前何事不伤神。

遍看原上累累冢，曾是城中汲汲人。

尽谓黄金堪润屋，谁思荒骨旋成尘。

一名一宦平生事，不放愁侵易过身。[3]

---

1 《全唐诗》，卷五四八，第 6330 页。

2 《全唐诗》，卷五九九，第 6929 页。

3 《全唐诗》，卷六九二，第 7968 页。

又如薛能的《长安道》云：

> 汲汲复营营，东西连两京。
> 关缴古若在，山岳累应成。
> 各自有身事，不相知姓名。
> 交驰兼众类，分散入重城。
> 此去应无尽，万方人旋生。
> 空余片言苦，来往觅刘桢。[1]

又如张祜的《洛阳感寓》云：

> 扰扰都城晓四开，不关名利也尘埃。
> 千门甲第身遥入，万里铭旌死后来。
> 洛水暮烟横莽苍，邙山秋日露崔嵬。
> 须知此事堪为镜，莫遣黄金漫作堆。[2]

　　可以看出，杜诗是将眼前的荒原上的那一片累累荒冢指示给人们看，警告世人：你们这种奔波劳碌于红尘凡俗之中的打拼奋斗是毫无意义的。即使通过一辈子的劳神费力，得到了自己终生追求的功名利禄，那又能如何？所谓"尽谓黄金堪润屋，谁思荒骨旋成尘"，也就是《红楼梦》中《好了歌》所指出的"古今将相在何方，荒冢一堆草没了""终朝只恨聚无多，及到多时

---

1 《全唐诗》，卷五六〇，第6507页。
2 《全唐诗》，卷五一〇，第5826页。

眼闭了"那种意义，什么功名事业，什么荣华富贵，到头来，全是一场空，一场荒诞虚幻，然而此中道理，又有几人能够觉悟呢？而薛诗与张诗则似乎站得更高，看得更远，他们一俯瞰长安道，一鸟瞰洛阳城，但见滚滚红尘中，奔波劳碌于东西两京之间的全是那些汲汲营营、纷纷扰扰的人们，真如同"密匝匝蚁排名，乱纷纷蜂酿蜜，急嚷嚷蝇争血""争名利，何年是彻"（马致远《双调夜行船·秋思》）一样，不知是何岁月，也不知是你是我，就这样人来人往，旋去旋生，旋生旋灭，看似生灭无尽时，实际上循环轮回的不过是生、住、坏、空四相迁流的一期又一期的无常过程。然而又有几人识得此理呢？在《悼古》诗中，薛逢写道："细推今古事堪愁，贵贱同归土一丘。汉武玉堂人岂在？石家金谷水空流。光阴自旦还将暮，草木从春又到秋。闲事与时俱不了，且将暂醉还乡游。"[1]在感叹"贵贱同归土一丘"之余，诗人不得不把目光投向了酒杯，深感恐怕只有在那里才能找到一点儿慰藉解脱吧。

如果说杜荀鹤、薛能等人的诗只是就眼前事抒发心中的感悟，那么，在晚唐更多的是通过回顾历史，总揽全局，感叹千古兴亡来阐发空幻哲理的佳作，其中写得很大气者还是首推许浑。比如他的代表作《咸阳西门城楼晚眺》诗所云："一上高城万里愁，兼葭杨柳尽汀洲。溪云初起日沉阁，山雨欲来风满楼。鸟下绿芜秦苑夕，蝉鸣黄叶汉宫秋。行人莫问前朝事，渭水寒声昼夜流"[2]，能以笼括一切的大气来俯瞰千古兴亡之历史画面，并从中总结出浮世人生的规律。可以说，这首诗之所以冠盖晚唐、盛传后世的原因，正在于以咸阳这一目睹了秦苑汉宫之热闹繁华的历史遗迹为视点，通过今昔盛衰之强烈对比，揭示一个"空"字的无情。故金圣叹《贯华堂选批唐才子诗》

---

1 《全唐诗》，卷五四八，第 6327 页。
2 《丁卯集笺证》，第 137 页。

卷六在评论此诗时说："孔子曰：'逝者如斯，不舍昼夜'，今人问前人，后人且将问今人，后人又复问后人，人生之暂如斯，而我犹羁万里耶？"[1]这正是看出此中深意的会心之解。在另外一些诗中，许浑通过对"凄凉遗迹洛川东，浮世荣枯万古同""往年人事伤心外，今日风光属梦中"[2]"万里高低门外路，百年荣辱梦中身"[3]"云斋曾宿借方袍，因说浮生大梦劳。言下是非齐虎尾，宿来荣辱比鸿毛"[4]等感伤悲慨，明确揭示出人生是梦、浮世若梦、今昔如梦、当下即梦、千古一梦、荣枯皆梦的主题，从而唤醒人们不要再为世俗的名利得失、荣辱是非这些虚幻不实之物而操心劳累。质言之，只有栖心禅门，皈依佛前，冥心摄性，才是对人生烦恼痛苦的彻底解脱。

然而，晚唐诗人们对是非得失的否定，其所指向是乃是对世俗功名事业的彻底否定。而这种心理正是来自他们不同于前辈诗人在怀古诗中每每感叹生不逢时、怀才难遇之处。在初盛唐怀古诗中，充满的乃是对功名事业的极大向往，在感伤背后，表达的是对功业荣名的最大肯定，他们将自己的人生价值定位于建功立业、济世安民，定位于儒家的"三不朽"价值标准。而晚唐人由于科举考试几近于独木桥，不经过此，以一介文士，功名事业谈何容易！如前所述，他们中大多数人都是吃不到功名事业这串葡萄的，即使有少数吃到了的，在这动荡不安的时局里也深感抱负难展，不但实现理想几无可能，而且区区禄位也朝不保夕。于是，未得者忧于得，已得者忧于失，怎么对待尚未到手或者已在掌心的这串葡萄呢？如果没有一个明确的认识，那就很可能为其所迷惑，进而执着于此，产生出种种患得患失的烦恼痛苦，甚至带来无穷无尽的忧愁危惧。也许正是缘于此，晚唐诗人对功业名利几乎都持

---

1 《丁卯集笺证》，第 138 页。

2 《金谷怀古》，《丁卯集笺证》，第 282 页。

3 《题苏州虎丘寺僧院》，《丁卯集笺证》，第 204 页。

4 《泊蒜山津闻东林寺光仪上人物故》，《丁卯集笺证》，第 272 页。

彻底否定的态度。然而，眼前又确实还是有人凭借着官阶爵禄享受着富贵风流，对于那秦淮河上夜夜都飘荡于江面的娇柔婉转歌声，那弥漫在晚唐时代许多大都市里的灯红酒绿、纸醉金迷的市井繁华气象，这些不遇不达、困穷潦倒的晚唐诗人又怎能视而不见呢？因此，晚唐诗人深深懂得，对这些得不到的或难以保住的东西，要将其放下，唯一的办法就是对它进行彻底否定。也就是说功业算什么，即使建立了王图霸业也不过是一场空幻罢了。换言之，葡萄是既酸又苦的，谁爱就谁去吃吧。请听听这些晚唐怀古诗中对功名事业的彻底否定吧：

> 南山漠漠云常在，渭水悠悠事旋空。
> 立马举鞭遥望处，阿房遗址夕阳东。[1]

这是以残阳夕照中的阿房宫遗址为背景，对"千古一帝"秦始皇赫赫帝业的否定，一边是"云常在"，一边却是"事旋空"，两相对照，不是充分说明了问题吗？

> 一剑乘时帝业成，沛中乡里到咸京。
> 寰区已作皇居贵，风月犹含白社情。
> 泗水旧亭春草遍，千门遗瓦古苔生。
> 至今留得离家恨，鸡犬相闻落照明。[2]

这是对拔剑斩蛇、风起沛中、大定寰区、威加海内的汉高祖刘邦之乘时

---

1 刘兼：《咸阳怀古》，《全唐诗》，卷七六六，第 8691 页。
2 温庭筠：《过新丰》，《全唐诗》，卷五八二，第 6748 页。

帝业的否定。即使是那样不可一世、独尊天下的帝王，而今也留下凄凉的泗水，荒破的旧亭，衰残的野草。那帝居门前的瓦砾，门外的青苔，所指向的难道不都是一个"空"字吗？世人见此，夫复何言？

> 昔时霸业何萧索，古木唯多鸟雀声。
> 芳草自生宫殿处，牧童谁识帝王城。
> 残春杨柳长川迥，落日兼葭远水平。
> 一望青山便惆怅，西陵无主月空明。[1]

邺城在河北临漳，战国时魏国曾在此建都，后来三国时曹操又在此建都。以后南北朝时的后赵、前秦、东魏、北齐都曾相继建都于此，因此也算得上是一座见证了帝王霸业、经历过历史兴亡的名城了。然而，当晚唐诗人刘沧经过此地时，眼前所见，唯有古木荒台、兼葭野草，那青山远水掩映下的残春杨柳，那荒城废殿间的雀噪蝉鸣，都表达着对一种霸业不再、世事空虚的深深惆怅。当年那些逐鹿中原的英雄豪杰们啊，你们自以为金戈铁马奋战一生，建立了永垂青史的不朽功业，可如今就连小小的牧童也不知道你们为何许人了，真是可笑得很啊！功名富贵有什么意义？帝业王图有什么价值？天地宇宙之间，谁能为主？一句"西陵无主月空明"，就直接点出了诗的题旨——一切都不过是一场"空"而已。诸行无常，诸法无我，成、住、坏、空，周而复始，月光映照下的历史人生，就是这样的不实在啊！你还能不认可这个"空"字吗？

> 野花黄叶旧吴官，六代豪华烛散风。

---

1 刘沧：《邺都怀古》，《全唐诗》，卷五八六，第6788页。

龙虎势衰佳气歇，凤凰名在故台空。

市朝迁变秋芜绿，坟冢高低落照红。

霸业鼎图人去尽，独来惆怅水云中。[1]

六代兴衰曾此地，西风露泣白蘋花。

烟波浩渺空亡国，杨柳萧条有几家。

楚塞秋光晴入树，浙江残雨晚生霞。

凄凉处处渔樵路，鸟去人归山影斜。[2]

南朝三十六英雄，角逐兴亡尽此中。

有国有家皆是梦，为龙为虎亦成空。

残花旧宅悲江令，落日青山吊谢公。

止竟霸图何物在？石麟无主卧秋风。[3]

莫悲建业荆榛满，昔日繁华是帝家。

莫爱广陵台榭好，也曾芜没作荒城。

鱼龙爵马皆如梦，风月烟花岂有情。

行客不劳频怅望，古来朝市叹衰荣。[4]

上列四首诗都是以六朝为题材的，在述说其兴衰更替之后，最终所指向的，都不过是空寂荒芜。如前所述，全部佛教认识论的核心即在于一个

---

1 李群玉：《秣陵怀古》，《全唐诗》，卷五九六，第 6602 页。

2 刘沧：《经过建业》，《全唐诗》，卷五八六，第 6793 页。

3 韦庄：《上元县》，《韦庄诗词笺注》，第 275 页。

4 韦庄：《杂感》，《韦庄诗词笺注》，第 278 页。

"空"字。在佛教看来，"空"就是世间一切事物的本质、本性。事物其所以是虚幻不实的，不在于它的不存在，而在于它的存在只能是暂时的；不在于它的无形无相，而在于其外在的相与内在的质都时时处于成、住、坏、空这样一个"四相迁流"的不断变化过程中。人的一生如此，一个朝代的历史也如此。在唐人看来，其兴衰变化得最快的莫过于魏晋南北朝时代了。尤其是以建业为中心的六朝，确实如同走马灯似的，一个又一个的王朝，一朝又一朝的天子，都旋兴旋废，旋灭旋生。每一个政权存在的时间都比较短暂，其从盛到衰的过程都表现得十分清楚，所以晚唐人对历史的感悟就往往着眼于六朝的兴亡更替方面，无论是"六朝文物草连空，天淡云闲今古同。鸟去鸟来山色里，人歌人哭水声中"[1]，还是"野花黄叶旧吴宫，六代豪华烛散风。龙虎势衰佳气歇，凤凰名在故台空"[2]，或是"江雨霏霏江草齐，六朝如梦鸟空啼"[3]，都是揭示出六代豪华胜迹如梦如幻、如流风逝水一去不返的事实。韦庄的《杂感》诗更是通过咏叹前朝兴亡历史来明确印证佛教"色即是空，空即是色"理论最形象的展示："莫悲建业荆榛满，昔日繁华是帝家。莫爱广陵台榭好，也曾芜没作荒城。鱼龙爵马皆如梦，风月烟花岂有情。行客不劳频怅望，古来朝市叹衰荣。"[4]是啊，六代都以金陵为都城，前人在那里享受过纸醉金迷的风流旖旎之金粉生活的舞榭歌台遗迹还在，而那些轻歌曼舞、玉貌花容却早被历史的风风雨雨吹洗干净，只留下荒榛野草，暮云枯树，一派荒凉零落，映衬着千古风流，成了世事空虚、人生荒幻的最好说明。由此出发，韦庄得出了"南朝三十六英雄，角逐兴亡尽此中。有国有家皆是梦，

---

1 杜牧：《题宣州开元寺水阁，阁下宛溪，夹溪居人》，《杜牧集》，第53页。
2 李群玉：《秣陵怀古》，《全唐诗》，卷五六九，第6602页。
3 《台城》，《韦庄诗词笺注》，第277页。
4 《韦庄诗词笺注》，第278页。

为龙为虎亦成空"[1]的结论。

可以说，在晚唐的这一类怀古诗中，作者已经不是就史说史了，而是明显地在以史证理（佛理），或者说以理观史。"鱼龙爵马皆如梦，风月烟花岂有情"，所有对历史的吟唱都不过是在强调一个"空"字、一个"幻"字，现实既是由"空"所幻化，也必将归结于幻灭。所谓"如幻如泡世，多愁多病身"[2]。诗人们之所以往往将昔日故宫的风流繁华与今日遗址的荒村野树、落日孤烟相对映，其目的就是为了凸显出人世人生的虚幻无常，不可把握，不能长久。

这种空漠虚幻、无常无住的社会情绪、时代心理也深深感染了那些本来胸怀积极用世之志的进取之士，如杜牧为宰相杜佑之孙，他素有报国大志，好读书，善论兵，曾注《孙子兵法》，写有《战论》《守论》《原十六卫》等文，痛陈藩镇之祸与时政之失。大和二年（828）进士及第后，又考取贤良方正能直言极谏科，授弘文馆校书郎。历官江西团练巡官、监察御史、左补阙、比部员外郎等职。后又出为黄州、池州、睦州等地刺史，擢司勋员外郎、史馆修撰，后转吏部员外郎，最后卒于中书舍人任上。他在晚唐诗人中，仕途算是比较通达的，但也同样唱出了一曲曲时代的悲歌：

> 长空淡淡孤鸟没，万古销沉向此中。
> 看取汉家何事业，五陵无树起秋风。[3]

> 孙家兄弟晋龙骧，驰骋功名业帝王。

---

1 《上元县》，《韦庄诗词笺注》，第275页。
2 韦庄:《遣兴》，《韦庄诗词笺注》，第23页。
3 《登乐游原》，《杜牧集》，第32页。

至竟江山谁是主，苔矶空属钓鱼郎。[1]

杜牧这位胸怀大志者，竟也发出如此悲哀沉郁的声声叹息，这是时代使然，也是他的认识使然。基于这种认识，使这位在历史上以风流潇洒著称的文人才子在写到历史上的歌舞酒色时，也免不了有深重的悲哀，如在《润州二首》中，他写道：

> 句吴亭东千里秋，放歌曾作昔年游。
> 青苔寺里无马迹，绿水桥边多酒楼。
> 大抵南朝皆旷达，可怜东晋最风流。
> 月明更想桓伊在，一笛闻吹出塞愁。
>
> 谢朓诗中佳丽地，夫差传里水犀军。
> 城高铁瓮横强弩，柳暗朱楼多梦云。
> 画角爱飘江北去，钓歌长向月中闻。
> 扬州尘土试回首，不惜千金借与君。[2]

由无常理论出发，杜牧不少怀古诗还充满一种假设，认为历史充满了不可预测的偶然性。比如他的《赤壁》诗云：

> 折戟沉沙铁未销，自将磨洗认前朝。
> 东风不与周郎便，铜雀春深锁二乔。[3]

---

1 《题横江馆》，《杜牧集》，第84页。
2 《杜牧集》，第51页。
3 《杜牧集》，第79页。

《题乌江亭》诗云：

> 胜败兵家事不期，包羞忍耻是男儿。
> 江东子弟多才俊，卷土重来未可知。[1]

如前所述，佛教无常理论其所以认为世间一切事物都无实在性，都不可把握，其根本原因就是它们都是由一定的因缘和合而产生的，一旦影响事物形成的缘即条件发生了变化，事物就会改变原来相状，向另一方面发展，造成另一种结果。由此出发，杜牧认为吴蜀联军之所以能够战胜曹魏，那完全是因为凭借了东风这一天时的缘故。他假设如果联军发起火攻那天不是刮东风而是刮西风的话，那么战争就会是另一种结果，而整个局势也会形成与今天我们看到的历史完全不同的状态。因此，三国鼎立局面的形成是带有一种偶然因素的。相比之下，后一首诗中对人事强调得比较多，但它同样充满着假设，只不过前诗是对"缘"的假设，后诗是对"因"的假设而已。也就是说，因与缘任何一方如果发生了变化，那么事物完全有可能走向与本来发展趋势相反的方向，得出另一种结果来。由此可见，无常理论在这里得到了充分的发挥。

总之，上面所分析的这些怀古诗，有的写得苍凉，有的貌似超然，有的饱含沉郁，有的一派伤感，有的以一种反讽的形式出现，有的则在戏弄的笔墨中透出深深的无奈。但千头万绪，千言万语，归根到底，所指向的只是世事无常无住、人生空漠虚幻、历史偶然难测这些理念。在诗人们看来，无论是历史、事业、人生、理想，都只在时空的无情流逝中无可奈何地被抹杀；无论是龙争虎斗、群雄角逐，还是越女吴娃、燕歌赵舞，一切都遭到毁灭；

---

1 《杜牧集》，第 84 页。

无论是剑影刀光，还是明眸皓齿，最终都归于空幻。面对江山遗迹，过去发生的所有一切、古往今来，都犹如一场大梦般的空幻不实，都如同滔滔江水一样，逝波不返。一切的一切，都只是过眼烟云，毫无实际意义。一切的一切，都将归于虚无幻灭，都将荡然无存。这真如《金刚经》所言："一切有为法，如梦幻泡影，如露复如电，应作如是观。"[1]如此看来，人生有什么价值？现实有什么意义？功业有什么成就？佛教"空观"在这里为晚唐人反思历史、反思人生、反思生命意义提供了哲理的观照角度。一方面是当诗人面对眼前这夕阳秋草、荒台废殿，他们不能不感到世间万事最终都将成为虚幻，都只是一场空寂；另一方面，当他们带着这种虚幻空寂的眼光去看事物时，又更加感到无事不空，无情不幻。似乎除了饮酒之外，没有一件事是实在的。正因为这样，晚唐怀古诗不能不带有哲学意味，这正如田耕宇先生在《唐音余韵》一书中指出的："晚唐诗歌的感伤不只是对现实社会、国家、民生命运的悲哀，也不限于对个人生不逢时的哀悼，而是'人的觉醒'造成的生命意识的强化和主体价值要求张扬，却得不到强化和伸展，看不到生命的价值和意义究竟何在的深沉感伤。它已经上升为一种融社会、人生、自然、历史、现实以及作为类的形式存在的'人'的哲学思考。正因为这种思考得不出答案，所以才引发了晚唐全社会的感伤病。"[2]

确实如此，晚唐怀古诗所表现的乃是一种全社会的感伤病，受时代与环境的影响，它不能不与以"空观""空理"为最基本理论的佛教思想结缘。面对历史，诗人不断地追问：为什么存在最终都成为不在？进一步说，既然过去的存在都已不在，那么，今天的存在也必将走向不在。由此可见，存在本身是毫无意义的。而对存在的意义与价值的否定，正是佛教理论最核心最根本的要义。

---

1 《释氏十三经》，第 11 页。

2 田耕宇：《唐音余韵》，巴蜀书社 2001 年版，第 13 页。

三、空寂与空灵：晚唐怀古诗与前代所不同的山川风物之思

　　在晚唐人的怀古诗中，有不少对于山水自然景物的描写，这是值得我们注意的现象。那么，山水景物究竟在怀古诗中处于怎样的位置？它对于创作主体的抒情达意起着怎样的作用？进而言之，晚唐怀古诗中的根本情志与这些山水自然的表现有何关系？

　　它与前代怀古诗中的情志有何不同？同是通过对山水自然、山川景物的观照来体悟佛理，晚唐怀古诗与魏晋南北朝山水诗有何不同？晚唐怀古诗作者们在选择安排自然景物时是否也表现了他们的佛学修养？这些都是值得我们探讨的。

　　首先，我们从山水自然与人的情感关系来进行考察。我们知道，山水自然之于中国古代诗词，不仅有着娱目赏心、极目骋怀的游览意义，而且也往往具有触景生情的契机作用，在一些登临凭吊之作中二者常常交融互会一起。这样，不少包括抚今追昔在内的感慨也就很自然地进入了山水诗境之中。而从怀古诗来看，怀古是人们面对古代遗迹的怀想，它必有古迹可供凭吊，凭此遗迹遗址而追思而伤感。因此历史遗迹中存留的山川景物，就既是历史的见证，也是诗人触发感慨的媒介。它或者像陈子昂《蓟丘览古》《燕昭王》《登幽州台歌》、李白《夜泊牛渚怀古》《经下邳圯桥怀张子房》那样，

从建功立业、实现自我价值的角度着眼，当其览江山遗迹时，不由得追怀前人的英雄业绩，从而感叹自己再也不能有古人那样的机遇了。或者像晚唐许浑的《金陵怀古》《金谷怀古》、于濆的《经馆娃宫》、刘兼的《咸阳怀古》、刘沧的《邺都怀古》等诗一样，从"诸行无常，诸法无我"的事理出发，当其抚古人遗迹时，深感世事盛衰无常，功业繁华皆为虚幻不实之过眼烟云，从而说服自己不必过于执着，将一切看空，将一切放下。

如前所述，在后一种现象中，江山风物的存在是为了说明古人功名事业的不存在。因此，它的见证意义是指向空寂，指向否定。而在游览诗中，山水景物是正为"我"当下所享受着的，因此，它是实在的，它的娱乐意义是指向灵秀，指向肯定。肯定中的山水自然，必然写得优美秀丽，或者壮观磅礴；否定中的山水自然，必然写得萧瑟凄凉，或者荒芜破败。并且，事实上那些古人留下的遗迹，也确实因为繁华不存，盛事不再，所以荒芜残败、冷落苍凉也是很自然的事。同时，由于怀古诗中的江山景物都处在一个特定的地理位置之中，因此不同于一般山水景物，它具有一种历史人文意义。正是缘于此，它往往会使人触景生情，而这种所生之情又往往与观赏主体本来就具有的情怀情结有关。人们在对一般山水景物的观赏之中是没有这种特定意义的，也不可能产生出很重大的人生感慨。

其次，在怀古诗中，不同时代环境与不同个人心境的诗人那里，所品出来的思绪情感是很不相同的。也就是说，即使面对的是同样的境，同样的客观景物的"缘"，但由于主观情怀即"因"的不同，所产生的情感就不会相同。比如，同是咏怀西塞山古迹，中唐时的刘禹锡《西塞山怀古》触景生情，诗人从山前的寒流想到历史上的攻战双方的楼船、降幡，从江边的故垒、芦荻想到山川地形的险要，从而抚今追昔，通过对西晋灭亡东吴之历史场景的回顾，以古鉴今。一方面对中唐时代倚仗山川险要割据称雄的各藩镇军阀提出警告，指出任何分裂国家的行为，只不过是螳臂当车，不堪一击；

另一方面更是提醒朝廷树立起居安思危的忧患意识，以免重蹈六朝相继灭亡的覆辙。而晚唐时罗隐的《西塞山》诗中"吴塞当时指此山，吴都亡后绿屏颜。岭梅乍暖残妆恨，沙鸟初晴小队闲。波阔鱼龙应混杂，壁危猿狖奈奸顽。会将一副寒蓑笠，来与渔翁作往还"[1]，则将西塞山前江中波澜变幻、鱼龙时出时没与山上猿狖在断壁危崖上啼鸣攀缘的景色展示出来。一方面是对当年军队进攻时的赫赫声威如今只留下一片凄凉冷落的残败景象的慨叹，突出的是"山水永恒，人易湮灭"的无常无住主题；另一方面则借江山衰败零落之景象表达了身处晚唐乱世的身世之忧，从而表明了自己的一番心志：在这个动乱之世与其去劳心竭力地建立什么功业，还不如一副蓑衣竹笠，来往于江上与钓叟渔翁作伴侣算了。

又比如，当陈子昂、李白等生活在盛世明时、怀抱建功立业积极用世之志的诗人面对古代英雄豪杰留下的遗迹时，会兴起对英雄事业的向往与对英雄人物的无限羡慕，从而或从正面或从反面更加激发起急切的用世之心。有时候他们也常常会发出牢骚悲怨，甚至悲愤不已，但是透过一层来看，那其实正是将与江山遗迹有关的英雄事业当作很实在的东西来追求，由于无法得到而产生的一种看似消极实则积极的情绪。而当生活在动荡不安、战乱不已，一切功名事业、荣华富贵都无法实现、无法把握的晚唐怀古诗作者那里，面对前人留下的江山遗迹，会感到历史上曾有多少繁华风流，到如今却半点也不存在，从而更证实了世间一切事物都不可把握，不能久长，从而沉思默想，不是慷慨悲歌的浩然长叹，而是凄凉掩抑的幽咽呜噎。由此彻底看破世事，更加淡化甚至放弃用世之心，陷入更为深重的消极状态之中。

其三，同是通过对自然山水的观照来体悟佛理，由于观照主体的主观动机不同，因此六朝人悟得的是空灵，晚唐人悟得的是空寂。其所以如此，是

---

1 《罗隐诗集笺注》，第 132 页。

因为他们的心理需要有所不同。从中国佛教发展史来看，魏晋时期，在中国思想文化界流行的是大乘佛教的般若学，其理论核心是万法皆空、诸法性空的般若空观，为了让人们切实掌握般若空观的要义，东晋高僧支道林曾倡导"即色游玄论"，他认为，色（物质）虽然在表现上是"有"的，但从本性来看却又并不是实在的，因为物质受着各种因缘条件的限制，总是处在变动不居的状态中，这种不实在性就决定了它只能是空的。因此众生如果能即色（通过观照物质的种种变化）就可以游玄，从而体悟到佛法亦即道，而物质这种在表现上"有"而实际上是"空"的本性，就被称作"真空妙有"，所谓"真空"是指物质的本性，而"妙有"即各种奇妙的变化则是物质表现形式。受此影响，当时著名的画家宗炳也在《画山水序》中指出山水的本质乃是"以形媚道"。因此，当时一大批信奉佛教的文人们一边观照山水，一边体悟山水自然之中所蕴含的种种哲理，当他们把这些心得体会以诗歌形式记录下来时，就产生了文学史上的玄言诗。在此后的南北朝时代，中国佛教哲学的理论重心从般若学转移到了涅槃学。与般若学强调"万法皆空"不同，涅槃学认为众生内在的佛性是有的，空的只是人们所面对的外在种种的境。但是，作为成佛根据的众生之佛性，其性质也当是空的。不过此"性空"与外在的"境空"不同，概言之，外在的境空因为是时时处在变动不居之中，所以只能是虚幻不实的；而内在的"性空"是清净无染、如如不动的，因此它的"空"只是一种空寂的状态，而这种空寂也即是指一种所谓"寂灭"的精神境界。为了说明这种境空与性空的不同，大乘佛教有一首著名的《雪山偈》就很能说明问题，所谓"诸行无常，是生灭法；生灭灭已，寂灭为乐"。偈中的前两句讲的就是境空状态，而后两句讲的则是性空状态。

然而，佛教认为，性空状态的证得，必须通过对境空状态的体悟才有可能。质言之，在了知外在的一切境都不过是虚妄不实亦即空幻之后，就不会再生起对它们的贪欲执求，而一旦放弃了对外境执虚为实的攀缘与执着，内在的心性也就自然会显露出来。涅槃学认为，这种去除了对外境攀缘执着的心性就是众生的佛性，它不受贪、嗔、痴等三毒的染污，是纯洁清净的；它不再追求外在事物，是圆满自足的；它再没有迷妄困惑，是无烦恼无痛苦的。由于这种佛性中，没有诸行无常的生灭不定，因此它是一种寂灭的状态，在这种清净自在的寂灭状态之中，佛性自然显露，众生也就进入了成佛境界。从这一理念出发，中国历史上著名的佛学家、东晋高僧慧远在其所著之《法性论》中认为："至性以不变为极，得性以体极为宗。"在他看来，佛教修持的终极目的——涅槃成佛境界是以永恒不变为性的，而要得到这种永恒不变的性，就必须把握契证宇宙最高本体的宗。换言之，只有证悟了宇宙万物的最高本体，才是成佛，才是涅槃。

由此出发，当时奉佛的文士们纷纷走进山水自然之中，通过观照山水景物的变化万千的相状来体悟佛教四相迁流等无常无我哲理，并写下了含蕴着佛理玄意的山水诗，也可以说是包含了山水景色在内的玄言诗。这些作品，虽然大多数是"淡乎寡味""理过其辞"的，但也有写得很优秀的，其中成就最高者莫过于大诗人谢灵运之作。谢氏的这些诗，今人多以为是纯粹的山水诗，其实不然。因为诗人当日的写作动机，主要还是立意于玄言而非山水本身。概言之，他走进大自然山水境界的目的，主要是在体悟佛道哲理，至于观赏山水，那应当是第二位的事了。关于这一点，我们今天看看他在每一首山水诗后面的点题就可以知道了。对于这种每每以玄言结束的游览山水之作，今人多不理解，谓之"拖着一条玄言尾巴"，有画蛇添足之憾。其实仔细考察作者原初的创作本意，这不但不是毫无必要的画蛇添足，相反还是必不可少的画龙点睛。因为诗人观赏山水自然的目的就是通过"澄怀观道"来"体极为宗"的。

也许正是由于此种原因，谢灵运在诗中往往表现出自己对大自然景色从早到晚一天里种种变化的极大兴趣。如《石壁精舍还湖中作》一首云：

昏旦变气候，山水含清晖。

清晖能娱人，游子澹忘归。

出谷日尚早，入舟阳已微。

林壑敛暝色，云霞收夕霏。

芰荷迭映蔚，蒲稗相因依。

披拂趋南径，愉悦偃东扉。

虑淡物自轻，意惬理无违。

寄言摄生客，试用此道推。[1]

诗人面对"出谷日尚早，入舟阳已微""林壑敛暝色，云霞收夕霏"的大自然变幻莫测的景色，所体悟到的正是"表灵物莫赏，蕴真谁为传"[2]的至妙哲理。所谓"表灵"，是说眼前一派灵动不已的美妙景象，体现的只是"真空妙有"的真如佛法；所谓"蕴真"，也是说如此灵山秀水本身就含蕴着佛法真理，亦"色即是空，空即是色"[3]，景色本身就是"空"的显现也。

这段时期，将大自然看作事物变化不已的灵动表现的观点还有画家宗炳。宗炳也是佛教居士，在《画山水序》中，他明确指出"山水质而有趣灵"，灵即是灵动，它与"妙有"的"妙"一样，都是对大自然变幻不已的奇妙现象的表述。由此看来，在六朝人那里，自然山水一方面从本体上来看是"空"的，另一方面从现象上来看又是"灵"的，即空即灵，即灵即空，空与灵的融合就是一种空灵境界。可以说，"空灵"既是六朝人眼中山水景物体现出来的自然境界，也是他们诗歌创作中表现出来的艺术境界。

---

1 逯钦立辑校：《先秦汉魏晋南北朝诗》，中华书局 1983 年版，第 1165 页。

2 《登江中孤屿》，《先秦汉魏晋南北朝诗》，第 1162 页。

3 《般若波罗蜜多心经》，《释氏十三经》，第 12 页。

与六朝人通过山水自然体悟"真空妙有"的般若学万法皆空之哲理与涅槃学境空性空的真如佛性不同，晚唐怀古诗作者们对世事人生早就有一份空虚幻灭之感。当他们带着这种感情走进历史遗迹之中时，看到种种江山风物尚存，人事繁华不再的现象，他们会更加感到世事人生的无常无住，感到在历史的时空面前，曾经存在过的一切最终都成为不存在。在他们那里，很少能有"生灭灭已，寂灭为乐"的佛性呈现，大多只是"诸行无常，是生灭法"的空观空理。概言之，他们只能体悟到境空而无法契证到性空。并且，就"生灭法"而言，他们也只是偏重于"灭"而非"生"，因为在他们而言，要紧的不是感悟"生"而是感悟"灭"，因为只有彻底否定，才能彻底放下。而放下，既是退路，也是安慰，更是对于他们而言的唯一可行之道。换言之，他们本来就想对这动乱不安、无法把握的现实来一个彻底放弃，其所以来到佛教这个以回避现实的出世为旨归的精神王国，目的就是要为自己的放弃行为寻找一个说法。

可以想见，这些对现实已经深深失望了的晚唐诗人们走进历史遗迹时，那本来就具有的世事人生虚妄空幻的感受是更加会被激发起来，进而膨胀起来的。于是，在游目骋怀之际，感慨万端，忧从中来，不可自已，唱出的只能是一曲曲世事无常、人生无奈的悲歌。因此，同是面对自然山水，由于晚唐人先期就具有的一份悲伤情感，使他们很少能看到大自然山水景观奇妙灵动的各种表现，他们这种"以我观物，物皆着我之色彩"的视觉状态，使其眼中所见之物，无不萧瑟破败，那种谢灵运笔下的"云日相辉映，空水共澄鲜"[1]"芰荷迭映蔚，蒲稗相因依"[2]"白云抱幽石，绿筱媚清涟"[3]"远岩映

---

1 《登江中孤屿》，《先秦汉魏晋南北朝诗》，第1162页。

2 《石壁精舍还湖中作》，《先秦汉魏晋南北朝诗》，第1165页。

3 《过始宁墅》，《先秦汉魏晋南北朝诗》，第1160页。

兰薄，白日丽江皋"[1]等优美秀丽山水景色再也看不到了，呈现出的是一种凄凉冷落的景色，诸如：

行殿有基荒荠合，寝园无主野棠开。[2]

市朝迁变秋芜绿，坟冢高低落照红。[3]

地销王气波声急，山带秋阴树影空。[4]

金铺零落兽环空，斜掩双扉细草中。[5]

溪云初起日沉阁，山雨欲来风满楼。[6]

冷日微烟渭水愁，翠华宫树不胜秋。[7]

可以看出，诗中所表现的，无不是空寂荒凉的境界，与六朝文人笔下那种空灵美妙山水境界大不相同。概言之，六朝人在即色游玄时，往往注目于山川景物的灵秀之气，会感到一种获得大智慧后精神上的轻松愉悦；而映入晚唐人眼帘的这些寒烟衰草、秋风夕阳，只能使他们的心情更加沉重、更加伤感。如果说，二者都悟得了一个"空"字的话，那么六朝人是空而后灵，晚唐人则是空而后寂。这种寂，不是寂灭，而是寂静，是静止，是放弃，是

1 《从游京口北固应诏》，《先秦汉魏晋南北朝诗》，第 1158 页。

2 许浑：《凌歊台》，《丁卯集笺证》，第 133 页。

3 李群玉：《秣陵怀古》，《全唐诗》，卷五六九，第 6602 页。

4 罗隐：《金陵夜泊》，《罗隐诗集笺注》，第 55 页。

5 陆龟蒙：《连昌宫词》，《全唐诗》，卷六二九，第 7222 页。

6 许浑：《咸阳西门城楼晚眺》，《丁卯集笺证》，第 137 页。

7 赵嘏：《冷日过骊山》，《全唐诗》，卷五五〇，第 6368 页。

否定。在了知世界万法皆空、无常无住的实相后，晚唐诗人并未能从根本上解除烦恼，而只能陷入由人生绝望所带来的更为深重的痛苦中。

与此相关的是，同是将自然山水景观作为媒介、作为契机、作为情感的映衬，六朝人多写境，注重表现大自然本身的变化灵动。晚唐则更多造境。在不少晚唐怀古诗中，我们可以看到往往有将时空任意调换剪辑，用以抒发感慨、说明哲理的现象。追溯缘由，这与当时佛教禅宗"心量广大，犹如虚空，……虚空能含日月星辰，大地山河，一切草木……"[1]思想有关，也与唯识宗"唯识无境""识有境无""三界无心，万法唯识"思想是一致的。它们都强调了境由心造、心识能变现万物的主观能动性。并且，同是以山水景物作为哲理的证明，六朝人多从正面着眼，尽量表现大自然生机勃勃、生意盎然、无比灵动奇妙的一面，并将它作为黑暗龌龊尘世的对立面，故特别强调其洁净。那清净的莲花、清澈的池水、清朗的明月，尤其是佛法的象征。而在晚唐怀古诗中，山水只是在见证着人事的变迁不居、虚幻不实，这种见证又往往是以对比的形式出现的。在诗人将江山景物与世事人生作对比时，最常见的，一是以今日之凄寂荒凉映衬昔日之繁华热闹，二是以江山之永恒反衬人事之无常。前者有"鸦噪暮云归古堞，雁迷寒雨下空壕"[2]"行殿有基荒荠合，寝园无主野棠开"[3]"秦苑有花空笑日，汉陵无主自侵云"[4]"残花旧宅悲江令，落日青山吊谢公"[5]"野花黄叶旧吴宫，六代豪华烛散风"[6]等；后者有"英雄一去豪华尽，唯有青山似洛中"[7]"南山漠漠云常在，渭水悠悠事旋

---

1 慧能、郭朋：《坛经校释》，中华书局1983年版，第49页。

2 许浑：《故洛城》，《丁卯集笺证》，第155页。

3 许浑：《凌歊台》，《丁卯集笺证》，第133页。

4 陈上美：《咸阳有怀》，《全唐诗》，卷五四二，第6262页。

5 韦庄：《上元县》，《韦庄诗词笺注》，第275页。

6 李群玉：《秣陵怀古》，《全唐诗》，卷五六九，第6602页。

7 许浑：《金陵怀古》，《丁卯集笺证》，第129页。

空"[1]"汉武玉堂人岂在？石家金谷水空流"[2]"千年往事人何在，半夜月明潮自来"[3]等。

进一步来看，在晚唐怀古诗中，大自然不但有对比、映衬的意义，而且也常常具有一种象征意义，它往往以破败零落象征衰亡没落，显示虚荒幻灭，从而揭示出如梦如幻、无住无常的伤感主题。比如"松楸远近千官冢，禾黍高低六代宫"[4]"鸦噪暮云归古堞，雁迷寒雨下空壕"[5]"市朝迁变秋芜绿，坟冢高低落照红"[6]"鸟去鸟来山色里，人歌人哭水声中"[7]"地销王气波声急，山带秋阴树影空"[8]等，即是通过一幅幅图景，意图向人们展示"空寂才是永恒的"，空寂才是这世界的本质，故其意在"寂"、在"落了片白茫茫大地真干净"。正是缘于此，在六朝山水诗中，自然景物具有与人的亲和性，而晚唐怀古诗中的自然景物往往与人是背离的，是对人事的背离，它的存在，仿佛是对人事无常不实的嘲笑。从大自然与人的关系上来看，一是融和关系，一是分裂关系。六朝奉佛诗人虽然信奉佛教，但往往同时也信奉道教，因着玄学的关系，他们也深深受到道家思想影响，认为只有投身自然，才能释放情性，得到自由。因此，常常将山水与我融为一体，认为我即是山水的主人，山水为我所拥有。晚唐怀古诗作者则明确指出："止竟霸图何物

1 刘兼：《咸阳怀古》，《全唐诗》，卷七六六，第 8691 页。

2 薛逢：《悼古》，《全唐诗》，卷五四八，第 6327 页。

3 刘沧：《长洲怀古》，《全唐诗》，卷五八六，第 6787 页。

4 许浑：《金陵怀古》，《丁卯集笺证》，第 129 页。

5 许浑：《故洛城》，《丁卯集笺证》，第 155 页。

6 李群玉：《秣陵怀古》，《全唐诗》，卷五六九，第 6602 页。

7 杜牧：《题宣州开元寺水阁》，《杜牧集》，第 53 页。

8 罗隐：《金陵夜泊》，《罗隐诗集笺注》，第 55 页。

在？石麟无主卧秋风”[1]"至竟江山谁是主，苔矶空属钓鱼郎”[2]"范蠡清尘何寂寞，好风唯属往来商”[3]，江山风月也不能为人所永远拥有。六朝人见山水欣欣然，觉鸟兽禽鱼与人亲。与此不同，晚唐人见江山自然只觉得戚戚然，只觉得触目惊心，黯然神伤。可以说，这种弥漫于中国后期封建社会文人士大夫中的历史伤感正是从晚唐怀古诗肇发其端的。

1 韦庄：《上元县》，《韦庄诗词笺注》，第 275 页。
2 杜牧：《题横江馆》，《杜牧集》，第 84 页。
3 杜牧：《西江怀古》，《杜牧集》，第 52 页。

四、否定与肯定：晚唐人抚今追昔的意义

正如佛教禅宗否定外在的神圣与权威，乃是为了肯定内在的自我心性一样，晚唐人在否定了历史上功业权势永恒不朽的同时，也很自然地将眼光转向了当前的现实生活。理想幻灭了，权威坍塌了，人往何处去？人们常说，玩物必然丧志，反过来，我们也可以说，丧志必然玩物。在人生理想破灭了的晚唐诗人们那里，这种对物质生活的耽玩可以说是达到了相当惊人的程度。据当时的一些野史笔记记载，晚唐时代由于商业日趋发达，城市经济生活也越来越繁荣兴盛，一些官僚文士、富商大贾们斗鸡走马，纵博击鞠，狎妓酣歌，绮筵宴饮，终日沉浸于各种物欲享乐之中而未有稍歇。就作为士大夫文人的诗人们来说，这种玩物的对象，着重在酒与色两方面。

早在中唐后期，元稹在《放言》诗中就写出了因人生失意而借酒消愁的狂放：

> 近来逢酒便高歌，醉舞诗狂渐欲魔。
>
> 五斗解醒犹恨少，十分飞盏未嫌多。
>
> 眼前仇敌都休问，身外功名一任他。
>
> 死是等闲生也得，拟将何事奈吾何？[1]

---

1 《全唐诗》，卷四一三，第 4573 页。

晚唐诗人较之元、白，其虚幻感来得更为彻底，所谓"得即高歌失即休，多愁多恨亦悠悠。今朝有酒今朝醉，明日愁来明日愁"[1]"浮生暂寄梦中梦，世事如闻风里风"[2]。于是，"何不夕引清奏，朝登翠楼，逢花便折，闻胜即游……眼前有物俱是梦，莫将身作黄金仇。死生同域不用惧，富贵在天何足忧"[3]"往年曾约郁金床，半夜潜身入洞房。怀里不知金钿落，暗中唯觉绣鞋香"[4]"满耳笙歌满眼花，满楼珠翠胜吴娃。因知海上神仙窟，只似人间富贵家。绣户夜攒红烛市，舞衣晴曳碧天霞。却愁宴罢青娥散，扬子江头月半斜"[5]"把酒直须判酩酊，逢花莫惜暂淹留。假如三万六千日，半是悲哀半是愁"[6]，晚唐诗坛上到处响起一片将生命消磨在醉酒温柔乡里的声音。既然人生百年，全都不过是悲哀愁苦，那么，倒不如靠传杯把盏、耽乐杜康、倚翠偎红、醉卧花丛，似乎只有这样才能平息心中的烦忧，才是唯一能忘记心头的痛苦的方法。

这种风靡于晚唐的物欲奢华享受，在韦庄的《咸通》一诗中有着最真实的记录：

> 咸通时代物情奢，欢杀金张许史家。
>
> 破产竞留天上乐，铸山争买洞中花。
>
> 诸郎宴罢银灯合，仙子游回璧月斜。
>
> 人意似知今日事，急催弦管送年华。[7]

---

1 罗隐：《自遣》，《罗隐诗集笺注》，第73页。

2 李群玉：《自遣》，《全唐诗》，卷五六九，第6596页。

3 李咸用：《长歌行》，《全唐诗》，卷六四四，第7379页。

4 韩偓：《五更》，《韩偓诗集笺注》，第243页。

5 韦庄：《陪金陵府相中堂夜宴》，《韦庄诗集笺注》，第239页。

6 杜牧：《寓题》，《杜牧集》，第308页。

7 《韦庄诗词笺注》，第188页。

耽乐酒色，迷恋轻歌曼舞，这些都是在传统历史文化中一再被否定了的行为。但是，在将传统历史撕碎了给人看的晚唐诗人那里，它们却得到了极大的肯定。因为他们所否定的乃是被传统历史所肯定的东西，而肯定的却是被传统历史所否定的东西。传统历史文化倡扬立德、立功、立言"三不朽"的人生价值，将文章视为"经国之大业，不朽之盛事"，说"年寿有时而尽，荣乐止乎其身，二者必至之常期。未若文章之无穷"，反对"贫贱则慑于饥寒，富贵则流于逸乐，遂营目前之务，而遗千载之功"[1]的浪费生命的做法。但是，晚唐人却认为："人生直作百岁翁，亦是万古一瞬中。我欲东召龙伯翁，上天揭取北斗柄。蓬莱顶上斡海水，水尽到底看海空。月于何处去，日于何处来？跳丸相趁走不住，尧舜禹汤文武周孔皆为灰。酌此一杯酒，与君狂且歌。离别岂足更关意，衰老相随可奈何。"[2]把自尧、舜、禹、汤、文、武、周、孔以来的传统历史文化一笔抹杀，全盘否定。而这些话，竟是出自杜牧这样一位少有大志、力图匡复国家局势的人物那里，明乎此，我们对其缘何浪迹青楼、消磨生命的行为当会有所理解。在孙棨的《北里志》与于邺的《扬州梦记》中都记载有他本人疏野放荡、浪迹青楼的故事，杜牧本人对自己纵情声色的行为也不加隐讳，在《遣怀》诗中，他写道：

> 落魄江湖载酒行，柳腰纤细掌中轻。
> 十年一觉扬州梦，赢得青楼薄幸名。[3]

---

1 曹丕：《典论·论文》，见郭绍虞等编：《中国历代文论选》第1册，上海古籍出版社1979年版，第158页。

2 杜牧：《池州送孟迟先辈》，《杜牧集》，第17页。

3 杜牧：《遣怀》，《杜牧集》，第285页。

出于对传统历史文化的否定与声色享乐世风的影响，狎妓、携妓、观妓并以此相夸耀也成了晚唐诗中的一道风景，如：

灯火荧煌醉客豪，卷帘罗绮艳仙桃。

纤腰怕束金蝉断，鬓发宜簪白燕高。

愁傍翠蛾深八字，笑回丹脸利双刀。

无因得荐阳台梦，愿拂余香到缊袍。[1]

罢执霓旌上醮坛，慢妆娇树水晶盘。

更深欲诉蛾眉敛，衣薄临醒玉艳寒。

白足禅僧思败道，青袍御史拟休官。

虽然同是将军客，不敢公然子细看。[2]

黄昏歌舞促琼筵，银烛台西见小莲。

二寸横波回慢水，一双纤手语香弦。

桂形浅拂梁家黛，瓜字初分碧玉年。

愿托襄王云雨梦，阳台今夜降神仙。[3]

心迷晓梦窗犹暗，粉落香肌汗未干。

两脸夭桃从镜发，一眸春水照人寒。[4]

---

1 薛逢：《夜宴观妓》，《全唐诗》，卷五四八，第6325页。

2 李商隐：《天平公座中呈令狐令公时蔡京在坐京曾为僧徒故有第五句》，《李商隐诗歌集解》，第42页。

3 李群玉：《醉后赠冯姬》，《全唐诗》，卷五六九，第6601页。

4 崔珏：《有赠》，《全唐诗》，卷五九一，第6859页。

即使科考及第的新科进士，也是狎邪成风。据《开元天宝遗事》等笔记记载，当时京城长安的平康坊等地，是妓女所集居之地。每年考中的新进士大多以红笺名纸游弋其中。时人谓此坊为风流薮泽。正是这些人，平日里为了博取功名富贵，不得不在策试中大谈尧舜孔周圣贤之道。然而，他们刚刚放下笔，就置儒家礼教于不顾了，踱进青楼妓馆去偎红倚翠，这可说是对儒家教条最大的讽刺与嘲笑。后人往往指责晚唐诗歌"嘲云戏月，刻翠粘红，不见补于采风，无少裨于化育"[1]，殊不知他们中不少人正是以这种风花雪月的浪荡行为来对儒家风雅教化等教条进行反拨的。

在消融了意义的世界里，人们对感官刺激的追求近乎迷狂。晚唐后期，"咸通时代物情奢，欢杀金张许史家"[2]"商女不知亡国恨，隔江犹唱后庭花"[3]的醉生梦死，穷奢极欲，标志着人们以肯定追求享乐、狂欢的方式，走向了末世的荒诞。晚唐时代，与国势越来越走向衰微相反，人们常常沉迷在各种排场盛大的娱乐活动中。对此，明人胡震亨曾有较为详细的记述：

唐时风习豪奢，如上元山棚，诞节舞马，赐酺纵观，万众同乐。更民间爱重节序，好修故事，彩楼达于王公，粗粝不废俚贱。文人纪赏年华，概入歌咏。又其待臣下法禁颇宽，恩礼从厚。凡曹司休假，例得寻胜地燕乐，谓之旬假，每月有之。遇逢诸节，尤以晦日、上巳、重阳为重……南有紫云楼、芙蓉苑，西有杏园、慈恩寺。环池烟水明媚，中有彩舟；夹岸柳荫四合，入夏则红蕖弥望。凡此三节，百官游宴，多是长安、万年两县有司供设，或径赐金钱给费。选妓携筋，幄幕云合，绮罗杂沓，车马骈阗，飘香堕

<hr>

1 辛文房：《唐才子传》，《唐才子传校正》，第243页。

2 韦庄：《咸通》，《韦庄诗词笺注》，第188页。

3 杜牧：《泊秦淮》，《杜牧集》，第81页。

翠，盈满于路。[1]

　　这种狂欢作乐的风气，曾普遍存在于晚唐的各大都市，当时竟有以"腰缠十万贯，骑鹤下扬州"作为自己的人生信条、人生意愿者。连著名诗人张祜在《纵游淮南》诗中也写道："十里长街市井连，月明桥上看神仙。人生只合扬州死，禅智山光好墓田。"[2]人们对声色享乐生活的流连难舍，甚至到了死不放手的程度，贪恋繁华热闹的社会心理于此也可见一斑。有意思的是，晚唐人对世俗繁华生活的享受甚至也包括了听佛教讲经在内。我们知道，中晚唐市井俗文学包括了讲经、变文、话本等。讲经与变文，虽然其主要目的是宣讲佛教教义，但却很重视故事性。今存的《大目乾连冥间救母变文》等都具有较清楚的故事情节安排。有的讲唱还配有画图，这样就很能吸引听众，成为他们享受声色之乐的一种方式。韩愈《华山女》诗中曾写到人们听讲经时的盛况是："街东街西讲佛经，撞钟吹螺闹宫廷。"[3]当时不但士民百姓聚集于寺观听讲经，而且宫中皇室也前来欣赏。《资治通鉴》就记载唐敬宗于宝历二年（826）"幸兴福寺，观沙门文溆俗讲"[4]，宣宗时万寿公主也曾"在慈恩寺观戏场"[5]。由此可见人们对这种市井文艺倾心喜爱的程度。

　　如前所述，韦庄是晚唐诗人中怀古之作写得较多并且感慨十分深重的，但他同时也创作了不少风流浪漫的艳诗小词，他在当时无疑也算得上一位数得着的精于玩乐、擅长风月的高手，在其《杂感》诗中，他将这种历史反思与当下享乐两相结合起来，写道："莫悲建业荆榛满，昔日繁华是帝家。莫爱

---

1 《唐音癸签》，卷二十七，第284—285页。
2 《全唐诗》，卷五一二，第5846页。
3 《韩愈集》，第79页。
4 《资治通鉴》，第7850页。
5 《资治通鉴》，第8036页。

广陵台榭好，也曾芜没作荒城。鱼龙爵马皆如梦，风月烟花岂有情。行客不劳频怅望，古来朝市叹衰荣。"[1]在这里，诗人通过对时空往复交错的变换剪辑，将视角时而转向历史，时而转向今天，在历史与今天的变幻交错中，得出结论说，今天的荒榛废地，昔日却是帝王宫殿；昔日之阒寂荒凉的渺无人烟之处，今日却成了笙弦不息、热闹非凡的舞榭歌台。尽管浮世如梦，但毕竟是鱼龙爵马；尽管钟情酒色，却又不过是风月烟花。真正是"色不异空，空不异色，色即是空，空即是色"[2]。说到底，尽情享受了酒色之乐的诗人最后却还是只能发出一声长叹，心中的迷惘惆怅并没有完全消释。的确，晚唐诗人从感叹时局艰危、人生不易出发，进而对历史进行回顾反思，但在彻底否定历史之后，却又走入了对现实享乐的肯定。这一过程，看似荒诞，却自有其必然的逻辑性。但大多数晚唐人还是深深知道，色毕竟是相对的存在，空才是绝对的永恒，因此他们在放纵声色之余，还是免不了"举杯消愁愁更愁"，因为企图从物质上来解决精神痛苦是很难奏效的。概言之，哀莫大于心死，酒色只能对人产生一时的麻醉麻痹作用，思想上的问题没有得到根本性的解决，精神仍旧没有去处，没有归宿。那么，梦醒之后的晚唐人，看不到生命之价值与意义的晚唐人，究竟会往何处去呢？

---

1 《韦庄诗词笺注》，第 278 页。

2 《般若波罗蜜多心经》，《释氏十三经》，第 12 页。

第三章

现实的回避——佛教与晚唐隐逸诗

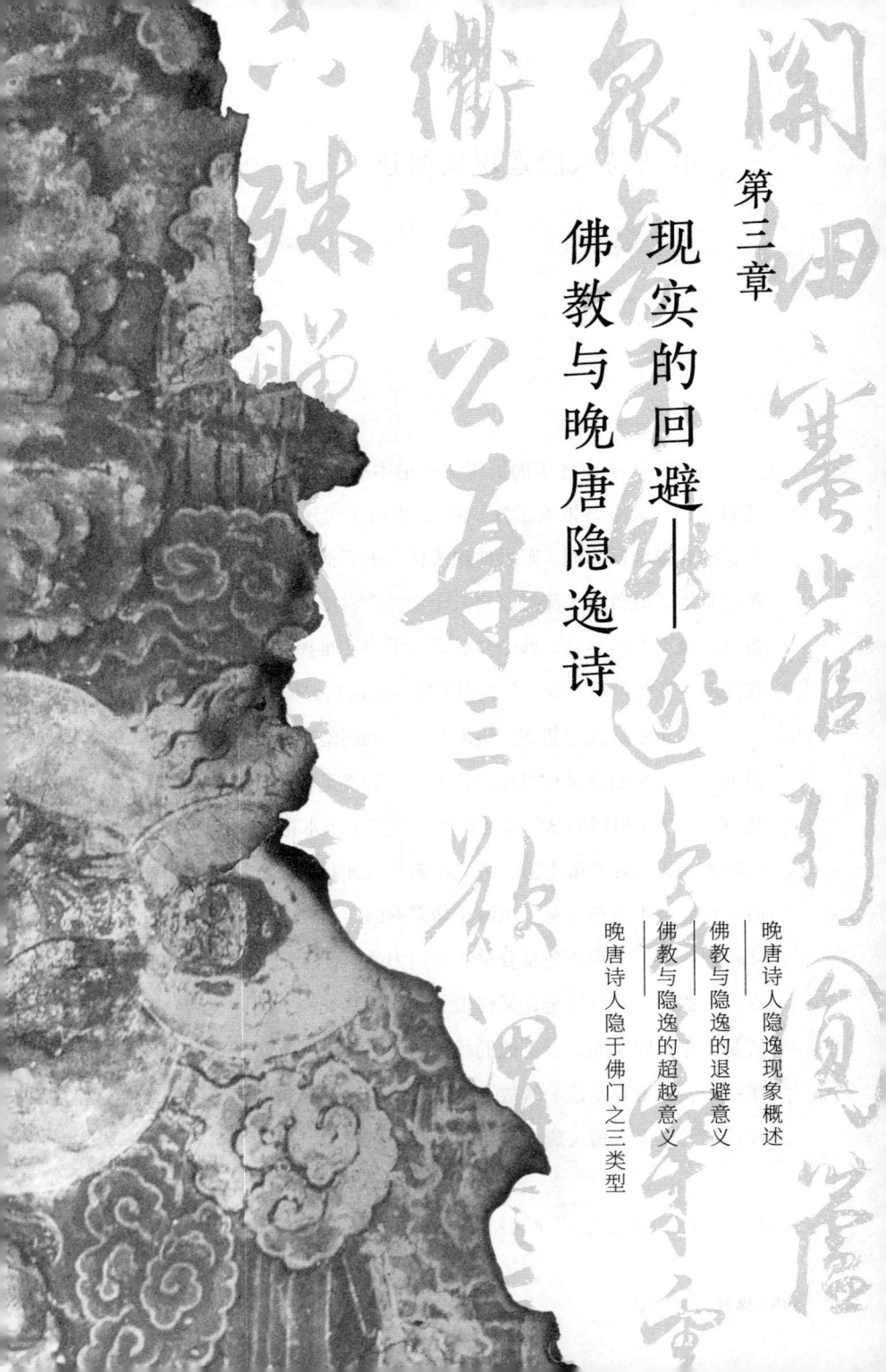

一、晚唐诗人隐逸现象概述

李泽厚先生在《美的历程》一书中引了清代著名传奇《桃花扇》中的《哀江南·离亭宴带歇指煞》曲："俺曾见金陵玉殿莺啼晓，秦淮水榭花开早，谁知道容易冰消。眼看他起朱楼，眼看他宴宾客，眼看他楼塌了。这青苔碧瓦堆，俺曾睡风流觉，将五十年兴亡看饱。那乌衣巷不姓王，莫愁湖鬼夜哭，凤凰台栖枭鸟。残山梦最真，旧境丢难掉，不信这舆图换稿。诌一套哀江南，放悲声唱到老。"在引了这一段以后，他曾经这样说："这固然是家国大恨，也正是人生悲伤。沧海桑田，如同幻梦；朱楼玉宇，瓦砾颓场。前景何在？人生的意义和目标是什么？一切都是没有答案的渺茫，也不可能找到答案。于是最后归结于隐逸渔樵，寄托于山水花鸟……"[1]同样，身处末世的晚唐诗人们在梦醒之后，究竟往何处去才是自己的安身之所在呢？虽然颇有一些耽缅于声色犬马、风流豪华以麻醉自己心灵者，但这毕竟只有少数人才可能做到，因为声色享受是需要财力的。而大部分贫寒出身的读书士子，连衣食都尚且难以周全，又何来金钱挥霍享受呢？因此，声色享乐对他们而言是明显不现实的，于是他们就只好走归隐渔樵躬耕、寄托于山水自然这一条路了。也许正是这一缘故，晚唐时代的隐逸诗特别多，隐士与准隐士也不少。据元人辛文房《唐才子传》记载，有唐一代隐逸终老的诗人46人，而晚

---

1 李泽厚：《美的历程》，中国社会科学出版社 1984 年版，第 253 页。

唐时期就有26人。晚唐不少著名诗人，如许浑、方干、陆龟蒙、司空图、郑谷等都是隐逸家山终老的，还有一部分人虽未隐逸山林，但却同样体现了对山林隐逸生活的向往与羡慕。而这些隐士与准隐士们，又大多是栖心于佛禅的。也正缘于此，我们今天在研究晚唐隐逸诗时，就不能不涉及佛禅思想与诗人及诗作之间的关系。

如前所述，晚唐时代，由于战乱频仍，武夫专权，文人尤其是广大生活在社会中下层的出身寒微的读书士子，基本上都处在一种边缘人的位置。因此，隐逸对于他们来说，就常常是一种无可奈何的选择。大致分别起来，晚唐诗人的隐逸可分为以下五种类型：一是终生未第而隐逸终老者；一是在及第前曾有过断断续续的较长隐居生活者；一是进入仕途之后又抽身退隐者；一是边官边隐、亦官亦隐的所谓"吏隐"者；一是终生未入仕途隐逸林泉者以及因避战乱曾经有过隐居生活者。

首先让我们看看终生未第而隐逸终老的诗人。这一部分诗人有张祜、方干、刘得仁、任蕃、陈陶、李洞等。

张祜，字承吉，南阳（今属河南）人，一说清河（今属河北）人。曾浪迹天涯，往杭州谒白居易，订交谊。屡举进士不第，又为杜牧所推崇，寄诗云："谁人得似张公子，千首诗轻万户侯。"[1]后隐居江苏丹阳终老。

方干，字雄飞，新定（今浙江建德）人。初，携卷拜谒姚合，合见其貌陋唇缺，颇不屑。及览其诗卷，竟赞赏不已。曾多次应举，然终不第，遂隐居会稽（今浙江绍兴）镜湖，渔樵以终老。由于方干是晚唐诗人中才华较高而命运甚坎坷者，因此，他颇为时人及后世钦佩并惋惜叹嗟，李群玉、吴融、喻凫、郑谷、罗邺、崔道融、曹松等人皆与之往还唱酬。李频、孙郃等尊其为师。卒后，门人私谥为"玄英先生"，可见尊敬。吴融称其诗曰："把

---

1 《登池州九峰楼寄张祜》，《杜牧集》，第54页。

笔尽为诗，何人敌夫子？句满天下口，名聒天下耳。"[1]可见诗名之著。曾谓："闲言说知己，半是学禅人。"[2]其佛学修养也由此可见。在晚唐众多的不遇诗人中，他无疑也是很有代表性的一位。

刘得仁，公主之子。其兄弟皆显贵，得仁独以习文而出入举场二十余年竟不得一第，后隐逸而终。他也是晚唐不遇诗人中诗歌成就较突出者。当时著名诗人姚合、雍陶、顾非熊等均与其友善，诗僧无可与他尤为交好。刘得仁存诗颇多，其中以表现禅悦之情与叙写隐居生活情趣的诗篇写得最好，另有不少述说自己苦吟及吟苦的诗也很动人。故张为在《诗人主客图》中将其列为"清奇僻苦主"下的及门者。

任蕃，又作任翻，曾寓居台州（今浙江临海），苦心为诗，颇为人知。喜登临寺院，其《宿巾子山禅房》诗因有"前峰月映半江水，僧在翠微开竹房"[3]句尤为脍炙人口。曾至京赴举，不第，遂归隐江湖以终老。

陈陶，字嵩伯，长江以北人。举进士不第，遂游岭南，作诗投献诸州长官，皆不遇。大中以后，隐逸洪州（今江西南昌），与诗僧贯休等往还，以读书吟诗以终老。卒后，方干、曹松、杜荀鹤等皆有诗哭之，可见为人所器重。

李洞，字才江，京兆（今陕西西安）人。本为唐宗室后，然生于唐末，家苦贫，屡举不第，遂归栖苦吟终日，以致寝食俱废。尤服膺贾岛，曾铸贾岛铜像，执念珠念贾岛佛，又手抄贾岛诗送人曰："此无异佛经，归焚香拜之。"[4]李洞亦常耽于禅悦，故其集中颇多禅诗，为时人所称道，诗风清苦，睹句如见其人。

---

1 《赠方干处士歌》，《全唐诗》，卷六八七，第7898页。

2 《白艾原客》，《全唐诗》，卷六四八，第7445页。

3 《全唐诗》，卷七二七，第8335页。

4 《唐才子传校正》，第287页。

从这一部分诗人的生平可以看出，他们因长期应试不中，其心态都颇为凄苦。虽为同道所赏，但却未必能得到身边众多的世俗流辈的承认，刘得仁在《省试日上崔侍郎四首》诗中写道："如病如痴二十秋，求名难得又难休。回看骨肉须堪耻，一着麻衣便白头。"[1]可见因困于场屋而蒙羞被耻给他带来的精神压力之巨大。李洞自言其处境乃是"病居废庙冷吟烟，无力争飞类病蝉"[2]，其身心交困的悲愁苦楚也由此可知。

其次再看看在及第前曾有过断断续续的较长隐居生活者。这一部分诗人有马戴、项斯、皮日休、曹松、许棠、张乔、吴融、杜荀鹤等。

马戴，字虞臣，华州（今陕西渭南）人。曾隐居华山，唯进士屡不中。武宗会昌四年（844），方与项斯等同榜及第。他与著名诗人贾岛、姚合、顾非熊等人皆友善，诗风亦颇相近。张为《诗人主客图》将其列为"清奇雅正主"之升堂者。

项斯，字子迁，台州（今浙江临海）人。初筑草屋于朝阳峰前，与僧人交友，隐居山中达三十余年。敬宗宝历中，以诗名为杨敬之所赏，云"几度见诗诗总好，及观标格胜于诗。平生不解藏人善，到处逢人说项斯"，名声遂振。[3]会昌四年（844）擢进士第，授丹徒（今江苏镇江）县尉，卒于任所。其诗风清丽，颇具禅意。张为《诗人主客图》亦将其列为"清奇雅正主"之升堂者。

皮日休，字逸少，后字袭美，襄阳（今湖北襄樊）人。初隐居襄阳鹿门山，号"鹿门子"。咸通七年（866）射策不第，又退居寿州（今安徽寿县），编其诗文为《皮子文薮》。咸通八年（867）始得一第。后游苏州，被苏州刺史崔璞辟为军事判官。与松江隐士陆龟蒙甚友善，多年唱和往还，编

---

1 《全唐诗》，卷五四五，第 6303 页。
2 《废寺闲居寄怀一二罢举知己》，《全唐诗》，卷七二三，第 8294 页。
3 参见《唐才子传校正》，第 218 页。

其联句诗为《松陵集》。黄巢起义时，投身义军，任翰林学士。后卒于中和年间，死因不明。

曹松，字梦徵，舒州（今安徽潜山）人。咸通中，曾游湖南、广州等地，后依建州（今福建建瓯）刺史李频。李频卒后，隐居江西洪州西山，颇受洪州禅风影响，故诗多言佛理，深具禅意。他曾多次应举，直至光化四年（901），年七十始得一第。曹松性格疏野，不谙世事，故多为时所忤，然与方干、陈陶、许棠等皆交谊甚厚。胡应麟认为其诗风在项斯与李洞之间，亦以清苦著称。

许棠，字文化，宣州（今安徽宣城）人。曾与张乔等人隐于江西匡庐、安徽九华山等地读书，应举二十余次犹未及第。后入太原幕谒马戴，颇为见知。咸通十二年（871）登进士第，年已五十。许棠善苦吟，与郑谷、李频、薛能、张乔、林宽等皆友善，诗风亦相近，彼此常有唱和。又与张乔、任涛等九人齐名，号"咸通十哲"。

张乔，字伯迁，池州（今属安徽）人。曾隐居九华山，与许棠、周繇、张蠙齐名，时人称为"九华四俊"。后赴京兆府试，因李频主试，深赏其诗文，遂以为首荐。他与许棠、喻坦之等人在"咸通十哲"中都是成就较高者，才名擅于一时。广明年间，复又隐居于九华山，唯吟诗抚琴而已。郑谷、杜荀鹤等人皆仰其高致，赠诗极备推崇。辛文房《唐才子传》谓其"诗句清雅，迥少其伦"[1]。胡震亨《唐音癸签》也说他"吟价颇高，如听琴之幽淡，送许棠之惊夐，亦集中翘英"[2]。可见他在晚唐诸家中确为较突出者。

吴融，字子华，越州山阴（今浙江绍兴）人。曾隐居润州（今江苏镇江）茅山，后出应试，多次不中，龙纪元年（889）始登进士第，后官至翰林

---

1 《唐才子传校正》，第299页。
2 《唐音癸签》，第78页。

承旨学士。吴融与方干、韩偓等人最为友善，与诗僧贯休亦往还甚多，他曾有《赠方干处士歌》盛赞方干之隐逸镜湖，又为贯休《禅月集》作序。其诗清雅可人，为晚唐翘楚。

杜荀鹤，字彦之，池州（今属安徽）人。曾隐居九华山，自号"九华山人"。又隐居庐岳十年，刻苦吟诗并与僧人往还。杜荀鹤多次应举，屡试不第。乾符末年，黄巢军入长安，杜荀鹤又从长安返回家乡隐于九华山。尔后复出应试，大顺二年（891）始登进士第。后曾任主客员外郎、知制诰、翰林学士，然不数日即卒。杜荀鹤是晚唐诗人中较为关心时事者，然其思想亦常受佛禅影响，无论是感慨人生，还是抒发隐居情志，都有不少佳篇，故当时及后世，多有对其称誉赞赏之辞。

从这部分诗人的生平可以看出，他们虽最终取得了科举功名，但都饱受折腾，得来颇为不易。在长期求名不得的过程中，他们有过矛盾，有过困苦，心绪很难平静。从"终年唯旅舍，只似已无家"[1]"力学桑田废，思归鬓发秋"[2]"朝随贾客忧风色，夜逐渔翁宿苇林"[3]"一灯愁里梦，九陌病中春。为问清平日，无门致出身"[4]等诗句之中，可以看出当诗人饱受奔波旅途、风餐露宿的磨难，苦挨着困守长安、贫病交加之痛楚时，心中是何等地盼望回归家园啊。但是功名未得归无计，在这种欲归不能、欲试不第的痛苦矛盾煎熬中，原先隐居山林生活中那种"心同孤鹤静，行过老僧真"[5]"寒烧枯叶夜论文"[6]的寂静与从容，更免不了时时浮现在脑海里，于是，向往与羡慕隐

---

1 许棠：《旅怀》，《全唐诗》，卷六○三，第 6973 页。

2 张乔：《岳阳即事》，《全唐诗》，卷六三八，第 7311 页。

3 杜荀鹤：《舟行即事》，《全唐诗》，卷六九二，第 7953 页。

4 项斯：《长安书怀呈知己》，《全唐诗》，卷五五四，第 6419 页。

5 许棠：《题张乔升平里居》，《全唐诗》，卷六○三，第 6967 页。

6 杜荀鹤：《哭山友》，《全唐诗》，卷六九二，第 7960 页。

逸，就成了他们心中始终挥不去的一份情结。

再次是进入仕途之后又抽身退隐者。这一部分诗人有许浑、李群玉、陆龟蒙、司空图、郑谷、王驾、王贞白、徐夤等。

许浑，字用晦，润州丹阳（今属江苏）人。少年家境贫寒，苦学劳心。年二十许入科场，屡试不中，直到45岁时才得登第。后往南海卢钧府中做幕，于开成三年（838）秋才得授当涂（今属安徽）县尉一职，此时已年届五十。但自进入官场以来，仕途并不顺达，先是会昌元年（841）擢升监察御史时，因为官刚正，忤怒权贵，不容于朝，不得不自动告病辞职归家。宣宗即位后，他见朝纲转好，心存希望，又决计出山，于大中三年（849）再拜监察御史职，但此次仍未能得到朝廷的信任。在再次失望后，只得抱疾东归，遂隐居丹阳丁卯桥，吟啸自适，编其诗集曰《丁卯集》，后人常以"许丁卯"称之。

李群玉，字文山，澧州（今湖南澧县）人。本性清旷，不乐仕进，然亲友强之赴举，遂至京，不中，即不复再试。因其与当朝宰相裴休甚为友善，在裴力荐之下，授弘文馆校书郎。后遭冤屈，遂愤而弃官南归，隐逸家乡以终老。李群玉与杜牧、张祜颇多酬唱，与方干尤为交好，其情志亦有相似。

陆龟蒙，字鲁望，自号江湖散人、天随子、甫里先生，吴县（今江苏苏州）人。幼年即聪慧异常，通六经，明《春秋》，名传三吴。咸通中，举进士，一不第，遂不再应试，归隐松江甫里（今江苏苏州）。后皮日休为苏州从事，常与之游，唱和不辍，编为《松陵集》。家有田数亩，亲为躬耕，然因水患，故终不免饥寒。性嗜茶好酒，又不喜与流俗辈交，常放扁舟，挂蓬席，携书卷、茶壶、钓具等泛于太湖。乾符中，郑仁规为湖州（今属浙江）刺史，陆龟蒙往依之，未几，即返归故里，隐逸以终。

司空图，字表圣，自号知非子、耐辱居士，河中（今山西永济）人。咸通十年（869）登进士第，初入幕，后拜殿中侍御史，未赴任，又改为光禄寺主簿，分司东都。时卢携亦以太子宾客分司东都，遂与交游。后卢入朝为相，召司空图为礼部员外郎，迁礼部郎中。光启元年（885），拜知制诰，迁中书舍人。不久，僖宗避难出逃，司空图见世道浑浊，无力挽回，遂归隐家乡中条山王官谷，日与高僧名士交往。昭宗时，朝廷又以谏议大夫、户部、兵部侍郎征召，然终不出，以疾坚辞。后梁开平二年（908），闻哀帝被弑，痛泣数日，绝食而卒。

郑谷，字守愚，袁州（今江西宜春）人。幼年聪颖，七岁能诗。后屡举进士不第。广明元年（880），因黄巢军入长安，遂避乱入蜀中。光启三年（887）始登进士第。七年后始任县尉，后为右补阙，乾宁四年（897），拜都官郎中，故后世常以"郑都官"称。天复二年（902），曾随驾凤翔（今陕西宝鸡），后归隐家乡宜春仰山，卒于北岩别墅。郑谷曾受知于马戴、李频等人，又与许棠、张乔多所交往，与当时著名诗僧齐己交情尤厚，因替齐己《早梅》诗改"前村深雪里，昨夜数枝开"为"昨夜一枝开"句而闻名，被齐己拜为"一字师"。咸通中，以诗名与张乔等合称为"咸通十哲"。郑谷在晚唐诗坛上成就颇高，对五代宋初文坛影响亦较大。

王驾，字大用，自号守素先生，河中（今山西永济）人。中和年间，僖宗在成都，王驾曾入蜀应进士第，未中，遂还家。大顺元年（890）始登进士第，授校书郎，官至礼部员外郎，后弃官归隐。与郑谷、司空图为诗友，常相唱酬。司空图谓其诗"五言所得，长于思与境偕"，甚为推重。

王贞白，字有道，信州永丰（今江西广丰）人。乾宁二年（895）登进士第，七年后始授校书郎。后因世乱，遂不复仕进，归隐家乡著述，颇为时人称道。王贞白与郑谷、方干、罗隐等人唱酬甚多，与诗僧贯休尤为至交，二人常谈禅论诗，颇多心得。

徐夤（一作徐寅），字昭梦，莆田（今属福建）人。乾宁元年（894）登进士第，授秘书省正字。后忤怒朱温，遁归闽中，依王审知，后畏祸归隐，与罗隐、司空图、黄滔等人颇多唱酬。

考察这些人的归隐，大多都是因时局动荡不已，官场险恶莫测，既对前途充满失望，又深怀忧惧，不如知机而退，得以全身远祸。郑谷自道："吾道有谁同，深居自固穷"[1]，"谁知野性真天性，不扣权门扣道门"[2]。司空图亦说："莫恨艰危日日多，时情其奈幸门何。貔貅睡稳蛟龙渴，犹把烧残朽铁磨"[3]，"不劳世路更相猜，忍到须休惜得材。几度懒乘风水便，拗船折舵恐难回"[4]。可见他们的共同心态都是因为生逢乱世，壮志难伸，理想抱负无从实现而不得不选择隐逸家山这条路的。虽然他们不无避祸远害的目的，但也都是比较讲求气节、不肯苟同于浊世的。王贞白为时人所看重，司空图为后世所称道，正是因为他们通过自身的出处进退显示了士大夫知识分子身处衰末世仍能坚守清操的精神气格。

复次，让我们来看看那些边官边隐者。这一部分诗人以李频最为突出。

李频，字德新，睦州寿昌（今浙江建德）人。少年即拜方干为师，后走千里从姚合学诗，姚大为赏识器重，以女妻之。大中八年（854）登进士第，授校书郎，受辟于黔中幕府，后官南陵（今安徽南陵）主簿，迁武功（今陕西武功）令，后官终建州刺史。与李群玉、郑谷、许棠、张乔、许浑等人皆有唱酬，交往甚密。李频虽然是一位为官正直、颇有政声的中级官吏，但质性疏朴，少有浮竞之心，更无官场夤缘之习气。在任南陵县尉时，友人张乔赠诗曰："重作东南尉，生涯尚似僧。客程淮馆月，乡思海船灯。晚雾看春毂，晴天见朗陵。不应三考足，先授诏书征。"[5]诗中谓其作吏生涯竟同僧

---

1 《深居》，《全唐诗》，卷六七四，第7721页。

2 《自遣》，《全唐诗》，卷六七六，第7747页。

3 《狂题十八首》其一，《全唐诗》，卷六三四，第7273页。

4 《狂题十八首》其五，《全唐诗》，卷六三四，第7273页。

5 《送南陵尉李频》，《全唐诗》，卷六三八，第7315页。

侣，其清寂冲淡之情怀由此可见。他本人在《赠同官苏明府》诗中也写道："山中畿内邑，别觉大夫清。簿领分王事，官资寄野情。闲斋无狱讼，隐几向泉声。从此朝天路，门前是去程。"[1]其闲散萧条，一如隐逸之士。由上述两诗亦可看出，他可算得上是一位身在官府而心存隐逸的典型士大夫文人。一方面恪尽职守，另一方面又希望能够保持自我，因而就只能是官不废隐，隐在官中。李频这种思想渊缘与人生态度及生活情趣，颇受其岳父姚合的影响。

姚合是中唐时期一位典型的循吏。早在为官初期，就曾作《武功县中作三十首》，其为人情趣、为吏方式在诗中有充分表现，如其一云"县去帝城远，为官与隐齐"[2]，其二云"方拙天然性，为官世事疏"[3]，其十云"微官长似客，远县岂胜村"[4]，其十四云"作吏荒城里，穷愁欲不胜。病多唯识药，年老渐亲僧"[5]，皆表达了对隐逸生活的深深向往。限于身份与地位，他曾经有意将为官与隐逸二者结合起来，形成一种"吏隐"的形式。《寄永乐长官殷尧藩》诗中那种"故人为吏隐，高卧簿书间。绕院唯栽竹，逢僧只说山"[6]就是这种形式的具体化。对于这位于自己有知遇之恩的岳父大人，李频是极为倾服的，他在《夏日宿秘书姚监宅》诗中就以"贵宅多嘉树，先秋有好风。情闲离阙下，梦野在山中。露色浮寒瓦，萤光堕暗丛。听吟丽句尽，河汉任西东"[7]的诗句表达了对其恬淡从容风神气度的敬佩，以及对其吏隐生活中种种高雅情趣的赞赏与羡慕。后来在他的诗中也屡屡出现竹林、庭院、僧人、

---

1 《全唐诗》，卷五八八，第 6831 页。

2 《全唐诗》，卷四九八，第 5655 页。

3 《全唐诗》，卷四九八，第 5655 页。

4 《全唐诗》，卷四九八，第 5656 页。

5 《全唐诗》，卷四九八，第 5657 页。

6 《全唐诗》，卷四九七，第 5636 页。

7 《全唐诗》，卷五八七，第 6803 页。

野客等意象，也好写采药种莎、营园造石、吟诗抚琴、垂钓溪流等雅趣，那些原本只有山林隐士才有的生活场景，在李频诗中也常可见到。这正如林宽在《和周繇校书先辈省中寓直》诗中说的"此中真吏隐，何必更岩栖"[1]。总之，李频这种"未厌栖林趣，犹怀济世才"[2]，边官边隐，官不废隐的"吏隐"方式，不但与姚合一脉相承，而且在晚唐的许浑、郑谷等人那里也很有代表性。

至于终生未仕而隐逸林泉的诗人则有郑巢、于武陵、周朴、唐求等。

郑巢，钱塘（今浙江杭州）人。大和八九年间，姚合为杭州刺史，郑巢前往拜访，献其所作诗文，姚合甚为赞赏。他质性疏野，所交多江浙名僧，常与往还酬唱。大中年间曾应举及进士第，但终生未入仕。诗常写登临游览、林泉吟赏之事，尤以题咏寺院禅房、寄僧送僧之作为多。其为人淡泊名利、向往佛门、独标高雅之情怀亦于此可见。

于武陵，名邺，以字行，故《全唐诗》等典籍又常以于邺称。京兆杜曲（今陕西西安）人。大中年间，举进士不第，遂不再赴考，独携琴书往来商洛、巴蜀之间，不慕荣利，卖卜为生，隐居自适。后游潇湘，见其地风景优美，欲卜居未果，遂归老嵩阳（今河南登封）别墅以终。诗以《洛阳道》《东门路》等感悟历史、叹息世情之作较多，一部分写寄意林泉、寻僧访僧、谈禅论道之高情雅趣者更能见出襟怀，体现个人风格。故张为《诗人主客图》将其列为"清奇雅正主"之及门者。

周朴，字见素，桐庐（今属浙江）人。唐末避居福州（今属福建），寄食乌石山僧寺。为人高傲纵逸，淡于名利，隐于山林，虽筚户蓬门，不避风雨，甚不以为苦。所交多山僧钓叟，日以吟咏为事。黄巢入闽时，邀其入

---

1 《全唐诗》，卷六〇六，第7004页。

2 《留题姚氏山斋》，《全唐诗》，卷五八九，第6840页。

伍，周朴曰："我尚不仕天子，安能从贼！"巢大怒，遂杀之。[1]

唐求（一作唐球），成都（今属四川）人。性放旷疏逸，隐于味江山，出处悠然，志行高洁，时人称为"唐山人"。昭宗时，王建在蜀，召为参谋，不就。唐求尝吟咏不绝，每有一二佳句，辄书纸捻为丸，投入大瓢中，数日后方足成篇。后卧病，遂将瓢投于江中，祝之曰："兹文苟不沉没，得之者方知吾苦心耳。"瓢至新渠江，有识者曰："此唐山人诗瓢也。"诗遂传。[2]其诗多题咏处士幽居、禅房寺院，亦有与僧人山叟往还吟唱之作。

综观这一部分诗人，都是情志高洁、质性疏野、不慕荣利、不乐仕进、耻同流俗者。参禅礼佛，优游林下，寄情山水，吟咏不辍，就是他们隐遁于这动乱之世，既保持清操高节，亦忘怀荣辱得失的最佳方式。另外，在晚唐时代还有一些因避战乱曾经隐居者如罗隐、唐彦谦等，在这里就不一一列举了。

综上所述，这些曾经有过或长或短隐居生活的诗人们，大都是怀才不遇而志行高洁者。他们无论仕与不仕，亦无论是身隐还是心隐，是隐于林下还是隐于官衙，是实践隐逸还是向往隐逸，都无不希望能够在这动乱末世寻找一片平静淡泊的避风港，使自己身心得以安宁。因此，寄情山水，栖心佛禅，终日沉浸在虽然清寂但却不无高雅的隐逸情趣的欣赏品味之中，既是一代晚唐知识分子对污浊黑暗之社会现实的一种消极反抗形式，更是他们身处衰亡末世寻找安慰、消除人生烦恼痛苦的唯一解脱方式。

---

1 参见《唐才子传校正》，第 274 页。

2 参见《唐才子传校正》，第 322 页。

二、佛教与隐逸的退避意义

如前所述，物质生活的享受并不能真正消除晚唐诗人们精神上的烦恼痛苦，何况大多数诗人也没有更多的享乐条件。因此，要解决精神上的痛苦，还是得从精神上想办法。正如释迦牟尼为了解脱人生的烦恼痛苦，必须首先追溯这烦恼痛苦的根源一样，晚唐诗人烦恼痛苦的根本缘由是什么呢？时代的动乱，社会的黑暗，这只是其机缘罢了，根本的因子还是来自从古以来传统文化为读书士子们设定的人生理想与价值标准。这使得广大士人从他们开始读书那一天起，就已经确立了人生定位。

中国历史上自春秋时期士阶层产生以来，儒家就将从政确立为士固定不变的天生职业。为了从政，士首先必须刻苦学习，孔子说："学而优则仕。"这既有将仕宦从政作为士之确定职责的意义，也有促使士人努力学习以期优秀以便从政的目的。那么，从政的目的又是什么呢？概言之，一是行道，一是干禄。曾子曰："士不可以不弘毅，任重而道远。仁以为己任，不亦重乎？死而后已，不亦远乎？"[1]士身上所担负的重大责任，就是行道，具体而言，就是推行仁道。而要行道，首先必须进入国家的统治阶层，这正如杜甫在《奉赠韦左丞丈二十二韵》中所说的："自谓颇挺出，立登要路津。致君

---

1 《论语·泰伯》，见朱熹：《四书集注》，岳麓书社1985年版，第132页。

尧舜上，再使风俗淳。"[1]为了推行"风俗淳"之仁道，就必须取得能够辅佐帝王的重要位置，即占据"要路津"，因此不做官不从政，行道的目的就无从实现。并且官做得越大，行道的可能性与范围也就越大。当然，行道也并不是从政的唯一目的，孟子就说过："士之仕也，犹农夫之耕也。"[2]农夫之耕田，当然不是为了行道，而是求取粮棉收获，以保证生存的物质所需。因此，孔子说："学也，禄在其中矣。"[3]这之间的逻辑关系是，学业优秀，就自然能做官从政，而做官从政，也就自然可以获得俸禄。这个道理，在后来宋真宗的《劝学诗》中说得最明白不过了："富家不用买良田，书中自有千钟粟。安居不用架高堂，书中自有黄金屋。出门莫恨无人随，书中车马多如簇。娶妻莫恨无良媒，书中自有颜如玉。男儿欲遂平生志，五经勤向窗前读。"无论是精神追求，还是物质保证，亦无论是社会职责，还是个人生存，在儒家看来，做官从政对于士即读书人而言，都是天经地义的事。

毫无疑问，从政也具有自我实现的意义，春秋时，大夫叔孙豹就说："太上有立德，其次有立功，其次有立言，虽久不废，此之谓不朽。"[4]其所以要建立"三不朽"，是为了使自己的生命不至于因物质形式的终止而消逝。换言之，通过"立德""立功""立言"即能使自己的精神生命永恒存在，是谓不朽。而精神生命的具体表现形式就是"名"，《论语·卫灵公》说："君子疾没世而名不称。"[5]屈原《离骚》也说："老冉冉其将至兮，恐修名之不立。"可见古人对"扬名""称名""立名"是极为重视的。

然而，士的行道与干禄，却并不是那么容易的。首先是有没有做官从政

---

2 《孟子·滕文公下》，《孟子译注》，第142页。

3 《四书集注》，第229页。

4 《左传·襄公二十四年》，杨伯峻：《春秋左传注》，中华书局1981年版，第1088页。

5 《四书集注》，第199页。

的机会，用今天的话来说，就是给不给你行道的平台。这个机会，不是由广大平民百姓给予，而是由最高统治者给予。在春秋战国时，士想做官从政，行道干禄，若是这个国家不给机会，也许那个国家还能给你机会。因此，也常存在"合则留，不合则去"，士人炒国君鱿鱼、拂袖而去的事情。而国君因为需要治理或振兴国家，也必须以重金高位延揽士这种高级人才。这一方面是本国富强的需要，另一方面也担心人才流失到他国去帮助他国增强了实力以构成对本国的威胁。士的作用既重大，于是身价也就随之高昂，而身价的高昂，也使士充满骄傲与自信。他们可以讲气节，如鲁仲连、段干木等人，也可以讲人格，如孟子的"说大人则藐之，勿视其巍巍然"[1]。

但是这种情况自天下统一于一姓帝王之后就发生了变化，韩愈在《后廿九日复上宰相书》中说："古之士，三月不仕则相吊，故出疆必载质。然所以重于自进者，以其于周不可，则去之鲁；于鲁不可，则去之齐；于齐不可，则去之宋、之郑、之秦、之楚也。今天下一君、四海一国，舍乎此则夷狄矣，去父母之邦矣。故士之行道者，不得于朝，则山林而已矣。"[2]也就是说自天下一君，四海一国以来，在做官从政的问题上就只能是由最高统治者对士做出单向选择了，士除了退出官场之外，再也无法炒帝王的鱿鱼。士本来是"学成文武艺，货与帝王家"的，然则因为买方市场被一人所垄断，因此众多的卖方就不得不处于过剩而掉价的地位了。于是在专制的封建制度下，士的地位越来越下降，并且由于不存在与他国争夺人才问题，由于国家的机构与制度越来越完善，因此士的个人作用也越来越显得不那么重要了。此时的士，不要说行道，就是干禄的目的也难以实现了。但看秦汉以来那些从读书出身的大小官吏们，有几个是在行道的？绝大部分都是以仕代耕，但求一

---

1 《孟子·尽心下》，《孟子译注》，第339页。
2 《韩愈集》，第207页。

份俸禄以养家糊口罢了，连陶渊明后来的几次出仕都是如此，更遑论其他了。这种情况，自唐代以来，因着科举制度与官僚制度的日益完备，读书士子被统治者精心制作的各种杠杆一压再压，处境就更加悲惨了。因为国家设立科举考试制度即与做官从政直接关联，从表面上看，这种制度给了每个读书士人做官从政以公平竞争的机会，但是，自此以后，读书人若是不能取得功名，不能进入仕途，就只能怪自己无能了，而不像隋代以前，读书人即使以负贩为业，以采樵放牧、种瓜卖卜、抱瓮守关为业，也并不是自己无能所致，而很可能是出身寒微且本人志行高洁的原因。所以那时社会上还有不少以劳力为业的读书人，他们并不感到有什么羞愧不安。而自科举选官制度设立以来，一个读书人，是不是能保证自己的衣食生活，能不能得到社会的尊重，是不是有存在的价值，几乎都是以能否中举及第与做官从政为标准的。于是，读书与从政，就这样如此紧密地捆绑在一起了。不能从政，即使书读得再好也没有用，也不会有人承认。因此，士子们的读书，乃是为人，而非为己。为人，就必须迎合人，取媚人，就必须就统治者的范，入他们的彀中，为他们所牢笼。

于是，科举功名，作为最高统治者而言，是一种强烈的诱惑，作为社会舆论而言，更是一根无情的鞭子。正是这来自两方面的挤压，使得中唐以后的广大读书人饱受了远较前代严重得多的"求不得苦"，正如我们在前面所分析的，其所以晚唐时代诗坛上叹老嗟卑之声比此前哪个时代都唱得多、唱得响，就是这一群处在转型期的士大夫知识分子，尤其是寒士出身的知识分子们为这种欲求不得、欲罢不能的"求不得苦"所深深困扰的缘故。叹老，是因为究竟为谁而老，为何而老？"世间何物催人老，半是鸡声半马蹄"，就在这种奔波于求禄与赴任的轮蹄劳顿之中，广大读书士子耗尽了他们的一生。嗟卑，是因为得不到功名利禄，就必然会为社会所看不起，必然会处在卑贱的地位，士人自感蒙羞被耻，于是精神也就自然萎缩起来，而精神一萎缩，气格也就难免卑下，因此，叹老嗟卑，可以说正是来自晚唐时代一大批不遇诗人最切身的人生体验，尽管戚苦不乐，惨然不欢，但却是一种十分真实的心声流露。

而对于那些有幸取得科举功名并进入仕途从政者，帝王也很少能将他们作为师友对待，而更多的是以犬马倡优畜之，而士一旦为帝王所用所养，其实现人格理想、坚持精神气节的原初之志就得大打折扣。可以说，读书人只要选择了做官从政这条道路，就势必要在一定程度上以牺牲其人格独立与人身自由作为代价，否则就必须时刻做好放弃官职甚至舍弃性命的思想准备。正缘于此，除了那些贪酗无厌、暴虐成性的品质恶劣者，大部分已进入仕途的士大夫知识分子都难免不产生一种围城心理，即未得到功名仕宦时渴望得到，已得到后又深感压抑不自由，他们苦苦挣扎在科场与官场的围城之内，身世沉浮，不能自主，心力交瘁，不可解脱。晚唐时代，不但时局动乱不已，而且官场与科场也越来越污浊黑暗，朋党勾结，行贿纳贿、倾轧争斗以至大开杀戒的现象十分严重。士生斯世，行道已是绝无可能，连坚持自己清白的操守，尽可能保持一点良心也很难做到。李商隐任县尉时所作的《任弘农尉献州刺史乞假归京》一诗："黄昏封印点刑徒，愧负荆山入座隅。却羡卞和双刖足，一生无复没阶趋"[1]，就是诗人因为"活狱"而得罪上司不得不辞职时心情的真实记录。毫无疑问，这种"拜迎官长心欲碎，鞭挞黎庶令人悲"[2]的官场生活对于为人善良、品格正直的诗人而言是非常压抑与屈辱的。更何况晚唐官场中党同伐异的情况极为险恶，宦官、强藩与朝中奸佞勾结一气，为了扫除障碍，实现篡权阴谋，他们杀害了一批又一批忠于朝廷的正直"清流"士大夫。一时间，满朝中人人自危，深感朝不保夕，所谓"谅直寻

---

1 《李商隐诗歌集解》，第 341 页。

2 高适：《封丘县》，《高适集校注》，第 170 页。

钳口，奸纤益比肩"[1]"须知世乱身难保"[2]，就充分表现了他们这种忧惧心理。正是上述种种心理矛盾给生活在晚唐末世的广大士大夫知识分子带来了深深的痛苦烦恼。而这痛苦烦恼，说到底，全是因为仕宦从政所带来的。

既然如此，那么可不可以从仕宦从政这条路上退却出来呢？从理论上来说，当然是可以的，但实际操作起来，可以说，既可以是容易的，也可能比较困难。因为各人情况并不相同。尤其是对于人的生存来说，名可以不要，但饭不能不吃。特别是那些已经进入官场的士大夫文人，他们身上负荷着包括家族亲友、师长知己在内的很多人的期望，承担着赡养与资助他们的责任，如今只图一人轻松，悬崖撒手，那将置众人于何地？而对于那些多次应举无望的下层读书士子来说，他们也同样处在包括亲族师友在内的众人的目光之中，如果放弃科考，回到家中，那岂不是要受到像战国时苏秦十上秦王不遇时回家所蒙受的种种羞辱吗？他将如何回应那些来自世俗社会对自己才能的怀疑与否定？因着科考功名难求与时局朝政动乱不安这两大机缘，晚唐诗人在感叹人世艰辛、困苦与反思历史的虚幻不实之后，几乎都不约而同地将目光投向了隐逸这条退避之路。放弃追求，回避争斗，是解脱"求不得"与"不自由"的人生烦恼与痛苦的唯一办法。这种退避，既可以是身退，即彻底告别科场或官场，隐逸家山终老；也可以是心退，即身不离官场而心不思进取甚至也不必再忠于职守，既不效忠也不效力，只图身闲无事混日子罢了。于是，实践隐逸与向往隐逸，便成了晚唐时代士大夫知识分子一种带有普遍性的思想倾向。

然而，向往隐逸，还只是内心中的一种意识与情怀。而实践隐逸，如前所述，却是一件并不容易的事。首先是如何说服自己的内心。士人本来从开

---

1 韩偓：《感事三十四韵》，《韩偓诗集笺注》，第 71 页。
2 司空图：《狂题二首》其二，《全唐诗》，卷六三三，第 7264 页。

始读书那一天起，就立下了"治国平天下"的"行道"之志，把仕宦从政当作人生唯一目标来追求，如今绝了仕宦之念，那"道"还行不行呢？不过幸好孔夫子也知道，要推行自己的仁道，还必须具有合适的客观环境，单凭自己的心志是不够的，因此，他也说过："道不行，乘桴浮于海。"[1]"笃信好学，守死善道。危邦不入，乱邦不居。天下有道则见，无道则隐。邦有道，贫且贱焉，耻也；邦无道，富且贵焉，耻也。"[2]孟子也说道："达则兼济天下，穷则独善其身。"[3]即既然没有达兼的机会，穷独也同样是可以的，因此，有这些先圣先贤们预设的人生退路，说服自己选择隐逸倒也不是很为难的事。问题是如何对待种种来自外界社会的怀疑、猜测、羞辱？所谓"十有九人堪白眼，百无一用是书生"，就是封建时代无数穷途落魄的读书士子在社会上的狼狈处境。这方面的例子简直太多了，从战国时的苏秦到汉代的朱买臣，到唐代的马周、王播，当他们不遇未达时，所蒙受的来自世人的嘲笑、羞辱、奚落、欺侮等种种精神刺激，令千载之下的读书人想起来都不免感到齿冷。而最令读书人感到难堪的还并不是退隐归家之后那种"环堵萧然，不蔽风日，短褐穿结，箪瓢屡空"[4]的物质匮乏以及因穷苦所带来的世人嫌贫爱富的势利眼光，而是那种"你不是一个满腹诗书的孔圣人弟子吗？怎么连半个秀才都中不了"的深深质疑。因为自科举选官制度设立以来，满社会的人也都把读书、中举、做官密切联系在一起了。在人们看来，一个人既然选择了读书，选择了做孔门弟子，那他未来的指向就是仕宦做官，封妻荫子，荣宗耀祖。如前所述，这是所有业儒者的必然人生道路。当你从这条路上退却了，世人并不认为你这是在"独善"，是在"无道则隐"，而是认为

---

1 《论语·公冶长》，《四书集注》，第 102 页。

2 《论语·泰伯》，《四书集注》，第 134 页。

3 《孟子·尽心上》，《孟子译注》，第 304 页。

4 陶渊明：《五柳先生传》，《陶渊明集》，第 175 页。

你极其无能。你看，十载寒窗，笔砚攻读，废弃百事，一心业文，结果一官半职也捞不到，真是迂腐无能到极点。世人对这种穷酸醋气读书人的蔑视与鄙弃是远远超过了那些虽然同样贫寒但从来就是以劳力为生的不读书人的。

正是缘于这种社会心理带来的极其难堪的生存处境，读书士子要想放弃科考仕进，就必须考虑如何给世人一个说法、给社会一个交代。而最好的说法与交代即是彻底改换门庭，从人生的信仰、人生的目标、人生的价值意义上来一个彻底或不彻底的改变。质言之，就是将孔门弟子的身份改为佛门弟子的身份。而身份不同，职责不同，人的存在价值也随之改变了。在唐代，由于上有统治集团的重视，下有广大民众的信仰，佛门的地位也是非常崇高的。佛门弟子常常受到社会各界的尊敬，更何况是读书出身的虔诚奉佛者。而门庭的改换，整个人生指向也就由入世变成了出世，社会、他人衡量、评判自己的价值标准也随之改变了。于是，放弃科考仕进，诚心奉佛，淡泊应世，清寒自守，也就能为社会所认可了。因此，皈依佛门，栖心释梵，确实不失为这群欲求退避隐逸的士人们一条比较体面的人生退路。

通过皈依佛门来达到退避隐逸的目的，其意义大致有三：首先，当这些读书士子们离开了充满诱惑的博取功业、攀求富贵的红尘热闹名利场所，进入了难以忍受的布衣菜羹的淡泊生活甚至衣食难周的生存困境时，这种因改换所带来的烦躁不安甚至矛盾痛苦，是必须以自我内心的平衡安定来缓解平息的，只有内心平衡安定，才能保证这种进退之间的心安。常言道："心安理得。"其实反过来看，应当是"理得心安"，因为只有心中有一可以信赖可以持守的理念，才能退得坦然，隐得平静，隐得无怨无悔。因为隐逸不但要与社会抗衡，更重要的是要时时与自己的内心世界抗衡，因此如果没有一种来自宗教信仰或类似宗教信仰的"道统"精神力量，是不足以抵抗这种内外夹攻的。《周易·遁卦》说："遁世无闷。"这个"遁"，就是指一种依靠道统力量的道隐。由此可见，只有依靠一种有信仰意义的道统，才能真正做到隐得"无闷"。即以士人最不能忍受的由于世俗社会的不理解不同情而造成的怀疑甚至羞辱态度而言，也只有信奉佛法者才能忍受，才能不为所动。儒家是最讲气节讲人格的，"士可杀不可辱"就是他们的人生信条，而佛家却以持守"六度"为要，即布施、忍辱、持戒、禅定、精进、智慧。以佛家的观点来看，如果世人羞辱你，那你就以忍辱理论说服自己；如果世人欺负了你，你就以佛教戒嗔理论说服自己。而说服自己，乃是为了使自己心安，去除或者减少烦恼；说服他人，也是为了给社会一个交代——我并非怕他躲他，而是作为学佛人，理应要忍辱、布施、持戒……在这里，儒家的"士可杀不可辱""至大至刚""威武不屈"等讲意气的观念统统都可以放下。因为许多的人世烦恼，正是儒家要你进取、要你坚持，才会产生的，而按照佛家退避理论与放下理论，你就能回避许多来自社会环境与自我内心的矛盾，从而不会产生那么多的烦恼痛苦。于是在来自佛家宗教精神"道统"力量的支撑下，无论你遭遇到怎样难堪的、别人不能忍受的艰辛困苦环境，也能活得平静、活得安宁、活得恬然自适了。

其次，世人许多的烦恼痛苦，乃是在与他人的参照对比之中产生的，在佛教"心所有法"的"随烦恼"理论中，有"嫉烦恼"一条，就是指嫉妒他人各方面比自己优越高超之处。对于包括科场与官场在内的世间种种不公平的现象，佛教也能解决问题。佛教认为，即使你正在享受钟鸣鼎食、金钱美女等富贵风流，那也不过是苦而并非是乐。因为这种苦正是一种无常无住的"坏苦"。也就是说，此时看似美好快乐的事，最终却将要归于破灭，而他日回想起此时的快乐，当会感受到比那些从未享受过快乐的人更为深重的痛苦。这正好像《红楼梦》中宝玉看到黛玉青春貌美时曾经有过这样的想法："试想林黛玉的花颜月貌，将来亦到无可寻觅之时，宁不心碎肠断！既黛玉终归无可寻觅之时，推之于他人，如宝钗、香菱、袭人等，亦可到无可寻觅之时矣。宝钗等终归无可寻觅之时，则自己又安在哉？且自身尚不知何在何往，则斯处、斯园、斯花、斯柳，又不知当属谁姓矣！"[1]因此，在学佛人看来，即使他人在享福，也丝毫不值得羡慕，更不必产生嫉妒、怨愤、仇恨等心理，因为这种享受只能增加日后失去时的痛苦。总之，一切世俗的荣辱、得失、怨欢、是非、祸福，在佛教性空理论中，都不值一提。

再次，从佛教所要求的宗教实践即持戒来看，隐逸反过来也有保证其修持净业的作用。如前所述，佛教认为，产生人生烦恼的根本原因乃在于"无明"。"无明"分两种，一种是前世宿业带来的，亦即先天与生俱有的；一种是后天客尘染污蒙蔽所造成的，这主要是指人们通过不良的环境沾染、错误的教育、错误的认识等所形成的一种意识上的愚痴恶业。就晚唐诗人而言，他们所面对的客尘亦即生存环境既是一个充满激烈竞争的环境，又是一个繁华享乐的环境，更是一个动乱不安的环境。可以说既有逼迫，也有诱惑，更有扰乱。在这种环境中，人最容易产生的是贪欲之心、爱恋之心与怨怒嗔恨之心。而这三种心识，用佛教的理论来说就是"贪""嗔""痴"三毒。此三毒乃是带来人生烦恼的根源，是产生人生痛苦的渊薮。佛教认为，心性本净，客尘随烦恼之所杂染，说为不净。要消除这种种让人烦恼痛苦、忧惧不安的心，唯一的办法就是通过功夫修养，让自己远离染污恶业，趋向清净善业。通过不断的去染趋净，去恶修善，从而积累功德，最终达到彻底的清净涅槃，实现完全的解脱。反过来，众生如果没有去染趋净的意识，让自己的心经常为客尘所染污，那就会导致恶行，造下恶业，带来恶报，人也就陷入无尽循环的痛苦烦恼中不得解脱。

由此看来，佛教因果律虽然强调事物都是因缘和合而成，万法皆空，但又认为业果不空，即一定的业必然产生一定的果，善因善业结善果，恶因恶业结恶果。就晚唐诗人来说，远离污浊黑暗且充满险恶的科场官场，来到清

---

1 曹雪芹：《红楼梦》，岳麓书社 2001 年版，第 182 页。

净平和的田园山水之中，也就避免了恶因恶业，而更有利于成就净因净业。因此，隐逸，也可以说是晚唐诗人自己所营造的一个清净、纯洁、冲淡、寂静的客观环境，相对那些科场夤缘、官场倾轧而言，隐逸生活中那些游山玩水、渔樵躬耕、吟诗作文、弈棋作画、书墨抚琴、坐禅论道等高情雅事便成了隐士及准隐士们最具可操作性的净业善业。一方面，它作为一个物质意义上的可安身的处所，保证了隐逸实践中的心性坚定；另一方面，相对世俗社会里的因为追名逐利、侈求富贵所不可避免要带来的种种卑鄙龌龊行为，又具有一种净业善业的意义，起着一种净业善业的作用。而有业必有果，相应的因结相应的果，这种净业善业所结出来的净果善果反过来就会成为一种净因善因，并由此有可能结出更多更好的净果善果，就在这因因相续、果果相承、循环往复的过程中，通过无数次的潜移默化，主体的心性也越来越趋向空寂净静，越来越向着解脱成佛的境界生发与升华。因此，隐逸生活中种种高雅清静的行为方式，不但是士大夫文人已息其入世之志、已静其躁竞之心的标志，而且也是保证隐逸生活能够顺利进行必不可少的践履。换言之，奉佛修持与隐逸林泉之间是互为作用、互相促进的。明乎此，我们对诗人在诗作中反反复复、不厌其烦地描写自己隐逸山林泉石之间的种种生活的做法就不难理解了。

进而言之，按照禅宗"触类是道""即事而真"的理论，不但践履隐逸生活是净业善业，而且写作这种至静至清至寂的山林隐逸诗篇也是一种净业善业，它们实际上都可视作一种修习方式。而最高人生境界的成就，正是需要无数次这样反复循环、转依互动的净业善业与净缘善缘的。由此看来，那些并未脱离官场而向往隐逸、栖心佛禅的"吏隐"者其所以时时需要有一些琴棋书画、吟山咏水、谈禅论诗等远离尘俗的高雅乐事，也同样具有一种离染趋净、修善去恶的作用，因为这不仅能够平衡世俗官场生活带来的浮躁烦扰心境，也具有增加心中善与净的因子，从而淡化因为官作吏所带来的心中染与恶的因子的作用。质言之，这些因种种原因不得不仍旧留在官场中的憧隐羡隐者，也可以通过这种自净其身心的方式，使自己在思想与行为上不至于走得太远。

总之，晚唐时代，一部分厌倦科场与官场名利得失竞争、希望从充满险恶的朝政与时局中逃离的士大夫知识分子，在佛教的出世理论的指导下，以栖心佛禅的方式，很理智也很体面地回避了现实的争斗、内心的痛苦与种种来自人世人生的复杂矛盾，而这一切，正是以放弃作为代价的。在这个过程中，佛教支撑了退避，为退避者的隐逸提供了一个可以安身、可以定心、可以敛性的极佳处所。

三、佛教与隐逸的超越意义

如前所述，在隐逸生活中，仅有形式上的隐是不够的，因为它只具有"身隐"而非"心隐"的意义。如果不从精神上解决根本问题，即使身隐也很难隐得安稳，有时往往是旧的矛盾解决了，新的烦恼又产生了。再进一步说，面对着隐逸所带来的物质生活贫乏的现实，各种各样原来始料未及的矛盾苦恼也随时都有发生的可能。因此，要保证"身隐"的安稳，就必须有"心隐"的支撑。概言之，身隐只具有隐的意义，心隐才能具有逸的意义。逸，有放逸、超逸等意义，在晚唐诗人的隐逸实践中，二者都有。一方面是放逸于统治者的管束，同时也是放逸于封建礼教、纲常伦理、教条规范等；另一方面是超逸出世俗社会的眼光，超逸出世俗人生的价值标准，从更高层次来看，是逸出世间，进入出世间。

那么，佛教对于隐逸的超越作用有哪些呢？我们认为，首先，佛门同样可以达到实现自我的目的。社会学家马斯洛曾经指出，人有五种基本需要，即生理需要、安全需要、归宿需要、尊重需要、实现自我的需要。就大部分不遇不达的晚唐诗人来说，在这黑暗动乱的社会，生理的需要是得不到充分满足的，他们不能随心所欲地攫取美食、拥有美女，更不能乘肥马衣轻裘；由于社会的动乱不已，处于"遍搜宝货无藏处，乱杀平人不怕天"[1]的险恶环

---

1 杜荀鹤：《旅泊遇郡中叛乱示同志》，《全唐诗》，卷六九二，第 7950 页。

境中，安全的需要当然也得不到保证；而或屡试不第，或宦海沉浮的人生遭遇，饱经世态炎凉、人情冷暖的世俗白眼，社会的尊重更不可能做到；至于通过建功立业、报效国家以垂名青史、画图凌烟的自我实现更是成了泡影。

那么，身处如此困穷之境的晚唐诗人又怎样对待这五种需要呢？还有他们的高峰体验到哪里去实现呢？佛教给他们指出了现实可行的途径，提供了许多解决问题的法门。在佛门里，他们一方面可以平息、平衡这种因生理需要不能实现、安全需要不能保证所带来的烦恼痛苦；另一方面也可以通过皈依佛门、勤修佛法、积累功德使自己同样不失去社会的承认与尊重，同样可以达到实现自我的目的。尤其是处在几乎全社会自上而下都信奉佛教的时代环境中，对于一个隐逸林泉、不慕荣利、不务竞驰、淡泊自守的读书士人来说，栖心释梵，虔诚修习，这确实是一种体现自己道德崇高、修养不凡、胸襟不俗、气质超拔于尘俗的好办法。这样不但能够抬高自己的身价，而且也可以满足自我实现的心理需要。因此，从这个意义上来看，佛门不但可以栖隐，而且可以"超逸"。有此自我实现的超逸，这些退居林下、不乐仕进的士子们也就完全可以平视甚至傲视红尘浊世中那些仗势弄权、扬扬得意、乘肥衣轻、颐指气使、自以为不可一世的官场俗吏了。彼以彼的爵禄自夸，我以我的道德自高，在这些红尘俗吏们面前，不但不艳羡不羞愧、不屈辱不萎缩，相反还颇有一份耻与为伍的鄙夷与高傲。由此可见，因为有了佛教的支撑，隐逸也同样可以成为一种"以内美轻外物，以道德学识来对抗势位爵禄，从而在权势财富面前保持士人的人格尊严"[1]的理论思维策略。

其次，佛门具有以道统的意义来支撑隐逸的作用。我们知道，隐与逸，虽然关系密切，但又处在不同的层面上。隐是退避，只有消极意义，而逸则是超出，有着一定的积极意义；世俗之人，包括大部分儒者，他们基本上都

---

1 张仲谋:《兼济与独善——古代士大夫处世心理剖析》，东方出版社 1998 年版，第 8 页。

是依附国家政治统治亦即政统者，当他们遭遇到挫折失败或者深感失望的时候，就有可能产生一种离异政统的心理或者意识。这正如徐清泉先生在《论隐逸文化在中国传统文学艺术发展中的意义》一文中指出的那样："从行为模式及价值取向等方面看，隐逸人格精神主要体现出以下一些特点：一是对封建政治现实始终抱有一种疏离、怀疑、厌恶、解剖、批判甚至否定的态度；二是总是力求与主流文化及人伦群体划清界限或保持距离；三是大多具有一种回归自然、回归自由及回归心性放真的内驱力与本能冲动；四是自觉或不自觉地追求一种合乎道统（而不是政统）、合乎理想的真善美'天人合一'至高境界。"[1]

那么，就晚唐诗人的具体情况而言，在脱离了对于政统的依附之后，士人往何处去才能重新找到其心灵归宿与精神支柱呢？如果说这种转换还只能满足人们要求归宿的心理需要的话，那么，出于人所特有的超越心理，他们会进一步思考：是否有比政统更高的所在呢？进而言之，政统本身又是依附于什么呢？历史表明，政统不但要依靠军事、经济的力量，而且也必须依靠思想文化的力量。很明显，虽然政权是由"马上得之"，但却未必能于"马上治之"。名不正则言不顺，这就是董仲舒成为万世帝王之师的意义。他以阴阳五行、奉天承运等作为支撑维持封建政统的道统，对从汉武帝以来至后世的封建统治之巩固所起的重要作用是不言而喻的。正是缘于此，韩愈、朱熹等人，欲维护封建统治，必须先从道统上找原因、下功夫。也正缘于此，理学将封建道统直接建立在世人心中，从而从根本上解决了封建王朝政权得以长治久安的重大问题。由此可见，道统，乃是置于政统之上的更高层次。士人欲脱离政统进而超越政统，必须有比政统更高明者可依附，那就是道统。而儒、释、道三家的道统建构其所以不相同，乃是因为它们的理论核心不同。儒家的理论核心在"仁"与"礼"，道家的理论核心在"道"与

---

1 徐清泉：《论隐逸文化在中国传统文学艺术发展中的意义》，《文学评论》2000 年第 4 期。

"天"，佛家的理论核心在"空"与"寂"。如果依附儒家道统的话，就始终不能脱离社会，不能脱离他人，无论你怎样独善，归根到底也是为了实现"仁"与"礼"而坚持自己的操守。道家的道统在"道"与"天"，对既派生万物又处于万物之中的"道"以及最能体现"道"的"天"亦即自然最为倾心，认为只有让自我合于"道"合于"天"，才是最高境界。佛家的道统乃是自我的内在心性，因此它最无所依待，最具自我独立性。并且，从根本上说，佛教是一种相对道家而言更为出世的哲学，它既是彻底解脱的哲学，也是完全超越的哲学。它的出世正是为了超世，这在大乘佛教尤其是涅槃学理论中体现得最为明显。而佛教对永恒的、幸福的彼岸世界，或者说是理想的、自由的精神境界的追求，也正意味着对黑暗污浊、虚妄不实的现实的人生和世界的否定与超越。由于社会时代的种种因缘关系，晚唐诗人大部分都将精神寄托于佛门禅寺，因此也多以佛家道统作为自己的凭依，正是在道统这一意义上，佛教为晚唐诗人的退隐提供了精神超越的方便，开启了精神超越的法门。

如前所述，佛家的理论核心在"空"与"寂"，空、寂本不可分，但强为分之，境多用空，性多用寂。而性与境本来也是一体两面，按照大乘佛教唯识学理论即是"三界唯心""万法唯识""识有境无"，也就是说，境乃是众生心识所变现，一切法也是心识所变现，依心识说故有境有法。而心识也分真心与妄心，真心为本原清净之心，是众生通过修行得以成佛的根据；妄心即是为外界客尘染污之心，正是种种染污使其产生烦恼痛苦，因此妄心乃是烦恼的渊薮、痛苦的根源。而众生修行的目的，就是要不断去掉妄心上的客尘染污，使其恢复本原清净之心，回归本原清净之性，如此，则真心显现，即是解脱，即进入涅槃成佛境界。禅宗六祖慧能《坛经》说："莫起诳妄，即是真如性。用智慧观照，于一切法不取不舍，即见性成佛道。"[1]真如自性，即是般若智慧，即能观照万法，而于一切法不取不舍。

---

1 《坛经校释》，第53页。

由此可知，性有能指的意义，而境则有所指的意义。但此境亦可以说是由真如之性所生起，故此境乃是空境。概言之，空境乃由空性而来。"空"本是世界一切事物的本性。佛教认为，从存在论上说，一切事物由于都是由一定的原因与条件构成的，因此都是无自性、无实体的，其实质只能是空。但众生由于为妄心所蒙蔽，并不知包括自我在内的事物其本性只能是空，反而执空为有，执虚为实，遂起心动念，向外攀求，并由种种贪欲而生出种种烦恼痛苦。因此，要去掉妄心，回归真心，首先就要能了知事物皆为虚妄不实的空性。而能以智慧观照事物者，谓之空观。空观者，即能以佛教认识论证悟世间万物无不是空的存在本质，从而把握了佛教的根本真理。而此空观亦即是一种佛教修持方法，以此空观观照客观外物，心不会产生出其他不具空观的众生那样的见他人拥有珍宝财货便或生艳羡，或生嫉妒，或生掠夺之心等种种妄念，也不会见种种姣好曼妙的美色而生起贪欲邪念，因为，以空观观照之，珍宝财货也好，女色美貌也好，其实质都不过是空，是虚妄不实。故眼中虽有，但心中却无。《般若波罗蜜多心经》云："色不异空，空不异色，色即是空，空即是色。"[1] 眼中有的乃是色，心中无的乃是空。世人因妄心故，只见其色而未见其空，故生贪欲，故生迷恋，故生出各种因攀求而产生的烦恼痛苦来。而禅人因真心故，既见其色，更见其空，故不会再执着贪求，从而也不会产生出烦恼痛苦。而修持者由于能够具备空观，体悟空性，契合空理，也就进入了生命的澄明之境——空境。空境也就是佛教得大自在、大涅槃的最高境界。达致空境，是生命的真正回归，也是精神上一种质的飞跃。空境中，了见自己的本心本性与外界的山河大地、社会人群，皆不生不灭、不增不减、不来不去、不常不住、不一不异、无差别、无物我，甚至也无能所。内与外，表与里，都只是一片朗然澄澈。所谓"宝月当秋空，高洁无纤埃""心灭百虑减，诗成

---

1 《释氏十三经》，第 12 页。

万象回"¹"云连平地起，月向白波沉"²"山影暗随云水动，钟声潜入远烟微"³"隔岸青山秋见寺，半床明月夜闻钟"⁴，都是晚唐隐逸诗人们在得道之后对这种超越尘俗之朗然清净空境的形象展示。从诗中可以看出，他们在思想修养、境界觉悟方面都确实超出于世俗凡尘之上。

如果说，空偏于对境的解释的话，寂则偏于对性的映证。性，作为万物皆有的自体本性，首先是指共同的法性共性而言。心性虽然是指众生心的本性，实际上也可以说是法性的一种。据《涅槃经》说，释迦牟尼当日在雪山时，帝释天曾经化身为罗刹来考验他。帝释天先说了两句偈语："诸行无常，是生灭法。"释迦佛祖说，好呀，请您说完下面两句吧，我愿意终生做您的弟子。帝释天说，我现在饿得很呀，没有力气再说下去了。释迦便说，请您说下去吧，我愿意将自己的身体献给您吃。于是帝释天就说完了下面两句，即："生灭灭已，寂灭为乐。"释迦听后，马上投身于地，请帝释天吃。帝释天即复为原身，双手将释迦接住。释迦之所以不惜以"朝闻道，夕死可矣"的精神聆听帝释天此偈，乃是因为此偈充分体现了大乘佛学的根本要义。所谓生灭法者，就是时时处在变动不居的变化当中，即一种无常无住的状态。而寂灭则是如如不动的状态，它既无所谓生，也无所谓灭，既无所谓常，也无所谓不常，既无所谓来，也无所谓不来。所谓"八风吹不动"，任何外在的力量都不能对其产生作用，都不能使其变化。只有在这种状态、这种境界下，才能得大自在、大快乐。故曰"生灭灭已，寂灭为乐"。《维摩诘经·弟子品》说："法本不然，今则无灭，是寂灭义。"⁵这种状态，是一种真心而

1 李山甫：《山中依韵答刘书记见赠》，《全唐诗》，卷六四三，第7370页。
2 方干：《镜中别业二首》（一作《镜湖西岛闲居》），《全唐诗》，卷六四八，第7443页。
3 刘沧：《晚归山居》，《全唐诗》，卷五八六，第6805页。
4 黄滔：《题陈山人居》，《全唐诗》，卷七〇五，第8115页。
5 《释氏十三经》，第136页。

非妄心的状态，它属于无为法而非有为法，是与真如佛性一体的。在许多佛教典籍中谈到人心性时，常常给出性以"性本自寂""性本自净""人性本寂""人性本净"之类的界定，其实都是一回事。

概言之，"本寂"是从本性不动摇角度而言，"本净"是从本性不染污角度而言。禅宗七祖神会在谈到心性时说："我心本空寂""本自性空寂"[1]。中唐高僧华严五祖宗密解释说："空者，空却诸相，犹是遮遣之言；唯寂是实性，不变动义，不同空无也。"[2]由此可见，空是指远离一切事物的形相，即前文所论之空观，寂是指寂静不动的如如实性，由于它处在不为外物所动摇的状态，因此能够超越一切事物的形相区别。佛教经常认为，众生性如水，情如波，性本寂静不动，情则时时摇曳动荡不已。性与情既有区别又有联系，一般认为已发为情，未发为性，情是人与外界接触感于事物而生起的带有冲动性的心理反应，通常指喜、怒、哀、乐、爱、恶、欲七情。欲又有四欲、五欲或六欲之说，如五欲即指财、色、名、食、睡，即金钱欲、性欲、名誉欲、饮食欲和睡眠欲。由于情是是非之主、利害之根，有干扰破坏佛性的作用，因此，众生必须返回自己的内心，自寂其心，自净其性，只有实现内在超越之后，才能实现外在超越。从而不为外在苦乐所动，寂灭种种贪恋欲求，葆有清净寂灭的真如本性。

由此可见，寂者寂何物？乃是寂灭心头之欲火也。就皈依佛门的晚唐诗人来说，我性自圆满自足，灵明不昧，又何必向外在功名利禄有贪有求？我心既如如不动，平静如水，又有何辱何荣何喜何忧能扰乱我？万法皆空，五蕴非有，四大皆为虚幻，又何必为外物所牵，执着我能我所？一切人生烦

1 《荷泽神会禅师语录》，石峻、楼宇烈等编：《中国佛教思想资料选编》第2卷，第4册，中华书局1983年版，第84页。

2 《中华传心地禅门师资承袭图》，上海涵芬楼1923年影印本《续藏经》第1辑，第2编，第15套，第5册，第437页。

恼，都是来自外在的情欲所动。因此，作为以退避隐逸为旨归的晚唐诗人而言，一旦觉悟到性本空寂，便自可"市朝束名利，林泉系清通。岂知黄尘内，迥有白云踪"[1]，放弃对种种世俗物质的追求，面对那些充满诱惑力的科举功名与仕途经济所带来的封妻荫子、光宗耀祖、良田万亩、广厦千间、高轩肥马、随从塞途、蛾眉细腰列屋而居、粉白黛绿争娇恃宠等世人艳羡的荣华富贵，以及因科场落第、官场落马所带来的世态炎凉、人情冷暖等种种嘲笑、奚落、轻慢、欺侮、讥讽、造谣、诽谤、打击、挫伤、毁损等羞辱、威逼与伤害，丝毫不为所动，始终保持自己那白云般高洁的迥然超拔之心。

李山甫的两首诗就颇可见出他隐逸生活的空寂心性，其一曰：

> 担锡归来竹绕溪，过津曾笑鲁儒迷。
> 端居味道尘劳息，扣寂眠云心境齐。
> 还似村家无宠禄，时将邻叟话幽栖。
> 山衣毳烂唯添野，石井源清不贮泥。
> 祖意岂从年腊得，松枝肯为雪霜低。
> 晚天吟望秋光重，雨阵横空蔽断霓。[2]

其二曰：

> 石砌蛮吟响，草堂人语稀。
> 道孤思绝唱，年长渐知非。
> 名利终成患，烟霞亦可依。
> 高丘松盖古，闲地药苗肥。
> 猿鸟啼嘉景，牛羊傍晚晖。

---

1 聂夷中：《题贾氏林泉》，《全唐诗》，卷六三六，第7299页。
2 《迁居清溪和刘书记见示》，《全唐诗》，卷六四三，第7368页。

幽栖还自得，清啸坐忘机。

爱彼人深处，白云相伴归。[1]

　　这两首诗，一首写自己的山居生活，一首写朋友的隐逸心境。前一首中，诗人说自己如同僧人那样担起锡杖，绕过竹林来到溪边定居。当他经过河津之时却不免嘲笑起儒生们的迷妄来。其实，这里的"鲁儒"，即是指诗人自己，不过这是过去的"我"，而并非今日的"我"。过去自己依止儒门，向往功业声名，其实是一种自性的迷失，是一种人生道路上的迷误。然而，"悟已往之不谏，知来者之可追。实迷途其未远，觉今是而昨非"[2]。当诗人意识到自己这种迷失之后，便抽身退出，隐栖林下，通过"端居味道"来使自己"尘劳息"，从而进入"扣寂眠云心境齐"的境界。在这里，"味道"当然是指体悟佛法佛道，而所谓"扣寂"，即有了见自己本然空寂之性的意思，扣，本有"扣求"之义，在这里是找回的意思，也就是说找回了自己本来寂然清净之心性。而一旦回归了本性，就进入了一个"眠云"的高超境界，从而下视尘凡俗世，心源与外境，一片澄澈，一片和融，了无差别。此时此刻，自己纯朴得如同从未出山的老农一样，毫无对于世俗宠辱利禄得失之计较分别的情感，而红尘中那些庸俗的事情，既然已经在心头放下了，也就不会再挂在口头。因此，经常与邻居老翁谈论的话题也多半是隐逸幽栖生活中的种种雅趣。自己的心性已经是那样的清寂自如，圆满自足，如同"石井源流"一样，再不含半点泥滓。面对着世人难以忍受的贫寒生活，自己却恬然自安，并不以为苦。这份直彻祖意即佛法大意的修养岂是从修持时间的长短可以获得的吗？其实正是能够了见自己如如不动的清寂本性啊！只要具有了

1　《题李员外厅》，《全唐诗》，卷六四三，第 7368 页。

2　陶渊明：《归去来兮辞》，《陶渊明集》，第 159 页。

这样的本性，就是雪霜压下来，我也会如同松树一样岿然不动，这世间还有什么能够撼动我、扰乱我啊！由此看来，诗人通过对佛法的体悟，确实回归了本然清寂的心性，从而超越了世俗凡尘，超越了贪恋欲求，超越了苦乐宠辱等种种情感的缠绕，在林泉隐逸生活中进入了一个高妙的境界。

后一首则是写友人的。这位友人所居住的草堂乃是一片阒寂静谧之所在，人声稀少，耳边传来的只是一阵阵石阶下的蛩虫鸣叫。诗人在这里通过对友人居所环境寂静的描写，表现的正是此中人物心性的清寂静净。接下来，"道孤思绝唱，年长渐知非。名利终成患，烟霞亦可依"四句，直接揭示主题，即李员外由于道行高深，因此迥拔时流之上，此处的"道孤""绝唱"都是对李员外不同凡俗、远超时流的赞赏。正是由于这样高超的修养，因此才能视世人以为珍宝的名利为祸患，才能恬淡自如地栖隐烟霞，面对着"高丘松盖古，闲地药苗肥。猿鸟啼嘉景，牛羊傍晚晖"的山野田园景色，诗人的心境极为自得，在这隐逸的幽栖生活中，他时时啸傲林下，全然忘却了世俗红尘的机巧争斗之心。这样的人物，这样的景物，这样的境界，怎能不让诗人深相爱慕呢？仰望着友人那安闲的意态，好像是白云的伴侣一样，这真是一种令人向往的超然境界啊！结尾一个"归"字，如画龙点睛一般，点出李员外其所以能够具有如此高妙的修养与境界，乃是因为他回归了家园，皈依了佛法，归根到底是回归到了自我心性的缘故。

韩偓也在他的诗中表现了如如不动的心性力量，如《味道》云：

> 如含瓦砾竟何功，痴黠相兼似得中。
>
> 心系是非徒怅望，事须光景旋虚空。
>
> 升沉不定都如梦，毁誉无恒却要聋。
>
> 弋者甚多应扼腕，任他闲处指冥鸿。[1]

"道"是什么呢？道在道家思想中原是指万物的本体，但在佛教中却常常被禅师们借用来说性，即万物的本性，即佛法，即佛性。如前所述，万物的本性即是法性，法性既是事物的共性，也是事物的个性。从这个意义上来看，人性也如同瓦砾之性一样，都是不增不减、不生不灭、如如不动的。因此，痴也好，黠也好，都是此中有彼、彼中有此、相兼相入、相即相摄、相辅相成的，完全没有必要去强为分析，强作取舍。如果不明此理，一定要将是非得失系缚在心上的话，那只能是一场虚幻，一无所得，徒增怅惘而已。因为事物都是变化莫测、无有常住的，所以很快就成了虚空。由此看来，在人生道路上无论是升也好，还是沉也好，都无法把握，如同梦幻；面对着世人没有定准的时而称誉、时而毁损的态度，自己却要能坚定不移，如同聋人一样充耳不闻，不为所动。如今我处在情况十分险恶的官场之中，许多明枪暗箭都在对准我，企图加害于我，但我自有本原清寂的佛性，因此，任凭他们躲在阴暗的地方指指点点，我也不会有半点恐惧、动摇与改变的。

　　韩偓还有一首《寄禅师》是说当诗人"妙用忘言理暗通"之后，悟得佛法乃是空而不空、不空而空的，诗云：

> 他心明与此心同，妙用忘言理暗通。
> 气运阴阳成世界，水浮天地寄虚空。
> 劫灰聚散铢锱黑，日御奔驰茧栗红。
> 万物尽遭风鼓动，唯应禅室静无风。[1]

　　首联即将他人之心与自我之心打通，旨在说明禅宗"以心传心""心心相印"的道理。因为禅师的心性与参禅者即韩偓本人的心性都是空寂净静、

---

1 《韩偓诗集笺注》，第 109 页。

灵明不昧的，因此无分彼此，无论他人。也无须借助语言文字，只要通过一种神秘的内心直觉就可以妙悟到了。此妙悟者，乃是佛性禅理，它是不可言诠、不可强解的，而只能是直指人心，自解自悟。"理暗通"中的"暗"字，表现出参禅悟道那种如人饮水、冷暖自知、只可意会、不可言传的特点。接下来四句写天地万物由于阴阳混沌的不断变化而形成世界，空浮于水，水寄于空，天地之间只是茫茫一片。忽然之间，兵荒马乱，灾祸降临，黑色的劫灰在狂风中纷飞聚散，给人带来极大的惊慌与恐惧；但转瞬却又变换成另一幅画面：红色的骄阳当空而照，娇艳的蓓蕾冉冉开放。啊，这既是一个充满动荡的世界，又是一个充满诱惑的世界，这世界的一切都处在嘈杂喧闹、不断迁流变化之中，兴衰祸福都无常无住，无可把握。最后尾联"万物尽遭风鼓动，唯应禅室静无风"两句直接点明题旨，表现出对寂灭不动的佛性禅理的无比肯定。在这里，所谓"风"并不是指自然界的风，而是指人世间八种能够撼动人心的力量，即利、衰、毁、誉、称、讥、苦、乐。其中得可意事名"利"，失可意事名"衰"，背后排拨为"毁"，背后赞美为"誉"，当前赞美为"称"，当前排拨为"讥"，逼迫身心名"苦"，悦适心意名"乐"。这"八风"又分别为"四顺四违"，因为能够煽动人心，使人产生种种情绪，因此名"风"，正好比风吹水面，水起波澜一样。禅宗认为，只要修持者自己心性坚定，那么不论外界的"风"多么强大，都不会产生半点动摇。据说慧能曾在广州法性寺听印宗大师宣讲佛法，其时风吹幡动，站在慧能身边的两位僧人就此争论起来，一位说，是风动，一位说，是幡动，慧能却说道：不是风动，不是幡动，仁者心动。这就强调了主体之心性在面对外界一切事物时所起的决定性作用。由此可见，佛教的解脱，乃是心性的解脱，因为事实上，外界的客观事物是很难有所改变的，无论是生、老、病、死的人生四苦，还是生、住、异、灭的宇宙四相，全都是无常无住、不可把握、无法控制的。面对如此无常无我的世界现象，从大乘般若学开始，佛法的思维就渐渐放在修持者主观心性方面，坚持心性本寂、心性本净、心性如如不动的观点，以坚定不移、不增不减、不染不垢、不来不去、不一不异的湛然寂静之主观心性，来面对无常无住、瞬息万变、无法把握的客观外境。而作为此诗的作者韩偓这样一位生活在黑暗动乱的衰微末世且又身处险象环生的朝廷之中的大臣来说，正是坚持这样一种以不变应万变的思维方式，才能够使心如壁立千仞，八风恶觉皆不能入，从而不惧不危地度过了种种艰险困厄，得以全志保身，终老天年。

　　与韩偓这两首诗用意相似的晚唐隐逸之作还有裴说的《岳阳兵火后题僧舍》："十年兵火真多事，再到禅扉却破颜。唯有两般烧不得，洞庭湖水老僧闲"[1]；李洞的《题竹溪禅院》："闲来披衲数，涨后卷经看。三境通禅寂，嚣尘染著难"[2]；薛能的《赠隐者》："门前虽有径，绝向世间行。薙草因逢药，移花便得莺。甘贫原是道，苦学不为名。莫怪苍髭晚，无机任世情"[3]；唐求的《夜上隐居寺》："寻师拟学空，空住虎溪东。千里照山月，一枝惊鹤风。年如流去水，山似转来蓬。尽日都无事，安禅石窟中"[4]；郑谷的《春阴》："推琴当酒度春阴，不解谋生只解吟。舞蝶歌莺莫相试，老郎心是老僧心"[5]。这些诗都表现了一种证悟佛教空寂之性后面对嚣尘、灾劫、贫困饥寒、富贵风流等外物都如如不动、清寂如僧的心境。正是这种心境，保证了诗人们在回避动乱现实的同时也超越了动乱现实，从而不乐仕进、不慕荣利、不惧孤危寂苦，通过隐逸的方式，以安贫乐道、穷且益坚的意志在这衰乱末世中生存下去。

1　《全唐诗》，卷七二〇，第 8269 页。

2　《全唐诗》，卷七二二，第 8288 页。

3　《全唐诗》，卷五五八，第 6472 页。

4　《全唐诗》，卷七二四，第 8308 页。

5　《全唐诗》，卷六七五，第 7735 页。

四、晚唐诗人隐于佛门之三类型

中唐文人韩愈在《送李愿归盘谷序》一文中，曾经描绘了封建时代三类士人的形象。其一是：

利泽施于人，名声昭于时，坐于庙朝，进退百官，而佐天子出令。其在外，则树旗旄，罗弓矢，武夫前呵，从者塞途。供给之人，各执其物，夹道而疾驰。喜有赏，怒有刑。才俊满前，道古今而誉盛德，入耳而不烦。曲眉丰颊，清声而便体。秀外而惠（慧）中，飘轻裾，翳长袖，粉白黛绿者，列屋而闲居，妒宠而负恃，争妍而取怜。大丈夫之遇知于天子，用力于当世者之所为也。

其二是：

穷居而野处，升高而望远，坐茂树以终日，濯清泉以自洁；采于山，美可茹，钓于水，鲜可食；起居无时，惟适之安。与其有誉于前，孰若无毁于其后，与其有乐于身，孰若无忧于其心；车服不维，刀锯不加，理乱不知，黜陟不闻。大丈夫不遇于时者之所为也，我则行之。

其三是：

伺候于公卿之门，奔走于形势之途，足将进而趑趄，口将言而嗫嚅，处污秽而不羞，触刑辟而诛戮，侥幸于万一，老死而后止者，其于为人，贤不肖何如也？[1]

从当时广大出身寒素而又质性清高的读书士子们的情况来看，如果命运让他们做不成第一种人的话，当然也不会愿意做第三种人，那么，就只能选择做第二种人了，这是大多数隐逸者的情况。但在中晚唐时代，情况却有所不同，除了大量的第三种人外，因着时代原因，还有一部分身处官场的吏隐者，以及虽然有幸进入官场但又自动抽身退出的隐逸者。也是因着时代思潮的缘故，在隐逸生活中，他们都通过将心灵止泊于佛门来转移自己，安定自己，为自己找到了精神的归宿。晚唐时，饱经科考折腾，屡试不中甚至终生未得一第乃至布衣终老的隐逸诗人有方干、刘得仁、李山甫、李洞、周朴、唐求等；虽然进入了官场但却因世乱时危为全身远祸起见而抽身退出隐居林下者有司空图、许浑、陆龟蒙、郑谷等；虽未脱离官场但却因向往羡慕隐逸而半官半隐的所谓吏隐者有李频、薛能、郑谷、韩偓等。下面试对这三类隐逸诗人略做分析。

第一类诗人中以方干最具有代表性。方干在晚唐诗人中常被认为是一位非常飘逸潇洒的高人隐士，比如吴融在《赠方干处士歌》中就写道："不识朝，不识市。旷逍遥，闲徙倚。一杯酒，无万事。一叶舟，无千里。衣裳白云，坐卧流水。霜落风高忽相忆，惠然见过留一夕。一夕听吟十数篇，水榭林萝为岑寂。拂旦舍我亦不辞，携筇径去随所适。随所适，无处觅。云半

---

1 《韩愈集》，第 246 页。

片，鹤一只。"[1]仿佛真是一闲云野鹤式的人物似的，其实不然，据辛文房《唐才子传》卷七记载，他"幼有清才，散拙无营务，大中中，举进士不第，隐居镜湖中。……貌陋兔缺，性喜凌侮。……早岁偕计往来两京，公卿好事者争延纳，名竟不入手，遂归。……初，李频学干为诗，频及第，诗僧清越贺云：'弟子已折桂，先生犹灌园'"[2]。《唐诗纪事》也说他连应十余举未第，并曾因唇缺而受到侮辱。由此可知方干是在多次不中之后才回隐镜湖的。同当时许多出身寒微的读书士子一样，在奔波应试的过程中，方干历尽了很多艰辛磨折。

今仅从他自己的诗中就可以得到印证，如《中路寄喻凫先辈》一诗云："求名如未遂，白首亦难归。送我尊前酒，典君身上衣。寒芜随楚尽，落叶渡淮稀。莫叹干时晚，前心岂便非。"[3]诗人"求名"即求取举业功名，一再不遂其志，但仍不甘心罢歇，竟至"白首亦难归"，可见他曾经是何等地执着于此。又《新正》诗一首云："每见新正雪，长思故园春。云西斜去雁，江上未归人。又一年为客，何媒得到秦。"[4]诗中不仅悲伤自己一年又一年远离家乡外出应试干禄，而且对无人引荐，难以到秦（即京城长安）深为感叹，其积极用世、希求出头之心情热切亦可由此见出。

在《中秋月》一诗中，方干写道："凉霄烟霭外，三五玉蟾秋。列野星辰正，当空鬼魅愁。泉澄寒魄莹，露滴冷光浮。未折青青桂，吟看不忍休。"[5]正当一年一度的中秋佳节，诗人面对一轮皎洁的明月，却没有半点心思来赏玩，他只觉得，一天的星星，如同鬼魅似的令他发愁；冰冷的泉水，尽管澄

---

1 《全唐诗》，卷六八七，第 7898 页。

2 《唐才子传校正》，第 226 页。

3 《全唐诗》，卷六四八，第 7440 页。

4 《全唐诗》，卷六四九，第 7458 页。

5 《全唐诗》，卷六四九，第 7459 页。

清莹洁，但也只能使他心魄充满阵阵寒意。诗人的心情为什么这样凄楚呢？原因就是"未折青青桂，吟看不忍休"。由此可见这枝"青青桂"给诗人带来了多么大的压力！这十余次应试均不第的原因也许还有他生理上的缺陷，据五代何光远《鉴诫录》记载，有关主持考试的官府认为方干虽然有才，但如果给予缺唇人以科名，四夷闻之会以为中原无人，以至惹出笑话。方干正是听到此议论，才愤然拂袖而去的。由此可见方干因为应举确实招致对于人格的侮辱，这毕竟令人太难以忍受了，于是他不得不从此作罢，毅然归隐家乡。

从令人窒息、倍感压抑、只能给他记忆中留下深刻痛苦的举场退出来，投身到宽阔明净的江湖之中，诗人感到了从所未有的欢乐与痛快。他"隐居镜湖中，湖北有茅斋，湖西有松岛，每风清月明，携稚子邻叟，轻棹往返，甚惬素心。所住水木幽闲，一草一花，俱能留客。家贫，蓄古琴，行吟醉卧以自娱"[1]。从这些记载中我们可以看到诗人的隐逸生活是多么的称心惬意。值得注意的是，他隐逸生活中的几个特点，一是自放；一是甚惬素心；一是多表达出对风清月明、水木幽闲之境的特别爱赏。如《镜中别业二首》（一作《镜湖西岛闲居》）是其明志之作，诗中写道："寒山压镜心，此处是家林。梁燕窥春醉，岩猿学夜吟。云连平地起，月向白波沉。犹自闻钟角，栖身可在深。""世人如不容，吾自纵天慵。落叶凭风扫，香粳倩水舂。花朝连郭雾，雪夜隔湖钟。身外无能事，头宜白此峰。"[2]在这里，诗人表示，社会既不能容纳我，我且放浪江湖之中好了，"吾自纵天慵"的"纵天慵"，表现出一种身居大自然中的适意放旷，诗人栖息于佳山秀水之间，与明月白云为伴，徜徉自得，无比自由惬意，这正是对昔日游历举场压抑与束缚的一种反

---

1 《唐才子传校正》，卷七，第 226 页。

2 《全唐诗》，卷六四八，第 7443 页。

叛。诗人已经深深懂得，自己对于这个衰乱龌龊无公道可言之世是一点也不能适应了，于是决心"头宜白此峰"，也就是只有终老青山白水之中才是自己最好的归宿。

又如《山中即事》一首云：

趁世非身事，山中适性情。

野花多异色，幽鸟少凡声。

树影搜凉卧，苔光破碧行。

闲寻采药处，仙路渐分明。[1]

这首诗的重点即是在"适性情"三字。这里所透给我们的消息，一是适合，一是性情。在经历了多次世俗红尘的拨弄之后，诗人深感以自己直率质朴的性情，去追趁俗世名利，确非其能事，只有山林，才是最适合自己的地方。你看，那山中的一丛丛野花、一声声鸟鸣，都显得那样秀丽非凡，那样优美动人，无不令人感到亲切可喜，称心惬意。诗人流连此中，一会儿栖息树下，尽情享受凉风习习带来的舒适；一会儿穿过小径，欣赏那青苔碧绿得如同玉石般的幽光。这样的乐趣岂是尘世中能获得的吗？那尘世中的成天奔波忙碌不已的对外物的攀缘求索，只会蒙蔽人们的真性情，只有拂去凡尘，回归到本然清净之性时，才会感到大自然的一切处处都充满着美好，充满着光明，从而再也不会有昔日那种"列野星辰正，当空鬼魅愁。泉澄寒魄莹，露滴冷光浮"的凄惨感受了。可以看出，当大自然的一切带着诗意的光辉，向诗人全身心发出微笑的时候，诗人该是怎样的喜悦啊！而这正是告别红尘俗世、皈依清净佛门所带来的啊！

---

1 《全唐诗》，卷六四九，第7460页。

在《詹碚山居》诗中，诗人表达的则是自己隐逸生活中的种种高雅生活情趣，诗云：

> 爱此栖心静，风尘路已赊。
>
> 十余茎野竹，一两树山花。
>
> 绕石开泉细，穿罗引径斜。
>
> 无人会幽意，来往在烟霞。[1]

可以看出，当诗人离干禄求仕的风尘之路越来越远时，他的心志也就越来越平和宁静。由此看来，隐逸，不但可以栖身，而且也可以栖心。从《镜中别业二首》中的"栖身"到此诗中的"栖心"，诗人的隐逸之志毫无疑问是越来越坚定了。使其能栖心静心的原因，除了林下水边那动人的景色之外，当然还有"道统"所给予的精神支撑。在《白艾原客》一诗中，诗人就明确说道："原上桑柘瘦，再来还见贫。沧州几年隐，白发一茎新。败叶平空堑，残阳满近邻。闲言说知己，半是学禅人。"[2]在这里，贫穷、衰老、残败、枯瘦，这就是诗人和他的隐士朋友们所面临的艰难困窘的物质生活处境，但是，佛禅的理念从精神上给了他们支持，使他们即使面对寒苦，也能苦中得乐，因为"贫富常交战，道胜无戚颜"[3]。在其他诗中，方干也一再写到自己生活的寒苦："偶斟药酒欺梅雨，却著寒衣过麦秋。岁计有时添橡实，生涯一半在渔舟。"[4]"夜学事须凭雪照，朝厨怎奈绝烟何。"[5]但这些对于他

---

1 《全唐诗》，卷六四九，第 7450 页。

2 《全唐诗》，卷六四八，第 7445 页。

3 陶渊明：《咏贫士七首》其五，《陶渊明集》，第 126 页。

4 《鉴湖西岛言事》，《全唐诗》，卷六五〇，第 7470 页。

5 《偶作》，《全唐诗》，卷六五二，第 7491 页。

隐逸山中、傲视人世荣华名利的心性并没有带来动摇与减退，就在这湖光山色之中，诗人最终以较为超脱的态度度过了自己平静恬淡的余生。

与方干遭际相似、情志相同的隐逸诗人还有刘得仁。刘得仁的生平经历据《唐才子传·卷六》所云，得仁本系公主之子，穆宗长庆间即以诗名世，五言尤为清莹，当时独步文场，但"自开成后，至大中三朝，昆弟以贵戚皆擢显仕，得仁独苦工文，尝立志，必不获科第不愿儋人之爵也。出入举场二十年，竟无所成。投迹幽隐，未尝耿耿"[1]。可知他是一位清高正直、自负其才而不屑夤缘的贵家子弟，而竟亦为当世举场绌落，最终入了隐逸诗人一途。在《秋夜喜友人宿》一诗中，诗人自言其看透世情后，再不愿意以毁损自己高洁之志来换取富贵名禄的心情乃是："莫说春闱事，清宵且共吟。频年遗我辈，何日遇知音。逼曙天倾斗，将寒叶坠林。无将簪绂意，只损壮夫心。"[2]如果说前四句还可看出一些因举场不公、屡挫其志而产生的牢骚怨愤之痕迹的话，那么后四句就表现出诗人最终还是与追求功名富贵的红尘俗世决裂了。从"无将簪绂意，只损壮夫心"两句中可以见到诗人那极为清醒的认识，他的人生观价值观已经改变了，簪绂算什么？只有保持自己的心志才是最重要的。缘于此，诗人才会告别红尘，甘于寒苦，从而在隐逸林下的生活中独善固穷以终老。

在另一首《夜携酒访崔正字》诗中，他写道："只应芸阁吏，知我僻兼愚。吟兴忘饥冻，生涯任有无。惨云埋远岫，阴吹吼寒株。忽起围炉思，招携酒满壶。"[3]意思是说只有崔正字这位任职芸阁的好朋友，才能够了解自己"僻兼愚"的性情。而自己哪怕是过着饥寒交迫、朝夕不继的日子，也不愿意违背心志，委屈自己的性情。可见刘得仁始终把坚持自己的性情看得很

---

1 《唐才子传校正》，第 194 页。

2 《全唐诗》，卷五四四，第 6284 页。

3 《全唐诗》，卷五四四，第 6284 页。

重要。而他这种"僻兼愚"的性情就是不愿意随世媚俗，这一方面是他的本性，另一方面也是世俗给予他的只有刺激，只有痛苦，只有失望，而他对世俗社会所看重的那些物质也越来越不看重了。

"甘心穷苦，不汲汲于富贵"[1]的刘得仁，在隐逸生活中去得最多的地方乃是佛寺禅房，最爱赏的是山林阒寂之境。像《晚游慈恩寺》《宿僧院》《夏日游慈恩寺》《青龙寺僧院》《冬夜寄白阁僧》《寄楼子山云栖上人》《题终南麻先生寂禅师石室》《送僧归玉泉寺》等诗中都真实记录了他听经、论禅、焚香、悟道等虔诚依止禅门，倾心敬奉佛、法、僧三宝的修持，而诗人原本宁静平和的心性更显得心如止水，他时时感悟到"堪嗟浮俗事，皆与道相违"[2]"翻令嫌白日，动即与心违"[3]。就在这极为寂静的心境中，他品味着"磬动青林晚，人惊白鹭飞"[4]"僧高容野客，树密绝嚣尘"[5]"树摇幽鸟梦，萤入定僧衣"[6]"苔新禽迹少，泉冷树阴重"[7]"鸟栖寒水迥，月映积冰清"[8]"涧谷冬深静，烟岚日午开"[9]"翠沉空水定，雨绝片云新"[10]"乱木孤蝉后，寒山绝鸟时"[11]"贮瓶经腊水，响塔隔山钟"[12]等种种只有禅地才有的独特幽寂之景。这一切，确实显得过于清寂孤凄，但也是隐逸诗人此时内

1　《唐才子传校正》，卷六，第194页。

2　《晚游慈恩寺》，《全唐诗》，卷五四四，第6281页。

3　《宿僧院》，《全唐诗》，卷五四四，第6281页。

4　《晚游慈恩寺》，《全唐诗》，卷五四四，第6281页。

5　《夏日游慈恩寺》，《全唐诗》，卷五四四，第6286页。

6　《宿僧院》，《全唐诗》，卷五四四，第6281页。

7　《青龙寺僧院》，《全唐诗》，卷五四四，第6280页。

8　《冬夜寄白阁僧》，《全唐诗》，卷五四四，第6282页。

9　《寄楼子山云栖上人》，《全唐诗》，卷五四四，第6284页。

10　《题终南麻先生寂禅师石室》，《全唐诗》，卷五四四，第6287页。

11　《送僧归玉泉寺》，《全唐诗》，卷五四四，第6288页。

12　《吊草堂禅师》，《全唐诗》，卷五四四，第6287页。

在心性的外化形式。一句"树密绝嚣尘"，就既是写寺院禅门中树荫浓密的清凉之景，也表示自己内在心性因远离嚣尘的那份静寂清凉，正是出于对尘世喧嚣纷争的厌恶不满，对世外清寂之境的爱好与企慕，诗人才能"投迹幽隐"而"未尝耿耿"。

第二类诗人中以司空图最具有代表性。据《唐才子传》记载，司空图"咸通十年归仁绍榜进士。主司王凝初典绛州，图时方应举，自别墅到郡上谒，去，阍吏遽申司空秀才出郭门。后入郭访亲知，即不造郡斋，公谓其尊敬，愈重之。及知贡举，图第四人捷，同年郿薄者谤曰：'此司空图得一名也。'公颇闻，因宴全榜，宣言曰：'凝叨忝文柄，今年榜帖，专为司空先辈一人而已。'由是名益振。……卢相携还朝，过陕虢，访图，深爱重，留诗曰：'氏族司空贵，官班御史雄。老夫如且在，未可叹途穷。'就属于观察使卢渥曰：'司空御史，高士也。'渥遂表为僚佐。携执政，召拜礼部员外郎，寻迁郎中。丁黄巢乱，间关至河中。僖宗次凤翔，知制诰，中书舍人。景福中，拜谏议大夫，不赴。昭宗在华州，召为兵部侍郎，以足疾，自乞听还。图家本中条山王官谷，有先人田庐，遂隐不出。……后闻哀帝遇弑，不食，扼腕，呕血数升而卒，年七十有二"[1]。由此可见，司空图既是一位隐逸山中的高人雅士，也是一位身处乱世而敢于以性命殉国的节烈之士。

他生当风云变幻、天地翻覆的晚唐末世，徒抱报国大志而无法实现，内心痛苦是非常强烈的，这在他的诗中屡屡能表现出来，如《秋思》诗云："身病时亦危，逢秋多恸哭。风波一摇荡，天地几翻覆。孤萤出荒池，落叶穿破屋。势利长草草，何人访幽独。"[2]《华下》诗云："日炙旱云裂，迸为千道血。天地沸一镬，竟自烹妖孽。尧汤遇灾数，灾数还中辍。何事奸与邪，古

---

1 《唐才子传校正》，卷八，第256页。

2 《全唐诗》，卷六三二，第7243页。

来难扑灭。"[1]对国家处境的倾危难支使他不得不常常恸哭失声,对于奸邪妖孽狼狈为奸为害朝纲的痛恨更可以说是到了咬牙切齿的程度。然而,此时唐王朝所面临的各种矛盾斗争,不但十分激烈而且也非常复杂,一些正直清高的士大夫知识分子,即使进入了仕途也难以坚持自己清白的操守,更莫说实现报国初衷,施展"兼济天下"的抱负了。面对这"有心杀贼,无力回天"的时局,出于既不愿与朝中宵小同流合污,也不愿意奸邪加害自己无辜遭杀戮的心理,他们不得不抽身引退进入山林隐逸生活。因为,只有这样,才能既坚持了自己的人格操守,也保全了自己的身家性命。"有是有非还有虑,无心无迹亦无猜。不平便激风波险,莫向安时稔祸胎"[2],"水深鱼避钓,云迥鹤辞笼"[3],就是他们共同的全身远祸之心态。正是出于这一心态,司空图等人才"更惭征诏起,避世迹非真""倦行今白首,归卧已清神"[4],毅然抽身退隐、归卧林下以全身的。

　　当这些正直清高的士大夫们来到山林之中时,虽然生命得到了保障,但心情却久久都难以平静下来。司空图《渐上》(一作《江渐上》)诗就写道:"西北乡关近帝京,烟尘一片正伤情。愁看地色连空色,静听歌声似哭声。红蓼满村人不在,青山绕槛路难平。从他烟棹更南去,休向津头问去程。"[5]可见诗人虽然身已隐居但心却不能隐,国家的安危、时局的动荡还在时时牵动着他,使他心情无法安宁。在《狂题十八首》其一中,他感叹道:"莫恨艰危日日多,时情其奈幸门何。"[6]在《偶题三首》诗中,他更为"浮世悠悠旋

1 《全唐诗》,卷六三二,第 7244 页。

2 司空图:《狂题十八首》十六,《全唐诗》,卷六三四,第 7274 页。

3 许浑:《李生弃官入道因寄》,《丁卯集笺证》,第 78 页。

4 司空图:《下方》,《全唐诗》,卷六三二,第 7243 页。

5 《全唐诗》,卷六三二,第 7248 页。

6 《全唐诗》,卷六三四,第 7273 页。

一空，多情偏解挫英雄"[1]的人生遗憾而悲伤不已。面临着"大风卷水，林木为摧，适苦欲死，招憩不来。……大道日丧，若为雄才。壮士拂剑，浩然弥哀"[2]的英雄末路悲剧，诗人除了"扼腕"长叹再无任何办法了。于是，"由来相爱只诗僧，怪石长松自得朋。却怕他生还识字，依前日下作孤灯"[3]。这就是他自消心头之火的无奈举措，一方面是"诗僧"，另一方面是怪石长松，诗人以依止佛门与栖息山林的方式，寂灭自己的斗志，排遣自己的忧患，泯灭自己报效国家的理想抱负。而"岂料平生臂鹰手，挑灯自送佛前钱"[4]这样的结局，乃是诗人所始料未及的啊！

然而在这动乱末世，隐逸与栖禅，恐怕也只能是自己唯一的选择了，正是佛门与山林渐渐平息了他心头的忧愤之火。于是，他也写下了像"浮世荣枯总不知，且忧花阵被风欺。侬家自有麒麟阁，第一功名只赏诗"[5]"中宵茶鼎沸时惊，正是寒窗竹雪明。甘得寂寥能到老，一生心地亦应平"[6]这样的转移情志怀抱、自甘寂寥平淡的诗。一方面是厌恶官场纷扰，另一方面是羡慕山僧隐士们的平安清静，他也渐渐爱上了山中清幽静寂的风光，如"孤屿池痕春涨满，小阑花韵午晴初。"[7]"竹上题幽梦，溪边约敌棋。"[8]"雨微吟思足，花落梦无聊。"[9]"川明虹照雨，树密鸟冲人。"[10]"荷香泔露侵

---

1 《全唐诗》，卷六三三，第 7266 页。

2 《二十四诗品·悲慨》，见孙联奎、杨廷芝：《司空图〈诗品〉解说二种》，齐鲁书社1980 年版，第 38 页。

3 《狂题十八首》其六，《全唐诗》，卷六三四，第 7273 页。

4 《修史亭三首》其三，《全唐诗》，卷六三四，第 7276 页。

5 《力疾山下吴村看杏花十九首》其六，《全唐诗》，卷六三四，第 7276 页。

6 《偶诗五首》其五，《全唐诗》，卷六三四，第 7275 页。

7 《光启四年春戊申》（一作《归王官次年作》），《全唐诗》，卷六三二，第 7250 页。

8 《僧舍贻友》，《全唐诗》，卷六三二，第 7244 页。

9 《下方》，《全唐诗》，卷六三二，第 7244 页。

10 《华下送文浦》，《全唐诗》，卷六三二，第 7244 页。

衣润，松影和风傍枕移。”[1]“幽鹤傍人疑旧识，残蝉向日噪新晴。”[2]“塔影荫泉脉，山苗侵烧痕。”[3]“幽瀑下仙果，孤巢悬夕阳。”[4]“破巢看乳燕，留果待啼猿。”[5]“疏磬和吟断，残灯照卧幽。”[6]“群木澄幽寂，疏烟泛泬寥。”[7]“暑湿深山雨，荒居破屋灯。”[8]“樵香烧桂子，苔湿挂莎衣。”[9]“危桥转溪路，经雨石丛荒。”[10]“磬声花外远，人影塔前孤。”[11]都是诗人自己颇为得意的诗句，但都表现出一种冲寂幽栖的情怀，其意境甚至显得有些冷寂荒凉。在司空图的这一类诗中，内容上多言寻访僧人、歇宿山寺、采药、吟诗、抚琴、读书。而孤独、寂寞、萧瑟、寥落、退避，就是他经常具有的心情意绪。在诗人的隐逸生活中，僧人的身影是出入得较多的，仅从诗句看就有：“溪僧有深趣，书至又相邀。”[12]“更待他僧到，长如前信存。”[13]“却嫌今日登山俗，且共高僧对榻眠。”[14]“久无书去干时贵，时有僧来自故乡。”[15]“秋江共僧渡，乡泪滴船回。”[16]“世事尝艰险，僧居惯寂

---

1 《争名》，《全唐诗》，卷六三二，第 7250 页。
2 《喜王驾小仪重阳相访》，《全唐诗》，卷六三二，第 7251 页。
3 《上陌梯寺怀旧僧二首》其二，《全唐诗》，卷六三二，第 7246 页。
4 《赠步寄李员外》，《全唐诗》，卷六三二，第 7247 页。
5 《退居漫题》，《全唐诗》，卷六三二，第 7253 页。
6 《即事九首》其三，《全唐诗》，卷六三二，第 7254 页。
7 《牛头寺》，《全唐诗》，卷六三二，第 7255 页。
8 《杂题九首》其二，《全唐诗》，卷六三二，第 7257 页。
9 《杂题九首》其八，《全唐诗》，卷六三二，第 7257 页。
10 《赠步寄李员外》，《全唐诗》，卷六三二，第 7247 页。
11 《偶书五首》其一，《全唐诗》，卷六三二，第 7256 页。
12 《下方》，《全唐诗》，卷六三二，第 7244 页。
13 《上陌梯寺怀旧僧二首》，《全唐诗》，卷六三二，第 7246 页。
14 《重阳日访元秀上人》，《全唐诗》，卷六七五，第 7739 页。
15 《华下》，《全唐诗》，卷六三二，第 7250 页。
16 《渡江》，《全唐诗》，卷六三二，第 7253 页。

寥。"¹"上方僧在时应到，笑认前衔记写真。"²"堪恨昔年联句地，念经僧扫过重阳。"³"草堂琴画已判烧，犹托邻僧护燕巢。"⁴"由来相爱只诗僧，怪石长松自得朋。"⁵"到还僧院心期在，瑟瑟澄鲜百丈潭。"⁶由此可以看出司空图对佛教的浸染之深与对僧人的由衷喜爱。

也许是经历了天地翻覆的巨大变故，看透了人世空幻荒凉的缘故，他甚至常常想下辈子正式投身佛门去做一个僧人，所谓"后生乞汝残风月，自作深林不语僧"⁷"此生无忏处，此去作高僧"⁸就是这种心迹的表明。然而，"情知了得未如僧，客处高楼莫强登"⁹"冥得机心岂在僧，柏东闲步爱腾腾"¹⁰，真正的了悟佛法并不在于形式上出家不出家，只要能寂灭情感，摒去机心，清闲淡泊，即是真正的得道者。否则，即使身入佛门，着了袈裟，也还有"解吟僧亦俗，爱舞鹤终卑"¹¹的时候。在司空图看来，这些"僧""鹤"其所以免不了"俗"与"卑"，就是因为还在执着于"我念"，因此意识中也就免不了还有"名欲虚荣心"及"情感意念"的存在，正是缘于此，诗人才一再说只愿意"自作深林不语僧"¹²，而他对于这个世界已经彻底灰心失望也由此可见。

---

1 《乱后三首》其三，《全唐诗》，卷六三二，第 7255 页。

2 《证因亭》，《全唐诗》，卷六三三，第 7263 页。

3 《忆中条》，《全唐诗》，卷六三三，第 7265 页。

4 《光启丁未别山》，《全唐诗》，卷六三三，第 7267 页。

5 《狂题十八首》其六，《全唐诗》，卷六三四，第 7273 页。

6 《漫书》，《全唐诗》，卷六三四，第 7281 页。

7 《偈》，《全唐诗》，卷六三三，第 7259 页。

8 《杂题九首》其二，《全唐诗》，卷六三二，第 7257 页。

9 《偶书五首》其一，《全唐诗》，卷六三三，第 7296 页。

10 《柏东》，《全唐诗》，卷六三四，第 7278 页。

11 《僧舍贻友》，《全唐诗》，卷六三二，第 7244 页。

12 《偈》，《全唐诗》，卷六三三，第 7259 页。

郑谷也是从官场抽身退隐者。与司空图相比,他在科举仕进道路上要艰难曲折得多。他出身寒素,缺乏外援,故经过16年的考试,方得一第。及第后又经过7年之久,才始得授一县尉之职,不久又兼摄京兆府参军。后迁右拾遗。拾遗系谏官,但处于时危世乱之际,哪里还能够讲真话?在《投时相十韵》诗中,郑谷感叹道:"何以保孤危,操修自不知。众中常杜口,梦里亦吟诗。失计辞山早,非才得仕迟。薄冰安可履,暗室岂能欺。勤苦流萤信,吁嗟宿燕知。残钟残漏晓,落叶落花时。故旧寒门少,文章外族衰。此生多轗轲,半世足漂离。省署随清品,渔舟爽素期。恋恩休未遂,双鬓渐成丝。"[1]他那种在朝中如临深渊、如履薄冰的孤危之势由此亦可窥见。"众中常杜口,梦里亦吟诗"就是他当时的处世策略。但这毕竟不是办法,于是他便想到了退隐,在《秘阁伴直》诗中,他写道:

> 秘阁锁书深,墙南列晚岑。
>
> 吏人同野鹿,庭木似山林。
>
> 浅井寒芜入,回廊叠藓侵。
>
> 闲看薛稷鹤,共起五湖心。[2]

在这里,诗人说自己生活寒素,心情闲淡,如同野鹿,而官衙萧瑟荒凉,人声稀少,也如同山林一般岑寂。看来,郑谷为回避朝廷矛盾斗争起见,确实打算收敛起锋芒,过一种淡泊萧条的"吏隐"生活了此平生算了。但是,此时唐王朝已濒临崩溃绝境,在宦官、强藩的逼迫下,当时皇帝经常被迫离开京城避难。郑谷也曾多次跟随皇帝出逃,他亲眼目睹了朝纲混乱、

---

1 《全唐诗》,卷六七四,第7723页。

2 《全唐诗》,卷六七四,第7707页。

兵荒马乱、狼烟四起的动乱场面，对唐王朝的前途越来越灰心失望，为保持情志、避祸全身起见，当时已担任都官郎中的郑谷，毅然辞官，退隐家乡仰山书堂。由此可见，在诗人并不太长的仕宦生涯中，更多的只是一种无可奈何的悲凉，由于他深深感到世事空幻，人生虚无，也由于他希望在这动乱之世自静其心，自净其性，因着他家乡江西宜春境内洪州禅与仰山法门都特别兴盛的缘故，郑谷对佛门有着极为虔诚的倾心向往。后人常说郑都官诗好言僧字，他自己也说"诗无僧字格还卑"[1]，可见他与佛门因缘之深切也绝不亚于司空图。

郑谷在隐居生活中，与僧人来往最多，在《郊园》诗中，他写道："相近复相寻，山僧与水禽。烟蓑春钓静，雪屋夜棋深。雅道谁开口，时风未醒心。溪光何以报，只有醉和吟。"[2]可见在"雅道谁开口，时风未醒心"的无可奈何情况下，他将自己的情志消磨在山色溪光之中，终日以吟诗与饮酒为事。幸好时时有山僧与他论道，有水鸟与他相亲。披上蓑衣去春江垂钓，或者与人对弈一两盘棋，倒也不失清闲之乐。这看上去似乎很安详，其实他内心始终还是不免有苦衷的，在《深居》诗中，他说："吾道有谁同，深居自固穷。殷勤谢绿树，朝夕惠清风。书满闲窗下，琴横野艇中。年来头更白，雅称钓鱼翁。"[3]这就明白地道出其所以要退避家山隐栖，就是因为"道"之不行，因此只能是"固穷"全节于深居算了。而此处所言之"道"，当指儒道无疑。既然"儒道"难行，诗人当然就只能转而深服"释道"了，何况他早年就在家乡接受过较多的佛门禅风之影响呢？今仅从《宿澄泉兰若》《西蜀净众寺松溪八韵兼寄小笔崔处士》《重阳日访元秀上人》《寄怀元秀上人》《喜秀上人相访》《赠圆昉公》《忍公小轩二首》《舟次通泉精舍》《题兴善寺

---

1 《自贻》，《全唐诗》，卷六七六，第 7747 页。

2 《全唐诗》，卷六七四，第 7721 页。

3 《全唐诗》，卷六七四，第 7721 页。

寂上人院》等诗题中，亦可看出佛禅在郑谷的隐居生活中所占成分之大。在这些诗中，诗人表示了自己对佛门的深相服膺、对禅风的深深浸染与耽于禅趣之中的无穷喜悦。像"树凉巢鹤健，岩响语僧闲"[1]"澄分僧影瘦，光彻客心清"[2]"却嫌今日登山俗，且共高僧对榻眠"[3]"一脉清泠何所之，萦莎漱藓入僧池"[4]"琴有涧风声转淡，诗无僧字格还卑"[5]"云集寒庵宿，猿先晓磬啼"[6]"罢讲蛩离砌，思山叶满廊"[7]等都是他自己十分爱赏，后人也据此了解其情趣的诗句。由此我们也可以看出郑谷这一类诗人的审美投射、审美习惯、审美移情之所在。总之，一切都是从幽寂净静的情性出发，由此情怀包容，由此情味含茹，再由此情怀孕育出特定的诗境来。至于这些隐逸诗中的景与事，起初只是精神转移，后来就成了精神契合，再后来就成了精神象征。于是，既是象征，也是寄托与显示，而这一切，又是以佛教美学为标准做参照的。

第三类诗人则以李频、郑谷等人最具有代表性，其所以将郑谷也放在这一类诗人中，是因为他在正式抽身引退之前，就已经度过了相当长的"吏隐"生活，并且他的"吏隐"方式在晚唐这一类诗人中也很有典型意义。

据《唐才子传·卷七》介绍，李频"少秀悟，长，庐西山。多记览，于诗特工，与同里方干为师友"。李频与方干虽为同乡兼师友，但却比方干幸运多了。首先，由于他诗才特出，因此为姚合所赏识器重，不但大加奖挹，而且"爱其标格，即以女妻之"。其次，李频虽然也曾经有过举场失意

---

1 《舟次通泉精舍》，《全唐诗》，卷六七四，第 7719 页。

2 《西蜀净众寺松溪八韵兼寄小笔崔处士》，《全唐诗》，卷六七五，第 7724 页。

3 《重阳日访元秀上人》，《全唐诗》，卷六七五，第 7739 页。

4 《石门山泉》，《全唐诗》，卷六七六，第 7743 页。

5 《自贻》，《全唐诗》，卷六七六，第 7747 页。

6 《宿澄泉兰若》，《全唐诗》，卷六七六，第 7757 页。

7 《题兴善寺寂上人院》，《全唐诗》，卷六七四，第 7718 页。

的经历，但毕竟还是正当盛年就得中进士（从其《及第后归》诗中"况此年犹少，酬知足自强"句可知及第时年纪尚轻），旋又"调校书郎，为南陵主簿。试判入等，迁武功令"。也就是说，进入官场之后，他的仕途还是比较通达的。由于他能够勤政爱民，颇有声誉，懿宗又擢之以侍御史。由于当时政治形势十分紧张，李频为人又性格刚直耿介，他曾因打压豪强，得罪了不少人。如果继续强项极争，不但于朝廷大局无补，还很可能为奸邪所害。于是，他选择了外放州官这条路。这正是避开激烈的政治斗争中心、保全自我的一种明智之举。何况在地方官任上，由于自主权力相对要大一些，还能够或多或少地为百姓们办一点实事呢。在李频一再上表请求之下，朝廷将他放为建州刺史。在建州任上，他"布条教，以礼治下，时盗所在冲突，惟建赖频以安"，果然为老百姓做了不少好事。也许是过于辛劳的缘故，李频最终卒于任上。当归葬家乡时，"父老相与扶柩哀悼，葬永乐州，为立庙于梨山，岁时祭祠"[1]。由此可知，这位爱护百姓的官员最终也赢得了百姓的爱戴。

在众多的晚唐诗人中，李频确实不愧为一位有理想有抱负、品性刚直而且颇能实干的贤才，在封建时代也算得一位忠于职守、善待百姓的循吏。但他面对朝纲混乱的无情现实，却只能感到无能为力的愧疚与悲愤。在《黄雀行》诗中，他写道："欲窃高仓集御河，翩翩疑渡畏秋波。朱宫晚树侵莺语，画阁香帘夺燕窠。疏影暗栖寒露重，空城饥噪暮烟多。谁令不解高飞去，破宅荒庭有网罗。"[2]其忧谗畏讥、惧祸避害的心理由此可知。但他还是愿意尽自己所能为百姓做点事，于是他采取了求外放的策略，在地方官任上，以"折狱也曾为俗吏，劝农元本是耕人。知将何事酬公道，只养生灵似养身"[3]的方式尽职尽责，从而尽可能地将济民与独善兼顾起来。早在《留题姚氏山

---

1 《唐才子传校正》，卷七，第 228 页。

2 《全唐诗》，卷五八七，第 6809 页。

3 《五月一日蒙替本官不得随例入阙，感怀献送相公》，《全唐诗》，卷五八七，第 6808 页。

斋》诗中，他就很欣赏岳父姚合那种"未厌栖林趣，犹怀济世才。闲眠知道在，高步会时来"[1]的济世与栖林两不误的处世态度，及待自己为官以后，也经常仿效岳父，过着"虽将身佐幕，出入似闲居。草色长相待，山情信不疏。灯前春睡足，酒后夜寒余。笔砚时时近，终非署簿书"[2]的生活。这首诗，无论是从萧疏闲淡的环境气氛之渲染，还是从虽居官职但却似隐逸的萧散情调之抒发来看，都与姚合的代表作《武功县中作三十首》颇有相似之处。尽管此时的李频未必真有这样清闲散淡，但是如同姚合一样，他也有通过这种闲散甚至近乎懒散的为官态度来表示自己淡泊名利、不乐驰竞纷争之人生情趣的意图在内。

在晚年所作的《书怀》一首中，李频所写就是自己的真实状况了，诗云："宦途从不问，身事觉无差。华发初生女，沧洲未有家。却闲思洞穴，终老旷桑麻。别访栖禅侣，相期语劫沙。"[3]在这里，已经不是官况萧条，而是官意萧索了。诗人不但无意于宦途，而且也无意于红尘俗世。他一心向往的就是洞穴、桑麻，其所以没有抛却华簪归隐田园山林，乃是因为女儿年纪尚小，还未婚嫁，有此责任，才不得不继续留在任上。但是，身在官场的诗人，心却早已皈依于佛门了，一句"别访栖禅侣，相期语劫沙"告诉我们的就是诗人思想旨趣、精神归宿之所在。

的确，在李频的集中，有大量的慕禅栖禅之作，如《友人话别》云："除却栖禅客，谁非南陌人。半生都返性，终老拟安贫。愿入白云社，高眠自致身。"[4]《鄂州头陀寺上方》云："感时叹物寻僧话，惟向禅心得寂寥。"[5]

---

1 《全唐诗》，卷五八九，第 6840 页。

2 《春日鄜州赠裴居言》，《全唐诗》，卷五八八，第 6822 页。

3 《全唐诗》，卷五八八，第 6824 页。

4 《全唐诗》，卷五八八，第 6823 页。

5 《全唐诗》，卷五八七，第 6807 页。

《暮秋重过山僧院》云："安禅逢小暑，抱疾入高秋。静室闻玄理，深山可白头。"[1]《深秋过源宗上人房》（房一作方丈）云："度讲多来雁，经禅少候虫。方从听话后，不省在愁中。"[2]《秋宿慈恩寺遂上人院》（一作《送宋震先辈赴青州》）云："帝里求名老，空门见性难。吾师无一事，不似在长安。"[3]《暮秋宿清源上人院》云："证道方离法，安禅不住空。迷途将觉路，语默见西东。"[4]《赠立规上人》云："去云离坐石，斜月到禅身。"[5]《题栖云寺立上人院》云："是法从生有，修持历劫尘。独居岩下室，长似定中身。树老风终夜，山寒雪见春。不知诸祖后，传印是何人。"[6]可以看出他禅学修养之精深。

在《山居》诗中，李频在对禅栖与隐逸生活表示极大爱赏的同时，也道出了自己心中的隐衷，他说："欲出穷吾道，东西自未能。卷书唯对鹤，开画独留僧。落叶和云扫，秋山共月登。何年石上水，夜夜滴高层。"[7]由此看来，他的隐逸，说到底还是一种未遂其志的不得已之转移。其所以在隐逸生活中离不开佛门与僧人，一方面是净性，另一方面也是静心。尽管那生活十分单调，陪伴诗人的，除了鹤，就是僧，但就在这种"何年石上水，夜夜滴高层"的枯寂之中，诗人毕竟保持了自己如云似月般的淡泊萧散之清净心性，尽量洗刷了来自官场红尘的种种世俗污染。那"落叶和云扫，秋山共月登"的意象，不正是诗人清高之人格与闲淡之性情的外化象征吗？

与李频一样，郑谷也写了许多表现吏隐生活的诗。如赞赏他人"吏隐"

---

1 《全唐诗》，卷五八八，第 6834 页。

2 《全唐诗》，卷五八八，第 6830 页。

3 《全唐诗》，卷五八八，第 6830 页。

4 《全唐诗》，卷五八九，第 6844 页。

5 《全唐诗》，卷五八九，第 6844 页。

6 《全唐诗》，卷五八九，第 6835 页。

7 《全唐诗》，卷五八八，第 6823 页。

的《赠富平李宰》云："夫君清且贫，琴鹤最相亲。简肃诸曹事，安闲一境人。"[1]《浔阳姚宰厅作》云："县幽公事稀，庭草是山薇。足得招棋侣，何妨著道衣。野泉当案落，汀鹭入衙飞。寺去东林近，多应隔宿归。"[2]《献制诰杨舍人》云："随行已有朱衣吏，伴直多招紫阁僧。窗下调琴鸣远水，帘前睡鹤背秋灯。"[3]《寄左省张起居》云："居僻贫无虑，名高退更坚。渔舟思静泛，僧榻寄闲眠。"[4]诗中反复出现的意象乃是白鹤、野泉、汀鹭、庭草、佛寺、道衣，来往的人物也多是高僧与棋客，而调琴、下棋、参禅、拜佛、垂钓甚至闲眠，就是吏隐者们最乐于做的事。这一切都体现出一种隐逸者所特有的情怀，表现出一种超凡脱俗的恬淡、静雅气质，而作者对他们的衷心倾服也由此可见。

当然，郑谷写得最多的乃是他自己那种清高脱俗的吏隐生活，如《省中偶作》诗云："三转郎曹自勉旃，莎阶吟步想前贤。未如何逊无佳句，若比冯唐是壮年。捧制名题黄纸尾，约僧心在白云边。乳毛松雪春来好，直夜清闲且学禅。"[5]看来诗人对自己为官的职责与职务都没有不满意之处，然而一种知足保和的心态背后却是"约僧心在白云边"，也就是说其志与其意都已经完全不在仕宦进取了，在这"乳毛松雪春来好"的气候怡和的春夜里，他没有去想今年农事的丰收是不是有望了，百姓的日子能不能得到一些改善，而只感到"直夜清闲且学禅"，也就是说趁着这清静悠闲的好夜晚参一参禅吧。这哪里还像在省中值夜的政府官员呢？分明是一种山林野寺中高栖隐士或者修行僧人的心思了，郑谷对官场的失望也由此可以见出。

---

1 《全唐诗》，卷六七四，第 7714 页。

2 《全唐诗》，卷六七四，第 7719 页。

3 《全唐诗》，卷六七六，第 7745 页。

4 《全唐诗》，卷六七四，第 7710 页。

5 《全唐诗》，卷六七六，第 7749 页。

在另一首《朝直》诗中，诗人说得更加明白：

> 朝直叨居省阁间，由来疏退校安闲。
> 落花夜静宫中漏，微雨春寒廊下班。
> 自扣玄门齐宠辱，从他荣路用机关。
> 孤峰未得深归去，名画偏求水墨山。[1]

在静静的值夜里，他反思自己的官况，认为眼前这份安闲正是因为疏退带来的。郑谷当时任职都官郎中，掌官府奴婢及部曲客女之政，确实是一份清简无事的闲差。这种职位在官场中常被称作"冷曹孤宦"，是既无权无势，也没有什么油水可捞的。很多耐不得寂寞、耐不得清贫的官场中人都会巴结讨好上司，通过夤缘活动调迁到一个有实职肥差的位置上去，但是郑谷却庆幸自己能享有这份清闲，因为他"自扣玄门齐宠辱，从他荣路用机关"，早已不把得失是非放在心上了，更何况官职的升降、待遇的肥瘠呢？诗人其所以能不汲汲于职位，始终保持一种宠辱不惊的平和心态，乃是因"扣玄门"所带来的啊。在这里，"扣玄门"就是依止佛门，而郑谷确实是一位颇能领会佛法要旨、深得佛家养身养心之道者。

其他如《南宫寓直》诗云："寓直事非轻，宦孤忧且荣。制承黄纸重，词见紫垣清。晓霁庭松色，风和禁漏声。僧携新茗伴，吏扫落花迎。锁印诗心动，垂帘睡思生。"[2]《所知从事近藩偶有怀寄》诗云："官舍种莎僧对榻，生涯如在旧山贫。酒醒草檄闻残漏，花落移厨送晚春。水墨画松清睡眼，云霞仙氅挂吟身。霜台伏首思归切，莫把渔竿逐逸人。"[3]《乖慵》诗云："乖慵居

---

1 《全唐诗》，卷六七六，第 7752 页。
2 《全唐诗》，卷六七六，第 7758 页。
3 《全唐诗》，卷六七六，第 7745 页。

竹里，凉冷卧池东。一霎芰荷雨，几回帘幕风。远僧来扣寂，小吏笑书空。衰鬓霜供白，愁颜酒借红。扇轻摇鹭羽，屏古画渔翁。自得无端趣，琴棋舫子中。"[1]这些诗都是在抒写这种吏隐的心态与情趣。后两首是写官舍生活的，除了抚琴、垂钓、观画、听雨、饮酒、品茗、种草、赏竹之外，就是与僧人的往还。可以看出，在这种清冷萧条的吏隐生活中，诗人得到了无穷的乐趣，正是缘于此，他才反反复复、不厌其烦地一写再写，津津乐道、乐此不疲的。

值得注意的是，郑谷在这些吏隐诗中，还一再将自己比作僧人，如"推琴当酒度春阴，不解谋生只解吟。舞蝶歌莺莫相试，老郎心是老僧心"[2]，"闲披短褐杖山藤，头不是僧心是僧。坐睡觉来清夜半，芭蕉影动道场灯"[3]。看来在这种动乱衰微的没落之世里，文人们的志向改变了，心态改变了，人生观价值观也随之全都改变了。司空图说："后生乞汝残风月，自作深林不语僧"[4]，郑谷更是在今生今世就想做一僧人了。当然他也明白，只要心性如同出家人一般清寂静净，止水无波就行，并不必在于形式上的出家不出家。只要将出家在家从心性上根本打通，那在莺歌燕舞的红尘世界里当"老郎"（指郎中一职）与在荒寂无人的深山古寺中做"老僧"也完全是一回事。因此，他虽在朝为官，却常身披短褐，手持藤杖，一副山中隐士打扮，除了弹琴、饮酒之外，就是终日吟咏不辍。

在《静吟》诗中，他写自己："骚雅荒凉我未安，月和余雪夜吟寒。相门相客应相笑，得句胜于得好官。"[5]把得一高妙诗句看得比升官晋爵得一好职

1 《全唐诗》，卷六七六，第 7758 页。

2 《春阴》，《全唐诗》，卷六七五，第 7735 页。

3 《短褐》，《全唐诗》，卷六七七，第 7761 页。

4 《偈》，《全唐诗》，卷六三三，第 7259 页。

5 《全唐诗》，卷六七六，第 7751 页。

位还重要，其价值观与俗世官场中人的迥然不同亦由此可见。在《自遣》诗中更可看出他这位仕宦者的淡泊心态。诗云：

> 强健宦途何足谓，入微章句更难论。
> 谁知野性真天性，不扣权门扣道门。
> 窥砚晚莺临砌树，进阶春笋隔篱根。
> 朝回何处消长日，紫阁峰南有旧村。[1]

在这里，仕宦趋朝竟然成了他的"余事"，对朝政的关心甚至还比不上对"窥砚晚莺临砌树，进阶春笋隔篱根"衙斋小景的关注，从朝廷回来后，一心想去的地方就是"紫阁峰南"的"旧村"，这里的"旧村"，也许是他经常去的地方，也许是与他家乡风光颇有些相似的一座村庄，总之，"旧村"就是郑谷最为向往之处。正是怀着这种心情，加上对唐王朝前途越来越失望，诗人最终还是选择了完全归隐的方式，他彻底告别了官场，回到家乡宜春仰山书堂当隐士去了。在那里，他仍旧终日吟诗不绝，以参禅论道、栖止佛门为要。所谓"好句未停无暇日，旧山归老有东林"[2]，在这种"不扣权门扣道门"[3]的清静生活中，他得以更好地保持自己的"野性"，回归自己的"天性"，为自己的灵魂在这动乱不已的衰微末世中寻得了一份安息止泊之处。

由此看来，上述三类晚唐士人选择了隐逸这种存在方式，他们最大的损失在理想的失落与幻灭，最大的收益在身心的自由与安全、安定的获得。但是，如果没有佛教，他们的心理实际上是很难以平衡的。从平定性海波涛来

1　《全唐诗》，卷六七六，第 7747 页。

2　《寄题诗僧秀公》，《全唐诗》，卷六七六，第 7754 页。

3　《自遣》，《全唐诗》，卷六七六，第 7747 页。

看，山水隐逸生活中所日日呼吸的清气，逐渐冲洗了红尘俗世中的浊气，而栖止佛门带来的超尘逸俗之清虚静默之气，更使他们含茹养习成一种恬淡平和心态，情感淡却，心境更悠然、更明净。并且，离开了世尘社会，离开了科场与官场的名利争竞，使他们更趋向于审美人生，但他们审美的视点已不在社会，而在自然，或者说在心境更为恰切。这是因为他们对自然物象自然景观的选择，也往往是从主观意识出发的，他们的眼光，确切而言是心境，只限定在山松、溪竹、烟霞、涧石、清泉、白鹤、汀鹭、庭草、山溪、野水、荒庭、古寺、禅房、远钟、幽磬之上，他们与道家不同，不求与大自然的融合，而只求泯灭情感欲念，回归本然清寂之性。因此，尽管他们也写自然山水，但其意已经并不在自然山水本身，这是他们与魏晋六朝人及宋元明清人最不相同的。魏晋六朝人隐逸山水林泉，其态度更多的是放旷，唐以后的隐逸则各有不同，晚唐人的隐逸大多是泯灭，宋人以隐逸来固穷，元人不遇就狂荡，明清则更多是追求一份自适。这与他们各自不同的人生信念都是极有关系的。

第四章

精神的皈依——佛教与晚唐禅悦诗

止观双修说践行

去妄归真说认识

寂灭为乐说解脱

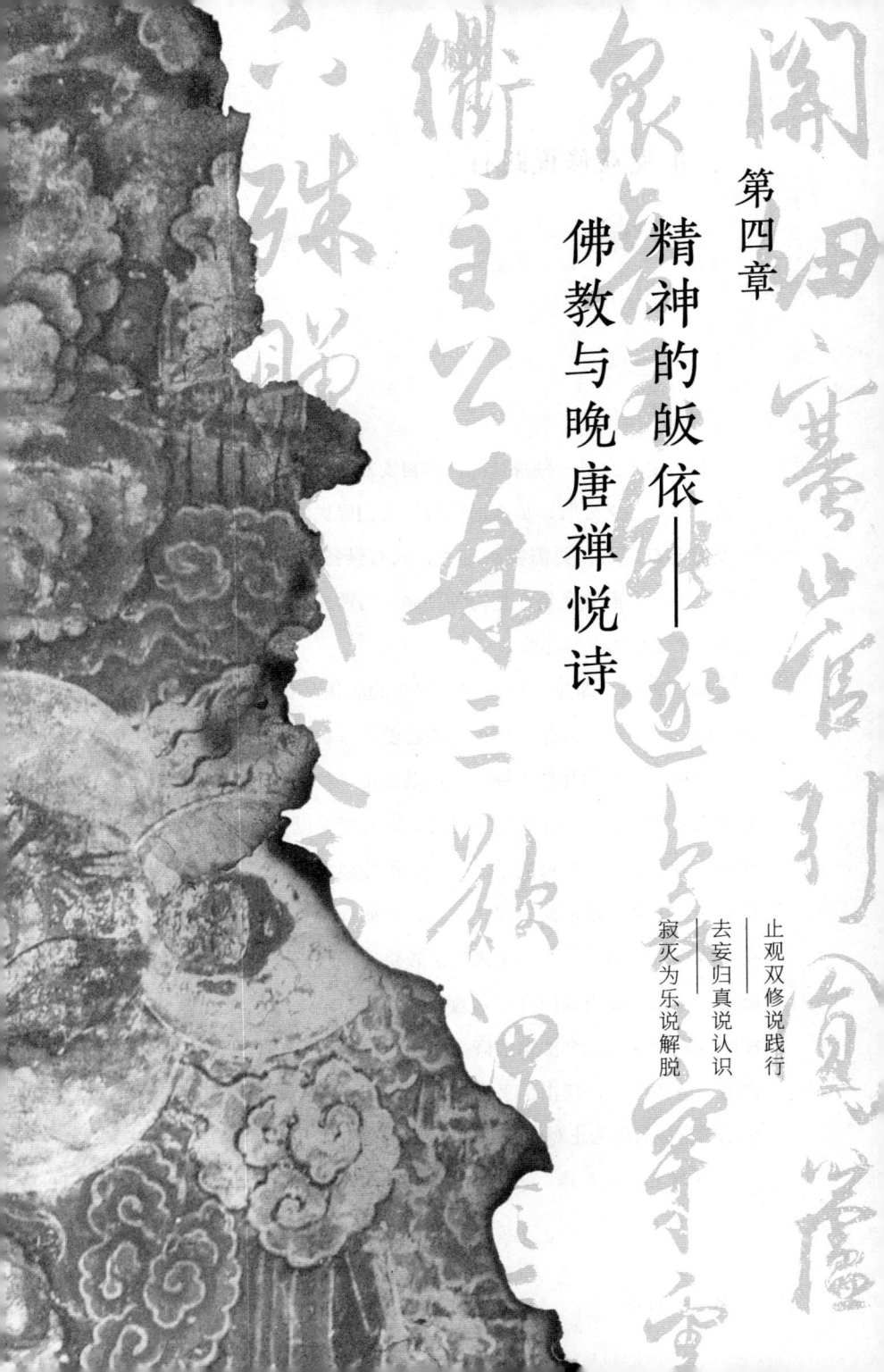

一、止观双修说践行

如果说隐逸是一种身处乱世的自安方式，山水田园给诗人们提供了一个可以安身安心之处所，那么禅悦给诗人们提供的就是自定方式。因为"定"不仅需要有定所，更需要有定力，只有具备了一定的定力，才能做到"八风"吹不动，面对世俗红尘的种种逼迫与诱惑，都能如如不动，始终保持着清净无染无着的本然心性。

所谓禅悦，即是一种对佛理禅意的感悟与体验。此悦并非为世俗所言之一般喜悦之情，而是一种彻悟的感受，一种体证到佛慧之后的解脱，一种觉悟到禅理之后的释然。禅悦也可以说是一种宗教体验，当诗人以诗歌这种方式来表达对于这种体验的感受时，既可能是以直接宣说哲理或者抒发感慨议论的方式表达，也可能是以一种禅悟妙趣形式表现，还可以是以一种生动具体的意象或意境形式显现，总之，正如禅本身一样，是灵活多样、随处即在、不拘一格的。因为禅悦来自宗教修持践履，因此不少禅悦诗中的内容也就往往包括了皈依佛门者对宗教修持实践的记述与对佛法义理觉证的表现。按照佛教的说法，全部佛法修持包括戒、定、慧三学。其中戒指持戒，定指禅定，慧指智慧，特指合乎佛教真理的正确认识。晚唐禅悦诗中，戒、定、慧三学常被表现为止观双修的宗教修持形式，下面试做论述。

所谓"止观双修"，原为佛教天台宗所提出，乃是佛教修习的一种法门。它与禅宗"定慧并重""定慧不二"的含义也大致相同。所谓"止"，即相当于"定"，是使所观察的对象"住心于内"，不分散注意力；所谓"观"，即相当于"慧"，是在"止"的基础上，集中观察和思维预定的对象，得出佛教的观点、智慧或功德。换言之，"止"是指远离虚妄，止绝邪恶不净不善之念，使心安止安定于一境；"观"则既是观心之境，也是观物之境，缘于"三界唯心""万法唯识"理论，究其实质，观物也即是观心。"止观双修"，即是通过"止"与"观"的具体实践，从而体认佛理，把握佛法真精神，获得佛教慧解。佛教特别重视"止观"法门，天台宗大师智顗就曾对止观法门做过认真细致的辨析，他说：

若夫泥洹之法，入乃多途，论其急要，不出止观二法。所以然者，止乃伏结之初门，观是断惑之正要；止则爱养心识之善资，观则策发神解之妙术；止是禅定之胜因，观是智慧之由藉。若人成就定慧二法，斯乃自利利人，法皆具足。……当知此之二法，如车之双轮，鸟之两翼，若偏修习，即堕邪倒。[1]

由此可见，止观乃是断除一切烦恼，远离颠倒虚妄，成就定慧二法，获得根本解脱的重要法门。其所以要"止"，乃是为了"伏结"，亦即平息烦恼，安定心神；其所以要"观"，乃是为了"断惑"，亦即断除世俗之执虚为实的颠倒妄念，建立佛教菩提般若之正观。"止"是"初门"，是前提；"观"是"正要"，是根本目的。"止"是一种"善资"，一种修持、修养；"观"是一种"妙术"，它能"策发神解"，也就是能够发现本心，体证妙法，得到佛教慧解。"止"是一种"禅定"功夫，一种宗教践履；"观"是一

---

1 《修习止观坐禅法要》，高楠顺次郎、渡边海旭等编：《大正新修大藏经》（简称《大正藏》），日本大正一切经刊行会1924—1934年陆续出版，昭和五十四年（1979）再版，第46卷，第462页。

种通向智慧发现的"由藉",也就是必由之路。止与观虽有角度之不同,但却并非是两回事,二者之间是互融互摄、不可分离的。在佛教止观理论中,有所谓"三止观"之说,一则渐次止观,二则不定止观,三则圆顿止观。而以圆顿止观为最成熟的法门。智颛在《摩诃止观》卷一上中说:

> 圆顿者,初缘实相,造境即中,无不真实。系缘法界,一念法界,一色一香,无非中道。己界及佛界、众生界亦然。阴入皆如,无苦可舍;无明尘劳,即是菩提,无集可断;边邪皆中正,无道可修;生死即涅槃,无灭可证。无苦无集,故无世间;无道无灭,故无出世间。纯一实相,实相外更无别法。法性寂然名止,寂而常照名观。虽言初后,无二无别,是名圆顿止观。[1]

在这里,他指出,圆顿止观的对象,就是诸法实相,其特点乃是"造境即中,无不真实"。因此,法界中的"一色一香,无非中道",亦即无非佛法,无非真实。观此"一色一香"之"中道",即可证悟佛法,了知佛理。由此即可断灭世俗社会中的一切"无明尘劳",回归湛然清寂之本性,即可获得解脱,证入涅槃之境界。所谓"法性寂然名止,寂而常照名观",即是说因止而观,故得真观;因观而止,止乃得定。而一旦得此定力,即可具备八风不动的功夫,从而面对种种来自红尘俗世的逼迫与诱惑,精神上皆如如不动,法性寂然清净无染无着也。

就晚唐栖禅诗人而言,他们要想不为红尘欲念所迷惑,不为世俗杂务所缠扰,不受贫贱饥寒、功名利禄所威逼利诱,就必须有一个能吸引其精神所在的"定处",从而使自己倾注于"此处"而戒断于对"彼处"的贪欲与思念。在晚唐人的诗集中,我们可以看到,诗人们往往不但将自己的思维觉

---

1 《大正藏》第 46 卷,第 1 页下至第 2 页上。

知止泊在佛教这个精神王国，而且多注目于山野林泉中的种种凄清幽寂之物象，从而消除烦恼、获得精神解脱。概言之，山水自然不仅成了诗人们止泊意念之处，也成了诗人们观照外境与内心的"历缘"与"对境"之对象。

如温庭筠的《题僧泰恭院二首》其二云：

> 微生竟劳止，晤言犹是非。
>
> 出门还有泪，看竹暂忘机。
>
> 爽气三秋近，浮生一笑稀。
>
> 故山松菊在，终欲掩荆扉。[1]

诗人写自己带着俗世尘劳烦恼来到禅林寺院，一走进佛门，那满心的悲辛戚苦便得到了暂时的平息。在这里，止的是心，观的是竹，竹之清虚高洁，使诗人体证到自己性本清寂无染，便自觉心境朗然，如三秋之清爽。于是对于浮世红尘中的种种凡俗杂念，皆一笑了之。在这里，"一笑稀"的"稀"字，有稀释、化解之意。当诗人的烦恼痛苦通过刚才一番止观双修的化解之后，再面对红尘俗世，他显得很淡然了，于是，"故山松菊在，终欲掩荆扉"，他坚定了隐逸的信念，决计回归故园，深掩荆扉，寄情松菊以终天年了。在另一首《宿云际寺》诗中，温庭筠写道：

> 白盖微云一径深，东峰弟子远相寻。
>
> 苍苔路熟僧归寺，红叶声干鹿在林。
>
> 高阁清香生静境，夜堂疏磬发禅心。

---

1 《全唐诗》，卷五八二，第 6742 页。

自从紫桂岩前别，不见南能直至今。[1]

诗人以东峰弟子自称，说自己沿着窄窄的山路，穿过白云，不辞辛劳地来寻访禅林。而触目所见，过耳所闻，皆一派清幽之静境也。"苍苔""红叶"是"色"，为"眼识"所缘；"清香"是"香"，为"鼻识"所缘；"疏磬"是"声"，为"耳识"所缘；这一切，皆足以淡泊诗人之情怀，清空诗人之尘虑，是诗人所深深向往的归依止泊之处。就在这种止观的同时，诗人这位东峰弟子的禅心终于豁然洞开了，他回归到了本然清寂静净的心性。在这里，"发"有"发露""显露""发现"之意，其所以说"发禅心"，乃是说明此心并非向外界寻求所得，而是诗人内心的一种自我发现、一种内在的自我觉悟。就在聆听幽磬，嗅闻妙香的止观之际，他的禅心蓦然敞露了，所有的尘劳虚妄之俗念俗事，一时皆纷纷释然卸却，所谓"浮生一笑稀"是也。值得注意的是，诗人在"高阁清香生静境，夜堂疏磬发禅心"一联中，将"静境"与"禅心"并举，这说明他的确是一位很懂得禅门止观要义的得法弟子，因为唯其面对清寂"静境"，心乃得止，唯其心志止泊，才得以产生禅观，进而发露禅心，生出慧解，断除烦恼疑惑也。

又如杜荀鹤的《送僧赴黄山沐汤泉兼参禅宗长老》一诗云：

闻有汤泉独去寻，一瓶一钵一无金。
不愁乱世兵相害，却喜寒山路入深。
野老祷神鸦噪庙，猎人冲雪鹿惊林。
患身是幻逢禅主，水洗皮肤语洗心。[2]

---

1 《全唐诗》，卷五八二，第 6749 页。

2 《全唐诗》，卷六九二，第 7960 页。

诗中所写，就是参禅的过程。诗人一方面对禅僧携瓶带钵去寻找汤泉表示羡慕，另一方面又表示只要能够入得寒山参究真禅，哪怕身处动乱之世，刀兵相害，也无所畏惧了。这正是因为精神有了止泊之处，故能守心住缘，离于散动，见危不乱，寂然为定。所谓"水洗皮肤语洗心"，也是一种语默寂然、即止即观的静心方式。诗人即是通过这种"法性寂然名止，寂而常照名观"的止观双修，悟得了"患身是幻"的佛法至理。据《维摩诘所说经·方便品第二》云："是身如聚沫，不可撮摩；是身如泡，不得久立。是身如焰，从渴爱生。是身如芭蕉，中无有坚。是身如幻，从颠倒起，是身如梦，为虚妄见。是身如影，从业缘现。是身如响，属诸因缘。是身如浮云，须臾变灭。是身如电，念念不住。是身无主，为如地。是身无我，为如火。是身无寿，为如风。是身无人，为如水。是身不实，四大为家。是身为空，离我我所。是身无知，如草木瓦砾。是身无作，风力所转。是身不净，秽恶充满。是身为虚伪，虽假以澡浴衣食，必归磨灭。是身为灾，百一病恼。是身如丘井，为老所逼。是身无定，为要当死。是身如毒蛇，如怨贼，如空聚，阴界诸入所共合成。"[1]也就是说，正因为众生的肉身乃是承诸烦恼痛苦、种种污秽不净的载体，所以根本不值得留恋，而其所以不恋肉身，乃是为了当乐佛身。因为只有佛身，才是法身，此法身即是清净无染的佛性的载体。按照《维摩诘所说经》的说法，此法身即是"从无量功德智慧生，从戒、定、慧、解脱、解脱知见生；从慈、悲、喜、舍生，从布施、持戒、忍辱、柔和、勤行、精进、禅定、解脱、三昧、多闻、智慧诸波罗蜜生"[2]，一旦具备了此种法身佛性，即具备了深心力、增上深心力、方便力、智力、

---

1 《释氏十三经》，第 133 页。

2 《释氏十三经》，第 133 页。

愿力、行力、乘力、神变力、菩提力、转法轮力等"十力"与能持无所畏、知根无所畏、决疑无所畏、答报无所畏等"四无畏"这样无比强大的精神力量，有此力量，不要说"鸦噪庙""鹿惊林"之类的现象，就是刀兵现前、烈焰焚身也不能带来半点伤害了。因此，"患身是幻逢禅主，水洗皮肤语洗心"两句即揭示了此诗止观并修，双遣双非的宗教主题。

张祜的《题润州金山寺》也是一首写止观双修践行的禅悦之作，诗云：

> 一宿金山寺，超然离世群。
>
> 僧归夜船月，龙出晓堂云。
>
> 树色中流见，钟声两岸闻。
>
> 翻思在朝市，终日醉醺醺。[1]

诗人为何一宿金山寺这座名山古刹，便立即"超然离世群"了呢？正是佛门清净之地给予了他以一种强大的定力，使其心猿顿息、意欲止泊，由宁静而淡泊，由淡泊而超然，于是，他便远远地脱离了世俗红尘的种种杂扰纷乱，进入了一个悠然超越的境界。接下来，"僧归夜船月，龙出晓堂云。树色中流见，钟声两岸闻"四句，便是止而后观。前两句写近景，后两句写远景，皆能以外在之景境照内在之心性，又以内在之心性而观外在之景境，在心与境之回环往复的交融互动中，进入一种极清妙超逸的禅悦境界。其中，"龙出晓堂云"的"龙"，有两种说法，一说指寺前水中的毒龙。据《涅槃经》所载，曾有一毒龙潜身水潭，性极暴躁，屡屡出来伤害人，后为高僧佛法所制服。一说指天上角、亢、氐、房、尾、心、箕七种星宿的总称。结合全诗意境来看，恐以后者为是。因为诗人正是以这种远近结合的观照方式，

---

1 《全唐诗》，卷五一〇，第5818页。

将自己寂然清净的心性，投射到外界各种景观之上。在诗人朗然澄澈的心性中，无论是幽深的月夜里乘船归来的僧人，还是高峻的寺塔上穿云而出的星辰，抑或是江中约隐约现的树色，以及古寺中传来的阵阵悠远钟声，一切都是那样的空灵寂静、那样的明澈悠远。

"在这种空灵静寂的状态中，人与自然、历史与现实完全浑融一片。此时此刻，什么物我的差异、荣辱的分际都顿时销匿得无影无踪了。有了这种类似禅宗才特有的心灵的虚明澄静的喜悦和解脱之感，诗人自然要对追名逐利的世俗生活发出'翻思在朝市，终日醉醺醺'的由衷慨叹了。"[1]关于这首诗的最后两句，向来颇遭贬损，如杨慎在《升庵诗话》中就曾经认为此诗虽然不错，但"终日醉醺醺"句却近似于张打油、胡钉铰之类，其实这正是由于不懂得诗人在这里所表示的乃是其对佛理禅意的会心理解所致。从止观双修之佛法实践过程来看，此诗前二句写心性的止泊，中间四句写心性止泊之后的观照，最后两句则归结到观所得之智慧。而这种在"止"的基础上，集中观察和思维预定的对象，从而得出佛教的观点或智慧的方式，即是"寂而常照""照而常寂"的止观双修法门。

在晚唐禅悦诗中表现止观双修践行的还有刘沧的《游上方石窟寺》《与重幽上人话旧》、方干的《赠玛瑙山禅者》（一作《赠玛瑙禅师归京》）、李频的《鄂州头陀寺上方》、张乔的《东湖赠僧子兰》（一作《题兰上人》）、翁承赞的《题景祥院》、韩偓的《永明禅师房》、皮日休的《初冬章上人院》、张蠙的《宿开照寺光泽上人院》、周繇的《登甘露寺》等。在这些诗中，诗人面对着"宝香炉上爇，金磬佛前敲""蔓草棱山径，晴云拂树

---

1 王洪、方广锠等编：《中国禅诗鉴赏辞典》，中国人民大学出版社1992年版，第379页。

梢"[1] "飞泉溅禅石,瓶注亦生苔"[2] "静案贝多纸,闲炉波律烟"[3] "钟定遥闻水,楼高别见星"[4] "竹色覆禅栖,幽禽绕院啼"[5] "长天月影高窗过,疏树寒鸦半夜啼。池水竭来龙已去,老松枯处鹤犹栖"[6] "松声寒后远,潭色雨余新"[7] "一声疏磬过寒水,半壁危楼隐白云"[8]等清幽寂静的景色,心境遂如同止水般地平静,并逐渐进入物我两忘、湛然常寂的境界,或离言得道,或语默寂然,无不在心灵深处领悟着佛法那不可思议的微妙至理,从而心神旷逸,心性显豁,得着一份湛然宁静的愉悦与轻松。就在这些"尘劳如醉梦,对此暂能醒"[9] "感时叹物寻僧话,惟向禅心得寂寥"[10] "岂住空空里,空空亦是尘"[11] "证道方离法,安禅不住空"[12]的对于佛教智慧的理解之中,诗人们回归到了本来清寂静净无染无着无待无求的心性,从而在这万方多难、变幻莫测的动乱时代里,如同出家人一样,实现了"荣枯虽在目,名利不关身"[13]的精神解脱。

以上所列举的乃是大部分晚唐禅悦诗中诗人们"历缘"与"对境"的情况,但也有少数与之有异的"证道"现象,即修持者所止观的境象并非清

1 韩偓:《永明禅师房》,《韩偓诗集笺注》,第 205 页。

2 方干:《题雪窦禅师壁》(一作《赠雪窦峰禅师》),《全唐诗》,卷六四九,第 7456 页。

3 皮日休:《初冬章上人院》,《全唐诗》,卷六一二,第 7060 页。

4 张蠙:《宿开照寺光泽上人院》,《全唐诗》,卷七〇二,第 8073 页。

5 张乔:《赠初上人》,《全唐诗》,卷六三八,第 7314 页。

6 刘沧:《题古寺》,《全唐诗》,卷五八六,第 6802 页。

7 李咸用:《赠山僧》,《全唐诗》,卷六四五,第 7392 页。

8 刘沧:《游上方石窟寺》,《全唐诗》,卷五八六,第 6792 页。

9 方干:《赠玛瑙山禅者》(一作《赠玛瑙禅师归京》),《全唐诗》,卷六四九,第 7453 页。

10 李频:《鄂州头陀寺上方》,《全唐诗》,卷五八七,第 6807 页。

11 李咸用:《赠山僧》,《全唐诗》,卷六四五,第 7392 页。

12 李频:《暮秋宿清源上人院》,《全唐诗》,卷五八九,第 6844 页。

13 李咸用:《赠山僧》,《全唐诗》,卷六四五,第 7392 页。

寂静净，而是尘嚣繁杂，一片纷扰，面对如此尘嚣之境，修持者同样体悟到了佛法禅意。其所以如此，乃是因为修持法门有所不同，因为所谓止观双修的宗教实践，说到底还是为了使修习者的心性觉悟，佛教证道虽然号称有八万四千法门，但最终目的都是教人如何从尘世的烦恼痛苦中解脱出来，只是方法有所不同而已。以禅宗而论，自其东土初祖菩提达摩开始，就提倡从"理"和"行"两方面切入，其中"理"指性理，"行"指修行，即一方面重视悟理，另一方面重视践行，理与行同时进行，各不偏废。因此"理入""行入"并重也与天台宗的止观双修颇为相同，也可以说是止观双修的另一种说法。发展到二祖慧可时，便提出理事兼融之说。至六祖慧能，更明确提出定慧不二，实际上也就确立了理事圆融的发展方向。慧能以后的南岳怀让与青原行思两大系，都越来越明确地将通过"理"来体察"事"与通过"事"来证悟"理"作为见性成佛、涅槃解脱的修持宗旨，以至禅宗五大宗派中的最后一家五代法眼宗创始人清凉文益在其《宗门十规论》中总结此前临济、沩仰、曹洞、云门四大家修持法门时说："大凡祖佛之宗，具理具事，事依理立，理假事明，理事相资，还同自足。若有事而无理，则滞泥不通；若有理而无事，则汗漫无归。欲其不二，贵在圆融。具如曹洞家风，则有偏有正，有明有暗；临济有主有宾，有体有用。然建化之不类，且血脉而相通。"[1]由此可见，"理事圆融"这一本来为华严宗所特别重视的修持法门也成了禅宗各宗派都十分强调的宗教践行。大致说来，属于南岳一系的临济宗与沩仰宗两家基本上是遵循"触类是道"的修持路数，而属于青原一系的曹洞宗、云门宗与法眼宗三家则基本上遵循"即事而真"的修持路数。

所谓"触类是道"，本由怀让大弟子马祖道一提出，他说："森罗万象，一法之所印。凡所见色，皆是见心。心不自心，因色故有。汝但随时言说，

---

1 《续藏经》，第1辑，第2编，第15套，第5册，第440页。

即事即理，都无所碍。菩提道果，亦复如是。"[1]也就是说，众生从"理"亦即"道"的角度去把握世间万事万物，则知万事万物皆是"道""理"的显现。换言之，修持者从理出发，以理为根据去见事，则所见者无不是理，无不是道。天地宇宙之间，森罗万象，皆是性空佛法的真如显现。道一的法孙黄檗希运说得更明白："凡人多谓境碍心，谓事碍理，常欲逃境以安心，屏事以存理。不知乃是心碍境，理碍事。但令心空境自空，但令理寂事自寂，勿倒用心也。"[2]这就对一般的止观双修法门有所突破了，也就是说不仅只是从清寂静净的景观事物上可以体察到佛法妙理，而是在所有的外境上都能够体察证悟到佛法至理。故不可逃境亦即回避外界各种事物，但以空观照境，则万事万物皆是空理的显现，皆能悟得空理也。因着这种"触类是道"理论，因此晚唐人的禅悦之作中就既有静净之境，也有喧嚣之境，这一方面证明了天下万事万物无不是道的变现，另一方面也是缘于佛教"烦恼即菩提"、淤泥中生莲花的理论，因此悟道也不应回避喧嚣尘杂之境。

比如在韩偓的禅悦诗中，表达从理入事、触类是道思想的有《息虑》、《地炉》、《寄禅师》（从无入有云峰聚）等。《息虑》诗云："息虑狎群鸥，行藏合自由。春寒宜酒病，夜雨入乡愁。道向危时见，官因乱世休。外人相待浅，独说济川舟。"[3]正因为"道向危时见"，所以即使在乱世也能"行藏合自由"。此自由者，乃是心性的自由。身处乱世而生命朝夕难保的诗人，只有以一颗空寂的心、无分别无计较的心，去对待外界的一切，才能不为外在事物所羁绊、所奴役。在这里，不被羁绊奴役的乃是主体的心性，而不是他的肉身。苏轼说"心似已灰之木，身如不系之舟"[4]，所表达的即是一种

---

1 《江西道一禅师》，《景德传灯录》，卷六，《大正藏》，第51卷，第246页上。

2 《黄檗禅师传心法要》，《大正藏》，第51卷，第272页中、下。

3 《韩偓诗集笺注》，第79页。

4 《自题金山画像》，《苏轼诗集合注》，第2475页。

将属于精神的心性与属于物质的肉身截然分开之后的感受。作为朝中大臣，韩偓也好，苏轼也好，都无法掌握自己的命运，存也好，亡也好，升也好，贬也好，去也好，留也好，都已经由不得他们自己做主，故曰"身如不系之舟"。但是，他们那精湛高深的佛学修养却完全能够把握住自己内在的心性。心性不动，如已灰之木，没有任何动摇变化，便是"行藏合自由"了，亦即行也好，藏也好，来去都无不自由自在。有此心性，便不再拘泥于形迹，在朝为官吏，与在野为逸民、在寺为僧人，都只是一回事。在《地炉》诗中，韩偓写道：

> 两星残火地炉畔，梦断背灯重拥衾。
> 侧听空堂闻静响，似敲疏磬袅清音。
> 风灯有影随笼转，腊雪无声逐夜深。
> 禅客钓翁徒自好，那知此际湛然心。[1]

诗人在深夜里独守地炉，面对着炉中两三点火星，静静地体悟佛法。与前几首不同，此诗中所显现的景观境象，皆为清寂幽静一类。其中"风灯有影随笼转，腊雪无声逐夜深"两句尤为深得禅门要旨，前句云影，似有而实无；后句云声，似无但却实有。影随笼转，笼并未曾有转，转亦何尝是转；声逐夜深，夜却无所谓深，深夜之后又将是天明。故知外在的声也好，影也好，无非都是心中的幻觉，进而推之，万象皆是虚幻，但心性湛然，便转亦是不转，不转亦是转，幻亦是不幻，不幻亦是幻，又何必一定要隐逸到山中去做一个禅客钓翁呢？所谓"禅客钓翁徒自好，那知此际湛然心"，即是表明自己此时心性已经湛然无染，故眼之所见，耳之所闻，身之所触，在在处处，无不

---

1 《韩偓诗集笺注》，第 202 页。

具有禅机，无不可以证道，而一旦掌握了如此由空性、空理、空观出发的"触类是道"禅法，也大可不必非要去清寂幽静的处所参禅悟道不可了。

韩偓还有一首《寄禅师》诗也是面对世间电光石火现象证悟佛道的作品，诗云：

> 从无入有云峰聚，已有还无电火销。
> 销聚本来皆是幻，世间闲口漫嚣嚣。[1]

可以说，这一类诗，与司空图《偶诗五首》其五"中宵茶鼎沸时惊，正是寒窗竹雪明。甘得寂寥能到老，一生心地亦应平"[2]一样，都是表现自己已经回归了清寂不动的心性，因此能够面对聚销无时、有无瞬刻万变的嚣嚣外境而如如不动的禅悦精神状态。但是，就大多数晚唐诗人而言，他们很少具备这种对境而心不乱的禅学功夫，因此，其禅悦诗中还是以写清寂静净之境为多，比如刘得仁《宿僧院》《晚游慈恩寺》，李群玉《文殊院避暑》，张乔《闻仰山禅师往曹溪因赠》、陆龟蒙《奉和袭美开元寺客省早景即事次韵》、《同袭美游北禅院》（院即故司勋陆郎中旧宅），周繇《题东林寺虎掊泉》《甘露寺东轩》，李山甫《题慈云寺僧院》，李咸用《游寺》，方干《称心寺中岛》，杜荀鹤《题觉禅和》等都是表现"即事而真"禅法之作。所谓"即事而真"，如前所述，本是禅门青原一系所遵循的修持路数，由青原行思门下的石头希迁提出。所谓"事"，即是指世间形形色色的万事万物，"真"则是指佛教义理中的最高真如本体，亦即本然清净的涅槃佛性，它相当于"触类是道"中的"道"。佛教认为，性虽然是空的，但却假借万事万

---

1 《韩偓诗集笺注》，第229页。
2 《全唐诗》，卷六三四，第7275页。

物而显现；万事万物虽然各各具有不同的事象，却体现了同一的性空之理。因此，要体悟佛法的性、理、空，也可以从对个别事象的观照入手。石头希迁的"即事而真"说就是要求学禅者在修持时从个别事象上受到触发、启示，从而体悟到佛理，了见真如本性。因此，"即事而真"的"事"，便常常是一种契机、一种媒介，"即"则表示这种开悟是在当下完成的，它是一种"现量"，不劳事前事后的拟议，当下即得。根据禅宗典籍记载，不少禅师都是通过某一件事或者某种场境的触发而开悟的。而根据格式塔心理学派的"异质同构说"，自然界中某些事物本身的结构形式与人们的知觉结构颇有相类似之处，存在着一种"异质同构"的关系，因此当人们看到某一事物时，就很可能触发起相应的情思。正是缘于此，早在东晋时期，佛法大师僧肇就在《不真空论》中说："不动真际，为诸法立处，非离真而立处，立处即真也。然则道远乎哉？触事而真。圣远乎哉？体之即神。"[1]认为"道"亦即"理"与"事"不相离，故触事即能显现真理。慧能以后的青原一系禅师正是根据僧肇的思想，进一步发挥出"即事而真"之修持法门的。据禅宗典籍《景德传灯录》卷五《永嘉玄觉》云："三乘悟理，理无不穷。穷理在事，了事即理。故次第八，明事理不二，即事而真，用祛倒见也。"[2]即认为理事原本不二，只要从眼前的事象切入，即可参悟佛道。

当诗人刘得仁在静静的夜晚来到慈恩寺时，他写下了《晚游慈恩寺》一首记录自己的心迹道：

　　　　寺去幽居近，每来因采薇。

　　　　伴僧行不困，临水语忘归。

---

1 《大正藏》，第 45 卷，第 153 页上。
2 《大正藏》，第 51 卷，第 241 页下。

磬动青林晚，人惊白鹭飞。

堪嗟浮俗事，皆与道相违。[1]

在这里，"磬动青林晚，人惊白鹭飞"的音声境象触动了他的心思，这是多么静寂而又幽微的境界啊！在这宁静的夜晚，却有着悠远的钟磬之声在深密的树林里久久回荡，那本来亭亭而立的白鹭，见有人来，便会翩翩地惊飞而起，这一切，都是天地宇宙机趣盎然、无比清妙的显现啊！面对着这些，怎能不令人色身俱泯、物我两忘，进入一个怡然自寂又圆满自足的清净意境？这就是道吗？当诗人走进这清寂静净的空境之时，佛法的性空之道——这宇宙的真相也在他心中豁然显现了。他感到自己的心性此刻正与清朗静寂的真如本体有着无比密切的契合，于是，一句"堪嗟浮俗事，皆与道相违"脱口而出。啊，那些浮世人生中种种追名逐利的纷繁杂扰之事，无论荣辱得失，其实都是虚幻不实的，都只是一种颠倒虚妄，只有此时山中这种清寂之境象，才是与"道"不相违背的，亦即是"道"这种真际、真如最亲切的呈现。

在另一首《宿僧院》诗中，刘得仁写道：

禅寂无尘地，焚香话所归。

树摇幽鸟梦，萤入定僧衣。

破月斜天半，高河下露微。

翻令嫌白日，动即与心违。[2]

---

1 《全唐诗》，卷五四四，第 6281 页。

2 《全唐诗》，卷五四四，第 6281 页。

在僧院这样清寂幽静之处所，诗人与他的禅友们点燃一支支香火，虔诚膜拜佛祖，共同探究佛法，表达自己皈依佛门的心愿。此时，极目所见的乃是一种"树摇幽鸟梦，萤入定僧衣。破月斜天半，高河下露微"无比幽冷清静的景色。一切都是那样的安宁，那样的静谧，连鸟儿的幽梦也被诗人所觉察，连萤火飞入修习禅定的僧人的衣服也被诗人所窥见。远处的天空上，残月高挂，一派冷辉；银河在秋夜里流泻，降落下一颗颗细小稀微的露珠。静啊，静得不能再静。就在这无比寂静的境象面前，诗人感到了心性的湛然澄净。换言之，当外在寂静的物境与内在的寂然的心境蓦然契合之时，一种对佛法真如之道的感悟顿时朗然呈现了。诗人感到了无比的愉悦，他静静地领受着这一份心灵的愉悦，也就是领受着无上的菩提般若之法喜，感到极为舒心适意。这就是证道，就是"即事而真"，当诗人获致了这种对真如理体的感悟之后，更加坚定了自己的宗教信仰。他说"翻令嫌白日，动即与心违"，在这里，"白日"代表尘世浮华，象征争名夺利的熙熙攘攘。人们在白日里为追逐外物、攀缘外境而奔走辛劳，身心疲惫而迷失自我，因此白天的"我"乃是为外物所牵扯、所系累、所染污的"妄我"；只有在静静的夜晚，人们才能从追逐外境的辛劳中摆脱出来，平和安宁地享受着本然清净的生命，回归到无系缚、无牵累、无染着的"真我"。而"真我"的回归，也就是心性的回归，此刻，心再不会为肉身所需要的种种物质所驱使所奴役了，心得到了解放，人也得到了解脱。而心的回归，心的寂静，也就是对佛道真如本体的契证。正因为如此，诗人刘得仁愿意永远保持着一种如同山寺秋夜般宁静的寂然心境，而不愿再走进滚滚红尘之中，去从事那些违背自己本然清净之心的俗务了。

如同刘得仁一样，通过清寂静净境象获得对佛法禅理之感悟的诗人还有方干、张乔、陆龟蒙、李山甫、李咸用、周繇等，我们试读一下这些诗句：

"日上罘罳叠影红，一声清梵万缘空。"[1]"清尊林下看香印，远岫窗中挂钵囊。"[2]"红叶去寒树，碧峰来晓窗。烟霞生净土，苔藓上高幢。"[3]"异花天上堕，灵草雪中春。"[4]"水木深不极，似将星汉连。中州唯此地，上界别无天。雪折停猿树，花藏浴鹤泉。"[5]读过这些诗句，我们将会对晚唐诗中所传达出的那份清寂静默之物境与心境有更多的感受，会理解诗人们为什么一再说："转令栖遁者，真境逾难抛"[6]"是处堪闲坐，与僧行止同"[7]。因为他们所向往的，乃是一种清净幽寂、灵妙澄澈的所在，这样的环境，就是动乱世界中的人间净土，它足以休歇诗人们疲惫不堪的身心，抚慰与安定诗人们惊恐不已的灵魂。正如李群玉在《文殊院避暑》诗中所说的："赤日黄埃满世间，松声入耳即心闲。愿寻五百仙人去，一世清凉住雪山。"[8]只有佛门寺院的清凉世界，才能栖止诗人们的心神，安定诗人们的心志，使他们在清寂之境中返回清寂之性。而从宗教修持的实践来看，清寂之境与清寂之性二者之间又存在着一种转依互动的关系，因为清寂之性，说到底是一种空寂之性，它清空的乃是人生的种种烦恼痛苦与不自由，寂灭乃是对世俗贪、嗔、痴三毒执迷不悟的妄念。而无论是"即事而真"的以清境见空性也好，还是"触类是道"的以空性而得空境也好，都是一种止观双修、定慧并举的设施，一方面是境对性潜移默化的浸染，另一方面是性对境透辟入里的体察观照，在

---

1 陆龟蒙：《奉和袭美开元寺客省早景即事次韵》，《全唐诗》，卷六二四，第 7175 页。

2 陆龟蒙：《同袭美游北禅院》（院即故司勋陆郎中旧宅），《全唐诗》，卷六二五，第 7181 页。

3 李山甫：《题慈云寺僧院》，《全唐诗》，卷六四三，第 7372 页。

4 张乔：《闻仰山禅师往曹溪因赠》，《全唐诗》，卷六三八，第 7312 页。

5 方干：《称心寺中岛》，《全唐诗》，卷六四九，第 7455 页。

6 周繇：《题东林寺虎掊泉》，《全唐诗》，卷六三五，第 7291 页。

7 李咸用：《游寺》，《全唐诗》，卷六四五，第 7389 页。

8 《全唐诗》，卷五七〇，第 6616 页。

长期的交流互注中反复投射与反映，诗人的世界观与人生观也就无疑得到了极大改造甚至重塑。当然，这一切在诗歌创作中都是以宗教愉悦与审美愉悦同时进行的形式出现的，正如刘得仁的"树摇幽鸟梦，萤入定僧衣"[1]一样，既表现了幽深静寂的胜境与法性，也表达了因境、行、果之间的互动转依所带来的一种心灵中禅悦法喜的只可意会不可言说之殊胜感受。当我们读完这一份份晚唐诗人依止佛门之宗教实践中心迹转化的真实记录，可以看出，这种禅修与禅悦境、行、果之间的转依互动，对他们身处惊扰不安的动乱尘世而自定其身心确实带来了一定的帮助。

---

1 《宿僧院》，《全唐诗》，卷五四四，第 6281 页。

二、去妄归真说认识

　　如果说，止观双修一节偏重于对禅定与禅观的分析，那么这一节就着重于对空理之认识的论述。止观双修，说到底，是一种宗教实践，即使是"观"，也还是处于"由藉"的阶段，是一种渐悟而非从根本上的彻悟，而空理是从根本上解决认识问题。修持者其所以要以空观观物，乃是因为万物的本性即是空，也就是说事物的性空决定了众生的空观。性空，就是世间万物的本性即是空，换言之，空，既是天地宇宙一切事物的普遍存在状态，也可以说世间万事万物所共同具有的最基本原理，从这个意义上来说，空即是理，空即是道，修持者把握、契证了佛教空理，就是认识了事物存在的普遍规律，就是了知了世间诸法的真实本质亦即诸法实相。而了知世间事物的真实相状即实相，乃是解脱成佛的至关重要之处，佛之所以为佛，即是因为能从整体上根本上以空观观物；众生之所以为众生，就是因为将性空之物认为是实在之物，进而由于执迷不悟而追空逐空攀缘空幻不实之物而失去本心本性，失去自我。对于众生起心动念时那种时时产生的"我"之意念，佛教认为那只是为世俗虚妄所染污的"我"，而非本然清寂静净之"我"。为世俗尘劳所染污所遮蔽的"我"乃是"妄我"，本然清寂静净之"我"才是"真我"。佛教对众生的终极关怀就是要使其从"妄我"中脱拔出来而回归到"真我"，因此去妄归真既是一种修习过程，也是一种从本体论上给予的终极关怀。

去妄归真是从认识上解决根本问题。佛教的立足点是人，它充满了对人的存在的关注，它所有的一切理论与修持，都是指向为人解脱烦恼痛苦这一根本目的，而烦恼痛苦，说到底是人的一种心灵感受、一种心理感知，因此，佛教的解脱，一般来说，不是物质意义上的解决问题，而是主体通过主观认识与精神状态的改变，从而达到心灵深处的抚慰和平衡，使烦恼与痛苦的感受不再纠缠逼迫于心，让心灵处于一种平和宁静乃至愉悦从容的状态。由此可见，佛教这种对人生问题的根本解决，是着重在通过认识的改变而化解矛盾的。而这种认识，与止观双修从实践论方面入手的功夫不同，它主要是本体论上的功夫，亦即从本质本性上来全面认识世界，整体把握世界，从而以一种超越的态度面对人生现实，面对种种纷繁复杂的人生矛盾。由于它是从认识论而不是从实践论出发，因此其重点不在空观，而是在空理。换言之，它的侧重点不是如何观照体察事物，而是探究事物普遍处在一种怎样的存在状态之中，这种状态最根本最真实的性质是什么。而了解了事物的性质，也就了解了事物的价值与意义，从而对自己的"心"面对"物"（事物）时应采取何种态度与行动，有一种清醒、明确而不是迷茫、错误的认识。质言之，这种清醒、明确的认识就是真，而迷茫、错误的认识就是妄，去妄归真即是要求修持主体树立一种符合佛法的正见、正思维，从根本上把握佛教的绝对真理。

事物的本性是什么？事物普遍处在一种怎样的存在状态之中？佛教首先是从事物的缘起亦即形成方面来进行考察的。缘起说是佛教理论的基石，佛教认为，世间万事万物，都是由于因缘和合而形成，即依待一定的原因与条件而产生，由于构成事物的原因与条件时时都正在或者有可能发生变动，因此任何事物的存在都处于无恒常不稳定的状态之中，其性质时时都在发生变化。可以说，事物从根本上来看，都是处在一种无常、无住、无我的状态中。所谓"此有故彼有，此生故彼生，此无故彼无，此灭故彼灭"[1]。佛教最早期的原始经典《杂阿含经》中这则偈语便表明了世间一切事物存在的最普遍规律，即一方面事物在空间上的存在是不稳定的，另一方面事物在时间上的存在也是随时都在发生生灭变异的。这种事物在空间上的不稳定与在时间上的随时变化，决定了事物性质的非实有不恒在，这种非实有不恒在的性质用佛教的语言表达就是"空""性空"，因此，佛教的"空"理，就不是说事物不存在，而是说事物不实在。质言之，世间一切事物的非实有不恒在，就是世界最真实的相状，亦即"实相""实际"，这种诸法（法在这里有事物的意思，诸法即世间一切事物）的实相，有时又被称作"真如""真际"。

如前所述，佛教认为人生烦恼痛苦的根源乃是众生的"无明"即一种错误的认识。无明即是愚痴，即是虚妄，其所以是错误的，就在于它对世间事物的根本性质具有一种颠倒的、相反的认识与把握。世间一切事物明明是"空"的，是无法把握的，但众生却以为是实在实有的，于是起心动念，作为造业劳心竭力去追求，其结果当然只能如猴子捞月、竹篮打水一样，所得无非是空。由此出发，要断除"无明"妄念，寂灭烦恼痛苦的根源，就要将世间一切事物都视为"空"，从而一方面不再为"空"所迷惑，为追求"空"而劳心竭力，另一方面当得不到某些事物或者失去了某些事物时也不必烦恼痛苦，使自己的心灵饱受种种煎熬折磨。

佛教这种视外界一切事物为"空"的理论正是备受人生"八苦"尤其是"求不得苦"与"五蕴盛苦"煎熬折磨的晚唐读书士子们所十分需要的。如晚唐诗人卢延让曾应举十余次不第，饱受名场折磨之苦，在《赠僧》一首中，他说：

---

1 《杂阿含经》卷十二，《大正藏》，第 2 卷，第 79 页上。

浮世浮华一断空，偶抛烦恼到莲宫。

高僧解语牙无水，老鹤能飞骨有风。

野色吟余生竹外，山阴坐久入池中。

禅师莫问求名苦，滋味过于食蓼虫。[1]

在这里，诗人所感叹的乃是浮世人生的真相不过是一场虚空，而世俗所崇尚的富贵荣华也不过是空幻虚妄而已。为了追求这些虚幻不实的东西，诗人长年饱受"滋味过于食蓼虫"的人生痛苦，真是何苦如此呢？卢延让家境极其贫寒，常常承担不起在应举过程中的旅差资粮等开销费用，在长安待试的日子里常过着食不果腹、衣不暖身的困窘生活，落魄饥寒，受尽了店家的挪揄嘲笑。由于苦日暮之供，他不得不常常寄宿僧舍。在那清贫寂寞的寒夜里，面对着的只是残败荒凉之境。这在当时也是滞居京城长安应试举子中的一种比较普遍的现象。比如姚鹄在京城应举不第时写下的《书情献知己》诗中，即有"赁居将罄比，乞食与僧同"[2]的愁叹。曹邺写有《城南野居寄知己》诗，可知他的居处也在荒郊，境况十分偏僻冷落。曹邺那首《下第寄知己》诗中的"归来通济里，开户山鼠出"[3]也可以作为卢延让诗的佐证。这些贫寒的举子们，不但要解决自己的食宿问题，而且随身带着的僮仆的衣食以及日常脂烛、薪炭等项费用都是不得不耗费的开支，更何况"长安米贵，居大不易"！这是实实在在困扰着当时这批滞居长安的寒门举子的问题。唐代举子在正式进入考场参考以前要向京城大臣进献行卷，其制卷材料分为纸卷和帛卷两种，而以纸卷较为流行，帛卷则多为官僚富家子弟所用。在京城的举子们往往多次赘其文于公卿之门，这种反复行卷所需要用以购置纸墨笔砚

1 《全唐诗》，卷七一五，第8212页。

2 《全唐诗》，卷五五三，第6406页。

3 《全唐诗》，卷五九二，第6868页。

的费用也自当不少，对于那些屡试不中而久困场屋的人来说更是一笔沉重的负担。卢延让本人就曾因"贫无卷轴"，乃至无遑执谒权贵，穷愁潦倒而一筹莫展。

明乎此，诗人那种对求名之苦"滋味过于食蓼虫"的感受就不难理解了。而这种苦苦追求的结果又是什么呢？在诗中，他指出，所谓"浮世浮华"，都不过是一场空幻。也就是说，即使追求到了，也是靠不住的，也不可能永恒长久。"已知世路皆虚幻，不觉空门是寂寥"[1]，这几乎是这些晚唐诗人的共同认识。薛逢在他们中间算是比较得意的，但他也不免常有"年光与物随流水，世事如花落晓风。名利到身无了日，不知今古旋成空"[2]的悲叹。《大佛顶如来密因修证了义诸菩萨万行首楞严经》卷四云："世为迁流，界为方位。"[3]世界万事万物就存在于这种时间之流中，如同花开花落一样时时刻刻处在生灭变化的新陈代谢之中，因此万物都是变动不居的，都由一定的原因和条件的集合而生起，缘集则生，缘散则灭，它本身无实体可言，因此即使劳心竭力获得了"名利"又能如何呢？所谓"名利到身无了日，不知今古旋成空"，任何事物在时间之流中都不过是一场"空"，这就是佛教认识论中的世界真相，也即是"诸法实相"。从上述诗中可以看出，晚唐人觉悟到这一诸法实相之后，都难免不彻底看透功名事业，心寒齿冷到了极点。

薛逢在《君不见》诗中写道：

> 君不见，马侍中，气吞河朔称英雄。
>
> 君不见，韦太尉，二十年前镇蜀地。
>
> 一朝冥漠归下泉，功业声名两憔悴。

---

1 张乔：《赠头陀僧》，《全唐诗》，卷六三九，第7330页。

2 薛逢：《六街尘》，《全唐诗》，卷五四八，第6327页。

3 《大正藏》，第19卷，第122页下。

奉诚园里蒿棘生，长兴街南沙路平。

当时带砺在何处，今日子孙无地耕。

或闻羁旅甘常调，簿尉文参各天表。

清明纵便天使来，一把纸钱风树杪。

碑文半缺碑堂摧，祁连冢象狐兔开。

野花似雪落何处，棠梨树下香风来。

马侍中，韦太尉，盛去衰来片时事。

人生倏忽一梦中，何必深深固权位！[1]

  马侍中与韦太尉不都是建立了赫赫勋业的时代强者吗？一个气吞河
朔，一个镇据要地，都曾经那样不可一世。然而，曾几何时，荣华富贵转瞬
即逝，只落得"功业声名两憔悴"。而"奉诚园里蒿棘生，长兴街南沙路
平"，破败荒凉，寥落虚无，千秋万古都只是一个"空"字，这"空"字，
便是世间一切事物的真相，那些荣华富贵、风流享乐，不过都是一场虚妄
啊！而世人往往被这些虚妄所蒙蔽，一辈子起心动念、辛苦辗转，就是为了
得到这些虚妄，又有谁能看得到这虚妄背后的真实？在诗的末尾，诗人感
叹道："马侍中，韦太尉，盛去衰来片时事。人生倏忽一梦中，何必深深固
权位！"人生倏忽如梦，权位亦如梦，兴盛亦如梦，都不过是梦幻而已。
正如《金刚经》所言："一切有为法，如梦幻泡影，如露复如电，应作如是
观。"[2]如梦，如幻，如泡，如影，如露，电，这就是佛教揭示世间万物诸
法实相的"六如"之说，一切佛教般若要义都被形象地概括在这"六如"之
中，如梦，梦不是没有，但它的实质只是一场虚幻；如幻，幻不是没有，但

---

1 《全唐诗》，卷五四八，第 6322 页。

2 《释氏十三经》，第 12 页。

它只是人的一种虚幻的感觉；如泡，泡也曾经存在，但转瞬之间即破灭了；如影，影却不能离开身体，离开身体就无所谓影；如露，露珠微小，一遇风吹日照，很快就干了；如电，电过长空，顷刻之间即不再见。也就是说，世间的权位、兴盛虽然也曾存在过，但却没有一件是能够长久的，而人的寿命短暂，又何必以有涯而逐无涯呢？那些企图以有限的生命去牢牢巩固其"权位"者，不是太可笑了吗？一句"何必"，即彻底否定了世俗社会对于功名事业、富贵荣华的追求，从而告诫人们不要再执虚为实，为名为利去付出一生的代价。

如果说，《君不见》诗主要是教人们看透功名事业之实相的话，那么，薛逢的另一首《醉春风》诗则是针对世人贪恋美色歌舞这一现象有感而发的，如前所述，晚唐时代，社会上对世俗享乐较初、盛、中唐时代更加讲究，仆马豪华、宴游歌舞，那些奢门富家几乎忘记了身处何世。所谓"商女不知亡国恨，隔江犹唱后庭花"[1]正是当时市井社会风气的真实写照。针对这些人疯狂的享乐行为，诗人写道：

> 去年春似今年春，依旧野花愁杀人。
>
> 犍为县里古城上，开是好花飞是尘。
>
> 戏蝶狂蜂相往返，一枝花上声千万。
>
> 时节先从暖处开，北枝未发南枝晚。
>
> 江城太守须鬓苍，忽然置酒开华堂。
>
> 歌儿舞女亦随后，暂醉始知天地长。
>
> 顷年曾作东周掾，同舍寻春屡开宴。
>
> 斗门亭上柳如丝，洛水桥边月如练。

---

1 杜牧：《泊秦淮》，《杜牧集》，第81页。

洛阳风俗不禁街，骑马夜归香满怀。

坐客争吟云碧句，美人醉赠珊瑚钗。

日往月来何草草，今年又校三年老。

槽中骏马不能骑，惆怅落花开满道。

为报时人知不知，看花对酒定无疑。

君看野外孤坟下，石羊石马是谁家？[1]

可以看出，这首诗正是以极为繁华兴盛的歌舞欢乐场面来表现佛教性空之义理的。佛教认为，众生要从对虚妄的执着迷恋中解脱出来，就必须正确地认识和对待外部世界。世界万物都具有现象与本体两个层次，众生其所以会迷妄颠倒，乃是因为只见其现象层面而未及其本体层面。佛教常用"性"与"相"来分别表述现象与本体。"性"，指事物的本性、本质、本体，"相"，则是指呈现于众生感官面前的经验事象、种种形相。当然，"相"有时也并不一定指现象，而是有状态的意思，比如所谓"诸法空相""诸法实相"，前者指万物空无自性这种存在状态，后者指一切事物真实的、常住不变的本性，与本体同义。如何正确认识事物的现象与本体两方面呢？按照东晋时著名佛教学者僧肇《不真空论》的说法，即是事物其所以本性是"空"的，乃是因为它的"不真"。僧肇一方面从事物的现象方面进行分析，认定世间一切事物"假号不真"，另一方面又从事物的本质方面进行论析，认定世间诸法的自性为"空"，这样，统合"不真"与"空"两方面遂为"不真空"，也就是说，事物的现象和本质乃是不真空。为什么说事物的现象是不真呢？首先是因为"假号不真"。"假号"即假名。"假"，有虚假、假借、暂且权宜的意思。佛教常用假名指称客观上没有实在的东西，但又暂且施设

---

1 《全唐诗》，卷五四八，第 6320 页。

一个名目来表示存在这样的事物，事物本身只是因缘和合，并无实在性的暂时存在，因此有关它的名称、概念都是不实在的，所以也就是一种假名。正如《放光般若经》卷十八云："佛告须菩提，名字者不真，假号为名，假号为五阴，假名为人，为男，为女。"[1]由此僧肇指出："以夫物物于物，则所物而可物；以物物非物，故虽物而非物。是以物不即名而就实，名不即物而履真。夫以名求物，物无当名之实。以物求名，名无得物之功。物无当名之实，非物也；名无得物之功，非名也。是以名不当实，实不当名，名实无当，万物安在？"[2]僧肇在这里的意思是，用物的名义去强加于物，则被定名的，都可以称为物；用物的名去加之于非物，则非物虽被加以物名，但实际上却并不是物。由此可见，物并非因具有物的名义就具有符合物的实在，同样，名也并非因为其加之于物就成为真名。如此则名实既不相当，哪里又还有什么真实的万物存在呢？换言之，万物哪里还有什么真实性可言呢？

僧肇还进一步从"万象不能自异"的论点入手论证了事物的本体与现象之间的关系，他说："万象虽殊，而不能自异。不能自异，故知象非真象；象非真象，故则虽象而非象。"[3]也就是说，世间万象，虽然在相状上有形形色色的差别，但由于它们本身都是无自性的、性空的，因此从本体上来看，事物之间并没有彼此的分别。由此可知，象只是从假相方面看是有，因此只是一种假象，而不是一种真象，这种虽象而非象的相，亦即是一种幻象。于是僧肇得出结论说："故《中观》云：物无彼此，而人以此为此，以彼为彼。彼亦以此为彼，以彼为此，此彼莫定乎一名，而惑者怀必然之志。然则彼此初非有，惑者初非无。既悟彼此之非有，有何物而可有哉？"[4]这就一针见血地

---

1 《大正藏》，第 8 卷，第 128 页下至第 129 页上。
2 《不真空论》，《大正藏》，第 45 卷，第 152 页下。
3 《不真空论》，《大正藏》，第 45 卷，第 152 页下。
4 《不真空论》，《大正藏》，第 45 卷，第 152 页下。

指出，事物从本体上来看原本是并无差异彼此的，区分事物的差异彼此完全是一种人为，是人们强加于事物之上的。既然事物之间并没有差异彼此，那又有什么事物是真正的存在呢？

我们回过头来再看看《醉春风》诗吧，即以诗中所写的花而论，去年的花也好，今年的花也好，城外漫山遍地的不知名野花也好，城内价值千万的名贵花卉也好，南枝的花也好，北枝的花也好，花开也好，花落也好，究其实，都是一种假相，在相状上虽然有种种各自不同的差别，但在实质实性上却都是完全一样的。进而言之，江城太守置酒华堂之上，歌儿舞女，寻欢作乐，骑马赌酒，赏月吟风，种种胜景，看似眼花缭乱，令人应接不暇，实际上不过都是一种幻有，一种幻象、幻景。君不见："日往月来何草草，今年又校三年老。槽中骏马不能骑，惆怅落花开满道。为报时人知不知，看花对酒定无疑。君看野外孤坟下，石羊石马是谁家？"以佛教般若性空理论观照之，万物都是旋生旋灭、无有定处、时时变幻不已的。不要说歌儿舞女终将老去，厩中骏马不能再骑这些眼前看得到的变化，就是那荒郊野外孤坟野墓前的石羊石马，不也无言地印证着世间万事万物沧海桑田的巨变吗？从本原、本体上看，万物都是空寂不实的。

僧肇说："夫有若真有，有自常有，岂待缘而后有哉？……若有不自有，待缘而后有者，故知有非真有。……夫无则湛然不动，可谓之无。万物若无，则不应起；起则非无，以明缘起，故不无也。"[1]在这里，"有"指存在，"无"指非存在。这是把"有"定为"常有"，即恒常永久之有；"无"定为"湛然不动"即寂灭不生，是脱离事物运动变化的恒常存在或绝对静止绝对虚无的存在。僧肇认为，世间万事万物如果是"有"的话，就应当是一种固定形态的常有，而不应当是必须依待其他条件而形成而存在的有。反过

---

1 《不真空论》，《大正藏》，第45卷，第152页下。

来看，世间万事万物如果是"无"的话，那就应当是"湛然不动"亦即绝对无生灭的静止状况，但事实上万物总是处在生生不息、变动不居、缘生缘灭的现象之中，因此万物也不能说是无。万物既"非真有"，又"非无"，由此可知，事物的性质乃是非有非无，离开有无二边的。换言之，万物从现象上来看是有的，从本体上来看却是非有的，只有同时看到事物既非真有，也并非无这一性质，才是真正认识了事物的真相。而处在世俗迷妄颠倒之中沉浮苦海、生死流转的芸芸众生，就是因为只看到事物"有"这一现象方面，而没有看到事物"非有"这一本体方面，所以才会如此不遗余力地追求世间种种虚幻不实的假有，从而为得到这些虚假不实的幻有而高兴快乐，为失去这种虚幻不实的假有而痛苦烦恼。众生为这种痛苦烦恼所缠缚，遂沉沦于苦海之中而不得解脱；为获取这种假有而费尽心机，付出一生精力乃至生命，遂使生命片刻都不得安宁休歇。

如前所述，在晚唐，科举考试制度越来越成为读书人追求功名利禄、荣华富贵的唯一出路，为了实现这一目的，举子们在应试之前必须筹措相当数量的举资，其穷困潦倒而又告贷无门者已与乞丐无异。如沈亚之在《上寿州李大夫书》中自陈其困窘之状说："亚之前应贡在京师，而长幼骨肉，萍居于吴，无咫尺地之居，以自托其食给，旦营其昼，昼营其暮。如是凡三黜礼部，得黜则归。……今忘辛勤之劳，扶挈长幼，丐食而西。虽已及哺口，然犹困其所储，不能自给，但涕泣语空，无有所仰。又度天下王公，希可以此言告者，乃阁下耳。伏惟分一日之泽以濡之，无使亚之复为朽骨所笑。"[1] 其辛酸困苦于此可知。而当其好不容易凭着借贷甚至乞讨来的举资来到京城时，应试之前又必须通过行卷温卷以干谒造请于当朝的权要或文坛名士，求得对自己的赏识与推荐，这种乞哀告怜，更是字字辛酸，声声血泪，令人不

---

1 《全唐文》，卷七三四，中华书局 1985 年版，第 10685 页。

忍卒读。如诗人褚载在《投节度邢公》诗中就说："西风昨夜坠红兰，一宿邮亭事万般。无地可耕归不得，有恩堪报死何难！流年怕老看将老，百计求安未得安。一卷新书满怀泪，频来门馆诉饥寒。"[1]这种身世，这种经历，这种心情，在晚唐诗人中都极具代表性。到了应试那几天，举子们更是无不受到"有司仆隶待之"的屈辱境遇。正如舒元舆在《上论贡士书》中所言，举子应试前，"贡院悬板样，立束缚检约之目，勘磨状书，剧责与吏胥待论。……试之日，见八百人尽手携脂烛水炭，洎朝哺餐器，或荷于肩，或提于席，为吏胥纵慢声大呼其名氏，试者突入，棘围重重，乃分坐庑下，寒余雪飞，单席在地"[2]。即以上面所举数事，便可见士人求取名利的艰辛困苦，其滋味可以说真是如同"食蓼虫"般的难以忍受。

然而，经历了千辛万苦而终于博得一第者又有几人？大部分士人都失意而归，有的甚至是如同褚载那样"无地可耕归不得"。当时，因应举京城而客死长安及旅途之中的大有人在，如《云溪友议》卷下《名义士》条就记载举子廖有方应试不第，西游至蜀，投宿于宝鸡界一旅馆中，夜"闻呻吟之声，潜听而微愬也。乃于暗室之内见一贫病儿郎，问其疾苦行止。强而对曰：'辛勤数举，未偶知音。'眄睐叩头，久而复语，唯以残骸相托，余不能言，拟求救疗，是人俄忽而逝。遂贱鬻所乘鞍马于村豪，备棺瘗之。恨不知其姓字，苟为金门同人，临岐凄断，复为铭曰：'嗟君没世委空囊，几度劳心翰墨场。半面为君申一恸，不知何处是家乡'"[3]。如前所述，伤悼求名不得而身丧举场之朋友的诗文在晚唐诗中也常可睹见。如杜荀鹤《哭友人》诗云："病向名场得，终为善误身。无儿承后嗣，有女托何人。葬礼难求备，交

---

1 《全唐诗》，卷六九五，第 7990 页。

2 《全唐文》，卷七二七，第 10438 页。

3 范摅：《云溪友议》，古典文学出版社 1957 年版，第 60 页。

情好者贫。惟余旧文集，一览一沾巾。"[1]

　　然而，即使就是那些侥幸得中的幸运者，即使也建立了马侍中、韦太尉那样的功业，占据了他们那样的显赫权位，又值得不值得呢？按照佛教空理的回答，当然是否定的。僧肇在《不真空论》中说："诸法如电，新新不停，一起一灭，不相待也。弹指顷有六十念过，诸法乃无一念顷住，况欲久停？无住则如幻，如幻则不实，不实则为空。"[2]就是说，世间万事万物都如同电光石火一般，生住起灭无有定时，亦无有定处。即使在人的一瞬目之间便已经闪过60个意念，便有60个念头的生灭变化。何况万物之迁流不息、生生不已，更无有一刻的停留歇息呢？万物既非常恒不变，则如虚幻之相，是为"不实"，是为"空"，这就是事物虚幻不实的性空真相。当晚唐诗人通过禅悦的方式获得了对世间万法的菩提慧解与般若正观之后，再回过头来看看自己曾经所为之辛苦辗转而追求的功名利禄，看看那些通过千辛万苦还求之不得、弄得自己痛心疾首、悲伤不已的名利富贵，不是豁然开朗了吗？苏轼在《西江月》词中说："休言万事转头空，未转头时是梦。"[3]即是说任何事情都不必等到其已经消逝净尽了才明白它的本质乃是空的，而是在当下，这件事就已经是空的了。为什么是空的呢？因为，事物在每分每秒中都处在变化异动的状态之中，从这个意义上来看，当然当下就是不实在的，亦即是空的。这种对世间事物做出当下即空的界定，已经不同于印度原始佛教中小乘派别所谓事物要等到破灭消解时才能知道其空的说法了。它在显示出事物的一体两面方面无疑是更为彻底、更为明白清楚的。

　　在晚唐人的诗集中，以佛教性空之理来观照体察世相人生的作品还有很多，如李群玉的《自遣》诗即云："翻覆升沉百岁中，前途一半已成空。浮生

1　《全唐诗》，卷六九一，第7943页。

2　《大正藏》，第38卷，第356页中。

3　《苏词汇评》，第69页。

暂寄梦中梦，世事如闻风里风。修竹万竿资阒寂，古书千卷要穷通。一壶浊酒暄和景，谁会陶然失马翁。"[1]如前所述，李群玉本不乐仕进，但其亲友皆劝之赴举，然至京师却以不中而归。后来在宰相裴休的力荐之下，授弘文馆校书郎，不久却遭人诬陷，遂愤而弃官南归，隐逸家乡以终老。面对这一曾经进入官场获取官职却又得而复失的遭遇，诗人根本没有半点后悔与懊恼，在《请告出春明门》诗中，他说："本不将心挂名利，亦无情意在樊笼。鹿裘藜杖且归去，富贵荣华春梦中。"[2]可以说，"富贵荣华春梦中""浮生暂寄梦中梦"，这就是诗人对于世相人生、对于世俗社会中芸芸众生所贪恋执着的荣华富贵之真相的揭示。正因为世间一切事物在得与失方面并无所差异之处，所以诗人才会得出"谁会陶然失马翁"的结论。概言之，祸也好，福也好，荣也好，辱也好，在深谙佛教空理的李群玉看来，都是一样的。何况他还早就将名利视为腐鼠、视为敝屣，将官场视作束缚自己性情、屈辱自己人格的樊笼呢？在《饭僧》一首中，李群玉谈到自己的学佛心得说："好读天竺书，为寻无生理。焚香面金偈，一室唯巾水。交信方外言，二三空门子。峻范照秋霜，高标掩僧史。清晨洁蔬茗，延请良有以。一落喧哗竞，栖心愿依止。奔曦入半百，冉冉颓濛汜。云泛名利心，风轻是非齿。向为情爱缚，未尽金仙旨。以静制猿心，将虞瞥然起。纶巾与藜杖，此意真已矣。他日云壑间，来寻幽居士。"[3]诗人为了寻求人生真谛，结交二三空门之友，经常聆听他们为自己所讲授的方外至理。由是将世俗社会中奔竞名场追求名利的是非得失之心，全都平息止静下来，解脱情感爱欲意念的束缚，寂灭烦恼浮躁，进入"以静制猿心"的宁静平和之精神状态。可以说，李群玉其所以能够以极其超然洒脱的态度从世人所热衷的官场中拂袖而去，归隐林泉，正是有着

---

1 《全唐诗》，卷五六九，第 6596 页。

2 《全唐诗》，卷五七〇，第 6610 页。

3 《全唐诗》，卷五六八，第 6581 页。

较为明确的人生理念作为其进退出处之指导的。

类似李群玉这样的以佛教真如性空之理来看待世间事物的还有皮日休的《病中美景颇阻追游因寄鲁望》，诗云："癯床闲卧昼迢迢，唯把真如慰寂寥。南国不须收薏苡，百年终竟是芭蕉。"[1]此诗的芭蕉典故即出自《维摩诘所说经·方便品第二》"是身如芭蕉，中无有坚"[2]的比喻，意思是说众生的肉身如同芭蕉树一样，蕉叶层层裹卷，看似颇大，但其中却是空空落落的，绝无坚挺可言。诗人感叹"百年终竟是芭蕉"，正是以为此身只不过是因缘和合之物，绝无实在之性，因此大可不必执着贪恋。因为他此时也如同卧病在床的维摩诘居士一样，正受着疾病对肉体的磨难折腾。诗人深深懂得，要免除这肉身的痛苦，首先得从精神认识上解决问题，只有空门的真如佛法，才能使自己懂得万法皆空，此身如梦如影如响如浮沤，是丝毫也不值得留恋的。既然人的肉身都不足以恋惜，那么在人世中还有什么值得贪恋的呢？

徐夤在《人事》一诗中说"人事飘如一炷烟，且须求佛与求仙""颜氏岂嫌瓢里饮，孟光非取镜中妍"[3]，此处将求仙与求佛并提，乃是说自己所寻求的是一条解脱人世虚无幻灭的至道。既然人事皆如过眼烟云一般虚幻不实，那么清贫如同颜子，貌陋如同孟光，也都没什么不可以。在这里，"岂嫌""非取"都有否定彼此差别的意思。依佛教性空之理来看，世间事物本无所谓美丑，也无所谓贫富，人世百年，毫无实在可言，何况美丑也不过是一个名目、一个假号呢？如前所述，"假号非真"，在各种形形色色的事物在本质本性上都不过是如烟似雾虚幻非实的前提下，对嫫妍美丑、贫穷富贵是根本不应该生分别计较之心的，如果非要辨析清楚不可，那只能是陷入执虚为实、追虚弃实所带来的烦恼痛苦之中。杜荀鹤说："大道本无幻，常情自有

---

1 《全唐诗》，卷六一三，第 7071 页。

2 《释氏十三经》，第 133 页。

3 《全唐诗》，卷七〇八，第 8148 页。

魔。人皆迷著此，师独悟如何。为岳开窗阔，因虫长草多。说空空说得，空得到维摩。"[1]在他看来，佛理大道本来是真实不虚的，众生只因为被种种情感欲念所迷惑，遂陷入魔障而不可自拔。要让众生从魔障苦海中拔脱出来，就只能是像著禅师那样通过修习获得佛教的无上菩提智慧觉悟。在这里，诗人指出："说空空说得，空得到维摩。"意思是说，对于佛法的认识，光是片面地执着于"空"这一本体方面也是不正确的，而应该同时注意到事物的现象"有"这一方面，才是既不执空，也不执有，既即空即有，又非空非有，既不弃二边，又不落二边的合乎"中道"的认识。

如前所述，僧肇认为，世间万物其所以是"不真"的，乃因其"假名"的缘故，也就是说，万物从假名来看是不真，是假象，所以是"空"。但这个"不真"同时也可说是有的，因为"事象既形"，呈现出了一定的现象，因此也不能说它是没有，只是这种现象、事象并非永恒，并非常存常在。"空"与"有"乃是同一事物的两个不同方面，"空"为本体，为理；"有"为现象，为事，理非事而不能显现，事也非理而不能存在。正是这种理与事的统一，才是佛教所谓的真实无误的性空。如果我们面对事物，仅只看到它的"空"这一本体，而看不到它的"有"这一现象，那么我们就无从了解事物的迁灭变化，也就不能够真正把握般若性空之至理。正如《般若波罗蜜多心经》所言："色不异空，空不异色，色即是空，空即是色。"[2]事物由缘而生，故不能谓其是"有"；缘生的事物毕竟有其现象，因此也不能谓其为"无"。事物是非有非无的，这才是观照事物的中道观。僧肇在《不真空论》中说："然则万物果有其所以不有，有其所以不无。有其所以不有，故虽有而非有；有其所以不无，故虽无而非无。虽无而非无，无者不绝虚；虽

---

1 《题著禅师》，《全唐诗》，卷六九一，第 7946 页。
2 《释氏十三经》，第 12 页。

有而非有，有者非真有。若有不即真，无不夷迹，然则有无称异，其致一也。"[1]由此他总结事物的本性说："欲言其有，有非真生；欲言其无，事象既形。象形不即无，非真非实有。然则不真空义，显于兹矣。故《放光》云：诸法假号不真。譬如幻化人，非无幻化人，幻化人非真人也。"[2]也就是说，世间事物的现象并不是真实的存在，而是一种幻象，幻象也并不是不存在，而并非是真实的存在。

在深明世间事物"色不异空""色空不二"之本性以后，诗人张祜在《题赠志凝上人》诗中写道：

> 悟色身无染，观空事不生。
>
> 道心长日笑，觉路几年行。
>
> 片月山林静，孤云海棹轻。
>
> 愿为尘外契，一就智珠明。[3]

一方面是知道"空"必然会幻化为"色"，故他也不会有意回避"色"，但即使从"色"中而过，也并不会沾染半点"色"，这正如维摩诘居士一样，"辩才无碍，游戏神通。逮诸总持，获无所谓。降魔劳怨，入深法门。善于智度，通达方便。……虽为白衣，奉持沙门清净律行。虽处居家，不着三界，示有妻子，常修梵行；现有眷属，常乐远离。虽服宝饰，而以相好严身。虽复饮食，而以禅悦为味"[4]。另一方面，由于诗人经常登临佛寺，广交僧人朋友，具有高深的佛教般若性空理论修养，因而能够"观空"

---

1 《大正藏》，第 45 卷，第 152 页中。

2 《大正藏》，第 45 卷，第 152 页中。

3 《全唐诗》，卷五一〇，第 5802 页。

4 《维摩诘所说经·方便品第二》，《释氏十三经》，第 133 页。

而"事不生"，亦即保持一种淡泊怡然的心态，而不会生起种种世俗烦恼杂念。正是这种佛法性空之理的"道心"怡养着他，因此他感到近些年来，思想上似乎是越来越具备菩提觉悟，乃至面对世事人生而只是"长日笑"，这种"笑"所表现的就是一种了知人生智慧之后的轻松与愉悦，亦即是禅悦。而"片月山林静，孤云海棹轻"则既是写外在的景观，也是表现内在的心境。心同明月之朗澈，静默地照着一片山林，是那样光明澄澈；身如白云之舒卷自如，飘浮在广阔的天空，是那样的轻松自在。这，就是得道的诗人在将本体的"空"与现象的"色"打通之后，既不执空，也不弃色，"游戏神通""获无所谓"的精神状态啊！

在《题丘山寺》诗中，张祜说："几代儒家业，何年佛寺碑。地平边海处，江出上山时。故国人长往，空门事可知。凄凉问禅客，身外即无为。"[1] 当诗人面对着"几代儒家业，何年佛寺碑"这些现象时，心中同时感到的乃是一种"空门事可知"的非世俗众生所能懂得的般若性空之觉悟，因此，"故国人长往"虽然所写的是一种事象，但象即是空；而"空门事可知"虽然所谈的是空理，然而又自有其"事"可观可照可为映证。作者虽然难免感到有几分凄凉，但他却绝不会执着于凄凉，而是以一种"身外即无为"的态度来面对世事人生。总之，看透事物的真相本质，并不是要将其搁置于心头，背上沉重的伤感包袱，而是要让自己彻底放开，不再为名利所缠绕系缚，使自己终日处在对尘世浮华的奔竞争夺之中。由此，诗人在《洛阳感寓》诗中说："扰扰都城晓四开，不关名利也尘埃。千门甲第身遥入，万里铭旌死后来。洛水暮烟横莽苍，邙山秋日露崔嵬。须知此事堪为镜，莫遣黄金漫作堆。"[2] 此诗所写的种种事象，无论是千门甲第、万里铭旌的荣耀辉煌，还是

---

1 《全唐诗》，卷五一〇，第5820页。
2 《全唐诗》，卷五一〇，第5826页。

洛水暮烟、邙山秋日的萧条凄寂，其所指向都是一个"空"字。这"空"字就是诗人为我们揭示出的事物真相。张乔说："已知世路皆虚幻，不觉空门是寂寥。"[1] "六朝明月唯诗在，三楚空山有雁回。达理始应尽惆怅，僧闲应得话天台。"[2]薛逢说："声名俱是梦，恩旧半归泉。"[3] "满壁存亡俱是梦，百年荣辱尽堪愁。"[4]罗隐说："半夜秋声触断蓬，百年身事算成空。""未必他时能富贵，只应从此见穷通。"[5] "世事自随蓬转在，思量何处是飞蓬。"[6] "半开半落闲园里，何异荣枯世上人。"[7]崔涂说："千古是非输蝶梦，一轮风雨属渔舟。"[8]王枢说："花落花开人世梦，衰荣闲事且持杯。"[9]如此种种，都是通过将一幅幅或历史或现实的画面撕破给人看，展现出世相人生的如梦如幻、虚妄不实，揭示出世间诸法性空的真实本质，从而开导人们不要再贪恋于这些虚幻不实的东西而执着追求与攀缘，不要因为追逐这些空幻不实之物而失去自我的本心本性。

　　总之，就大多数人生失意、不遇不达的晚唐诗人来说，他们正是通过佛教般若性空理论，否定世俗人生及世间种种事物的真实性，从而不再执着虚妄以为真实，彻底放弃对世俗人生之名利的追求，并借此泯灭自己得不到功名利禄、荣华富贵的烦恼，平息自己人生失意、遭际不幸的愤懑，从痛苦的心理感受中解脱出来。另一方面，对于那些在人生道路上挫败得还不够彻

1　《赠头陀僧》，《全唐诗》，卷六三九，第7330页。

2　《题宣州开元寺》，《全唐诗》，卷六三九，第7331页。

3　《席上酬东川严中丞叙旧见赠》，《全唐诗》，卷五四八，第6323页。

4　《题白马驿》，《全唐诗》，卷五四八，第6330页。

5　《西京道中》，《罗隐诗集笺注》，第307页。

6　《酬黄从事怀旧见寄》，《罗隐诗集笺注》，第72页。

7　《杏花》，《罗隐诗集笺注》，第380页。

8　《金陵晚眺》（一作《怀古》），《全唐诗》，卷六七九，第7781页。

9　《和严恽落花诗》，《全唐诗》，卷五四六，第6310页。

底、在追求科举功名的过程中遭遇也还不是十分凄惨、心中还没到绝望地步的读书人来说，佛教般若性空理论也有一种时时警诫的清凉作用，提醒他们不要为这些世俗社会所看重的功名利禄等虚妄事物而劳心竭力、苦心追求，乃至付出屈辱人格、压抑性情、耗费精力甚至生命的巨大代价。使他们从辛劳疲惫、无法自主、丧失自我的生存状态下解放出来，分清什么是值得的与什么是不值得的，使人的生存减少随波逐流的盲目性，使生活在黑暗动乱社会中的人们心境不再浮躁、不再沉重、不再沮丧、不再烦恼不安，而是以一种尽可能超然自在的态度对待人世人生。张乔的《雨中宿僧院诗》说："劳生无了日，妄念起微尘。不是真如理，何门静此身。"[1]李商隐的《北青萝》诗说："世界微尘里，吾宁爱与憎。"[2]晚唐人的禅悦之作，都极大地强调了主体的主观认识作用，由此出发，也就将主体的心识作为包括众生在内的宇宙万物的根源、本体，而一切世界现象都不过是心识所决定所变现的表象，这就很自然地要追溯到对主体心性的感知与觉悟，关于这一点，也正是晚唐禅悦诗中的一个重要主题。

---

1 《全唐诗》，卷六三八，第7310页。
2 《李商隐诗歌集解》，第1871页。

三、寂灭为乐说解脱

　　全部佛教的理论，就是解脱理论。据说，佛陀当日目睹了众生老病死亡、心灵逼迫、痛苦煎熬等人间不幸之后，便感到人生是苦，世间犹如火宅苦海，众生沉浮此中，遭受无尽烦恼的折磨，不得解脱。于是便发愿求证无上菩提正觉，寻求解脱之道。佛陀从众生老死的根源层层往上追溯，最后得出结论，这一切乃是无明，即对世间的事物现象采取颠倒虚妄的错误认识所造成的。由于无明，因此人生除了要受到生、老、病、死这四种来自自然规律的生理痛苦之外，还要忍受爱别离、怨憎会、求不得、五蕴盛这些来自人自身内心逼迫煎熬的精神痛苦。如果说爱别离苦与怨憎会苦是因众生的情感欲念而产生，还多少有点自然的成分在内，而求不得苦与五蕴盛苦则基本上来自社会所形成的价值标准产生的一种业力之牵引导向。比如功名事业、立德、立功、立言等明明是外在于人自身的空幻不实的虚妄之物，人却总在为追求它而劳神费力、辛苦辗转，以至身心疲惫，付出毕生的代价。人的一生中，回首起来，为了追求索取这些虚幻不实之物，曾经遭遇过多少次心灵的逼迫，忍受过多少痛苦的煎熬、烦恼的纠缠啊！众生为什么会执着、贪求于这些外在之物自寻烦恼、自陷樊笼而不自知呢？如前所述，众生正是在对外在之物执虚为实的追求之中迷失了自我，遂陷入人生痛苦之中，沉浮于烦恼苦海而不能自拔。而归根到底，虚妄即是无明，它来自世俗的错误认识，虚妄如同浮云一样遮蔽了众生原本清净湛明的心性，要去除烦恼，只有将遮蔽于心头的种种虚妄杂染全部拨开，让心性彻底回归到原初那种无缚无染、无着无累的清净明朗的状态，让迷失于世俗妄念尘劳中的自我重新显现出来。这，就是人生解脱的实现，也是对人生烦恼之根源——"无明"妄念的彻底断除。

如前所述，佛教认为，众生的心识乃是宇宙万物的本体，在去妄归真转变认识的解脱成佛中起着决定性的重要作用。因此，众生原本是可以不生活在烦恼苦海之中的，人不但可以从烦恼痛苦中解脱出来，而且可以成就佛道，这成佛的根据，就是人的自我心性。佛，本是梵语音译，意指觉者、觉悟者，早期印度佛教认为宇宙世界之间只有释迦牟尼一人是佛，也就是一佛说。后来大乘佛教发展到佛三身说、佛四身说乃至多佛说，释迦牟尼也被公认为佛教教义的创始人，他与一般人的不同之处是觉悟了人生的解脱之道，并成就为佛——觉者。南北朝时，涅槃学盛行，其所奉持的经典《涅槃经》中倡扬众生皆具有佛性，都有成佛的可能，于是"人人皆可成佛"的观念遂为中国佛教绝大多数宗派所认可。到隋唐时期，在禅宗"佛者，觉也"[1]的理论指导下，无论出家还是在家的佛门弟子皆以解脱成佛为终极目标，遂没有疑义。然而，众生为什么能够成佛呢？就修持主体而言，其成佛解脱有什么内在根据呢？这就涉及佛教心性论问题。

早期原始佛教认为，众生的心性本来是清净无染的。《异部宗轮论》就说："心性本净，客尘随烦恼之所杂染，说为不净。"[2]《阿毗达磨顺正理论》也说："唯有贪心今得解脱，如有垢器后除其垢。……如是净心贪等所染，名有贪等后还解脱。圣教亦说心本性净，有时客尘烦恼所染。此不应理。"[3]在

---

1 《坛经校释》，第 46 页。
2 《大正藏》，第 49 卷，第 15 页下。
3 《大正藏》，第 29 卷，第 733 页上。

这里，"客尘"，即指烦恼。正因为烦恼并不是人与生俱有的，亦即非心性所固有的，而是从外界所沾染来的，故名之为"客"；又因为烦恼能污染人的心性，使众生心性不净，如尘埃之染污万物，故称为"尘"或者"尘劳"。由此可见，早期佛教也认为人的心性本来是清净的，是没有烦恼的，只是由于外界客尘的染污，才会不净，才会产生种种人生烦恼。只要去掉心性上的客尘，恢复其本原清净之性，洁净如初，遂可解脱，遂可去妄归真。根据这种理论，众生成佛的内在根据乃是其本来就具有清净的心性，而成佛的方法也就是将染污在心性之上的客尘去除，让心性回归到原初的清净无染之状态。于是，心性本净便成了佛教大多数派别所持有的共识。

如前所述，困扰着晚唐诗人最大的人生烦恼乃是求不得苦与五蕴盛苦。一方面是苦求科举功名而极难如愿，另一方面即使取得了功名在朝为官也因政局艰危而身家难保，欲求苟全名节于乱世而不可得。再加上朝中党争倾轧，各地方军阀之间的争战，连年天灾人祸，国势越来越衰微，时局越来越动乱，这一切都使晚唐诗人的心神处在动荡不安的状态之中，备受生存痛苦的煎熬。为了平息这种精神痛苦，不少诗人栖止禅门，以参禅悟道方式来求得解脱。于是，在禅悦诗中，他们也就常常通过心性回归于清净无染状态来体味殊胜的禅悦法喜。

张祜在他的《题惠山寺》诗中曾经写道：

> 旧宅人何在，空门客自过。
> 泉声到池尽，月色上楼多。
> 小洞生斜竹，重阶夹细莎。
> 殷勤望城市，云水暮钟和。[1]

---

1 《全唐诗》，卷五一〇，第 5821 页。

此诗首联一个"空"字，便有将诗人这位依止空门的过客之世俗凡念亦即客尘染污之心过滤干净的意思，因此，诗中的"空"，也就是将系缚于心头的种种世俗杂念全部空除。"人何在"，既是写故家旧宅原来的主人何在，也是暗指自己因长期耽缅于世俗尘劳之追逐中，以至心性为客尘所蒙蔽，自我渐渐迷失的这种状况。当这位心性为客尘遮蔽已久，不知自我之心性在哪里的过客经过佛禅空寂之门时，他突然在冥冥中受到一种感召，顿时意识到了自我的存在，意识到心性的存在。接下来"泉声到池尽，月色上楼多"两句就既是写惠山寺这座历史悠久之名刹的清静幽洁之自然风景，也是表达自己由于佛理禅意的点醒而尘劳滤尽、心性豁然清朗洁净的一种精神状态。在这里，清澈的泉流，明净的水池，皎洁的月色，都是诗人心性回归到本然清净状态的外化象征。月色是那样的清朗，它过滤了诗人心上的污浊尘劳；泉水是那样的清冽，它洗净了诗人心上的凡夫庸俗之龌龊不洁之习气。而寺中庭院里那旁逸斜出的翠竹，寺前阶下那如茵似褥的细莎，一切都无不是那样的洁净，诗人栖息于此中，一方面是远离城市的染污，过滤尘劳的污浊，一方面是歇息道路崎岖风尘仆仆的疲惫，原来那种深陷于世俗繁华之中执虚为实的追逐、攀缘之妄念于是荡然无存，遂使自己由开头的那位奔波于世俗尘劳之中的匆匆"过客"回归到了自我的心性之中，他朗见了自己的本然清净之心，他找回了原本纯洁淡然的自我。此时此刻，心性与大自然在清寂无染、宁和洁净质性上有了最为和谐、最为完美的契合。于是，诗的最后二句谓："殷勤望城市，云水暮钟和。"诗人将自己的目光由身边的古寺转向山下的喧嚣热闹都市。啊，这里是清净无染，一片清凉幽静；那里却是红尘滚滚，到处污浊不堪。禅宗说："人性本净。为妄念故，盖覆真如。离妄念，本性净。"[1]诗人已经饱受尘世烦恼的折磨缠绕，他不愿再让这些妄念浮尘覆盖自己本然清净的心性了。于是，他将目光收回来，静心聆听那"云水暮钟和"的清凉悠远的古寺钟声，感受那"云在青天水在瓶"的悠然禅意，云与水都是那样的淡泊自如，暮钟则足以清心净性。结尾的"和"字，既是指白云、净水、钟声三者之和，更是诗人那种本原清净之心性与寺院禅房澄净景色与氛围的契合，就在这种清净佛性与宇宙万物真如本性的融洽和谐之中，诗人从心上卸下了虚妄不实、毫无意义的世俗客尘的缠绕系缚，进入了一种没有矛盾、没有冲突、没有烦恼、没有痛苦的自在自由境界。

唐末诗人王贞白在《云居长老》一诗中曾经谈到自己的体会说：

> 巇路蹑云上，来参出世僧。
>
> 松高半岩雪，竹覆一溪冰。
>
> 不说有为法，非传无尽灯。
>
> 了然方寸内，应只见南能。[2]

此诗写诗人沿着山路攀登，来到绝顶之上参谒"云居长老"这位得道高僧的过程。诗中颔联的"松高半岩雪，竹覆一溪冰"两句就既是诗人即目所见之高僧住处景色，也象征着修行得道者那洁净无染的襟怀，以及诗人这位参禅者此时所感受到的自我本然清净幽洁的澄朗心性。贞洁高大的松树，纯净皓洁的白雪，清净无染的翠竹，以及山间溪水中那如同水晶与玉石一般晶莹澄澈、洁白无瑕的寒冰，都无不是一种清净心性的象征，都包含清洁纯净的深层意蕴。诗人目睹着这些，心性豁然开朗，不禁顿时感到"此中有真

---

1 《坛经校释》，第36页。

2 《全唐诗》，卷七一〇，第8064页。

意，欲辩已忘言"，一种"不说有为法，非传无尽灯"的绝妙禅意便从心中传出。"不说"，即不用语言文字来表达，乃是禅宗接应参禅问法弟子的一种最常见方式。据说释迦牟尼佛祖当日在灵山上说法，他并不作任何言语，只是于手中拈着一枝花，其弟子迦叶遂于听法大众中破颜微笑，于是，禅宗就在这师弟子之以心传心、心心相印之中产生了。以后，以心传心，不立文字，便成了禅宗独特的嗣法方式。在这里，"以心传心"的心，即是指佛心、自心、自性、心性、本性。由于师父与弟子都具有同样清净无染的自心、自性，于是真如佛法的授受也完全可以通过心领神会而完成。禅宗这种传法特点通常被概括成为"教外别传、不立文字、直指人心、见性成佛"[1]十六字。而禅门师弟子之间的承传也正是由这种"不立文字，以心传心"的方式灯灯相续、祖祖相传、法脉绵延不绝的。因此，诗的结尾"了然方寸内，应只见南能"两句便是对禅宗"直指人心、见性成佛"禅法最透彻的领悟。方寸，指心，在这里特指众生的心性。心性了然，便是心性明白无误，也就是心性极为清楚明朗的自然显现。"应只见南能"，即是说自己已经于"明心见性"之际，觉悟到慧能南宗禅法的要义了。按，"明心见性"，本是慧能禅宗的基本命题之一。即认为世人本自心净，即缘心迷，不能成佛。慧能在《坛经》中说："《菩萨戒经》云：'我本源自性清净。'识心见性，自成佛道。即时豁然，还得本心。"[2]即是说众生只要发明本心，就是去欲尽性，就是去除遮蔽在人心性之上的各种私欲、杂念，恢复心性本来澄明洁净的面目。由此可见他十分提倡性净顿悟，主张直接彻悟心源，一举断尽烦恼妄惑。慧能后的南岳怀让和青原行思两系更是明确提出"直指人心、见性成佛"的明心见性思想，遂使禅宗更明确了以彻见心性本原来成就佛道、获得解脱为其参究的

---

1 《临济慧照玄公大宗师语录序》，《大正藏》，第47卷，第495页中。

2 《坛经校释》，第58页。

根本目的。可以说，诗人王贞白正是在朗见自己清净无染的本性之时，才深深感受到禅宗的"明心见性"，确实就是解脱，就是成佛境界的精深微妙这一禅法要旨的。

在晚唐禅悦诗中，诗人叙写自己通过"明心见性"来回归本然清净心性，解脱客尘烦恼的作品还有不少，如许浑的《送段觉归杜曲闲居》诗："书剑南归去，山扉别几年。苔侵岩下路，果落洞中泉。红叶高斋雨，青萝曲槛烟。宁知远游客，羸马太行前"[1]，便是将段觉这位解脱了尘劳束缚避世闲居的朋友与自己不得不为世俗名利而奔波于旅途的疲惫烦恼作对比，从而得出"宁知远游客，羸马太行前"的人生感叹。而这种感叹实际上也就是一种感悟，它的言外之意在于：远游客为何车马劳顿、疲惫不堪？段觉为何清闲自在、优游有余？盖前者为客尘所染污，后者则能告别尘俗辛劳，回归清净本性，故无烦恼也。此外，黄滔的《题道成上人院》、郑綮的《老僧》、张祜的《题杭州灵隐寺》、张乔的《游歙州兴唐寺》《题诠律师院》、方干的《赠中岳僧》、李咸用的《赠山僧》、于武陵的《夜寻僧不遇》（一作《夜寻僧，僧游山未归》）等诗也都或以景色象征清寂静净的佛禅本性，或以感叹抒发心性为客尘妄念所染污的烦恼，表达了晚唐诗人通过参禅悟道体认人生、回归清净心性、获得精神解脱的真实心迹。像"泉声入秋寺，月色遍寒山"[2]"松声寒后远，潭色雨余新"[3]"簟舒湘竹滑，茗煮蜀芽香"[4]"人行中路月生海，鹤语上方星满天。楼影半连深岸水，钟声寒彻远林烟"[5]等诗句，

---

1 《丁卯集笺证》，第5页。

2 于武陵：《夜寻僧不遇》（一作《夜寻僧，僧游山未归》），《全唐诗》，卷五九五，第6892页。

3 李咸用：《赠山僧》，《全唐诗》，卷六四五，第7392页。

4 黄滔：《题道成上人院》，《全唐诗》，卷七〇四，第8104页。

5 张祜：《秋夜登润州慈和寺上方》，《全唐诗》，卷五一〇，第5829页。

不但文辞优美，境象清朗，而且包蕴着深长悠远的禅思禅趣，令人读后的确能够产生一种清心净性的愉悦感受。

在这一类诗中，以晚唐时写作题佛寺诗最多的张祜与最善于表现清朗洁净之佛理禅意的许浑成就最高。张祜除《题惠山寺》之外，其《题润州金山寺》《题杭州孤山寺》等诗也向称名作，而《秋夜登润州慈和寺上方》《题杭州天竺寺》《题杭州灵隐寺》等诗更是通过摹写山寺的自然景致，表现出幽静清凉的禅意。在诗人的笔下，寺院仿佛是独立于污浊喧哗的人世间中一片洁净幽寂的净土。在这片净土中，人们可以摆脱世俗社会中的系累束缚，忘却种种尘劳烦恼，朗见自己本来清净无染的自由心性。正是因为有了这份纯洁自由的心性，诗人才可能将自己的身心与周围的环境融为一体，从而领悟到万籁俱寂中空寂幽洁的佛理禅趣。许浑诗则以善于写江南明净清洁的"水"著称，有所谓"许浑千首湿"之说。而这些诗大多都与登临题咏寺院、赠僧访僧送僧忆僧、参禅拜佛打坐悟道等内容有关。像《朗上人院晨坐》、《游果昼二僧院》、《晨起二首》（后首一题作《山斋秋晚》）、《不寐》、《贻终南山隐者》、《早发中岩寺别契直上人》、《重游郁林寺道玄上人院》、《送无梦道人先归甘露寺》、《题杜居士》（一作《赠题杜隐居》）、《赠僧》（一作赵嘏诗）、《趋慈和寺移宴》、《早秋三首》、《留赠偃师主人》、《送惟素上人归新安》、《崇圣寺别杨至之》、《送太昱禅师》、《南亭与首公宴集》（一作《与群公宴南亭》）、《下第寓居崇圣寺感事》、《潼关兰若》、《晨别俙然上人》、《将归涂口，宿郁林寺道玄上人院二首》、《恩德寺》、《题冲沼上人院》、《题岫上人院》、《酬报先上人登楼见寄》、《泛舟寻郁林寺道玄上人遇雨而返因寄》、《郁林寺》、《题崇圣寺》、《送僧归金山寺》、《送僧归敬亭山寺》等都是他诗集中以洁净清凉之"水"来表现清净无染之佛性的禅悦之作。让我们来看看他那最著名的《晨起二首》（后首一题作《山斋秋晚》）诗吧。诗云：

桂树绿层层，风微烟露凝。

檐楹衔落月，帏幌映残灯。

薪篝曙香冷，越瓶秋水澄。

心闲即无事，何异住山僧。

残月皓烟露，掩门深竹斋。

水虫鸣曲槛，山鸟下空阶。

清镜晓看发，素琴秋寄怀。

因知北窗客，日与世情乖。[1]

　　诗人闲居家中已久，遂与尘世乖离隔绝，心性也就不再系缚世俗凡尘之俗事妄念，往日里那遮蔽于心性上的客尘乌云也渐渐散开，显露出的只是纯属自我的湛然无染之心性。那秋天里的淡烟、微风与凝结于桂树枝头的晶莹细小露珠，那悬挂在檐楹前的清朗秋月，摇曳在帏幌上的一盏明灯，一切都是那样的清、那样的净、那样的湛然朗澈。而"薪篝曙香冷，越瓶秋水澄"既是写景名句，同时也含蕴着一份深深的佛理禅意，尤其是"越瓶秋水澄"句更有其精微至妙的禅学象喻。据《宋高僧传》十七《唐朗州药山惟俨传》记载，唐代著名文人、时任朗州刺史的李翱曾经拜谒住在澧州的禅宗大师药山惟俨：

　　（翱）初见俨，（俨）执经卷不顾，侍者白曰："太守在此。"翱性褊急，乃倡言曰："见面不似闻名。"俨乃呼，翱应唯。曰："太守何贵耳贱目？"翱拱手谢之，问曰："何谓道邪？"俨指天指净瓶曰："云在青天水在

---

1 《丁卯集笺证》，第7—8页。

瓶。"翱于时暗室已明，疑冰顿泮。寻有偈云："炼得身形似鹤形，千株松下两函经。我来问道无余说，云在青天水在瓶。"[1]

　　什么是佛道？"云在青天水在瓶"就是佛道。在这份云与水的禅学象喻中，云与水都象征着众生原本清净无染的心性，此心性即是佛性。云在青天之上，任意舒卷，任意飘浮，去留无迹，一任自然。水在净瓶之中，恬然自安，幽光自显，净洁自在，虽静止却又无比澄清。如果说，云之性在舒卷自如，那么，水之性乃在洁净自守，二者都是禅，都是佛性的随缘变现。而此刻许浑在家闲居，远离尘俗，所持守的就是那一份如同秋水般澄清洁净的真如本性。于是"心闲即无事，何异住山僧"便是他朗然见性的最佳状态与最好表现。在这里，心闲即是心净，因为"闲"乃是"忙"的反义词。一般来说，生活在世俗红尘中的人都经常感到自己终日辛劳，忙忙碌碌，缠绕于杂事俗务之中，难得脱身，更难得回归自我心性。而就在这日复一日的繁忙之中，心性日益遭受俗务杂事妄念尘劳的染污，变得越来越不清净、越来越污秽浑浊了，以至再看不到原初的本来面目了。只有远离世俗尘劳的染污，让心性去除种种俗务杂事妄念的牵累系缚，心中的污浊才会逐渐减少，才会在无挂碍无系累的"清闲"之境中，渐渐回归到本来清朗洁净的状态。因此，心闲即是心净，反过来，心忙即是心染。当然，如果是真正具备了极其精深的佛学修养功夫之得道者，他也许能够做到"结庐在人境，而无车马喧"，能保持"心远地自偏"[2]的宁静心态。但晚唐诗人中还很少有像王维那样的佛学功夫真正到家者，由于时代动乱，他们也很难面对繁杂纷乱的社会现实而心如止水，为了安定自己的灵魂，消除自己的烦恼痛苦，他们只能采取回

1　赞宁：《宋高僧传》，中华书局 1987 年版，第 424 页。

2　《饮酒》其五，《陶渊明集》，第 89 页。

避红尘喧嚣的方式，来止息自己动荡不安的心灵。于是，不染尘俗，远离繁忙，也就是远离烦恼。慧能《坛经》第23说："佛者，觉也；法者，正也；僧者，净也。"[1]可见，僧人其所以为僧人，就在于他们的心性无有世尘杂染，而能保持一种清虚洁净的状态也。在这里，"心闲即无事，何异住山僧"正是诗人心性清净的最好表现。盖诗人此时心地闲静，无任何尘劳杂染，便与已经出家的僧人没有什么差别了。

在第二首诗中，诗人又一次写了残月，写了轻烟，写了秋天的露水。在这一切都无不皓朗净洁的环境氛围之中，他深掩柴门，居处在竹树环绕极为清凉幽深的书斋，真是好一个幽雅静谧的所在。接下来，"水虫鸣曲槛，山鸟下空阶"一联，又再次写到了"水"，水虫鸣叫，曲槛回环，山鸟翩飞，空阶阒寂，可知诗人居住在一个屋前有水、屋后有山的地方。水可洗心，山可养气，这一切在"空"的笼罩统摄之下，都足以将诗人过去居处世俗红尘中所沾染的烦劳妄念过滤净尽，使他在怡然自得之际朗见自己本来清净无染的自由心性。"清镜晓看发，素琴秋寄怀"便似乎成了他每日必做的功课了。在这里，"清""晓""素""秋"都含有十分净洁清朗的禅学意蕴，都是那些身处滚滚红尘中的匆匆过客所难以感受到的，而清闲的诗人不但感受到了这些洁净清寂之美，而且对它们有着深深的喜爱与眷恋。在这一联中，"镜"与"琴"也同样是两个不容忽视的意象，镜之幽光自鉴，可以朗然彻见其性；琴之清旷谐和，悠扬自远，可以淡然净化其心。诗人日日与"清镜""素琴"相伴，心无杂念，便如秋空净水般纤尘不染，始终保持着一种湛然常住的良好心境。正是这份心境，使他寄傲于北窗之下，"乐琴书以消忧"。从而"悟已往之不谏，知来者之可追"[2]，更加潜心佛禅，一天天地与世情疏远，与世

---

1 《坛经校释》，第 46 页。

2 《归去来兮辞》，《陶渊明集》，第 159 页。

态乖离，让心性回归到本来清净的状态中来，充分地体验那种徜徉于大自然中的无拘无束、自由自在的宁静平和之人生乐趣。

在印度传统佛教"心性本净"的基础上，中国佛教又进一步提出了"心性本寂""心性本觉""心性圆明遍照，灵知不昧"等理论。这些理论都是从"心性本净"说所派生出来的，与"心性本净"理论的内涵也大同小异。具体而言，"心性本寂"理论强调众生自我本性本来具有空寂之性，慧能说："（众生）本源空寂。"[1]这里讲的本源，也就是自性。所谓"性本无生无灭，无去无来"[2]，就是说自性本来是空寂自在、如如不动的。众生其所以会产生种种烦恼痛苦，乃是心性为外界客尘"八风"撼动的缘故。性如水，湛然平静；情如波，时时漾起。当众生本来寂静的性如同止水时，心性便朗然呈现，故具有佛心慧性的"真我"自然存在；当众生心头情思动荡时，心性便于水波晃动时迷失不见，众生不见本性，自我也就不能存在，即使也有"我"之意识，但那只是为世俗凡情所迷惑所蒙蔽的"妄我"，而非佛性之"真我"。因此，慧能说："心地无乱，是自性定；心地无痴，是自性慧。"[3]慧能之后，禅宗大师宗密曾就"心性本寂"理论做了重要概括，他说：

万法既空，心体本寂，寂即法身。即寂而知，知即真智。亦名菩提、涅槃。……此是一切众生本源清净心也，是自然本有之法。[4]

诸法如梦，诸圣同说。故妄念本寂，尘境本空；空寂之心，灵知不昧。即此空寂之知是汝真性。任迷任悟，心本自知；不藉缘生，不因境起。知之

1 《坛经校释》，第81页。
2 《坛经校释》，第100页。
3 《坛经校释》，第78页。
4 《圆觉经大疏钞》卷三之下，《续藏经》，第1辑，第14套，第3册，第279页。

一字，众妙之门。由无始迷之故，妄执身心为我，起贪嗔等念。若得善友开示，顿悟空寂之知。知且无念无形，谁为我相人相？觉诸相空，心自无念；念起即觉，觉之即无。修行妙门，唯在此也。故虽备修万行，唯以无念为宗。但得无念知见，则爱恶自然淡泊，悲智自然增明，罪业自然断除，功行自然增进。既了诸相非相，自然无修之修，烦恼尽时，生死即绝。生灭灭已，寂照现前，应用无穷，名之为佛。[1]

宗密在这里所讲的意思即是说，禅门所谓的"以心传心"，传的是众生本有的"空寂之心"。空寂之心即是"灵知"，它既是一种湛然清明的灵妙智慧，也是众生解脱烦恼、成就佛果的内在根据。众生认识自我具有"灵知"这一本有的心性，并始终葆有这种清寂之性，乃是修持成佛最根本的关键所在，因此说"知之一字"乃是"众妙之门"。而当众生不明白自己原本具有这种灵明不昧的清寂心性时，就会起心动念，执着于人相、我相，视外境虚幻不实之物为实有，将为客尘烦恼所染污的"妄我"视为"我"，从而对"我"（妄我）与"我所"（我所拥有、所面对的）生出种种分别计较之心，不能觉悟到自我和万物的空性与性空。因此，只有回归了灵知之心，了见自己本然空寂之性，才有可能断除烦恼，使心性不生不灭，不来不去，从而获得菩提般若之大智慧，成就无上正等正觉之佛禅至道。

在晚唐这个动乱不已的时代环境氛围里，人们一方面时时受到严峻生存的逼迫，另一方面也时时受到来自世俗生活享乐的诱惑，这种外界的逼迫与诱惑时时刻刻都在撼动人心，动摇人意。人们或者惶恐不安，或者心猿意马，很难得有平静的时候。如何面对这些变化莫测的社会动乱？如何面对这种朝是夕非的朝政改易？如何在这种千变万化的现实面前始终保持一种以不

---

1 《禅源诸诠集都序》卷上，《大正藏》，第48卷，第402页下至第403页上。

变应万变的镇静心态？这一切可以说都是摆在晚唐士大夫文人面前的重大人生课题。无论是已经占据高位厚禄的大官僚还是那些不遇不达而穷居野处的仕途失意者，无论是已入仕宦围城还是不得其门而入的广大知识分子，他们都无不需要心灵的安定、心意的止泊，于是，慧能以来禅宗所强调的"心性本寂"理论也就受到了他们极大的欢迎。像裴休这样一位仕途通达、身居相位的大官僚也常有希望缓解尘劳忧虑、忘却功名富贵的时候，在《题渤潭》诗中，他说："渤潭形胜地，祖塔在云湄。浩劫有穷日，真风无坠时。岁华空自老，消息竟谁知。到此轻尘虑，功名自可遗。"[1]在这里，祖塔亦即祖师之塔乃是真如佛法的象征，佛法处在云湄那样的高处，如如不动而又涵盖着一切天地乾坤万象万物。因此尽管这世界经历了一场又一场的改易与变故，但佛门之真风却永无坠落之时，不管经历多少人间劫数，千秋万代，沧海桑田，佛法都是永恒存在的。因此面对着"岁华空自老，消息竟谁知"的人世困扰，诗人感到自己大可不必忧虑烦恼，只要来到佛门清净之地，便可了见自己如如不动的本然清寂心性，就会"到此轻尘虑，功名自可遗"，自然会进入到一种万虑俱消，万惑齐解，将一切世俗红尘的名缰利锁、功业情爱欲望全都放下的悠然神远的境界。这正如慧能在《坛经》第27中所言："我此法门，从八万四千智慧。何以故？为世人有八万四千尘劳。若无尘劳，般若常在，不离自性。悟此法者，即是无念、无忆、无著。莫起杂妄，即自是真如性。"[2]也许正是这一缘故，身处官场中时时难以避免世俗尘劳侵扰的裴休似乎比一般人更需要佛法来为其安定心境，保持自我的般若之性。为此他拜在马祖道一法孙、南岳一系禅宗大师黄蘗希运门下，为其嗣法弟子，虔诚奉佛数十年。在《赠黄蘗山僧希运》一诗中，他写道："曾传达士心中印，额有

---

1 《全唐诗》，卷五六三，第 6530 页。

2 《坛经校释》，第 53 页。

圆珠七尺身。挂锡十年栖蜀水，浮杯今日渡漳滨。一千龙象随高步，万里香华结胜因。拟欲事师为弟子，不知将法付何人。"[1]诗中特别指出黄檗希运大师的最大功德即在于善于承传禅宗心印。正因为大师具有如此高深的正法眼藏、涅槃妙用，所以才会有"一千龙象随高步，万里香华结胜因"的人数众多的追随者与信仰者。裴休这位当朝宰相也为大师倾倒了，他说"拟欲事师为弟子，不知将法付何人"，这就是服膺于黄檗希运的明证，他所希望的正是大师将心法传授于他，使他永远保持清寂无染、如如不动的心性，葆有贞刚坚定的人格，成就至高无上的佛禅大道。

如前所述，许浑也是晚唐时代一位身处官场而又深深厌恶世俗尘劳染污的高人达士。为了保持自己空寂灵明的心性，他常常栖止佛寺禅房，交结高僧大德，并写下一首首禅悦之作，记录自己参禅学佛的心得。在《白马寺不出院僧》一首中，他写道：

> 禅心空已寂，世路任多歧。
> 到院客长见，闭关人不知。
> 寺喧听讲绝，厨远送斋迟。
> 墙外洛阳道，东西无尽时。[2]

诗一开头就点出这位从来不走出寺院之门的高僧其所以道行如此高深，乃是因为心性空寂，早已将世俗凡情遗忘殆净，因此是"世路任多歧"。可见高僧的不出院，不但是足不出院，更是心不出院。尽管尘世间的生活千姿百态，变化万千，但在熄灭了尘劳杂念而心性如同止水的僧人那里，仍然是

---

1 《全唐诗》，卷五六三，第 6530 页。

2 《丁卯集笺证》，第 96 页。

"八风"吹不动，我自寂如如。"到院客长见，闭关人不知"，是说虽然高僧常为来寺的客人所见，而他自己也常见到这些来自俗世红尘的客人们，但却没有受到任何影响。他只是深闭其关，静思默省，朗观自己清净无染、毫不动摇的空寂心性。"人不知"既是旁人不知他，更是他不需要旁人知道自己。因为按照佛教的说法，世俗尘劳中的人们其所以会产生种种烦恼妄念，乃是因为起心动念，皆有"我"之意识。如前所述，此"我"乃是为客尘染污之"妄我"，而有此"妄我"之想，就会进一步产生各种妄念，于是种种烦恼痛苦也因之而起，世人遂陷入这无穷无尽的尘劳欲念之苦海中，不得安定，不得清净，不得解脱，不得见性。因此，修持佛法者的最高境界乃是忘却尘劳妄念所染污所系缚之"妄我"，显现不染世俗尘劳朗然清净的"真我"，而这"真我"的特点乃是没有"我"之意欲意念的，"真我"以其空寂静净的佛性与宇宙万法的空性融为一体，如此便是空，便是了，便是觉悟了涅槃妙法的真正解脱。所以说，解脱者，归根到底是"我"之解脱也。诗的最后说，这位高僧所居处的寺庙，乃在极其繁华热闹的洛阳城内，那熙熙攘攘、你来我往、求名求利无有尽时的人海人流，与他只不过是一墙之隔而已。墙外的人群攀缘物欲无有尽时，烦恼痛苦也就无有尽时；墙内的高僧心如止水，寂灭不动，他既不攀缘，也不求索，既不动摇，也不染污，因此就与烦恼痛苦无缘，而始终保持着一种无我无人的空寂心性也。由此可见，整首诗虽然没有一个字提到诗人自己，但诗人对于这位得道高僧的歆羡之心、敬仰之意，已于诗中明白传达出来。盖高僧最为诗人所倾服者，乃是其如如不定的空寂心性，是其"世路任多歧"的佛学修养功夫。诗人深深懂得，只有具备了此种功夫，自己才能避免"东西无尽时"的奔波不息，避免辛劳困顿无有尽时的人世客尘缠绕，才能真正从烦恼痛苦中解脱出来。

李山甫是晚唐时一位颇有豪气的诗人。他屡试不第，落拓不羁，其诗很能见出性情。在《山中依韵答刘书记见赠》一首中，他说：

幽居少人事，三径草不开。

隐几虚室静，闲云入坐来。

至道非内外，讵言才不才。

宝月当秋空，高洁无纤埃。

心灭百虑减，诗成万象回。

亦有吾庐在，寂寞旧山隈。

从容未归去，满地生青苔。

谢公寄我诗，清奇不可陪。

白雪飞不尽，碧云欲成堆。

惊风出地户，虩虩似震雷。

吟哦山岳动，令人心胆摧。

思君览章句，还复如望梅。

慷慨追古意，旷望登高台。

何当陶渊明，远师劝倾杯。

流年将老来，华发自相催。

野寺连屏障，左右相裴回。[1]

　　诗写自己幽居山中的心境。与人事隔绝，唯见虚室幽雅，闲云入座，心态十分从容，精神也非常爽朗。一句"至道非内外，讵言才不才"，就将自己的心志清楚无误地表现出来了。作为一个读书人来说，人生在世，不能无所依托，不能没有信仰追求。但所追求的"道"，却有内有外，从世俗红尘的角度来看，所谓"内道"，当是入世之道；所谓"外道"，当是出世

---

1 《全唐诗》，卷六四三，第 7370 页。

之道。从人的身与心角度来看，所谓"内道"，当是治心之道；所谓"外道"，当是治世之道。而在诗人看来，所谓"至道"者，是无所谓内外分别的，盖其治世者，亦是治心；其出世者，亦是入世。能将治世治心、出世入世打通者，即是非常之大才，而大才是不可以才与不才来衡量论定的。可见诗人已经超越了这些世俗的所谓内外分别，具有一种非凡俗可言的胸襟气度、高见卓识。唯其如此，他的心性才能如"宝月当秋空"般的"高洁无纤埃"。在这种空寂静净的心性中，他体验着"心灭百虑减，诗成万象回"的精深高妙之禅意，感到了不可言说的殊胜法乐。在这里，"心灭百虑减"与"诗成万象回"之间似乎是有矛盾的，但其实不然。因为正如苏轼的《送参寥师》诗一样，是"颇怪浮屠人，视身如丘井。颓然寄淡泊，谁与发豪猛？细思乃不然，真巧非幻影。欲令诗语妙，无厌空与静。静故了群动，空故纳万境"[1]。只有让心性中空去种种世俗妄念、烦忧尘虑，那光明澄洁的万物万象才会在心中朗然呈现，才有空间可供万物万象自由来往。在这里，"万象回"的"回"字，既有回旋之意，也有回归之意。此时此刻，万物万象既飞跃灵动但又虚空无常，虽生生不息但又一任自然，万物万象与诗人的心性有着最亲切的契合，它们都似乎回归到了诗人如同明镜虚鉴般朗然清净的心性之中。诗人在清晰地感受着它们的同时，也在清晰地感受着自己那无比澄澈的心性。接下来，"亦有吾庐在"以下十二句，既是写诗人即目所见的景象，也是写诗人作品中的诗境。它时而清幽，时而清奇，时而清朗，时而清灵，时而清雄，时而清壮，皆意气飞动，变幻多姿。接着，诗人又写自己登上高台，追怀陶渊明，表达了自己对这位具有悠然淡泊之心性的往圣昔贤无比倾慕之意。在结尾点题时，诗人道"野寺连屏障，左右相萦回"，就在这看似不经意处，诗人揭示了诗的主题，原来自己这份身处寂寞幽居中的从容的心

---

1 《苏轼诗集合注》，第 864 页。

态乃是从佛寺禅门中得来。在这里，屏障即是指青山为其居处的屏障。也就是说，一方面是佛门，一方面是大自然，遂使原本胸怀磊落、慷慨有奇志的诗人在这不得意的境遇中安定了自己的心性，保持了如如不动的坚贞高洁襟怀。

《大乘起信论》曾就心性修持提出过"一心二门"的命题，认为一心之中有"心真如门"与"心生灭门"两种，"真如心"是如如不动、无染无着、无待无求的"真心"，"生灭心"即是时时攀缘客尘外境，刻刻追求世俗物欲、处在无休无止的烦恼尘劳纠缠系缚之中的"妄心"。而所谓生灭，就是众生执着"妄我"而时时生起的烦恼妄念。这种"我"之意念、"我"之欲望、"我"之烦恼，乃是旋生旋灭，旋灭旋生的，无有尽时的。因此，佛教认为真正的解脱就是"生灭灭已，寂灭为乐"。而所谓"诸行无常，是生灭法"，世间一切事物无不处在生、住、异、灭的过程中，无有恒常，不能永久。众生只看到事物破灭时才感到悲哀，其实，要想不破灭，只能是不生起。不生，才是对破灭的根本断除。换言之，人生最根本的烦恼乃在患得患失，然苟不患得，又何来患失？而不生不灭的状态，就是对得失取舍的寂灭。这种寂灭是超越了生灭的，而超越了生灭，也就超越了生死，超越了对待。由于这种超越乃是一种心性功夫，所以它是从根本上做起的。总之，寂灭不动，就是真如，就是解脱，就是对烦恼痛苦的彻底断除。一旦断除了生灭心，就能体验到"春有百花秋有月，夏有凉风冬有雪。若无闲事在心头，便是人间好时节"这样的近乎审美的感受，这才是真乐大乐至乐，它寂灭了时间，寂灭了空间，寂灭了人与我，寂灭了心与物，寂灭了因与果，寂灭了去与住，一任自然，而毫不着意，毫无滞碍，毫无牵挂。它不知何事可乐，亦不知何事不可乐，故天下之事，皆可以乐。这是一种最自由的心态，也是一种最活泼纯真的心性显现。就在这纯任自然的心性显现之中，诗人得到了最为彻底的解脱，获得了难以言说的最殊胜之愉悦。

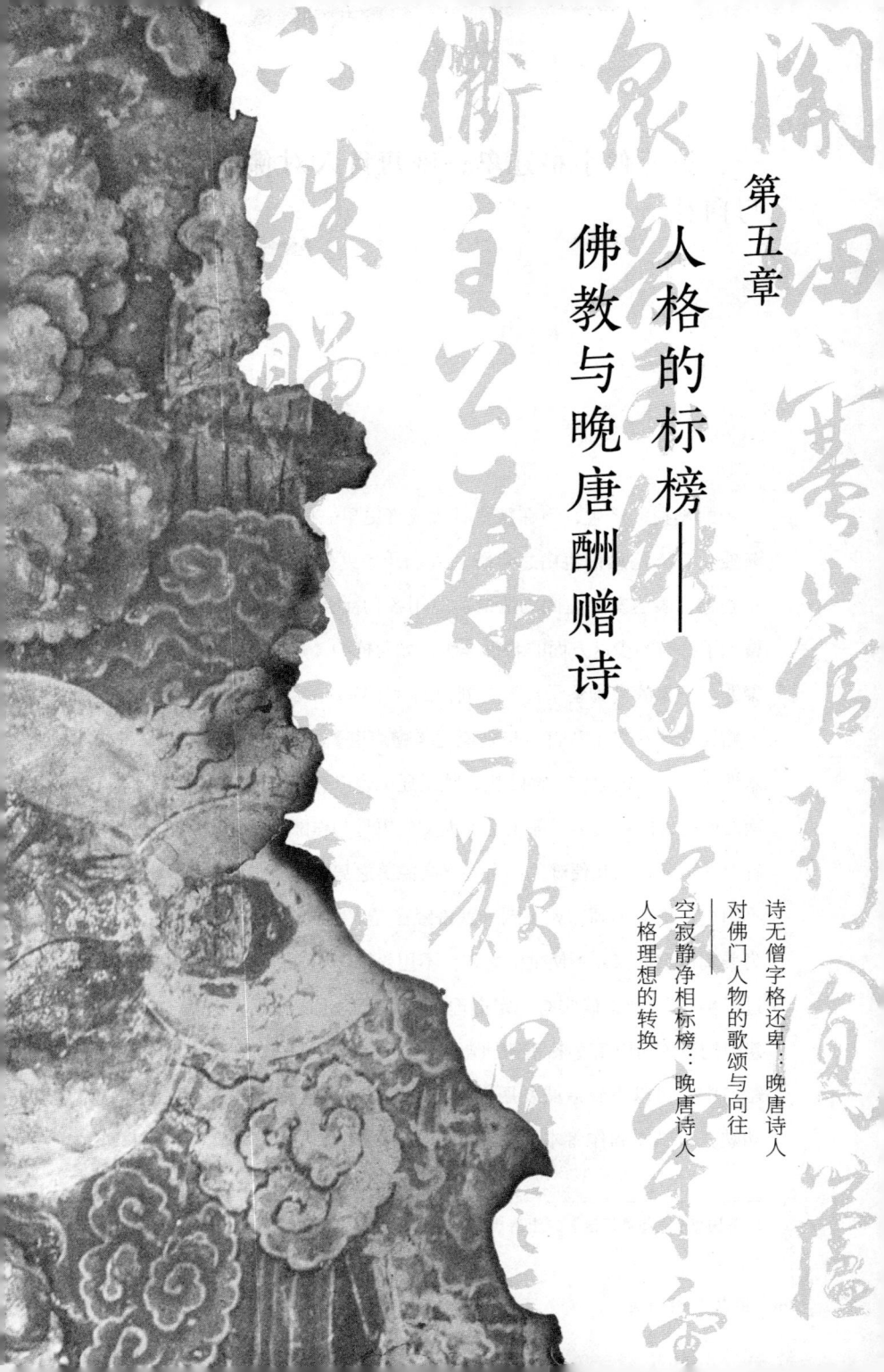

第五章

人格的标榜——

佛教与晚唐酬赠诗

诗无僧字格还卑：晚唐诗人
对佛门人物的歌颂与向往

空寂静净相标榜：晚唐诗人
人格理想的转换

一、诗无僧字格还卑：晚唐诗人对佛门人物的歌颂与向往

　　酬赠诗的产生，当在魏晋时代或者更早一些。魏晋时代，由于文学的逐渐独立，人的意识也由之觉醒，人们开始更多地运用诗歌的形式抒发自我情感心志，表达友朋之间的情谊，适用各种社会人际交往的需要。其时，如三曹七子都有不少这方面的名篇佳作，如曹植的《赠白马王彪》《赠丁仪》《赠王粲》，王粲的《赠蔡子笃》，刘桢的《赠徐幹》《赠从弟三首》，以及嵇康的《赠兄秀才从军十八首》与刘琨的《赠卢谌》《重赠卢谌》，都是思想性与艺术性兼胜的传世之作。而陆机、陆云兄弟也以善写酬赠诗文著称于当世，其后南北朝时代的谢灵运、颜延之等大文人更是写作酬赠诗的好手。由于酬赠诗的针对性很强，因此便难免不有些浮夸溢美之辞，有人便据此认为，此类诗多言不由衷，价值不高。如王国维就曾经在《人间词话》中说："人能于诗词中不为美刺投赠之篇，不使隶事之句，不用粉饰之言，则于此道（指诗词创作）已过半矣。"[1]此论确实有一定道理。但是我们也应看到，即从"兴、观、群、怨"的诗歌功用角度来考察酬赠诗，它也是极具价值的。因为我们从大量的酬赠诗中，可以看到亲戚友朋之间在人生理想、人格操守等方面的互相肯定与劝勉，可以看到作者本人及对方的人生经历、人生遭际等种种具体处境，可

1　王国维：《人间词话》，上海古籍出版社 1998 年版，第 14 页。

以看到人与人之间相濡以沫的关心、同情、体贴与慰藉，看到诗作者与对方的才华性格、为人情趣以及对生活、对社会、对政治等方面的理想与希望，不少酬赠诗也往往是诗人们喜怒哀乐等各种人生情感的自然流露与真实表现。正是由于酬赠诗中包含着上述种种内容，因此对于它的探讨就是非常必要的。在唐代，由于时代与社会的原因，文人在交往过从与言志抒情等方面都呈现出一种前所未有的开放态势，因此酬赠诗也就空前地增多起来。到中晚唐，一方面是人们进入科考仕途以及升官晋爵时社会关系显得非常重要，"行卷""温卷"已经成为举子们的例行公事；另一方面也是由于人生道路坎坷艰辛、人生遭遇翻覆不定的文人日益增多，因此，酬赠诗的创作也就达到了空前的高潮。如果说那些"行卷""温卷"等投赠之作的主要目的乃是出自贪缘攀附，那么友朋之间的寄赠之作则大多出于对他人的关怀、劝勉、慰藉与同情，以及作者自己或昂扬再振或自伤不幸等种种情感的抒发。从现存大量的酬赠诗中，我们不仅可以考察到诗人的生平经历与交游过从，而且对他们的为人情志、诗风影响、诗艺切磋、诗派形成以及师弟子之间的继承传续等各方面都将有所了解。

在晚唐时代，因着佛教在社会上的盛行，在酬赠诗创作方面也越来越增加了涉佛涉僧内容。因此，即使从这一角度切入，我们也能看出佛教对于晚唐诗人以及晚唐诗歌的巨大影响。其中的原因，一方面当然是自中晚唐以来，佛门中的诗僧人数越来越多，他们与文人们的交往也越来越密切；另一方面则是文人的倾心向佛也达到了前所未有的高潮。[1]在前面几章里，我们通过对晚唐咏怀、怀古、隐逸、禅悦等诗作的论析，考察了诗人们涉佛的因缘以及通过栖止佛门、奉持佛法而达到的自安、自定、自尊、自信目的之心

---

1 关于晚唐诗人倾心向佛、栖身禅门这种现象，笔者在《关于佛教与晚唐山水诗的综合思考》（载《求索》1987 年第 6 期）、《试论晚唐山林隐逸诗人》（《文学评论》，2003 年第 4 期）、《晚唐山林隐逸诗派师友承传关系略考》（《湖南社会科学》，1998 年第 3 期）以及《中国佛学与文学》（岳麓书社 1998 年版）中皆有详细考察，可参看。

路历程。如果说，隐逸诗的重点在于自安、禅悦诗的重点在于自定的话，那么，在晚唐涉佛的酬赠诗中，诗人们所表达的即是一种借佛教以自立、自成之创作旨趣。概言之，他们通过酬赠诗这种形式标榜了一种与儒家人格理想、道家人格理想所不相同的佛家人格理想。

大致说来，晚唐涉佛酬赠诗主要分两大类，即诗人赠僧诗与诗人之间的涉佛互赠诗。下面试分别论述之。

在晚唐时代，诗人与僧人的交往较以前任何一个历史时期都显得密切。于是，便留下了不少赠僧诗，这些诗的内容，包括赠僧、寄僧、送僧、忆僧、寻僧、访僧、参僧、谒僧、吊僧以及与僧人酬唱应和等。在这些作品中，诗人们既表现了自己与释门弟子的深厚情谊，也表现了佛门高僧所具有的种种不同凡俗之修养与功德。而大德们通过言行举止所表现出来的那种精神气度、人格修养也往往是诗人所最为仰慕敬佩、最为倾心向往的。郑谷曾有诗云："诗无僧字格还卑。"[1]概言之，在这些赠僧诗里，诗人重点在表现一个"格"字，一方面是表达自己的情趣格调的高雅脱俗，另一方面也表现了得道高僧那种远离尘俗的人品修养与人格精神。而这一切，正是与儒家、道家之人格精神有所不同的。诗人赞扬与歌颂这些佛门的人格精神，既是表明一种与世俗红尘中追逐名利、攀缘物欲、放浪形骸、积极入世、奋发有为等所不相同的价值观、人生观，更是以佛门之人格精神作为标准，树立自己的人格理想，坚定自己的人生追求，成就自己的人生理想与人生境界。

佛门之人格精神与人生理想，乃是与佛教所追求的终极目的与所实现的最高境界密切相关的。佛教的解脱在于寂灭断除人世的烦恼、悲伤、羁束、痛苦，进入一种自在的境界。所谓解脱，就是从痛苦中解放出来；所谓自在，就是自觉、自得、自由。由此可见，佛教修持的总出发点与总归宿即

---

1 《自贻》，《全唐诗》，卷六七六，第 7747 页。

是解脱与超越，即是成就佛道，实现涅槃、寂静、清净、无欲无染、无执无求、无念无相无住的最高境界，成就自由超越的人生。这种超越一方面建立在放弃的基础上，另一方面建立在作为的基础上，通过这种为与不为来实现人生境界，成就人格理想。佛陀的人格精神，佛家的人格精神，都是一种超世脱俗的人格精神，它一方面无我无欲无待无求，另一方面又慈悲为怀，以救拔众生为自己责无旁贷的重任。如果说儒家为了实现"仁"而任重道远的话，那么在佛家的人格精神中，其任重道远就更甚于儒家。尤其是悲智双修的思想、本末兼济的智慧、理事圆融的处事，都极超脱、极智慧，也最伟大、最崇高。因此最为人所敬仰与钦佩。那种于尘世俗事不沾不滞、无染无求的为人行事，也最为人所深相服膺。具体而言，佛家的人格典范有六度与四德。六度偏于宗教修持实践，四德偏于宗教理想境界。

　　首先，从"以大智故，不住生死；以大悲故，不住涅槃"的大乘佛教人生观来看，佛家之人格理想乃是上求大智，下化有情，即既追求个人解脱，也追求众生解脱。佛教徒借以解脱自己与众生的修持方法"六度"中即规定布施、忍辱、持戒、禅定、智慧、精进为由生死此岸渡入涅槃彼岸的最根本途径。所谓"布施"，是指用自己的财力、智力或者体力去帮助他人；所谓"忍辱"，是指忠于信仰、安于困苦与耻辱；所谓"持戒"，是指严守戒律；所谓"禅定"，是指凝神息虑，安于禅修；所谓"智慧"，是建立菩提般若之正观；所谓"精进"，是为了求取佛法真理或者救度众生而不辞劳苦、不畏艰辛，勇往直前，绝不松懈或者退却。在张乔的《闻仰山禅师往曹溪因赠》诗中，就赞颂了一位为寻求佛法而不畏艰苦、亲往曹溪的仰山禅师，诗云：

　　　　曹溪松下路，猿鸟重相亲。

　　　　四海求玄理，千峰绕定身。

　　　　异花天上堕，灵草雪中春。

　　　　　自惜经行处，焚香礼旧真。[1]

　　诗中首联即点题，谓仰山禅师往曹溪求取佛法。一方面通过松树、猿猴、飞鸟等途中所见写其经历山山水水，表现了人物不畏艰难险阻、勇往直前的态度，另一方面透出大师为人的慈悲亲和，大自然的一切都与其非常友善。接下来"四海求玄理，千峰绕定身"二句既说明佛法玄理是普照宇宙、遍及四海的，更表现了高僧为寻求佛法真理而不惜足迹遍及四海的精进不息之精神，"千峰"句则既在表现其修习禅定时，处于荒凉阒寂的群山之中，不惊不扰、不动不乱状态的同时，也有喻其身心意志也如同山峰一样坚定不移的意思。五六两句写仰山禅师一路经过的地方，异花纷坠，灵草萌发，到处显现出一派祥瑞的景象，这既象征着禅师此行求法的顺利安吉，也表现了禅师布施功德所产生出的感应力，以及禅师的神通广大，神异非凡，其禅学修养之高深精湛自不待言。最后两句写自己为大师精神所感动，在大师曾经经行之处（即一边念诵经文，一边行走，领悟佛法），虔诚地焚香礼拜，默想大师真迹，从而更为倾心地皈依佛法，成就菩提般若之圣果，追求涅槃解脱之大道。由此可见，仰山禅师之人格魅力主要在其精进不息、禅定不乱与慈悲为怀，真不愧为修习上求大智、下化有情之菩萨行的典范。

　　薛能的《送禅僧》一首也是写禅僧精进、持戒、忍辱、禅定的人格精神的。诗云：

　　　　　　　　　寒空孤鸟度，落日一僧归。

　　　　　　　　　近寺路闻梵，出郊风满衣。

　　　　　　　　　步摇瓶浪起，盂戛磬声微。

　　　　　　　　　还坐栖禅所，荒山月照扉。[2]

---

1 《全唐诗》，卷六三八，第7312页。

2 《全唐诗》，卷五五八，第6471页。

诗人所送的乃是一位云游禅僧。诗一开头，就为我们展现了一个十分寥阔深远的大自然背景，在凄清的天幕之下，一只孤鸟飞鸣而过，划破万里寒空。就在这苍茫的落日余晖中，一位孤独的僧人正慢慢地向天边走去，他一步一步不急不慢地向前行进，心中的意志十分踏实坚定。此行所往，是寻求佛法，还是弘扬佛法？诗人没有明说，也许兼而有之吧。总之，这境象是何等的寥廓、苍茫、远大啊！那寒空、孤鸟、落日，以及独行僧人的背影等组合成一幅意境深远的画面，正是禅师那种为求法弘法而精进不息、坚忍不拔精神的见证。接下来，"近寺路闻梵，出郊风满衣"一联，写这位禅僧走近寺庙，闻听梵经之声，郊外的野风吹拂着他，更显其神清意爽，气度非凡。而五六两句，"步摇瓶浪起，盂戛磬声微"，点出僧人随身携带的净瓶与净水，意象特别澄清洁净，象征着僧人心性无染，具有无比明澈的智慧。而盂钵与石磬的相撞之声，叮叮当当，十分清脆，更显出人物之清，性清，心清，风神形貌也清。其中"磬声微"的"微"字，暗示这位独行僧人所处的外在环境与其内在心境都十分清静，乃至细微的声响都能传出，都能够被觉察，这确实是一位持戒严格、操行清正的高僧啊！诗的最后，写禅僧来到自己的修行所在，摒思去虑，冥心静坐，修习禅定。此时，月亮从山峰背后升起，静静地照着这位虔诚的修行者，在荒山冷月的光照下，禅僧的整个身心显得十分通透清明，已经进入了一种极为澄明圆彻、清妙无比的境界，而禅师的人格精神，也于此中得到了最好的体现。

晚唐时代以清贫苦吟著称的诗人李洞也写有不少送僧人云游的诗。其中较好的有《送云卿上人游安南》（一作《送僧游南海》）与《送行脚僧》。前首云：

> 春往海南边，秋闻半夜蝉。
>
> 鲸吞洗钵水，犀触点灯船。

岛屿分诸国，星河共一天。

长安却回日，松偃旧房前。[1]

后首云：

瓶枕绕腰垂，出门何所之。

毳衣沾雨重，棕笠看山敧。

夜观入枯树，野眠逢断碑。

邻房母泪下，相课别离词。[2]

在这些诗中，诗人反复写到僧人们攀山渡海、不远千里万里去寻求佛法，他们从春到秋，一年四季几乎都没有休息的时候，其精进不懈的精神可以想见。但是，这些僧人们在生活上又都是无不极为艰苦的，他们过着的都是"毳衣沾雨重，棕笠看山敧。夜观入枯树，野眠逢断碑"的野外生活，正如禅门大师永嘉玄觉在《永嘉证道歌》中所说的："入深山，住兰若，岑崟幽邃长松下，优游静坐野僧家，阒寂安居实潇洒。"他们虽然长年歇宿在荒郊野外的阒寂无人之处，忍受着衣不蔽体、食不果腹的困苦生活，但都严格持守戒律，以始终如一的不放弃精神追求成佛解脱之道。这种精神确实是值得人们深相佩服的。可以说，这些诗中所写的高僧们正是在一种极为艰苦的条件下实现了自己的理想，成就了自己的人格的。

在《冬日送僧归吴中旧居》诗中，薛能写道：

去扫冬林下，闲持未遍经。

为山低凿牖，容月广开庭。

---

1 《全唐诗》，卷七二一，第 8271 页。

2 《全唐诗》，卷七二一，第 8273 页。

旧业云千里，生涯水一瓶。

还应觅新句，看雪倚禅扃。[1]

诗中的这位禅僧，生活清寒，但志趣高雅，他勤于持卷读经，勤于林下坐禅，但也不妨碍他时常看山览月。而山的坚定，月的清朗，既是禅师止观双修的对象，也象征着禅师那精进不已的修持毅力与他那澄明朗澈的高洁心性智慧。换言之，青山与明月，一方面是他修习的定处，另一方面也给予了他以修习的定力。而"旧业云千里，生涯水一瓶"两句，正是对禅师一生最为准确的高度概括。在这里，"云千里"，既是说他云游千里，不辞劳苦地寻法弘法，也是指他如同白云飘浮天际一样，去留无迹，不执不滞，潇洒自如。而以"水一瓶"来象喻其生涯，则可见其清贫寒素，净洁无瑕。又，瓶中之水的特点乃在于无波无浪，静止如如，诗人那本然清寂的心性也于此可见。这是一位禅僧，又是一位诗僧，因此，他在勤勉修持的同时，也常常写作诗篇，而"看雪倚禅扃"正是对他创作状态的描写。可以想见，在这样一种极为清净的环境之中，禅僧的诗境肯定也是十分清净的。因为空寂静净，既是他的生活，也是他的心境，更是他的人格精神之所在。

表现僧人们勤修禅定、忍耐贫寒、甘于寂苦、严守戒律，以超凡脱俗的般若智慧追求佛法真理的诗篇还有不少，如许棠的《寄敬亭山清越上人》：

南朝山半寺，谢朓故乡邻。

岭上非无主，秋诗复有人。

高禅星月近，野火虎狼驯。

旧许陪闲社，终应待此身。[2]

---

1 《全唐诗》，卷五五八，第 6472 页。

2 《全唐诗》，卷六〇三，第 6972 页。

又如李咸用的《望仰山忆玄泰上人》：

> 晴岚凝片碧，知在此中禅。
>
> 见面定何日，无书已一年。
>
> 高秋关静梦，良夜入新篇。
>
> 仰德心如是，清风不我传。[1]

再如薛能的《赠僧》一首：

> 尽日行方到，何年独此林。
>
> 客归惟鹤伴，人少似师心。
>
> 坐石落松子，禅床摇竹阴。
>
> 山灵怕惊定，不遣夜猿吟。[2]

在这些诗中，僧人们的修行意志都可谓十分坚定。有的居处高峰绝顶，与星月为伴，与虎狼为邻，尽管阒寂孤寒甚至荒凉可怖，但也不能动摇他们的修习禅定；有的住在深山幽谷，在云雾缭绕、秋气清冽之中坐禅习定，其德行亦如清风一般，令人向往，使人受到感染；有的居住于人迹罕至、十分僻远的深林之中，友鹤猿而侣山灵，在青松、幽竹下坐禅，其忍受艰苦、精进不懈的精神连山神也为其感动，不许深夜猿啼来惊扰他。这些禅僧们，可以说都是身体力行"六度"梵行的典范，他们都以其艰苦卓绝的求法弘法精神为诗人们树立了人格榜样。

---

1 《全唐诗》，卷六四五，第 7395 页。
2 《全唐诗》，卷五五八，第 6479 页。

赵嘏《赠天卿寺神亮上人》诗中所写的乃是一位因为潜心修习而不出寺院之门已经五年了的高僧。诗云：

　　　　五看春尽此江渍，花自飘零日自曛。

　　　　空有慈悲随物念，已无踪迹在人群。

　　　　迎秋日色檐前见，入夜钟声竹外闻。

　　　　笑指白莲心自得，世间烦恼是浮云。[1]

　　诗的首联即从五年落笔。在这五年里，任他外界花开花落，日升月沉，大师却心如止水，如如不动。他以寂然本净之心性，静静立在江边，无言地看着春去秋来，观照着红尘中的一切兴衰更替，沉沉起伏，感到世间一切都只是虚幻不实，唯有大师心性永恒。颔联两句，一方面说万物旋生旋灭，缘聚缘散，了无痕迹；另一方面说高僧远离尘俗，不涉红尘，不受染污，道行高洁。颈联二句，极其形象地表现了大师那空寂静净的境界，"日色檐前见"，色即是空；"钟声竹外闻"，清心净性。这里所表现的，既是物境，也是心境，既是静境，也是净境。在尾联二句里，诗人写到洁白的莲花，这既有可能是寺院实有的景色，更是大师之人格精神的一种审美象征。在佛教美学范畴中，莲花是人们往生之西方净土的象喻，佛教常以莲花代指净土与心性。莲花出淤泥而不染，乃是清净圣洁的象征。而高僧笑指白莲，既表现他所证悟到的佛法，所朗然呈现的清净无染的心性，也说明世间的一切烦恼，都是覆盖在人心性上的浮云，拂去浮云，不染世尘，即是清净，即是解脱，即无烦恼，即可成佛。总之，这位神亮上人既然五年不出寺院，可见其修持禅定之精进不懈、坚定不移，而这种人格精神正是诗人们所真心向往的。

---

1 《全唐诗》，卷五四九，第6349页。

所谓"四德",乃是对佛教修持的最终目的涅槃境界的解说。涅槃,梵语音为nirvana,又音译为泥曰、泥洹,意译为灭、灭度、寂灭、圆寂,是指灭除了一切烦恼、痛苦及其产生根源的状态。《杂阿含经》卷十八云:"涅槃者,贪欲永尽,嗔恚永尽,愚痴永尽,一切诸烦恼永尽,是名涅槃。"[1]早期佛教大都以虚无寂灭为涅槃的主要内涵,提倡厌弃肉身,厌离人世。后来大乘中观学派提出以证悟诸法性空实相为涅槃,这就把涅槃与世间统一起来了,使佛法修持不脱离人间,不放弃生命。在稍后出现的《大般涅槃经》中,还明确提出"涅槃四德"说,认为"常、乐、我、净"四种状态即是涅槃成佛的最高理想境界。经中说:"二乘所得非大涅槃,何以故?无常、乐、我、净故,常、乐、我、净乃得名为大涅槃也。"[2]也就是说,声闻乘和缘觉乘此二乘所证得的涅槃并非大涅槃,只有佛与菩萨证得的涅槃乃是大涅槃。其所以称"大",乃是得不可思议之大自在的意思。而"常""乐""我""净"四种状态中的"常"是永恒、永久的意思;"乐"是安乐、无忧的意思;"我"是自由、自在的意思;"净"是清净、高尚的意思。世俗社会中的芸芸众生其所以会浮沉于无边烦恼苦海之中不得超脱,乃是执无常以为常,执坏苦以为乐,执无我以为我,执不净以为净,正是缘于此四种虚妄不实的颠倒错误之认识,起心动念,举手投足,皆执迷不悟,于是生起种种烦恼痛苦。而佛与菩萨的常、乐、我、净,乃是与众生截然不同的,被称作是大常、大乐、大我、大净。而大常、大乐、大我、大净之境界即是无坏苦、无烦恼、无生灭、无对待的绝对自由超越、安乐清净之境界。由此可见,所谓涅槃解脱,所谓修持成佛,就是证得常、乐、我、净之境界。换言之,证得常、乐、我、净之境界即是涅槃,即是解脱。

1　《大正藏》,第2卷,第126页中。

2　《大般涅槃经》,卷二十三,《大正藏》,第12卷,第502页中。

正是从"涅槃四德"解脱成佛论出发，中国佛教的绝大多数派别都将修证常、乐、我、净之境界作为佛门弟子所追求的最终目的与最高理想。而能否超越对待、断除烦恼、守寂不乱、清净高尚，也就常常成为衡量佛门弟子觉悟高低、功夫深浅、人格修养是不是完善到位臻于境界的标准。由此出发，在晚唐诗人们的赠僧诗中，不少内容便是对这些出家修行的高僧大德们严守戒律、清净节操、端正身心、庄严法相、远离尘俗、寂灭烦恼欲念、进入无我无求无分别对待的超越境界等品德修养及人格精神的歌颂与赞扬。毫无疑问，在这些赞美与颂扬中，诗人们自己的人生价值、人生情趣与人格理想的衡量判断标准也得到了充分表现。下面试分别论述之。

首先，是超越。超越即是对佛教涅槃说"常"这一概念的具体表现。因为，超越说到底是对"无常"的超越。佛教理论是一种超越的理论，它不但要超越生死，也要超越烦恼。人生之烦恼从何而来？如前所述，按照佛教的说法，是从"无明"而来。"无明"即是一种对世界各种现象虚妄、颠倒的认识。说到底，就是执虚为实，执空为有，执无常以为常。因此，放弃对于无常的执着，即是"常"。比如，众生由于不知道自己的生命乃是四大、五蕴之多种因缘的偶然聚合而成，便执以为"常"，于是起心动念，举手投足，无不为这个轮回流转于世俗尘劳中的生死之"妄我"而苦心经营，惮思竭力地操劳，置良田、建广厦、娶娇妻、拥美妾、求高官、享厚禄，巧取豪夺，广聚钱财，溺爱子孙。进而为封妻荫子、光宗耀祖而争取爵禄、攀求名位。然而，生命无常，待得大限突然来到时，才知道功名事业不过是"古今将相在何方，荒冢一堆草没了"，才知道金钱财富不过是"终朝只恨聚无多，及到多时眼闭了"，才知道娇妻美妾不过是"君生日日说恩情，君死又随人去了"，才知道"痴心父母古来多，孝顺儿孙谁见了"[1]。原来一切都只是一场

---

1 曹雪芹：《红楼梦》，岳麓书社 2001 年版，第 7 页。

空幻，一切都是"无常""无我"不可把握的。进而言之，生前那些时时纠缠心头、令人日日不安、烦恼怨愤不已的对于荣辱、是非、得失等名相的分别、思量、计较，到此时都变得毫无意义，才知道它们不过都是一堆虚幻不实的概念，用佛教的术语来说，就是一堆假名、一堆戏论，其实质都是十分荒唐虚妄的。何况是非、荣辱的具体内涵本身就是不确定的，得失、祸福之间的关联也往往是辩证的、发展的、异动的，更没有确定可言。总之，本身都是无常不实的。

由此可见，众生沉浮无边无际的尘劳苦海，饱受无穷无尽之烦恼痛苦折磨的根源皆从执"无常"以为"常"的"无明"错误认识而来。那么，有没有与"无常"相对的"常"呢？在佛教理论中，当然是有"常"亦即永恒存在的，那就是"无为法"。"无为法"也称"无为"。简而言之，它就是与"诸行无常""诸法无我"相对的"涅槃寂静"。按照佛教的理论，世间一切"法"（事物、现象、状态等）可分为"有为法"与"无为法"两种。"有为法"是指有造作的、有所作为的，它泛指世间一切由于因缘聚合而产生形成，有着生、住、异、灭变化的事物与现象，其性质乃是待缘而生、有生灭变化、有形相显现。对于这种有为法，金刚经指出："一切有为法，如梦幻泡影，如露复如电，应作如是观。"意思是说，"有为法"虽然在现象是"有"，但都变异倏忽，不可把握，亦即在本质上都是"空""无常"的。佛教最著名的"三是偈"说："众因缘生法，我说即是空，亦为是假名，亦是中道义。"在这里，"空"是对一切由因缘和合而产生的"有为法"之共同性质的界定，"假名"则是对这种由不同的因缘所形成的"有为法"所给予的各自不同之称号，也就是说称号虽然有异但在共性上却都是空的。而"中道"则是既要看到事物"空"的共性，也要看到事物各自不同的"假名"，这才是一种不弃二边的"中道"认识。而"无为法"则是无造作的，它是不依待因缘和合而成的，也就是不生不灭、无去无来、不一不异、非彼非此、非有非非有的一种绝对状况。一般来说，大乘佛教将"无为"分成虚空无为、择灭无为、非择灭无为。所谓"虚空无为"，即是事物的"性空"这种绝对状态，换言之，证悟"性空"即是认识"无为"。所谓"择灭无为"，即以菩提般若之智慧观照事物，断灭对事物的计较分别的一种觉悟、一种境界。所谓"非择灭无为"，即是并非通过般若智慧，而是因为缺乏条件致使不能产生任何认识的精神现象，如白痴、植物人等情况。由此看来，以"虚空无为"与"择灭无为"这两种"无为法"具有修持解脱的意义。按照佛教的看法，这种"无为法"因为具有恒常不变易的性质，所以即是解脱，即是涅槃。

正是出于这种佛教"无常"与"无为"的认识，出于对"涅槃四德""常、乐、我、净"之"大常"的证悟，佛教提出佛法修持应当去除"二执"，此"二执"即是"我执"与"法执"。按照佛教的说法，众生其所以不能成就佛果，乃是受到"烦恼障"与"所知障"的阻碍。所谓"烦恼障"，即是"我执"，它执着生灭中之"妄我"以为"我"，时时纠缠于"我"的意识而患得患失，身心疲惫，不得安宁，不能解脱。所谓"所知障"，即是"法执"，它执着于外界事物的"假名"以为实有，也就是一种虚妄分别诸法，以为客观外界皆具有独立存在之实体的一种妄见。执着于"法执"者，往往见有不见空，对外界各种事物生出诸般思量计较，强为分别，强为对待，既不见觉知是非、得失、荣辱、祸福等看似对立事物之共同"空性"，也不明白各种看似对立事物之间所存在的互相转化的辩证关系。

因此，"法执"这种"所知障"可以说是一种错误颠倒的愚痴之见，众生因此障碍，便不能得菩提般若之智慧，不可解脱。在晚唐诗人所写的赠僧诗中，不少都谈到了对我执、法执的超越。如皮日休的《腊后送内大德从勖游天台》一诗云：

讲散重云下九天，大君恩赐许随缘。

霜中一钵无辞乞，湖上孤舟不废禅。

梦入琼楼寒有月，行过石树冻无烟。

他时瓜镜知何用，吴越风光满御筵。[1]

从勘禅师因德高望重而被召入内廷为皇帝讲解佛法，当他辞别帝王回到原来的寺院时，随身携带的只有钵盂瓶水而已。一般世俗之人或受宠若惊，或顿感声名显赫、身价倍增，或夸耀于人、傲慢于世的种种卑俗心态他全然没有，他只是安稳依旧地"湖上孤舟不废禅"。诗中颈联"梦入琼楼寒有月，行过石树冻无烟"两句，写大师虽然曾入玉殿琼楼但却心如寒月，一片澄澈冰洁，纤尘不染。一个"梦"字，说明在大师看来，入琼楼玉殿也不过是一场梦幻，是虚空不实的，丝毫不值得留恋。而当他回归途中孤舟行经石崖云树时却仍旧是食宿清寒，保持着一个僧人清净清冷、持戒谨严的本色。在这里，"冻"字既是实写大师的生活情状，也可以借其清冷、清净之意，表现高僧那种清寂自守的人格节操。而"无烟"则一方面说明高僧饮食清冷，另一方面也暗喻大师高洁澄明的心性上并未因此行入朝而蒙上世俗的尘劳烟雾。由此可见，从勘禅师既无我执，也无法执，他心清如水，微波不起，性明如镜，纤尘不染，确实是一位深得涅槃超越之道的高僧大德。

又如张祜的《寄灵澈上人》诗云：

老僧何处寺，秋梦绕江滨。

独树月中鹤，孤舟云外人。

荣华长指幻，衰病久观身。

应笑无成者，沧洲垂一纶。[2]

---

1 《全唐诗》，卷六一四，第 7087 页。

2 《全唐诗》，卷五一〇，第 5802 页。

诗中所写之景物如独树、明月、野鹤、孤舟、闲云等，既是灵澈上人生活的清寂、高雅环境，也象征着上人那清寂、孤寒而又潇洒适意、自由自在的澄明心性。这是一位得道的高僧，他视荣华富贵为浮云、为虚幻，而对于自己那衰老多病的身体，也并不像世俗之人那样，不是叹息其衰弱不堪，就是倍加珍爱保护。他借这衰病之身来观照佛法，深深证悟《维摩诘所说经》所说的种种让人不留恋肉身的佛法至理："是身无常，无强无力无坚，速朽之法，不可信也。为苦为恼，众病所集。……"[1]像这样无"我执"无"法执"已经进入人生至境的高僧大德，又怎么能不令人钦佩呢？

如前所述，最为困扰晚唐诗人身心的烦恼乃是求不得苦。这种痛苦主要来自国家与社会以及传统思想文化为读书士子们设定的人生价值标准。自从"学而优则仕"成为衡量读书人是否优秀、是否成功的价值标准以来，那些生活在社会中下层的广大不第不仕之士子们，那些虽然进入了官场，但是仕途不通达顺畅、屡遭坎坷倾覆的失意官僚们，对于功名、事业、利禄、官职、爵位、升黜、进退、恩疏、荣辱、毁誉、是非、得失、盛衰、祸福等的思量计较就始终没有离开过他们的心头，正是对于这些佛教视之为"空幻""虚妄"的"假名"的思虑，使士大夫文人患得患失，片刻难以安宁。因此，对于"法执"的超越，也就显得更为重要。缘于此，在不少赠僧诗作之中，诗人们都更多地表现了对高僧们超越法相分别计较的由衷歆羡，如吴融的《送僧归破山寺》诗云"万里指吴山，高秋杖锡还。别来双阙老，归去片云闲。师在有无外，我婴尘土间。居然本相别，不要惨离颜"[2]，便是对于高僧能够将有与无、去与住、红尘城阙与山野林泉以及聚合与别离、悲伤与欢乐等世相法执予以超越、不生分别计较之心的高度赞扬。又如曹松的《送德

---

1 《释氏十三经》，第 133 页。

2 《全唐诗》，卷六八四，第 7861 页。

光禅师》(重礼石霜长者)一诗云:

> 天涯缘事了,又造石霜微。
>
> 不以千峰险,唯将独影归。
>
> 有为嫌假佛,无境是真机。
>
> 到后流沙锡,何时更有飞。[1]

　　诗中所赞赏的也是德光禅师那种与"有为"相反的"无为"、与"有境"相反的"无境"的高深佛学修养。所谓"有境",即是"有我",即是一种"我执"。而"我境"其所以产生,乃是因为有"我所",即一种将外在之物视为是我之所有的观念。而"我境"也好,"我所"也好,归根到底,都是缘于"我执"。正因为有"我执",才会生起我相,执身心为自我,视外境为我所有,就不能脱离人我、善恶、有无等相对待的世界,不能觉悟到自我和万物皆为性空的道理。只有以"无念为宗""无相为体""无住为本",一任自然,毫不着意,才能断除烦恼,增进功德,超越生死,成就涅槃解脱。

　　在更多的赠僧诗中,诗人们直接地表达了对高僧超越名利、漠视荣贵的敬佩之情,如李洞的《和刘驾博士赠庄严律禅师》诗云:

> 人言紫绶有光辉,不二心观似草衣。
>
> 尘劫自营还自坏,禅门无住亦无归。
>
> 松根穴蚁通山远,塔顶巢禽见海微。
>
> 每话南游偏起念,五峰波上入船扉。[2]

---

1 《全唐诗》,卷七一六,第 8227 页。

2 《全唐诗》,卷七二三,第 8299 页。

诗中明白指出,这位庄严律禅师确实是一位德行庄严的佛门人物。他无视当时由皇帝给予僧人的最高奖赐——紫衣,将其视同为敝旧草衣,这是因为禅师已经具有"不二心观"了。所谓"不二心观",即是对一切事物不生分别计较的超越眼光。正因为禅师具有"不二心观",因此他才能做到"尘劫自营还自坏,禅门无住亦无归",因为有营必有坏,生、住、异、灭,四相迁流,无有常定;既然无住,亦自无归,因为一任自然者,当然也就不来不去,不常不断,不生不灭,一切皆法法如如,这就是禅门的精旨,是禅宗的要义。在另一首《赠僧》诗中,李洞写道:

> 不羡王公与贵人,唯将云鹤自相亲。
>
> 闲来石上观流水,欲洗禅衣未有尘。[1]

这也是一位淡泊名利的高僧。他无视于世俗红尘中人歆羡不已、费心竭力巴结逢迎的那些身位显赫、不可一世的王公贵人们,而更愿意与天上的白云、林中的白鹤相亲相友。因为云的一任舒卷、去留无迹,鹤的秉性高洁、不染尘埃,乃是与高僧的行迹与心性最为相宜的。高僧的高洁,正是他没有沾染半点尘氛世俗的鄙陋庸俗,因此他才能如此高傲——根本就没有将那些王公贵人放在眼中,甚至耻与他们交结,羞于与他们同行。一句"欲洗禅衣未有尘"便点出高僧的心性是无比的澄明清澈了,既有如此清净的佛性,又怎么会染污凡尘呢?既有如此之高深的道行,又怎么不傲视甚至鄙夷那些有权有势却无才无德的王公大人们呢?高僧之高,乃在其志行之高,在其功德之高,更在其人格修养之高。以高洁之人格修养而傲视世俗红尘的俗人俗事俗物,这正是晚唐诗人们无比歆羡、无比向往的,他们所以一再赞颂佛门高

---

1 《全唐诗》,第 8301 页。

僧大德们清净高尚的人格精神，所表现的难道不正是自己欲以一种超凡绝俗的人格气质傲立于世，从而鄙薄功名富贵、鄙弃世俗荣利的情怀吗？除了李洞这两首诗之外，许棠的《赠栖白上人》《送元遂上人归吴中》，曹松的《荐福寺赠应制白公》（一作《栖白大师》）、《赠广宣大师》等诗作都是对身居高位、备受朝廷恩宠，但却淡泊名利、视盛名高誉如同浮云的高僧大德们的歌颂与赞扬。的确，真正得道的高僧都是淡泊名利的，但他们与一般不信佛的隐士不同，在这淡泊背后是有宗教信仰、有哲学理念支撑的。概言之，这种淡泊乃是来自一种去妄存真的认识，是一种去无常而得大常的涅槃超越之大智慧、大自在。

　　高僧们的超越还包括了对色空的超越、对世间与出世间的超越，以及对是非的超越、对来去的超越、对言语文字的超越、对佛教各门派宗风的超越，等等。比如，张祜的《题赠志凝上人》、唐求的《送僧讲罢归山》《赠楚公》所写的乃是对色空的超越；杜荀鹤的《赠休禅和》所写的乃是对出家与在家的超越；杜荀鹤的《赠临上人》、张祜的《赠禅师》所写的是对禅宗与律宗之门派宗风的超越以及对于空与有的超越、对言语文字的超越；杜荀鹤的《赠袒肩和尚》所写的是对来与去的超越、对诗与禅的超越、对世间与出世间的超越；杜荀鹤的《赠质上人》所写的是对人间是与非、得与失的超越。诗中那"悟色身无染，观空事不生"[1]"休将如意辩真空，吹尽天花任晓风"[2]"长说满庭花色好，一枝红是一枝空"[3]"只道诗人无佛性，长将二雅入三乘"[4]"不计禅兼律，终须入悟门。解空非有自，所得是无言"[5]"逢人不说

1　张祜：《题赠志凝上人》，《全唐诗》，卷五一〇，第 5802 页。

2　唐求：《送僧讲罢归山》，《全唐诗》，卷七二四，第 8309 页。

3　唐求：《赠楚公》，《全唐诗》，卷七二四，第 8310 页。

4　杜荀鹤：《赠休禅和》，《全唐诗》，卷六九二，第 7960 页。

5　杜荀鹤：《赠临上人》，《全唐诗》，卷六九一，第 7729 页。

人间事，便是人间无事人"[1]等诗句，都既表现了佛门高僧们对"我执""法执"的超越，也表现了他们无住、无相、无念、无为的菩提般若智慧与涅槃解脱的人格精神。佛教认为，烦恼即菩提，如前所述，杜荀鹤一生最为坎坷，因此他对佛法的性空实相也最能彻悟，在他的不少赠僧诗中，都论及超越问题，由此也可以见出，超越确实是他心中一个重要情结。

"涅槃四德"中"乐"的内涵乃是对烦恼的解脱，具体而言，就是一种无忧无惧的安乐心理状态。如前所述，人生的烦恼主要来自对外界事物的执虚为实，来自对事物的分别、计较与对待，来自以生死尘劳之"妄我"为"我"这种意念。而归根到底，最令世人烦恼不堪、时时缠绕心头、片刻不得安息的乃是一种患得患失的意识。而这种意识，一方面是感到社会、自然乃至自我心灵中总有许多对自己的逼迫，另一方面也感到社会、自然与自我心灵中存在着许多对自己的诱惑。正是这种逼迫与诱惑，从两方面夹击，使人们终日处于患得患失、浮躁不安的精神状态之中。正缘于此，佛教要求人们不但要建立菩提般若的正觉正观，而且要严格持守戒律、要坚持不懈地修习禅定，才能具有一种既不贪恋世俗视之为快乐的事物，也不畏惧那些世俗视之为愁苦事端的智慧与定力。只有这样，才能在失去世俗红尘视之为快乐的事物时，不生恼怒痛苦；在世俗红尘视之为愁苦的事情来临之时，不生恐惧畏怯。面对利、衰、毁、誉、称、讥、苦、乐这"八风"皆不摇不动，如如不定，始终保持一种湛然常寂的本性也。如前所述，在晚唐时代，无论在朝还是在野的文人士大夫们都常常感到那些来自社会与自我心中的逼迫与诱惑难以抵挡，于是，如何镇定情绪，使自己尽量减少忧愁烦恼、减轻时代与社会的苦难带给自己心灵上的阴影就是他们所企盼的。

诗人顾非熊在《寄紫阁无名新罗头陀僧》诗中写道：

---

1 杜荀鹤：《赠质上人》，《全唐诗》，卷六九三，第 7981 页。

棕床已自檠，野宿更何营。

大海谁同过，空山虎共行。

身心相外尽，鬓发定中生。

紫阁人来礼，无名便是名。[1]

　　诗中所写的这位远涉重洋来到中国的新罗僧人便是非常值得人们佩服的。他一路上风餐露宿、备历艰辛不说，就是那"大海谁同过，空山虎共行"的定力已经让人不得不深相倾服了。孤身一人渡过波涛汹涌的大海，与猛虎一同走过深山老林，这些人所想象不到的威胁恐惧，如果没有对宗教坚定不移的信仰又如何能够坦然面对？接下来，五六两句写他视身心如同丘井，将生命置之度外，唯一心禅定，竟不知老之将至，可见其定心之坚、定时之久。最后一句中"无名"二字，写这位异国高僧漠视荣名的高尚之志。"紫阁"在这里是代指朝廷专门管理僧道的机构，"紫阁人来礼"，便是说朝廷遣人来礼请，像这样隆重的待遇，一般人视为珍宝，但在高僧看来，却简直不值一顾。他回答自己的名字道："无名"就是我的名字。像这样彻底放下"我"之意念，唯一心修持佛道，真正做到无我、无欲、无求、无畏、无惑，定相庄严、志行高洁的人格精神谁不佩服？佛门以佛、法、僧为"三宝"，谓一切信众对出家人皆应恭敬礼遇，谨诚奉事，像诗中所写的这位僧人就真可谓是确实值得世人学习的典范，理当受到世人的无比尊敬。

　　郑谷的《赠圆昉公》诗也是写高僧拒绝诱惑的。诗前原有小序，谓："昉，蜀僧。僖宗幸蜀，昉坚免紫衣。"由此可知，圆昉大师也的确是一位不慕荣利、拒绝诱惑的得道高僧。诗云：

1　顾非熊：《寄紫阁无名新罗头陀僧》，《全唐诗》，卷五〇九，第5787页。

天阶让紫衣，冷格鹤犹卑。

道胜嫌名出，身闲觉老迟。

晚香延宿火，寒磬度高枝。

长说长松寺，他年与我期。[1]

  首二句写大师面对众人艳羡不已的赐紫之荣耀，坚辞不受，其人格之崇高净洁，简直使白鹤都感到了自己的卑下。一个"冷"字，既是写大师心性之清净，也是表现大师人格的冷峻，具有一种面对世俗荣华富贵，丝毫不为所动的强大定力。这种定力当然是来自其坚定之宗教信仰的，但也与其道行高深分不开。于是，"道胜嫌名出，身闲觉老迟"两句便点出大师由于道行高深因此名声传出，以至惊动帝王，他却因为这样会对修道有所妨碍而心生嫌恶；由于他心中既无逼迫之念，也无贪恋之想，安闲无忧，因此也不会像世俗之人那样由于"百忧感其心，万事劳其形"而弄得"渥然丹者为槁木，黟然黑者为星星"[2]，过早地容颜憔悴，身心衰老了。而五六两句写大师安于清贫寂寞的佛门生活，并以此为乐。其中的"晚香""寒磬"两个意象，也是对高僧德行芳馨、心性清澈的一种象征。最后，诗人写自己由于受到高僧人格精神的感召，也打算在他年出家为僧。这虽然是以后的事情，是否能成为现实还未可知，但诗人对于大师的服膺与向往却是由此可见了。

  如前所述，在佛门中，不少僧人为了锻炼自己的定力，拒绝世俗嚣尘的染污，还常常闭关修习，甚至数年十数年不走出寺院之门。韦庄《不出院楚公》（自三衢至江西作）诗中所写的楚公就是这样一位意志坚定的高僧：

---

1 《全唐诗》，卷六七四，第 7710 页。

2 欧阳修:《秋声赋》,《欧阳修全集·居士集》,卷十五,中国书店 1986 年版,第 111 页。

一自禅关闭，心猿日渐驯。

不知城郭路，稀识市朝人。

履带阶前雪，衣无寺外尘。

却嫌山翠好，诗客往来频。[1]

　　诗中的楚公自从闭关之后，心中便越来越宁静。在这里"心猿"典故乃是出自佛教典籍，以猿猴的性情躁急来比喻众生因攀缘物欲，心情躁动不已，没有安定的时候。因此常与"心猿意马"一同使用。所谓"心如猿猴，游五欲树，暂不住故"。因此佛门常将止欲定躁称为驯服心猿。三四两句说楚公因为不出院门，故而连城中道路也不熟悉，市朝之人更很少认识了。"履带阶前雪，衣无寺外尘"两句则一方面是实写高僧的生活状况，另一方面也是说，由于定力越来越深，因此心性不为外境客尘所染污，如同冰雪一般高尚澄洁。尾联所写之"山翠"中的"山"，也有象喻楚公之定力如同青山之坚定，山之青翠，无有改变移易的意思。在顾非熊《题觉真上人院》诗中所写的那位觉真上人，虽然没有像楚公那样不出寺院之外，但他居住繁华闹市，却心如止水，丝毫不受世俗红尘的影响，所谓"长安车马地，此院闭松声"就与陶渊明当日"结庐在人境，而无车马喧"颇有相似之处。一个"闭"字，也象征着觉真上人的心扉早已关闭，一切来自外界的威逼与利诱都丝毫不能侵入他的心境中去。像这样拒绝红尘诱惑的高僧还有不少，如薛能《赠禅师》诗中所写的禅僧就"嗜欲本无性，此生长在禅。九州空有路，一室独多年。鸣磬微尘落，移瓶湿地圆。相寻偶同宿，星月坐忘眠"[2]。他已绝去了所有的嗜欲，始终保持着一种非常清净的心性。在这里，"本无性"并

1　《韦庄诗词笺注》，第349页。

2　《全唐诗》，卷五六〇，第6506页。

不是说他没有性情，而是说如果沾染嗜欲，那么就失去真正的心性了。这位禅师并不是没有性，而是其性在于禅修禅定。由于性已止于禅寂，因此即使门外即是通衢大道，对于他而言，也不会受其诱惑，误入歧途。他只是独处一室，心如止水地潜心修习禅法。若论禅师定力之深，心性之净，"鸣磬微尘落，移瓶湿地圆"两句便做了最好的说明。此一联出句写人物心境之静，对句写人物心性之净。只此静净二字，就可见出禅师精湛的禅法、高深的修养。像这样具有人格感召力的大师，诗人当然是倾心向往的，诗的末尾"相寻偶同宿，星月坐忘眠"两句便表达了作者的倾慕之心。由此可见，在晚唐时代，这些道行高深的佛门中人对于读书士子们还往往起着良师益友的作用。

崔涂的《东林愿禅师院》诗中所写的也是一位深居山寺而拒绝世俗嚣尘染污的大师。他"与世渐无缘，身心独了然。讲销林下日，腊长定中年。磬绝朝斋后，香焚古寺前。非因送小朗，不到虎溪边"[1]。为了修习佛道，他长年闭居深山，与世俗越来越没有关联。而此时的禅功却日见精深，"身心独了然"句即可见出他已经非常清楚自己的心性本寂了，了知肉身不过是偶然聚合的幻化之物。因此他更加对种种常人感到的威逼利诱无动于衷，"磬绝朝斋后，香焚古寺前"就是他日常的功课，除此之外，他不会再涉足红尘一步了。尾联"非因送小朗，不到虎溪边"两句即说明他也如同东晋时深居庐山东林寺的佛学大师慧远一样，是不轻易走出寺门的，偶尔来到寺外，也只是因为送客而已。据说，慧远居庐山东林寺，寺外有一条虎溪，慧远送客至此，总听见虎啸，故从不过虎溪。后来陶渊明与修净一同访问他，当慧远送客时，三人正谈得十分投契，忽然听见有虎啸，才知已经过了虎溪，三人不觉大笑。诗人在这里将愿禅师比作中国佛教史上的著名高僧，说他从不轻易出寺，可见志行高洁，定力非凡，确实令人仰慕。

---

1 《全唐诗》，卷六七九，第7775页。

崔涂《赠休粮僧》诗中所写的一位高僧也是具有非常之定力的。他已经绝粮不食多年。这样，就更没有什么事情能够诱惑他了，所谓"闻钟独不斋，何事更关怀。静少人过院，闲从草上阶。生台无鸟下，石路有云埋。为忆禅中旧，时犹梦百崖"[1]，就是他寂静无人的生活写照。自从休粮之后，他简直与世完全隔绝了。他的居处，不但人迹罕至，就是鸟儿也不飞来。由于无须进食，他甚至连听到寺院的饭钟之声都无动于衷。也许我们会觉得他太过于清冷孤寂了，但是诗人正是通过这些来表现出家修行者那种完全放弃了一切世俗欲求、无忧无虑、安和寂静的心理状态。这种无忧无虑的状态是最为安适恬淡的，相对红尘喧嚣中那些日日患得患失无有尽时的世俗之人来说，这就是一种无与伦比的大乐、至乐境界，因此也是值得诗人们所羡慕的。

"涅槃四德"中的"我"乃是自由、自在的意思。这是一种"真我"而非"妄我"，是一种"大我"而非"小我"，是一种具有真如佛性的永恒之"我"，而非轮回流转于生死之道中受苦受难的"我"。归根到底，这种"真我"乃是无比圣洁的，它具有清净无瑕的心性，而不贪恋执着于红尘物欲繁华，不纠缠集结于人世人生的喜怒哀乐种种烦恼，它彻底断除了"贪""嗔""痴"三毒的染污，是最自由的，也是最自在的。而所谓"自在"，即是有"自我"在，有"自我"之心性在。我之心性没有为外界客尘所遮蔽、所迷失，它是澄明的，是清净的，是敞亮的。而世俗社会里的芸芸众生其所以会浮沉于无边烦恼苦海之中不得超脱，乃是执"妄我"以为我，于是起心动念，无不围绕"妄我"而经营策划，色、受、想、行、识"五蕴"时时刻刻缠绕身心而不能停息，此起彼伏，刹那生灭，无有安定。于是，众生但有生灭中之我，而无真如寂静之我。众生但有生灭之念，而无寂灭之念。正缘于此，佛陀当日在雪山向天帝刹所求得的法偈即是："诸行无

---

1 《全唐诗》，卷六七九，第 7777 页。

常，是生灭法。生灭灭已，寂灭为乐。"王维诗说："一悟寂为乐，此生闲有余。"[1] 所谓"寂灭为乐"，乃是寂灭了生灭之念也，一旦寂灭断除了生灭之念，众生就从烦恼中解脱出来，于是原来覆盖在心性上的种种客尘妄念皆一时除去，清净澄明的真如心性豁然显现，此时才有"我"在，才有生命在，换言之，才得到真正的自我。由此可见，所谓寂灭，就是寂灭生灭之心，寂灭五蕴烦恼，从而无念无住，无待无执，如此才能从无尽生灭中解脱出来，才能显现真如"大我"，才是自由自在的最高涅槃成佛境界。

李咸用在《赠山僧》诗中说：

> 荣枯虽在目，名利不关身。
>
> 高出城隍寺，野为云鹤邻。
>
> 松声寒后远，潭色雨余新。
>
> 岂住空空里，空空亦是尘。[2]

这位得道高僧，虽然见过许多人世中的荣枯盛衰，但都如过眼浮云，丝毫不曾让他动心。名也好，利也好，他早就无介于怀，始终保持寂然不动的心性。颔联两句写他品格崇高，性情放旷，故一任自然，万事都无所措意。颈联通过青松与潭水这两个意象，进一步表现出格高与性清，最后在尾联中以"岂住空空里，空空亦是尘"点出题旨：这位山僧其所以具备如此高洁的道行，乃是因为他从来不曾住法生心。所谓："应如是生清净心，不应住色生心，不应住声、香、味、触、法生心。应无所住而生其心。"[3] "菩萨应离一切相，发阿耨多罗三藐三菩提心。不应住色生心，不应住声、香、味、触、

---

1 《饭覆釜山僧》，《全唐诗》，卷一二五，第1249页。

2 《全唐诗》，卷六四五，第7392页。

3 《金刚经》，《释氏十三经》，第4页。

法生心，应生无所住心。若心有住，即为非住，是故佛说菩萨心不应住色布施。须菩提！菩萨为利益一切众生故，应如是布施。如来说一切诸相，即是非相。"[1] "如来说世界，非世界，是名世界。"[2] 由是出发，对佛法性空之理也不可拘泥，更不应一味执空而弃有。如前所述，正确的做法应当是不弃"空""有"二边，这才合符般若"中道"。在佛门看来，如果一味执空，则是一种死空、顽空、无计空，这种"空病"甚至比执着于"有"更为危险有害。因此，诗人说，如若"住空"亦即胶着滞泥于"空"的话，那同样是一种染污、一种系缚，也将妨碍对于佛法的修持。质言之，正是因为高僧不住法生心，一任自然，所以才能达到心性无比高洁的境界，才能赢得诗人的如此倾心的敬慕。

方干《赠式上人》诗中的式上人是以另一种无相无住的形式修习佛法的：

> 纵居犀角喧阗处，亦共云溪邃僻同。
> 万虑全离方寸内，一生多在五言中。
> 芰荷叶上难停雨，松桧枝间自有风。
> 莫笑旅人终日醉，吾将大醉与禅通。[3]

可以说，正因为这位式上人已经完全寂灭了生死之心，无生灭中我，所以才能做到"纵居犀角喧阗处，亦共云溪邃僻同"。在他心中，万虑全消，身心俱泯，一切兵灾祸患，天地翻覆，都已不能引起他心中任何生灭之想。倒是写作诗歌，却似乎成了他的一种生活方式。但究其实，上人也并未曾像

---

1 《金刚经》，《释氏十三经》，第6页。

2 《金刚经》，《释氏十三经》，第5页。

3 《全唐诗》，卷六五〇，第7471页。

一般世俗文人那样执着于诗句的工整精美而"苦吟"，颈联"芰荷叶上难停雨，松桧枝间自有风"两句，就既表现出他一任自然、无念无住的写作状态，也显示出他诗中不粘不滞、潇洒自如的审美境界。最后诗人说自己虽然终日酩酊大醉，但并不妨碍参禅学佛，因为正是在大醉之中，他才没有任何执着计较、患得患失的烦恼思虑，才彻底地进入一种"应无所住而生其心"的状态。由此可见，"吾将大醉与禅通"，确实是一种对于禅理的彻悟，也就是说，式上人的佛学修养，作者方干的佛学修养，都同样达到了一个很高的层次。

在晚唐诗人赠僧之作中，表现寂灭五蕴烦恼，断除生灭之心的无念无住、无待无执精神状态的还有唐求的《赠著上人》，诗云：

> 掩门江上住，尽日更无为。
> 古木坐禅处，残星鸣磬时。
> 水浇冰滴滴，珠数落累累。
> 自有闲行伴，青藤杖一枝。[1]

司马扎《题清上人》诗云：

> 古院闭松色，入门人自闲。
> 罢经来宿鸟，支策对秋山。
> 客念蓬梗外，禅心烟雾间。
> 空怜濯缨处，阶下水潺潺。[2]

---

1 《全唐诗》，卷七二四，第 8306 页。
2 《全唐诗》，卷五九六，第 6905 页。

李昌符《赠供奉僧玄观》诗云：

> 自得曹溪法，诸经更不看。
>
> 已降禅侣久，兼作帝师难。
>
> 夜木侵檐黑，秋灯照雨寒。
>
> 如何嫌有著，一念在林峦。[1]

唐求《赠行如上人》诗云：

> 不知名利苦，念佛老岷峨。
>
> 衲补云千片，香烧印一窠。
>
> 恋山人事少，怜客道心多。
>
> 日日斋钟后，高悬滤水罗。[2]

从这些诗中，我们可以看出，当高僧们已经去除了生灭之心时，他们的真如之性更加澄明朗现。在一种无挂无牵、无缚无累的精神状态之中，他们潜心地修习着佛法，感受着天地自然那种即色即空、即空即色、色空不二、理事圆融的如如实相。当然，由于他们的心性过于清寂，因此眼中之所见，诗中之所写，都无不显得太狭小细碎，总免不了过分寒俭而有所谓"蔬笋气""僧气"。然而正是这些深深感染了诗人们，在那个动乱不安的时代里，这种寒俭僧气作为一种审美时尚流传于诗坛，起着安定失意文人的作用，也是不足为奇的。我们虽然不应过多地深责诗人本身，但却应该从中吸取历史

---

1 《全唐诗》，卷六〇一，第 6949 页。

2 《全唐诗》，卷七二四，第 8306 页。

教训。因为晚唐此类诗为我们提供了一份在见证历史的同时也见证人心的有力材料。

"涅槃四德"中"净"乃是清净高尚的意思。"净",首先是要心净,心净才能于外界纤尘不染。佛教将人的感知认识器官分别为"六根",即眼、耳、鼻、舌、身、意。并将其相应的功能分别为"六识",即眼识、耳识、鼻识、舌识、身识、意识。而"六根""六识"所分别对应的外界认识对象则为"六境",即色、声、香、味、触、法。因为"六境"都有从外界侵入染污"六根"的作用,因此又被称作"六尘"。其中"六根"与"六境"合称为"十二处",又作"十二入",在这里,"处"与"入"都有发生关系、发生交涉的意思,指"六根"与"六境"发生作用的门户。在"十二处"的基础上再增加相应的"六识",即总称为"十八界"。佛教认为"十八界"包括了宇宙的一切现象,是对于宇宙万物的总分类。可以看出,这种分类乃是以人的认识为中心的。它强调了"六根"的重要性,因此要求修持主体首先要做到"六根清净",只有"六根清净",才能"六尘不染"。其次是要境净。

方干在晚唐诸家诗人中,与僧人来往是比较多的,他的赠僧诗,对僧人清净心性的描述也是比较突出的,如《赠镜公》(一作《旅次钱塘》)诗云:

> 幽独度遥夜,夜清神更闲。
> 高风吹越树,细露湿湖山。
> 月皎微吟后,钟鸣不寐间。
> 如教累簪组,此兴岂相关。[1]

由此可见六根清净并不是要充耳不闻,而是要熟视无睹。既然具备了六

---

1 《全唐诗》,卷六四八,第 7441 页。

根，它当然自觉不自觉地都会发生作用，关键是"凡所有相，皆是虚妄，若见诸相非相，即见如来"[1]。因此，六根清净说到底乃是意根的清净，是心识之清净。镜公其所以耳闻目睹的都是极为清净清寂的月夜幽独之景，乃是因为他没有"簪组之累"，所以那些静夜里的风、静夜里的露、静夜里的月与静夜里的钟，才会像是被他的纯净之心识过滤了一样，组成了一幅极为优美的清夜之图画。李山甫《赋得寒月寄齐己》对晚唐著名诗僧齐己那高尚纯净的心识也有所歌颂，诗云：

> 松下清风吹我襟，上方钟磬夜沉沉。
> 已知庐岳尘埃绝，更忆寒山雪月深。
> 高谢万缘消祖意，朗吟千首亦师心。
> 岂知名出遍诸夏，石上栖禅竹影侵。[2]

可以说，齐己大师正因为心识清净无染着，所以才能"高谢万缘"，亦即拒绝一切外界因素的侵入。在这里，"消"有消释、消解之意，"祖"即是指佛祖。也就是说，对于释迦牟尼佛祖教导众生寻求解脱、返回本原清净的涅槃心性的旨意，齐己大师已经完全理解，并彻底解决了佛家所要求的断除一切烦恼产生的根本问题，那就是始终保持一种清净的心识，不使万缘从此门户中侵入。因此，即使已经名满天下，声扬华夏，但却丝毫无动于衷，他照样在清净的磐石上安心禅定而绝不乱其心性。"已知庐岳尘埃绝，更忆寒山雪月深"两句就既是写高僧所对的纤尘无染的清净之外境，也是表现高僧那如同冰雪、朗月那样清净寒彻的心性襟怀。

---

1 《金刚经》，《释氏十三经》，第 3 页。
2 《全唐诗》，卷六四三，第 7367 页。

唐求是晚唐诗人中终生隐居深山未出者，故时人常以"唐山人"径称。《唐才子传》曾记载他"所行览不出二百里间，无秋毫世虑之想"[1]。由于他远离尘氛，因此比一般诗人更能够体验清净心性，从而也最善于描写清净之境。在《和舒上人山居即事》一首中，他写道：

> 败叶填溪路，残阳过野亭。
>
> 仍弹一滴水，更读两张经。
>
> 暝鸟烟中见，寒钟竹里听。
>
> 不多山下去，人世尽膻腥。[2]

由于舒上人这位高僧很少下山去，因此对于"人世膻腥"，他几乎是六根不染的。那清净无污的心性中，只占据有"仍弹一滴水，更读两张经"的地位，可谓是纯而又纯，净而又净。从此种心性出发，对于"六境"，他所见所闻的也只是一些枯败的黄叶、弯曲的溪路、黯淡的残阳、荒废的野亭，是暮烟中晚归的飞鸟，是竹林里寒寂的钟声。真是"六根"也清净，"六境"也无尘。而无论是远离膻腥的高僧也好，还是不入尘世的高人也好，他们所尽量保持的就是那一种清净高尚的独立人格。因为在佛门看来，只有这种清净的人格，才既是最完善自足的，也是最圆满崇高的，葆有这样一份人格，就是涅槃，就是解脱，就是佛禅境界。

如前所述，"贪""嗔""痴"三毒乃是众生保持清净无染心性的大敌，是产生一切烦恼痛苦的总根源。而超越、庄严、寂灭、清净则是烦恼障（我执）、所知障（法执）二障的对治。超越，故不痴，得菩提般若之智；庄

---

1 《唐才子传校正》，卷十，第 322 页。

2 《全唐诗》，卷七二四，第 8307 页。

严，故不嗔，法相如如；寂灭，故无我，得涅槃解脱之道；清净，故不贪，远离一切染污，心性澄明朗澈。如此无欲，无求，无执，无待，无着，拒绝诱惑，不受干扰，圣洁纯和，品格高尚，自然为人所敬重。像方干《送镜空上人游江南》诗中所写：

> 去住如云鹤，飘然不可留。
>
> 何山逢后夏，一食在孤舟。
>
> 细雨莲塘晚，疏蝉橘岸秋。
>
> 应怀旧溪月，夜过石窗流。[1]

又如《题碧溪山禅老》（一作《赠鹤隐寺僧》）一首所写：

> 师步有云随，师情唯鹤知。
>
> 萝迷收术路，雪隔出溪时。
>
> 竹狄窥沙井，岩禽停桧枝。
>
> 由来傲卿相，卧稳答书迟。[2]

这些僧人的人格，都如同天上的白云一般纯净无瑕，如同地上的白鹤一般超凡脱俗。而超凡脱俗，说到底，即是对世俗社会的回避与超脱。如上所述，"六根"要想清净，"六境"也最好尽可能清净。像上述诗中所写的意境无疑都是十分清净疏朗的，另外，任蕃的《赠济禅师》："碧峰秋寺内，禅客已无情。半顶发根白，一生心地清。竹房侵月静，石径到门平。山下尘嚣

---

1 《全唐诗》，卷六四九，第 7458 页。

2 《全唐诗》，卷六四九，第 7458 页。

路，终年誓不行"[1]，刘得仁的《寄楼子山云栖上人》："一室凿崔嵬，危梯叠藓苔。永无尘事到，时有至人来。涧谷冬深静，烟岚日午开。修身知得地，京寺未言回"[2]，都是将"六根"之净与"六境"之净结合起来写的。因为只有"六根""六境"清净无染，才能保证"六识"不再缘境生心，才有可能葆有一份出世修行者迥绝尘嚣的凄神寒骨之清姿净念，从而使全部身心的内宇宙与外宇宙都沉浸在一种完全澄明清澈的境界之中。马戴《赠别空公》诗说：

> 云门秋却入，微径久无人。
> 后夜中峰月，空林百衲身。
> 寂寥寒磬尽，盥漱瀑泉新。
> 履迹谁相见，松风扫石尘。[3]

温庭筠《赠越僧岳云二首》其一说：

> 世机消已尽，巾屦亦飘然。
> 一室故山月，满瓶秋涧泉。
> 禅庵过微雪，乡寺隔寒烟。
> 应共白莲客，相期松桂前。[4]

可见这些高僧都是确实已经阻止隔断了万缘，摒除息灭了万虑，其心识心境之清净无染一如清风明月，一如白云秋水、冰雪寒山。尽管"清净"的

---

1 《全唐诗》，卷七二七，第 8333 页。
2 《全唐诗》，卷五四四，第 6284 页。
3 《全唐诗》，卷五五六，第 6445 页。
4 《全唐诗》，卷五八二，第 6740 页。

指向是针对凡尘俗世的污浊龌龊而言，有着超越甚至对抗现实社会尘劳污浊的意义，但佛门的"清"与儒家的清刚、清醇不同，与道家的清淡、清和也不同，归根到底，它的旨趣还是指向"清寂"的。

空，然后能常，能永久；寂，然后能乐，寂灭为乐，无忧无苦；静，然后能不为八风所动，不浮不躁，回归自我心性；净，然后能高尚圣洁，能自持自守。而修行者保持了心识的清净，也就保持了清寂的归依，保持了幽独圣洁的人格，保持了宁静平和的心态。避离红尘，去除染污，从而摒弃一切杂务俗事，彻底断除烦恼痛苦，远离种种虚妄颠倒，以一种极其清明的般若智慧证入涅槃寂静的圆满解脱境界。可以说，这既是诗人其所以一再称赞佩服高僧大德们的原因，也是他们自己所倾心向往的最高境界。

二、空寂静净相标榜：晚唐诗人人格理想的转换

　　翻开一部卷帙浩繁的《全唐诗》，我们可以看出，郁结在诗人们心中的主要是三大情结，即济国安民的功业情结，渴望爱抚的情爱情结，自标高洁的人格情结。当然还有不少表现互相理解的友朋情感和欣赏山川名胜的游踪与胸怀情志的作品，但在这些作品中，往往都同样包含着一种人生感慨，上述三大人生情结也或隐或显地蕴于其中。作为绝大多数不遇不达、身处困穷的晚唐诗人而言，他们既不可能在功名事业方面一显身手，也无缘与红粉佳人相慰平生，那么他们的人格情结就比那些或高歌昂扬理想或吟咏脉脉温情的诗人们更为强烈了。文学史上一般认为晚唐诗格卑气弱，这从大多数干谒投献诗与叹老嗟卑的咏怀之作来看确实难免如此，但是那些作品中所反映的乃是晚唐诗人们谋求出路的需要，表现的是他们真实无误的生存状况，而并非他们心中的真实意愿。就他们内心中的真实意愿来讲，当然还是希望与初盛唐诗人一样，气干九霄，激昂青云，乘长风破万里浪，在治国济民的从政道路上一显身手、一展宏图的。但时代与社会注定了他们不可能再有初盛唐人那样的机会了。首先是读书士子在这个军阀混战、强权横行的时代已经没有市场，换言之，文才已经不是当权者们的首选甚至需要；其次是从中唐开始到晚唐越来越盛行的官场与科场夤缘请托之风，久而久之，也似乎成为社会所默认的通行规则，读书士子们很少不经过这条卑微屈辱之路而能够进身

于仕途的。

然而，可以想见的是，当诗人们为了谋求官爵而不得不降志辱身的时候，他们的心中也未尝不在流血。那种因屈辱身心所带来的心灵痛苦与精神创伤，在我们前面所引述的不少咏怀之作中都屡有反映。也许正是这一原因，导致晚唐诗人的人格情结比在此以前哪一个时代的诗人都敏感、都强烈。现实生活中种种无可奈何的谦卑与屈辱，使他们时时刻刻希望有一条渠道、有一种方式来发泄他们那被压抑的痛苦，舒展他们那被扭曲的心态。而另一方面，正如不少心理学家指出的那样，自卑感越沉重的人，往往其自尊心也远较他人要强烈得多。于是，这群从整体上来看社会地位已处于比较卑微的晚唐诗人们，一方面写着那些叹老嗟卑、感伤身世的咏怀诗，另一方面也在不少友朋酬赠之作中彰显自己或者朋友高洁狷介的人格情操，这在一部分淡泊世情的涉佛酬赠诗中尤其有着较为集中与突出的表现。

综观晚唐诗人们的涉佛互赠诗作，与赠僧诗重点歌颂高僧大德们所具有的种种不同凡俗之修养与功德，以及种种远离尘嚣的精神气度不同，其重点乃在突出作者自己或者对方人品格调之清高。

如李咸用《和人游东林》诗云：

> 一从张野卧云林，胜概谁人更解寻。
> 黄鸟不能言往事，白莲虚发至如今。
> 年年上国荣华梦，世世高山水石心。
> 始欲共君重怅望，紫霄峰外日沉沉。[1]

诗中"张野卧云林"用《庄子·天运篇》黄帝"张《咸池》之乐于洞庭

---

1 《全唐诗》，卷六四六，第7409页。

之野"[1]的典故，表示自己已经非常清高潇洒，远非一般凡俗人物可以比拟。接下来说自己这种"胜概"既不是一般人所能够理解的，也不是一般人所能够追寻的。当诗人回首往事时，深感过去身为卑微小吏漂泊风尘的耻辱，在这里，"黄鸟"所用的典故乃是出自《诗经·小雅·绵蛮》中"绵蛮黄鸟，止于丘阿。道之云远，我劳如何""绵蛮黄鸟，止于丘隅，岂敢惮行，畏不能趋""绵蛮黄鸟，止于丘侧。岂敢惮行，畏不能极"[2]诗句，是以黄鸟比喻卑微小吏行役劳顿无有尽时的痛苦不自由。而"白莲"则象征圣洁无比的佛门清净之地，诗人说自己尽管心中无限向往，多少次发愿生心皈依，但还是至今不能如愿。不过，他因为沐浴了佛门圣洁光辉，心中具有佛家觉悟的缘故，毕竟与一般人仍旧执迷不悟还是有所不同，当那些人还在继续年年做着"上国荣华"的美梦时，诗人却已经坚定不移地"世世高山水石心"，即如清泉一般澄澈，如磐石一般坚贞，这就是"高山"之心，也即是清高之节操人格。诗的末尾，通过对佛门圣地的向往，再次表达了自己的心志高洁。

又如许浑的《寄天乡寺仲仪上人富春孙处士》诗云：

> 诗僧与钓翁，千里两情通。
> 云带雁门雪，水连渔浦风。
> 心期荣辱外，名挂是非中。
> 岁晚亦归去，田园清洛东。[3]

诗人将诗歌、僧人、泛舟渔猎的钓翁、隐逸江湖的处士、淡泊名利的高人结合在一起，以"千里两情通"作为联系，表现出他们共同具有的清高淡泊之

---

1 《庄子》，岳麓书社 1989 年版，第 57 页。
2 《诗经全译》，贵州人民出版社 1981 年版，第 377 页。
3 《丁卯集笺证》，第 6 页。

人格情怀。"云带雁门雪"的"雁门",用的是晋代高僧慧远的典故。慧远是雁门楼烦人,其佛学修养十分高深,在中国佛教史上影响至为重要。诗人在这里以"雁门雪"比拟仲仪上人得慧远一脉真传的佛学修养,虽然有些拔高,但却真心地表达了自己倾慕佛法,皈依佛、法、僧三宝的虔诚意愿。也正因为诗人有此崇高意愿,所以才能"心期荣辱外,名挂是非中"。在这里,两句之间乃是一种倒装的关系,即本应当是虽然"名挂是非中",但却"心期荣辱外",也就是说自己虽然因为种种原因没有像仲仪上人那样出家为僧或者像孙处士那样隐逸江湖当隐士,名义上还挂籍于是非场中,但是心中却早已将荣辱得失之念置之度外,丝毫不加考虑了。最后诗人说自己也终将归耕田园,隐逸家山终老,其向往清高远举,并以清高淡泊自许的心态也可以从此看出。

与佛门修证的最高境界有关,晚唐诗人们的涉佛酬赠之作所表现的境界又特别着重于清、寂、静、净四个方面,无论是人物的心境也好,还是外景的物境也好,所指向的都是尽可能表现出作者或者对方人格精神的空、寂、静、净。在这里,空有空明超越之意蕴,寂有清寂自守之意蕴,静有宁静平和之意蕴,净有清净圣洁之意蕴。

如李山甫的《寄卫别驾》一首云:

> 晚展归来岳寺深,尝思道侣会东林。
>
> 昏沉天竺看经眼,萧索净名老病心。
>
> 云盖数重横陇首,苔花千点遍松阴。
>
> 知君超达悟空旨,三径闲行抱素琴。[1]

卫别驾乃是诗人李山甫的道侣即共同修证佛法的佛教信仰者。山甫在诗

---

1 《全唐诗》,卷六四三,第 7369 页。

中说自己一清早赶到处在深山大岳之中的寺院，不由得想起以前道侣们一起聚集在"东林"即佛寺的情景。在这里，"东林"，是以庐山东林寺代指此时诗人所栖止的这座佛寺。而"归来"，则表示自己进入寺院，即是得到了精神上的归宿的意思。接下来三四两句，则以维摩诘居士所证悟的佛法说明佛教性空之理。净名，是维摩诘居士的另一种译名，它与"无垢称"都是属于意译，而维摩诘系音译，维摩则系简称。作者的意思是，如果只是执着于念经看经，那么即使看得两眼昏沉，也不会明白经中真正要旨。只有像维摩诘居士那样，将身体视为丘井，视为浮云，视为速朽之物，视为盛诸生老病死各种烦恼痛苦的皮囊，视为虚幻不实，转瞬即逝的梦、幻、泡、影、露、电等，这样才能彻底放下贪欲、爱恶、痴迷、执着等世俗之念，才能使心境彻底澄澈，彻底空明。正缘于此，诗的末尾对友人卫别驾表示了深深的敬佩，乃是因为卫别驾能够"超达悟空旨"，也就是能契证佛法大义，能超达，能悟空。故此时此刻，卫别驾虽然不在寺中，但在家中也同样无比洒脱，一句"三径闲行抱素琴"不仅表现了他那清高潇洒的风神气度，而且更表现了一种清超空明的襟怀人格。有此襟怀人格，他读经可，不读经亦可；他来寺院可，不来寺院亦可。因为他已经彻底悟空，所以"三径闲行"也即是一种修行，因为他已经彻底悟空，所以弹奏素琴也即是一种证道，所谓二六时中，行住坐卧，穿衣吃饭，一切皆是修行，皆是证悟也。

林宽的《送人宰浦城》也是写一位因与佛门结缘遂能清空超脱的朋友的，诗云：

> 东南犹阻寇，梨岭更谁登。
>
> 作宰应无俸，归船必有僧。
>
> 滩平眠獭石，烧断饮猿藤。

> 岁尽校殊最，方当见异能。[1]

诗人林宽笔下的这位朋友，乃是一位有"异能"的县宰。他无俸亦空，无衙亦空，无食无宿皆可空。他为什么能够达到这样超越的境界呢？一句"归船必有僧"便向我们透露出他与佛门的关系，正因为他深知佛教性空之理，所以能够将生命置之度外，在"东南犹阻寇，梨岭更谁登"的情况下，仍然毫不念及危险而赴任浦城担任县宰。因此，诗人预见到，这样一位有非凡人格毅力的佛门信仰者，在治理县政方面也将同样能够显示出"异能"来。

在《送惠补阙》诗中，林宽还写了另一位心地空明、人格超逸的朋友，诗云：

> 诏下搜岩野，高人入竹林。
> 长因抗疏日，便作去官心。
> 清俸供僧尽，沧洲寄迹深。
> 东门有归路，徒自弃华簪。[2]

惠补阙确实是一位不同凡俗的高人雅士。他早就有弃官归隐之心，因此一旦"清俸供僧尽"，即将自己的家财全都奉献佛门之后，便"沧洲寄迹深"了。其人格之高尚，秉性之刚直，意趣之超逸，都不得不令诗人深相佩服。

皮日休的《奉和鲁望寒夜访寂上人次韵》一首则表达了对道友兼诗友陆

---

1 《全唐诗》，卷六〇六，第 7000 页。
2 《全唐诗》，卷六〇六，第 7004 页。

龟蒙的赞颂。诗曰：

> 院寒青霭正沉沉，霜栈干鸣入古林。
>
> 数叶贝书松火暗，一声金磬桧烟深。
>
> 陶潜见社无妨醉，殷浩谭经不废吟。
>
> 何事欲攀尘外契，除君皆有利名心。[1]

陆龟蒙号江湖散人、天随子，他不慕名利，隐居不仕，在晚唐诸多诗人中人格最为高洁。皮日休与他情趣相投，交往密切，诗歌唱和也非常多。而企慕佛门，拜访高僧大德，聆听佛法要义，也是他们共同的趋尚。在这首诗中，皮日休将陆氏比作陶渊明与殷浩这两位晋宋间的高士，这是因为陶、殷二人都曾与佛门结缘，殷浩的佛学修养还相当高深。而陶的善饮与殷的善吟，此二者也正是陆龟蒙所具备的，故以陶、殷比陆的确非常恰当。总之，陶渊明也好，殷浩也好，陆龟蒙也好，他们都因具有远离尘俗的高尚人格品行，因此淡泊名利，自然超越于世俗中那些趋名逐利之徒，自以空明澄澈、无所滞碍的心境与清高特立节操而垂范千秋。

正如我们在上一章所指出的，清寂自持也是佛门弟子必须具备的修养之一。晚唐诗人的不少酬赠诗对这种修养品格也有所赞颂。如李山甫《酬刘书记一二知己见寄》一首云：

> 见说金台客，相逢只论诗。
>
> 坐来残暑退，吟许野僧知。
>
> 自喜幽栖僻，唯惭道义亏。

---

1 《全唐诗》，卷六一三，第 7069 页。

身闲偏好古，句冷不求奇。

晦迹全无累，安贫自得宜。

同人终念我，莲社有归期。[1]

　　诗人首先赞扬刘书记等人虽为金台之客，但却并没有一官场俗气，与人相逢，所言谈者也只有对于诗歌艺术的探讨评论。由此可见他们对于世俗功名之事都根本没有放在心上，甚至可以说已经寂灭了此念吧。三四两句则表现刘书记与其他的几位知己在残暑消退的早秋时节给自己寄来诗篇，而这些诗中的高情雅趣，也只有像山野中的僧人那样清寂自持、幽独自守的人物才能理解，言外之意即是自己也是刘书记等人的同道、知己，当然也就能够对他们的作品有会心之解。不过自己虽然也是喜好幽栖、厌恶尘俗的人，但是与刘书记等人比较起来，毕竟还是在证悟佛法方面相差甚远。在这里，我们也可以看出诗人对刘书记等人那种寂灭世间尘俗之念的高尚人格的由衷佩服。接下来四句，便充分表现了自己断除功名荣利之心之后安于贫贱、甘于寂寞、清寒自守、闲淡自乐的人格情怀。诗的最后"同人终念我，莲社有归期"两句，便明确点出，自己与朋友之所以都具有如此清寂自持的人格精神，乃是因为都有着对于佛门坚定不移的虔诚信仰，唯其如此，才能无论是在喧嚣不已的红尘之地，还是在偏远穷僻的深山之中，都始终保持着一种清寂幽独的心性，都能让心灵进入高洁脱俗的超越境界。

　　张乔在《送南陵尉李频》诗中所写的是一位虽居官位，但清寂自守如同僧人那样的高洁人物，诗云：

　　　　重作东南尉，生涯尚似僧。

---

1 《全唐诗》，卷六四三，第 7370 页。

客程淮馆月，乡思海船灯。

晚雾看春毂，晴天见朗陵。

不应三考足，先授诏书征。[1]

诗一开始就指出李频虽然作尉东南，但其生活清贫闲淡，一如出家之僧人。接着三四两句，写陪伴着这位东南尉的，只有客路程中一轮清冷的明月与浮海船中的一盏幽暗的孤灯，由此可以看出他生活的岑寂之极。诗的后半部分写李频的为吏，也表现出他的不慕荣利、不趋权势、心清气朗、闲淡从容的心态，是一位在晚唐时代颇有代表性的"吏隐"典型。而这种"吏隐"的风范，正是来自清寂的佛家人格，只有这样，才能使这位为官数十年的晚唐诗人中的卓有政绩者在喧嚣污浊的官场中始终如一地保持着清正独立的人格，保持着"生涯尚似僧"的清寂孤寒之佛教信仰者的本色。

又如李山甫的《迁居清溪和刘书记见示》诗云：

担锡归来竹绕溪，过津曾笑鲁儒迷。

端居味道尘劳息，扣寂眠云心境齐。

还似村家无宠禄，时将邻叟话幽栖。

山衣毳烂唯添野，石井源清不贮泥。

祖意岂从年腊得，松枝肯为雪霜低。

晚天吟望秋光重，雨阵横空蔽断霓。[2]

诗中首句"担锡"就是用的佛家典故，而"竹绕溪"则切合题目"迁

1 《全唐诗》，卷六三八，第7315页。
2 《全唐诗》，卷六四三，第7368页。

居清溪"之意。而接下来的"过津曾笑鲁儒迷"则直指儒家入世理想,意谓以孔子为代表的儒家并不是真正的"知津者",他们并不了解人生的正确道路,是一群迷失人生方向的人。三四两句则表明自己的佛门人格境界,那就是寂灭世俗尘劳妄念,在新居安定下来,专心致志地体悟佛道至理。所谓"扣寂眠云心境齐"则是说自己在屏息尘劳俗念之后,以寂为乐,其心境如同云卷云舒,非常平静,不再起任何波澜。正因为如此,诗人才能在彻底放下之后,充分享受那种虽然清苦贫寒,但却非常自由纯真的生活。在诗中,他尽情描绘了自己像老农那样朴实的心态。一方面是心源极为清净,另一方面也因为断灭了世俗欲望,因此"无欲则刚"。一句"松枝肯为雪霜低",正是他人格精神的真实写照,而这种人格精神也是来自佛家而非儒家的,因为"祖意岂从年腊得"已透露出了消息,意谓我虽然修行的时间不算太长,年腊不高,但是我却能以灵心慧性直彻心源,得到佛祖一脉相传的佛门真精神,觉悟到佛家根本要义。由此可见,佛家清寂人格既能够导致淡泊清高,也能够使人坚强无畏。

静有宁静平和之意,在晚唐诗人的涉佛酬赠诗中,静的心境与静的物境往往是联系在一起的,但心境也好,物境也好,其实都是指向对诗中人物的人格襟怀与意愿情趣的表现的。

如温庭筠的《和赵嘏题岳寺》一首云:

> 疏钟细响乱鸣泉,客省高临似水天。
>
> 岚翠暗来空觉润,涧茶余爽不成眠。
>
> 越僧寒立孤灯外,岳月秋当万木前。
>
> 张邴宦情何太薄,远公窗外有池莲。[1]

---

1 《全唐诗》,卷五八二,第 6749 页。

此诗所写环境无疑极为幽静。稀疏的岳寺钟声，淙淙的山泉水响，一切都是那样的静谧。而此中的人物，亦即诗人的朋友赵嘏，他的心境当然也是十分恬静的，诗中的"水天"，既是他所面对的清幽静境，也是他那闲静悠然心境的外化象征。而山岚翠雾的暗中潜来，使人但觉其润，而未见其色；碧涧浸泡出的清茶则色味俱淡，但淡中有爽，不仅余甘留齿，而且沁人心脾，使人静心体味，久不成眠。五六两句"越僧寒立孤灯外，岳月秋当万木前"，以"越僧"对仗"岳月"，真可谓既清且朗，既幽且静，透过陪伴在朋友身边的人与物，我们可以看出他襟怀人格的清寂孤寒与高洁澄澈。清秋静夜，岳寺幽深，明月朗照，风清于树木之间，寒气也笼罩着一盏暗淡的孤灯，此境之清幽寂静，于佛门弟子却是最为相宜的。换言之，只有佛门弟子才懂得爱赏如此清幽寂静的境界，因为清幽寂静，既濡养了他们的人格襟怀，也象征着他们的人格气质。于是，诗的末尾，作者点出："张郉宦情何太薄，远公窗外有池莲"，意思是朋友啊，你的出世从政之情为何如此淡薄呢？原来你经常来佛寺，深受佛法影响，因此人格之清净高尚一如远公窗外池中的洁白的莲花啊！在这里，"张郉"为汉代人张良与郉汉的合称，此二人皆是人品高尚之士。张良辅佐汉高祖刘邦成功之后，便毅然抽身引退，入山中辟谷修道。郉汉亦为人淡泊不慕荣利，为官俸禄超过六百石，便要求减少，以养其清廉贞静。诗人其所以以张良、郉汉比拟赵嘏，也是说他具有淡泊世俗名利的人格襟怀的意思。

　　许棠的《题张乔升平里居》写朋友张乔的隐居生活，表现的也是他那安于寂寞清静的人格情怀，诗云：

> 下马似无人，开门只一身。
> 心同孤鹤静，行过老僧真。
> 乱水藏幽径，高原隔远津。

匡庐曾共隐，相见自相亲。[1]

当诗人来到朋友所居住的升平里时，走到门前，只觉得这里幽静得好像无人居住似的。当朋友开门迎接时，见到的也仅仅是他一个人而已，这真是一个耐得寂寞的人。接下来三四两句，不但写出朋友的心境清静一如孤独的白鹤，而且揭示出他这种宁静的人品气质乃是来自佛门精神的濡养。正是缘于此，朋友才会虽然身居都市但却心静如同止水，不受世俗喧嚣的干扰，不为红尘浊俗所污染。而"乱水藏幽径，高原隔远津"两句，则是通过对朋友居住环境幽静而偏僻情状的描写，进一步表现出人物自觉远离红尘、回避世俗繁华的精神气格。而最后两句则更明确地表明自己也与朋友一样，也是喜好安静、甘于隐逸之人，从前两人就曾经在匡庐隐居过，因此这番见面不但倍感亲切，而且也因志趣相投，必将会互相赞赏对方耐得清贫寂寞的贞静高洁人格，从而将隐居之志坚持下去。

林宽《和周繇校书先辈省中寓直》所写的乃是一位虽然身在官场但因沾溉佛门法雨而喜好幽静的"吏隐"者。诗云：

古木重门掩，幽深只欠溪。

此中真吏隐，何必更岩栖。

名姓镌幢记，经书逐库题。

字随飞蠹缺，阶与落星齐。

伴直僧谈静，侵霜蛩韵低。

粘尘贺草没，剥粉薛禽迷。

衰藓墙千堵，微阳菊半畦。

---

1 《全唐诗》，卷六〇三，第 6967 页。

鼓残鸦去北，漏在月沉西。

每忆终南雪，几登云阁梯。

时因搜句次，那惜一招携。[1]

诗一开头，"古木重门掩，幽深只欠溪"就点出这是一个非常幽寂的处所。而朋友周繇就在这个十分幽静的地方工作，他所担任的乃是秘书省的校书郎，官位虽然清贫，官俸虽然微薄，但过着的却是一种十分清闲的"吏隐"生活。一句"此中真吏隐，何必更岩栖"就直接点明作为一个真正从内心深处已经完全寂灭断除了世俗名利之念的高人雅士，想要隐逸以高尚其志，完全没有必要非到深山幽谷去不可，此地、此时、此种方式，不就是一种最好的隐逸吗？所谓"小隐隐陵薮，大隐隐朝市"[2]，只要有隐逸之志，哪怕就是担任高官要职也同样可以心平气静。更何况周繇所从事的乃是一种"名姓镌幢记，经书逐库题。字随飞蠹缺，阶与落星齐"的工作呢？这样的工作，也正如蒲松龄在《聊斋志异·序》中所言，是"门庭之凄寂，则冷淡如僧；笔墨之耕耘，则萧条似钵"[3]。恐怕也与出家寺院为僧的僧人生活之清寂情状相差不了多少。周繇就这样日复一日、年复一年地过着这种清寒孤寂的生活，但是他的人格也在这种寂寞自守的生活中得到了培养，并逐渐成熟起来。于是，在值宿省中的日子里，他会"伴直僧谈静，侵霜蛩韵低"，与僧人参一参禅，论一论道，便能使自己更加坚定不慕荣利、不趋浮华的人格意志。而在深秋蛩虫的低沉凄切的吟声中深入体味一下寂寞，享受一下孤独，又有何不可呢？在这里，所谓"蛩韵低"，恐怕不仅是指蛩虫鸣叫之声的低沉凄切，而且也可能有自己就在这虫吟声中独自一人吟诗写诗，以此为

---

1 《全唐诗》，卷六〇六，第7004页。

2 王康琚：《反招隐诗》，见萧统：《昭明文选》，京华出版社2000年版，中卷第76页。

3 蒲松龄：《聊斋志异》，岳麓书社1988年版，第1页。

乐的意思。接下来六句，诗人写朋友在省中一天到晚的生活，通过那一幕幕场景的展现，我们仿佛看到了周繇那孤独的身影。尤其是在"鼓残鸦去北，漏在月沉西"的静夜里，他过着的确实是一种"独是子夜荧荧，灯昏欲蕊；萧斋瑟瑟，案冷凝冰"[1]的生活，而这种在寂寞幽静中所打磨出来的人格更为坚定，正是这个原因，他才赢得了包括林宽在内的不少甘于淡泊、甘于寂寞的同道朋友的深深赞许。

净有清净圣洁之意蕴。佛家常说："人性本净。为妄念故，盖覆真如。离妄念，本性净。"[2]"一切法尽在自性，自性常清净，日月常明。只为云覆盖，上明下暗，不能了见日月星辰。忽遇慧风吹散，卷尽云雾，万象参罗，一时皆现。""世人性净，犹如清天。慧如日，智如月，智慧常明。于外看境，妄念浮云盖覆，自性不能明，故遇善知识开真正法，吹却迷妄，内外明彻，于自性中万法皆现。"[3]这就要求人们涤除胸中的尘俗之气、物欲之望，远离污染，排除妄念，通过清净无染的物境怡养出淡泊虚静的精神境界来。于是，在晚唐诗人的互相酬赠之作中，也就出现了不少表现人物与景物清虚洁净境界的作品，如刘得仁《和郑校书夏日游郑泉》一首诗云：

> 太虚悬畏景，古木蔽清阴。
>
> 爱有泉堪挹，闲思日可寻。
>
> 来闻鸣滴滴，照竦碧沉沉。
>
> 几脉成溪壑，何人测浅深。
>
> 澄时无一物，分处历千林。
>
> 净溉灵根药，凉浮玉翅禽。

---

1 《聊斋志异》，第 1 页。

2 《坛经校释》，第 36 页。

3 《坛经校释》，第 39、40 页。

饮疑蠲宿疾，见自失烦襟。

僧共云前濑，龙和月下吟。

叠光轻吹动，彻底晓霞侵。

不用频游去，令君少进心。[1]

　　这首诗既是写山中澄碧的清泉，也是以此表现朋友郑校书那清泉般洁净无瑕的人格襟怀。诗人不但将郑泉这一处所写得十分幽静，而且也写得十分洁净。你看，清朗的太虚，清阴的古木，更加之清澈而甘甜芳冽的山泉潺潺流淌，如鸣佩环，沁人心脾，如此净洁之地，怎么能不教人无限向往？更何况是郑校书这样一位高洁俊雅之士呢？因此，"闲思日可寻"的"寻"，就是寻找郑泉这样的净洁之地，是对净洁处所的日夜向往。接下来十四句，都是对郑泉的幽静澄洁之美的细致描写。诗人用了"澄""净""凉""碧"等一系列形容词，来展现郑泉不染尘嚣杂滓的清虚碧净之性。而这种着意的渲染与描写，既表现了此中人物的高洁脱俗，也与世俗的污浊龌龊成为鲜明对照。尤其是"澄时无一物，分处历千林。净溉灵根药，凉浮玉翅禽"四句，既含蕴有"色不异空，空不异色，色即是空，空即是色"[2]的佛理禅意，也表达了一即是多、多即是一、一多相容、互融互摄的华严境界。佛教将包括人类在内的众生所居住的世界叫作堪忍世界，认为由于众生自己所造之"业"所形成的"业力"，使这个世界变得十分污浊，几乎无法居住。因此佛经中又常常将众生所居住的人世间称为五浊恶世，而把没有五浊的极乐世界称为净土。五浊是指劫浊、烦恼浊、众生浊、见浊、命浊，它包括众生前世与今生因愚痴迷妄所做的种种恶业所形成的恶果，既有外部环境的污浊，也有内

1　《全唐诗》，卷五四五，第6300页。

2　《般若波罗蜜多心经》，《释氏十三经》，第12页。

心世界的污浊。正因为这世界从内到外都是一片污浊，因此特别需要时时洗涤。可以说，郑校书其所以要寻找郑泉这样一处洁净的地方，正是为了洗濯自己在世俗红尘所沾染的种种烦恼污浊，让洁净的郑泉净化自己的心灵，并进一步回归自己本然清净的心性。因为郑泉不仅对"灵根药"这样的植物有净化作用，而且对"玉翅禽"这样的动物也有净化作用，更何况对于"万物之灵长"的人呢？接下来"饮疑蠲宿疾，见自失烦襟。僧共云前濑，龙和月下吟"四句不仅直接写出泉水对人们去除"宿疾"、消解"烦襟"有帮助，而且它所连通的乃是佛门圣地。诗中的"僧"当然是佛教三宝之一，而"龙"也是指护法神灵，为"天龙八部"之一。它不仅随顺佛法，而且以其善心依时降雨，令世间五谷成熟。由于此泉有僧、龙共护，因此就更具有神奇圣洁的意义。只有像郑校书这样的人物才能懂得爱赏，才能时时来游此中得其沾溉。杜牧有一首《沈下贤》诗云："斯人清唱何人和？草径苔芜不可寻。一夕小敷山下梦，水如环佩月如襟。"[1]它是以水与月之澄清净洁来比拟人物之襟怀人格的澄清净洁的，同样，刘得仁这首诗也是以郑泉之洁净无尘来喻示游赏此中的人物之胸怀净洁、人格清高的。只有清高净洁的人物，才能远离尘劳浊俗，才能没有虚浮躁进之心。

马戴的《赠鄠县尉李先辈二首》也表现了朋友胸襟气度的洁净无染，诗云：

> 同人家鄠杜，相见罢官时。
>
> 野坐苔生石，荒居菊入篱。
>
> 听蝉临水久，送鹤背山迟。
>
> 未拟还城阙，溪僧别有期。

---

1 《杜牧集》，第42页。

休官不到阙，求静匪营他。

种药唯愁晚，看云肯厌多。

渚边逢鹭下，林表伴僧过。

闲检仙方试，松花酒自和。[1]

　　这两首诗都提到"僧"，提到"休官""罢官"。看来诗人马戴的这位朋友是深得佛门旨趣的，他不乐竞进，不慕荣利，回避官场，远离尘俗。他所喜爱的，只是鄂、杜这样静僻的地方，因此才会移家隐居于此。这地方不但静谧，而且也十分清净。你看，有苔、有石、有菊、有篱，蝉与鹤相伴，山与水相邻。诗人终日徜徉此中，映入眼帘的，不是天上洁白无瑕的白云，就是渚边净洁无染的白鹭，而无论是溪边的高僧，还是林表的大德，他们既是清净佛法的传播者，也是净化心灵的精神导师。正是因为深知佛法至理，所以这位李先辈才会坚定"休官""罢官"的信念，让自己的身心在这清净的山居生活中得到洗涤，让自己的人格境界在亲近高僧、聆听佛法中得到提升。

　　综上所述，晚唐涉佛酬赠诗在表现诗人自己与对方人格时其重点主要是突出其清高，突出其人格襟怀中所具有的空、寂、静、净境界。我们认为，其所以如此，乃是与他们的人生价值情结分不开的。如前所述，在晚唐那个动乱黑暗的时代环境中，广大读书士子因其边缘人的现实存在，他们不可能通过仕宦从政、建功立业来实现自我、成就人生，也不可能得到良田、华屋、金钱、美人的物质享用，于是他们只有通过挺立自己的人格精神来表现自我所具有的价值。然而在当时官场与科场的贪缘请托、攀附荣贵、奔走权门已经蔚成风气的形势之下，他们也往往不得不遵从游戏规则，压抑自我、违背心志地参与其中，未能免俗。可以想见，如此"低催神气飞，僮仆心亦

---

1 《全唐诗》，卷五五六，第 6448 页。

耻"[1]"伺候于公卿之门,奔走于形势之途"[2]的摧眉折腰、尴尬难堪处境,却又只能使他们的人格更加受到屈辱,精神气度更加受到摧残打压。

后人往往指责晚唐诗"格卑气弱",试想,面对这样屈辱难堪的处境,他们又怎能不格卑,不气弱?这种"格卑气弱"难道是他们自己所愿意的吗?其所以如此之"格卑气弱",其所以一代洪亮激昂、刚健明朗的唐诗竟以一片如草间虫吟、砌下蛩鸣的微音细响结束,乃是因为此期的诗人们生不逢时,其实他们原本是不愿意"格卑",也不愿意"气弱"的。我们仅以一本《唐才子传》为例,就可以看出晚唐时代的不少诗人其实都是有着较为清高的人格气节的,如刘得仁云:"锵锵金玉,难合同流,而不厌磨淬。"[3]许浑云:"浑乐林泉,亦慷慨悲歌之士,登高怀古,已见壮心。故为格调豪丽,犹强弩初张,牙浅弦急,俱无留意耳。"[4]项斯云:"斯性疏旷,温饱非其本心,……交结净者,槃礴宇宙,戴薜花冠,披鹤氅,就松阴,枕白石,饮清泉,长哦细酌,凡如此三十余年。"[5]马戴云:"苦家贫,为禄代耕,岁禀殊薄,然终日吟事,清虚自如。"[6]方干云:"隐居镜湖,湖北有茅斋,湖西有松岛,每风清月朗,携稚子邻叟,轻棹往返,甚惬素心。"[7]李频云:"频性耿介,难干以非理。"[8]李山甫云:"落魄有不羁才,须髯如戟,能为青白眼,生平憎俗子,尚豪侠,虽箪食豆羹,自甘不厌。"[9]其余像顾非熊、杜荀鹤、罗

---

1 李频:《下第后屏居书怀寄张侍御》,《全唐诗》,卷五八九,第6845页。

2 韩愈:《送李愿归盘谷序》,《韩愈集》,第246页。

3 《唐才子传校正》,卷六,第194页。

4 《唐才子传校正》,卷七,第201页。

5 《唐才子传校正》,卷七,第218页。

6 《唐才子传校正》,卷七,第219页。

7 《唐才子传校正》,卷七,第226页。

8 《唐才子传校正》,卷七,第228页。

9 《唐才子传校正》,卷八,第250页。

隐、郑谷、张乔、曹松、许棠其实原本都是以人格精神气度的清高自期自许的，可是都难以避免地常常落得请托求人的难堪屈辱处境。

于是，面对如此恶劣的现实生存环境，他们中不少人一方面不得不顺应科举考试的大潮，仍然在求名求利的仕进过程中苦苦挣扎，如杜荀鹤、罗隐、曹松等，另一方面又通过从精神或者形式上的皈依佛门来转移情志、安定心绪、超越现实、消除烦恼、泯灭痛苦。与此同时，他们常常登临游历佛寺、交结高僧、聆听佛法，涤去自己的种种忧愁烦恼。而共同的人生遭遇，相似的思想情感，普遍的心理需求，也使这些不幸的诗人们走到了一起，他们不但在心灵上互相劝慰，相濡以沫，而且在精神上也互相支撑、互相砥砺。而佛门，既是这批身处乱世仍不得不生存下去的苦难文人共同的精神支柱，也以其与儒家基本不同的人生观、价值观及人格理想，为他们提供了另一种实现自我人生价值的途径。概言之，佛教信仰者的最高理想是通过修持成就佛果，涅槃解脱境界即是佛教的理想人格境界，因此断除一切忧愁烦恼、远离一切尘世染污的常、乐、我、净、空、寂、幽、静的精神状态就是佛教的理想人格，至于空、寂、静、净的物境景象则是这种人格胸襟的外化象征。

社会学家马斯洛曾经指出，人在现实生存中有五种不同层次的需要——生理需要、安全需要、归宿需要、尊重需要和自我实现的需要。如果说栖心佛门乃是晚唐诗人们的一种归宿需要的话，那么，通过涉佛酬赠诗所表现的就主要是一种尊重需要与自我实现的需要了。就晚唐诗人们的现实生存来说，他们不但处在动乱的时代，而且处于激烈的竞争之中，普遍都具有一种需要互相安慰的焦虑心理，而失意者巨大的失落感、孤独感，更需要群同，需要互相承认与赏识。得不到朝廷的承认，还可以得到友朋的承认，得到佛门的承认。这种承认与肯定，也即是一种尊重与体现价值的方式。就晚唐涉佛酬赠诗中的具体内容而言，所谓尊重，是对对方人格精神的承认；所谓自我实现，是对自我人生价值的实现。而这种佛家人格理想，不但与儒家的仁、义、礼、智、信，忠、孝、廉、节，克己复礼、用舍行藏、达兼穷独有所不同，与道家离形去智、太上无情、人貌天虚、返归自然乃至"乘天地之正，而御六气之辩，以游无穷"[1]的无为无不为之人格理想也不尽相同，它既不需要通过对社会的作用来显示，也不需要通过社会对自己的评判来体现，也不需要通过对自然的"观复""体道""抱朴""守雌"完全融为一体来实现，它是完全作用于主体的自我心性的。概言之，儒家是伦理人格，道家是自然人格，佛教是心性人格。儒家人格必须寄托于社会伦理才能成就，道家人格必寄托于天地自然才能成就，而佛家人格则只要回归自我内在的心性就可以成就了。其中儒佛两家人格理想差异较大。儒家的人生价值是要积极用世，孔子说："吾岂匏瓜也哉？焉能系而不食？"[2]而要用世，就必须为世所用，从而也必须有外求，因为只有通过外求才能达到用世的目的。故而以孔子为代表的儒家之人格理想是与其政治理想紧密联系的，他的人生价值也只有靠对政治理想的实现才能实现。离开对社会的治理、对人心的教化，他的人格理想也就无法体现出来，即使不能"立功"的话，也应当"立德""立言"。孔子晚年退居著述，也是为了述仁述礼，"立德""立言"。

佛家的人生价值是要消极出世，虽然也有悲智双修、普度众生的教义，但相对而言，其根本目的还是从现实社会生活与情感中退出，并且只有进入空、寂、静、净的精神状态，彻底放下一切世俗思虑，实现完全的涅槃解脱，才能显现其人格理想。因此，儒家与佛家的人格理想就有两种完全不同的参照标准，彼以彼的建功立业来立人，我以我的清寂自守来立人。当然，在先秦儒家价值体系中，本来也有着持守自我心性以独善其身的一面，但自汉代董仲舒开始一直到唐代的孔颖达等人，所提倡的主要还是注重"讲论经

---

1 《逍遥游》，《庄子》，第2页。
2 《论语·阳货》，《四书集注》，第214页。

义，商略王事"的济世"外王"之道，其独善之"内圣"方面尚未引起足够重视。因此，佛门那种不需外求于世，只需通过回归主体自我内在心性就可以实现人格理想、成就人生价值的方式，就给这群生不逢时、不遇不达、穷愁潦倒的晚唐读书士子们开辟了一条现实可行的人生出路。他们完全可以从自我心性上来做功夫，通过空、寂、静、净精神境界的建立来实现自我人格理想、成就自我人生价值，无论社会怎样不承认他们，他们也照样可以以空寂静净的人格境界来自珍、自宝、自尊、自傲。不过，尽管"心量广大，犹如虚空"[1]"故知一切万法，尽在自身中，何不从于自心顿现真如本性"[2]，实现佛教人格理想只是自我内心中的事，但作为绝大部分信奉佛教的晚唐诗人来说，他们还尚未能达到完全的解脱成佛境界，因此，友朋之间那种对于人格气质的相互欣赏、相互肯定、相互砥砺还是非常必要的。通过酬赠诗中对对方人格精神的欣赏、肯定与标榜、赞颂，不但可以互相标榜其人格操守，显示修养气质不凡，也可以进一步坚定对方与自己追求涅槃解脱境界的信念，而且双方都可以在一种不同于儒家人生理想、人格价值的佛教的人格理想标准的参照下得以自成自立。

按照佛教"相应"法的理论，由有情众生生命所体现出来的因果，因与果之间是有内在联系的，一般来说，善因结善果，恶因结恶果。正是缘于此，佛教在其修证过程之中才特别强调识、境、行、果之间的转依互动关系。概言之，就是一方面主体的心识决定了外在的客观物境，另一方面外在的客观物境又极大地影响着主体的主观心识。而主体所做出的所有行为都必将产生相应的结果，而结果一旦形成反过来又影响到主体下一步的行为。概言之，主体的识、境、行、果之间总是处在相辅相成、相即相入、不断转依

---

1 《坛经校释》，第49页。

2 《坛经校释》，第58页。

互动的状态之中。

就晚唐涉佛酬赠诗而言，一方面体现了对佛家人格理想精神的投入与倾注，另一方面也实现了对佛家人格理想精神的涵养与培育。可以说，作者们其所以每每专注于对常、乐、我、净、空、寂、幽、静境界的渲染与营造，也是缘于审美人格与审美境界之间转依互动的需要。因此，我们认为，晚唐涉佛酬赠诗中那种大量存在的有关孤寂幽清境界的表现，一方面联系着艺术，联系着审美，另一方面则联系着人格，联系着人物的精神气质。所谓审美，所谓艺术创造，其实说到底也是一种人格的投入，人格与他所处的环境氛围、所面对的风物景观之间既有契合，更有影响，这在诗中表现出高度的一致性，所以晚唐涉佛酬赠诗中差不多都包含有人格的意蕴。如果说什么样的人格需要什么样的审美境界的话，那么，什么样的审美境界也就涵育出什么样的人格。概言之，常、乐、我、净、空、寂、幽、静的诗歌境界既是诗人们佛家人格的象征，也是诗人们成就佛家人格的营养。另外，就晚唐诗人而言，他们的生存环境既是一个充满激烈竞争的环境，又是一个提供繁华享乐的环境，更是一个动乱不安的环境，在这种环境中，人最容易产生的是贪欲之心、爱恋之心与嗔怒怨恨之心。而要消除这种种让人烦恼痛苦、忧惧不安的心，唯一的办法就是使自己通过功夫修养，让内心平静下来。他们通过酬赠诗，使自己受到教育的同时，也教育与影响了别人，从而树立起与世俗价值观完全不同的佛门人格理想与人生理想。这既清净了自己的内心，也清净了对方的内心，同时也可以影响到社会中人们的内心中人格观价值观的转换。

晚唐诗人这种通过清贫自守、孤寒自许、挺立人格精神以体现其人生价值的方式不但给自己开辟出了一条生路，同时也给宋代读书士子提供了或直接或间接的影响。北宋初期，随着新王朝的建立，政治比较清明，社会也就不断走向繁荣昌盛。而科举考试中大增进士名额，更给读书士子们提供了远远超过唐代的出仕从政的机会。但此时却有那么一些文人并没有急于走向仕宦从政之路，实现治国平天下的人生理想，而是隐逸林泉，不愿进入仕途。如魏野、林逋等人都主动疏离社会生活，回避现实政治，一再拒绝朝廷的征召。史载："魏野……嗜吟咏，不求闻达。居州之东郊，手植竹树，清泉环绕，旁对云山，景趣幽绝。凿土袤丈，曰'乐天洞'。前为草堂，弹琴其中，好事者多载酒肴从之游，啸咏终日。""林逋……少孤力学，不为章句。性恬淡好古，弗趋荣利。家贫衣食不足，晏如也。""结庐西湖之孤山，二十年足不及城市。"[1]这些诗人也写着与晚唐隐逸诗人们格调相似的清寂幽淡的诗歌，他们的诗风甚至还被直接称之为"晚唐体"。但是，他们那种喜爱安静恬淡的林泉隐逸生活、不乐仕进、不慕荣利的人生理想与人格精神比起晚唐诗人们来，显得更为自觉、更为完善。他们已经不再是那种不得已而为之的转移、改造与重建了，而是完全出自自我内心的一种真心喜好。因此，他们才能真正地坚辞爵禄，力拒世人艳羡不已的富贵荣华。林逋虽然没有出家，但他不娶妻室，终日徜徉于湖光山色之中，与梅花、白鹤为伴，与清风、明月为侣，生活素朴，感情也很平淡，因此，更接近于一种非儒家而是佛道两家的人格境界。而这种人格境界，也深为当时人所倾心钦佩，以至在他逝世后朝廷破例赐谥他为"和靖先生"。他那隐居不仕的清寂幽淡的人格精神，也同样在后世文人心目中具有一种典范的意义，给文人们的另一种生活方式提供了启示。

与此同时，以胡瑗等人为代表的宋代理学先驱者们，也是不乐仕宦、不慕荣利，以清寒自许、以道德相高的，他们也并非以功业名世，而是以人格精神挺立于时，为世人所至为推崇的。他们虽然不曾明确地主张不出世应仕，但他们所推崇的人格理想与其说是孔子"知其不可为而为之"的积极入世济国安民型的，不如说是颜渊那种"一箪食，一瓢饮，在陋巷，人不堪其忧，回也不改其乐"[2]的平居乐道独善其身型的。这种将人格道德、人的精

---

1 脱脱：《宋史·隐逸列传》，中华书局1977年版，第13432页。
2 《论语·雍也》，《四书集注》，第113页。

神境界看得比功业还高的认识，也与晚唐隐逸诗人们以人格精神代替事功建立的人生观、价值观有一定的渊源关系。但是，晚唐诗人那种只定于佛门一尊，只追求个人解脱，仅以清、寂、静、净，回避世俗红尘为其理想人格境界的思路，在这个新的时代里，无疑是显得过于局促与狭窄了。在这个充满希望的新时代里，无论是得意还是不得意的读书人，都不会到以退避出世、解脱成佛为最高理想与终极追求境界的佛教中去寻找精神支柱与精神出路，换言之，不会将安身立命完全寄之于佛门了。他们只是从先秦原始儒家那里寻找到修持自我内在心性功夫的源头，再参以佛教各宗派有关心性修养的理论成分，为新时代的读书士子们开辟出一条以成就"内圣"人格为人生价值、人生理想的新路。正是这样一条新路，一方面与先前的"外王"人格理想结合起来，使儒家的人格理想、人生境界更为完善；另一方面也为封建时代里广大没有仕宦从政机会、没有施展抱负兼济天下之平台、注定要身处下层与穷困相守的不遇不达的知识分子们提供了一条人生出路，使他们在饱读儒家经典之后不至于因无法实践于人生而有所失落，进而心存哀伤悲愤，以至怀抱痛苦绝望以终。而强调人格境界甚于政治理想，对于每一个读书士子来说，则不但是一种从源头上做起的功夫，而且也更无须外求于世，不必等待平台与机会，这种只从自我做起的方式，当然也是更具有现实可操作性的。

总之，在晚唐诗人的涉佛酬赠诗中，诗人们所表达的即是一种借佛教以自立、自成之创作旨趣。他们通过酬赠诗这种形式标榜了一种与儒家人格理想、道家人格理想所不相同的佛家人格理想，从而使自己在不遇不达的困穷生活状况中不但得到了精神解脱，而且也得到了精神树立。而这种开辟出另一种人生价值观念、通过挺立人格境界来支撑自己的精神生命的做法，则不但从不同方面对宋代知识分子的生存与超越给予了启示，而且也对后世文人尤其是其中的困穷失意者的人生态度与生活方式带来了较为明显的影响。

后 记

对于晚唐诗的研究，我从20世纪80年代就开始了。当时我在湖南师范大学中文系王昌猷教授门下攻读硕士研究生课程，毕业论文作的就是《晚唐山林隐逸诗派研究》。诗派中的作者，不少都倾心佛禅，其中有的还曾为释子，或后来正式出家为僧。从他们的诗作中，表现出或深或浅的佛学修养，表达出一定的佛学思想认识，显现出或浓或淡的佛禅美学情趣，因此要进行深入具体的研究，没有一定的佛学知识修养不行。好在我本来从少年时起就对佛学有一定兴趣，因此再进一步地系统学习也就不感为难。以此为机缘，从90年代开始，我进行过佛教禅宗与诗话理论关系的系统研究，为研究生讲授过这方面的课程，后来又为本科生开设了佛学与文学创作关系的课程，并作过多次介绍佛学知识的专题讲座。与此同时，也发表了不少有关佛学与中国诗歌理论之研究、佛教与古代作家作品之研究、唐诗研究、唐宋词研究等方面的文章与专著。发表在《求索》杂志1987年第6期的《关于佛教与晚唐山水诗的综合思考》一文，是最早将佛教与晚唐诗结合起来研究的尝试。我的这些研究，虽然十分浅薄，但却得到了学术界的承认，不但不少论文发表在《文学评论》《文艺研究》《文学遗产》等国家权威学术刊物上，而且大多数论文都被《新华文摘》《人民日报·海外版》《光明日报》《中国古代、近代文学研究》《高校文科学报文摘》《中国社会科学文摘》等刊物摘要或者全文复印。尤其难得的是，由北京大学杜晓勤先生撰著的《20世纪中国文学研究》

的"隋唐五代文学研究"部分中，对我的晚唐诗研究成果一再给予介绍，这些对我的这些研究成果之学术价值的肯定，给了我极大的鼓励与信心。

但是，将佛教与晚唐诗二者联系起来作较为深入具体与系统的研究却是近年来才开始的。2003年，我的《佛教与晚唐诗研究》课题获准立项，于是我将前期所作的一些有关晚唐作家、作品、风格、流派的研究成果汇集起来，再进一步扩充材料，就佛教与诗歌创作这一专题再进行进一步的系统思考与研究。一年多来，感到收获还是比较大的。首先，对晚唐文人与佛教结缘的原因基本上有了一个比较清晰的认识，其次是初步认识到晚唐安穷乐道的涉佛诗与宋代理学的建立之间是有一定关联的，再次是对中国历史上知识分子在安身立命方面的经验教训有了一定的感受。而这些经验教训，也在一定意义上为当代知识分子的思想行为提供了历史镜鉴，以我们今天处在这样一个转型期的社会环境里，如何面对来自各方面的冲击与诱惑，面对各种错综复杂的现实社会矛盾，始终不渝地坚定自己的人生信仰与理念，始终不改变积极进取的人生观、世界观，建立积极健康、奋发有为的文学创作与文学研究意识，明确自己在社会生活中的角色与责任，目光长远、心胸宽广地看待个人穷通得失与历史人文使命之间的关系，从而耐得清贫、耐得寂寞，从一己之得失怨欢、荣辱穷达中走出来，以先进文化扩展我们的胸襟怀抱，强健我们的精神气骨，为时代、社会与人类做出自己应有的贡献，也是每一个知识分子所面对的重大人生课题。从这个意义上来看，晚唐诗人乃至中国历代知识分子们在安身立命问题上所提供的经验教训，都是值得我们深思与反省的。

回顾自己十多年来有关中国佛学与古代文学的教学与研究过程，我深深感激我的硕士生导师王昌猷先生、马积高先生、黄钧先生，感激我的博士生导师詹福瑞先生、刘崇德先生、韩成武先生，感激他们对我的谆谆教诲与细心指点。我也十分感激我曾经问学的佛学界前辈楼宇烈先生、吴立民先生与圣辉大师，每次与他们交谈，都有拨开云雾见青天之感。我还非常感激那些在我的学术研究与人生道路上曾经无私帮助与扶植我、对我寄予深情厚望的师长与朋友们，感激我的父母、兄长、爱人与女儿。可以说，没有老师、朋友、亲人以及学生们最诚挚的支持与关爱，就没有我的今天。对于他们的恩德，我将一一铭记于心，永远心存感激，心存珍惜，不断前行。

胡　遂

2004年8月于长沙岳麓山之松竹村

附录一　《关于佛教与晚唐山水诗的综合思考》

　　晚唐著名诗人郑谷曾有诗云："琴有涧风声转淡，诗无僧字格还卑。"（《自贻》）晚唐诗人审美趣味于此可见一斑。与初、盛、中阶段比较，晚唐诗中有关佛教题材的作品较前期明显增多，据初步统计，《全唐诗》中有关佛教题材（以诗题为准，包括登临题咏寺院、赠僧访僧、参禅拜佛等内容）的作品共2136首，而其中属于晚唐诗人的作品就有1035首。而在晚唐诗人中，又以山水自然为主要创作题材的诗人队伍人数最为众多，诗人们追求禅悦和与之相关的淡泊山水境界的风气曾经盛极一时，因此，笔者拟对这二者之间的关系做些初步的探索。

　　中唐以后，唐王朝国势衰落，进入了最黑暗、最腐败的时期。先是朋党倾轧，宦官专权，后是军阀混战，兵乱蜂起。一连串的天灾人祸，使种种社会矛盾愈演愈烈，这一切，不但极大地动摇了唐政权的统治，也动摇了晚唐一代封建士大夫的历史信念。不用说盛唐时代的兵刀弓马、驰骋大漠、建功立业的狂热进取已成过去，就如"安史之乱"后中唐的韩、柳那样对改革朝政、中兴国力还充满信心和希望的"挽狂澜于既倒"，也是不可能的了。一则国势已衰，元气丧尽，整个社会走向没落已是历史的必然趋势；二则此时多数诗人都出身寒微，或浮沉下僚，或寄身幕府，甚或经年不第，布衣终老，他们对朝政的干预显然是无能为力的。时代的动乱不安，个人道路的坎坷难达，使诗人从唐前期向外扩张的道教迷狂渐渐转向了后期冷静凝敛的禅宗内省。较之初、盛、中唐，他们对国事的关心减少了，而对个人的考虑增多了，"从外在的事功转向了内在的心境"（李泽厚：《美的历程》）。尤其是一场朝野震骇、伏尸万计的"甘露之变"，更给晚唐士大夫精神上带来了沉重的打击。白居易于文宗大和九年（835）十一月所写的《感事而作》就道出了这群于乱后得以全身的士大夫们的共同心态："祸福茫茫不可期，大都早退似先知。当君白首同归日，是我青山独往时。顾索素琴应不暇，忆牵黄犬定难追。麒麟作脯龙为醢，何似泥中曳尾龟。"面对时代社会动荡不安、仕宦人生凶吉难料的现实，诗人们普遍感到失望、惶惑和痛苦。坚持儒家"致君尧舜上，再使风俗淳"的政治理想，在这种历史条件下，只是一句根本无法实现的空话，而像道家那样追求一种无拘无束、放浪形骸之外的自由境界也不是这种动乱环境所允许的。因此，如何既不放弃现实生活，又能解脱精神上的烦恼痛苦；既坚持气节、不与邪恶势力同流合污，又不致因刚直抗争而招尤贾祸，便成了当时一种普遍的社会心理要求。于是，自中晚唐以来特别兴盛，几乎在佛教各宗派中独处一尊的禅宗思想便走进了人们的心里。它宣称，不要出家修行，不要施舍金钱，甚至也不必念经拜佛，只要返观自心，明心见性，一念悟透，就能解脱人世的烦恼痛苦，立地成佛。这真是既简便又高雅，对于那些既聪明敏感而又非常自信，既对社会人生有着深刻的感受，而限于时代和阶级又无法找到正确的答案和出路的诗人们，正是非常合适的。于是，晚唐诗人们这种要求平衡因现实带来烦乱的心理，便在禅悦和与之相关的山水自然中找到了它最恰当的归宿。他们或登临佛寺，拜谒禅师；或参加佛事，聆听教义；或焚香独坐，诵经悟理，以与僧人交往酬唱、参禅论诗、优游林下为一种清高脱俗的风气。（晚唐诗僧亦特别多，《全唐诗》所记载的诗僧，可考年者终唐一代共69人，而晚唐阶段就有40人。）翻开诗人们这一时期的作品，像"登某寺""题某禅院""赠某僧"之类的题目几乎人人都有，比比皆是。在这类作品中，除了少数是些宣扬枯燥佛理说教的诗体偈语之外，其中大量的作品实际上都是些以描写自然界中幽静景色为主的山水诗，只不过其中蕴含着"空""寂""静""净"的佛理禅意。

中国山水诗的产生，本来就是脱胎于体悟哲理的玄言诗，因着释道两家都主清静无为、消极出世，山水诗便与它们结下了不解之缘。晚唐时代，积极创作山水诗并取得较高成就的诗人中有不少人是中唐时代诗人贾岛、姚合的弟子或再传弟子，有的虽与贾、姚无直接关系，但由于生活遭遇的相似、思想感情的默契，也都对贾、姚奉一瓣心香，以他们幽深凄苦的诗风为法。他们共同的归趣，正如其中较有影响的方干所说的："闲言说知己，半是学禅人。"（《白艾原客》）大抵都崇信佛教，以交结山僧、参禅礼佛、吟咏山水为一时的风雅乐事。他们或时乖命蹇而久试不第，或虽入仕途而奔波劳累，都需要把人生失意的种种痛苦烦恼，泯灭在佛教这个精神王国和美丽的大自然中。因此，当他们带着求得净化和解脱的心情，走到大自然中的时候，面对着"溪上禅关水木间，水南山色与僧闲。春风尽日无来客，幽磬一声高鸟还"（赵嘏：《僧舍二首》其二）的清幽闲静、无为自在的山中清景，人生感慨自然会油然而生。由于时代和阶级的局限，当这些人生感慨上升到哲理的高度的时候，大多都是消极出世的，特别容易与佛教"苦""空"教义一拍即合。而按照佛教的说法，修行悟道又必须到那些人迹罕至的山林深处，才能观照"波陀""幻相"，求得证果。（亦幻上人《幽花室小议》云："波陀，梵语，或作'布驼'，为'幻相'之一隅。深山大海，无有人迹，众生不欲去，而证果往往于'波陀'中得之也。"）只有身居安谧幽静、纤尘不染的环境，才能保持心源的"静""净"，通过对大自然种种色相的凝神观照来求得证果。所谓"法不孤生，仗境而起"（《杂阿含经》）。因此，这些禅派诗人都"多向林中结净因"（郑谷：《忍公小轩》其二），于山光水色中求"心源"、见"本性"。所谓"色相栽花视，身心坐静修"（喻凫：《题弘济寺》）、"院似禅心静，花如觉性圆"（杨凝式：

《题壁》）都是诗人们在凝神敛性、静虑沉思时从大自然中所获得的一种哲理的体悟。由于诗人的心境极其淡泊、虚静，所以对自然山水最神奇、最微妙的动人之处往往会有一种特别细心的发现，一草一水，一泉一石，触处皆是美、触处皆见性。这些自然美一旦经过诗人的文字笔墨再创造出来的时候，它不仅再次唤起了诗人们淡泊、萧条、平和、宁静的审美感受，也使诗人们在自己所创造的世界里观照自己，他们的诗情禅意便在山水这个对象物上得到了更深化的表现。宗白华先生在《中国艺术意境之诞生》里指出："以宇宙人生的具体为对象，赏玩它的色相、秩序、节奏、和谐，借以窥见自我的最深心灵的反映；化实景为虚境，创形象以为象征，使人类最高的心灵具体化、肉身化，这就是'艺术境界'。"因此，诗人笔下那些清幽的月色、寂静的山寺、明净的泉水，乃至一局棋、一壶酒、一张琴，既是他们心仪向往的圣地，也是他们精神本质的一种外化形式，这些意象由于历史的积淀，有着孤寂幽静而又消极出世的内在美学象喻，最能体现谈禅礼佛的僧人化士大夫的特殊心态。欧阳修在《六一诗话》中叙述宋初以学"晚唐体"著称的"九僧"故事时说："当时有进士许洞者，……因会诸诗僧分题，出一纸约曰'不得犯此一字'。其字乃山、水、风、云、竹、石、花、草、雪、霜、星、月、禽、鸟之类，于是诸僧皆阁笔。"可见，一定的"意"必须靠特定的"象"才能表现出来，离开了这些清幽静谧的物象，淡泊、虚静的遁世情怀便无从表现了。这一时期的作品，如张乔的《山中冬夜》："寒叶风摇尽，空林鸟宿稀。涧冰妨鹿饮，山雪阻僧归。夜坐尘心定，长吟语力微。人间去多事，何处梦柴扉。"荒寒寂寞的冬景映衬着孤微寂苦的诗人，是那样的清远僻苦、迥绝尘世。李洞的《秋宿润州刘处士江亭》："北梦风吹断，江边处士亭。吟生万井月，见尽一天星。浪静鱼冲锁，窗高鹤听经。东西渺无际，世界半沧溟。"是何等的沧溟空阔，又是何等的荒凉寂寞，而诗人独自一人对着浩渺无垠的宇宙万象所产生的人生空漠之感，不正是他在此时此地所体悟到的一种"空""寂"禅意吗？总之，他们反复运用这些具有"空""寂""静""净"美学象喻的意象，力图使人们产生一种清拔脱俗、毫无尘氛的感觉和联想。但因为他们生活内容的贫乏，思想感情的狭窄，这种"不入声相得失哀乐怨欢，直以清寂景构成"（李洞：《送颜上人集序》）的诗篇是没有打动人心的力量的。它不仅格调并不高雅，而且内容和风格也都大致差不多。这导致在当时就有"千首如一首，卷初如卷终"（《唐才子传》卷七引薛能语）的看法。

但是，正是这种"淡狭瘦弱"（《瀛奎律髓》卷三十二评贾岛诗语）的病态美诗歌，却正好迎合了中国后期封建社会一部分士大夫处在不得志情况下的特殊心态。自宋以来，就有不少诗人学习这种寂苦幽深的晚唐风格，南宋时，"永嘉四灵"推崇贾、姚，仿效晚唐，甚至在同时代的诗人中曾掀起过一股"晚唐热"。宋末诗人陈必复在其《山居存稿·序》中说，"予爱晚唐诸子，其诗清深闲雅，如幽人野士，冲淡自赏。"陈氏对晚唐诗的诗美特征是把握得较为准确的。他点出晚唐诗人的身份、情怀是幽人野士型的，故其审美情趣是冲淡玄远的，风格是情深闲雅的，他们作诗只是为了"自赏"（当然也包括本诗派诗友之间的交流共赏）。基于这个"自赏"的要求，那么，诗中就不仅要有深深的禅味经得咀嚼，而且要有精巧凝练的艺术形式可供玩味。像下面这首诗：天柱暮相逢，吟思天柱峰。墨研青露月，茶吸白云钟。卧语身粘藓，行禅顶拂松。探玄为一决，明日去临邛。（李洞：《宿凤翔天柱寺穷易玄上人房》）通过精巧形式表现出来的正是一种内心"静""净"的禅理体悟，它已经完全没有了盛唐时代那种形象丰满、感情充沛、气象浑整的风格了。初盛唐人无论写山、写水、写寺庙，都显得那样的气派、开阔。你看，"楼观沧海日，门对浙江潮"（宋之问：《灵隐寺》），"清晨入古寺，初日照高林"（常建：《题破山寺后禅院》），是何等的壮观，何等的清朗。故曰，禅可学而仙不可学。晚唐诸子既无浪漫时代所赋予的诗仙气质，又无地负海涵忧国忧民的诗圣襟怀，也缺乏恬淡平和、安谧寂静而又不失生机灵动的诗佛凤慧（其实王维这个"凤慧"，亦来自那个生气活泼、欣欣向荣的时代社会环境），故晚唐山水诗人大都不以王维为法，而是遵循贾姚派的路子。只能通过刻苦用功的"渐悟"来达到以诗名家的目的。与晚唐山水诗精巧工细、讲究诗眼句法的要求相适应的是，晚唐人多写作近体，而少歌行，这是因为近体不必像歌行那样需要充沛的感情，一气贯之，而正可于字斟句酌、锤炼推敲之中见功夫。于是，从孟郊、贾岛起，这群以苦吟著称的晚唐诗人便一个个都在追求精巧形式的推敲琢磨中讨生活，所谓"只将五字句，用破一生心"（李频佚句，见《全唐诗》卷五八九），"才吟五字句，又白几茎髭"（方干：《赠喻凫》）。因为取象狭小，又过分讲究字词句律，所以都显得纤巧细碎，尽管自鸣得意，却不免被后人讥之为"寒俭有僧态"（《竹庄诗话》卷二十三引苏东坡语）矣。

晚唐山水诗的兴起，反映了在动乱的生活环境中一群追求精神避风港的封建士大夫的共同社会心理，与参禅好佛的时代风气关系极大。它与温庭筠、杜牧等描写歌楼酒肆、纵情声色的作品同样都是大夫们面对日益黑暗腐败的现实无可奈何而追求自我解脱的一种方式，一种对理想不能实现的痛苦心情的自我麻醉。所不同的是，一种是在放纵中的麻醉，一种是在泯灭中的麻醉，前者放荡不羁，后者退回内心，或狂或狷，都是那个时代的折光反映。"宁为宇宙闲吟客，怕作乾坤窃禄人。"（杜荀鹤：《自叙》）宁愿清贫守志、淡泊无为，也不愿趋炎附势，与邪恶势力合作，从这个意义上来说，晚唐诗人的参禅好佛、吟咏山水，又并不全是消极颓废的，它是一种对污浊腐败社会消极反抗的形式，自有其特定历史时期的积极意义。

（原载《求索》1987年第6期）

附录二　《大历文坛由儒入佛思潮》

　　《新唐书·五行志》记载："天宝后，诗人多忧苦流寓之思，及寄兴于江湖僧寺。"大历是此风的开始，也是此风较为严重突出的时期。其所以如此，是由于士大夫文人陡遭变乱所引起的幻灭感、惶惑感、惊恐感造成的。由于安史之乱，大唐开天盛世在一夜之间变成了分崩离析、兵荒马乱的局面，猝不及防的文人们普遍有一种历史幻灭感，这种幻灭感又使他们产生了惶惑与迷惘。卢纶"鬓似衰蓬心似灰，惊恐相集老相催"即代表了一种较为普遍的心态。罗宗强在《隋唐五代文学思想史》中说："这个时期的诗人们面对的是他们所不愿经受而又不得不经受的生活，他们生长于开天盛世，看过歌舞升平的景象，而骤然却面临一场大灾难，一切就发生在他们身边，目之所见，身之所受，无法回避，使他们不得不作出各种各样的反应。"这反应就是如何调整心态、改变人生态度、建立新的精神支柱，以便在这衰乱之世生存下去。于是，文人们的信奉佛教便成为继六朝之后中国历史上的第二个高潮。

　　唐朝自建国以来，统治者虽然基本上三教并重，但对于士大夫文人来说，既然生活在圣世明时，在实际运用中还是以积极进取的儒学为主。佛道两家只是起着调适补偿作用。中唐以后，由于社会思想的混乱及人们精神上的空虚，使得从建国开始的以儒家为中心和主体的三教均衡状态遭到了破坏，儒学日渐衰微，佛门日渐兴盛，文人们倾心向佛者日益增加。严维

"无生久已学"，司空曙"素有栖禅意"，刘长卿"仍空世谛法，远结天台缘"，卢纶也表示"唯当学禅寂，终老与之俱"。如果说他们还只是在家修行，那么更有一批"颠顿文场之人，憔悴江海之客，往往裂冠裳，拨缯缴，杳然高迈，云集萧斋，一食自甘，方袍便足"（《唐才子传》卷三《灵一传》）。这是正式告别儒门而投身佛门者，中唐著名禅宗大师丹霞天然就是听从了"选官不如选佛"的劝告步入萧斋而成为佛门龙象的典型例证。中晚唐时诗僧特别多，其中有许多便是由儒入佛的文士。据历史记载，安史之乱后，老百姓入寺为僧者也越来越多，"自淮而右，户三丁男，必一男剃发"（《新唐书·李德裕传》），以致力主辟佛的韩愈认为只有"人其人，火其书，庐其居"（《原道》）才能对儒学起到"挽狂澜于既倒"的作用。沈亚之说："自佛行中国以来……到于今世，则儒道少衰，不能与之等矣。"由此可见，北宋张方平感叹："儒门淡薄，收拾不住，尽归释氏。"这种现象其实正是从天宝后大历时期肇端的。

大历文人为什么会感到"儒门淡薄"呢？首先，儒家积极用世的"外王"之学只能用于治理"治世"，而难以用于治理"乱世"。不要看文人们口口声声治国平天下，对自己的文韬武略十分自信，其实绝大部分正宗的纯儒是没有整治乱世的实际政治才能的。即使如李白那样武侠气甚为强烈者，跟从永王璘时亦未建立寸功。因此大历诗人普遍感到"时艰方用武，儒者任沉浮"（刘长卿），"淳风今变俗，末学误为文"（耿沛），"谁念为儒逢世难，独将衰鬓客秦关"（卢纶），一种生不逢时的感叹使他们对为儒学文从而泽世济民的政治理想产生了动摇。其次，面对兴衰倏忽的现实，儒学既不能治世，也不能治心。因为大历诗人所遭遇的不幸不仅是政治理想的破灭，而且还有着由战乱带来的灾荒、贫病、离散、孤苦等一连串人生苦难，如何解脱痛苦，平息烦恼，安顿心灵？此时儒学的"内圣"意义尚未被充分开发出来，唐统治者提倡儒学也仅仅是注重"讲论经义，商略王事"的"外王"之道，只有佛学才能从"治心"角度安顿性命。佛察认为"三界唯心，万法唯识""一心不生，万法无咎"，任它外界纷纭变幻，任自己肉身漂泊沉浮，只要不起心动念，便死生祸福、悲欢离合，皆可视为空相。罗宗强《隋唐五代文学思想史》与李从军《唐代文学演变史》都认为大历诗人们"在其诗文里力图采取一种回避、超脱、寻求精神避风港的态度"（罗宗强），"他们只能回避现实，企图在承认外部世界权威的前提下，保持自己的内在世界，与那个外部世界对峙"（李从军）。这里的"精神避风港"与"自己的内在世界"，主要就是指佛教这个精神王国。戴叔伦说："一入西峰寺，坐烦暂觉清。"李嘉祐说："诗思禅心共竹闲，任它流水去人间。"他们都认为只要有了佛教的"静心"作用，便足可"以不变应万变"，在这苦难的动乱环境中生存下去了。再次，由于时代原因，以建功立业为人生价值的儒学理想模式在此期所起之作用已远不如盛唐时代。由于"外王"说的影响，前期封建社会衡量士人的价值标准主要还是在能否"有为"、能否"用世"。作为曾经在圣世明时生活过的大历诗人们尽管以后遭际丧乱，但孔门"邦有道，贫且贱焉，耻也"的立身处世原则却始终无法从心底里忘记，他们诗中那种常常掩饰不住的对官卑职小、贫贱饥寒的伤感便流露出一种"无能""无为"的羞惭心理。但面对生不逢时、怀才不遇的现实却只能徒唤奈何。于是，诗人们不得不转换另一种价值观才能心安理得平静自如地生存下去。那就是既然无法用世，无法有为，那就只好退出社会。而参禅礼佛、栖心释道正是一种既体面而又时髦的退避形式，它正可以淡泊名利的态度标举自己清高的人格，显示出看重气质节操而非事功业绩的人生价值。

与企图平息因社会动荡带来的"忧苦流寓之思"这一心理要求相适应，大历诗人的信奉佛教也自有其时代特色。一是与六朝比较，其宗教信仰的虔诚性显然要淡薄得多，不但不像南北朝盛行的涅槃学那样相信只要严格修持便可升天成佛，而且也不像两晋时玄佛合流的般若学理论家们注重对义理的探讨研习。二是与盛唐时崇佛诗人王维、孟浩然、祖咏、常建等人比较，大历诗人也正如严羽《沧浪诗话》所言，由于没有透彻之悟，因此其作品便做不到色空一如，动静不二，不能将个体灵动的心性与机趣流荡的大自然生命深相契合，达到一种既兴象玲珑而又圆融自适的最高禅境。三是与北宋士大夫文人参禅者比较，大历诗人也显得"风干衰，边幅狭""寒俭有僧态"，缺乏那种因援佛入儒、儒佛打通后的高华澄彻之超旷气象。至于像苏轼、黄庭坚那种灵根透脱、头头是道、充满聪敏睿智的大机大用更是很少看到。相对而言，大历诗人的向佛与晚唐人较为接近，前代论家每以中晚唐并称，中唐，尤其是大历诗风对晚唐山林隐逸诗派的影响的确很大。在晚唐清苦诗风开启者姚合所编的《极玄集》中，所收的刘长卿、钱起等大历诗人的作品竟占有80%的比例，其中大部分都是表现清寂禅悦之情的。《极玄集》被晚唐山林隐逸诗人奉为写作范本。总之，大历与晚唐都遭逢乱世，诗人们"寄兴江湖僧寺"的作品都免不了充满衰飒萧条、幽清寂苦的情味。但大历毕竟不是末世，诗人们在饱经忧患之后，对社会人生虽有失望但并未绝望，与晚唐时代某些贾岛后继者所标举的"不入声相得失哀乐怨欢"的枯寂禅不同，大历诗人较多在"青山白云，春风芳草"间体悟禅意。刘长卿说："溪花与禅意，相对亦忘言。"皇甫曾说："树色依禅诵，泉声入寂寥。"皇甫冉说："世事徒乱纷，吾心方浩荡。唯将山与水，处处谐真赏。"可见大历诗人正是以参禅礼佛为精神支柱，以回避红尘、遁入青山白云为精神家园的。换言之，既然现实不允许他们在青琐丹墀间安顿生命，那他们就只好将生命寄托于佛教王国与山水自然中了。

胡震亨在《唐音癸签》中说："详大历诸家风尚，大抵厌薄开天旧藻，矫入省净一涂。自刘、郎、皇甫，以及司空、崔、耿，一时数贤，……玄水一欹，群酸覆杯，是其调之同，而工于浣濯，自艰于振举，风干衰，边幅狭，专诣五言，擅场钱送，外此无他大篇伟什岿望集中，则其所短尔。"我认为，大历诗坛的由儒入佛思潮表现了文人们的脆弱性与自私性，反映了他们胸襟局狭、才力平庸、涵养欠缺深厚的一面。因此，韩愈在贞元元和年间提出振兴儒学道统，李翱以《复性书》开启宋明理学"安身立命"之说，这些都是从封建社会后期因国势日趋衰微而导致士人心态普遍失落这一现实状况出发的。如何面对衰乱动荡的社会现实？如何看待个人的穷通得失？如何在遭遇不测不幸之后仍能坚忍不拔地生存下去？大历时代，儒学还未能给士人们以明确的答案，士人们也普遍缺少应付乱世厄运的精神准备，只有佛门才能为人提供"以不变应万变"的法宝，但佛学宗旨毕竟只是教人彻底放弃，这种消极虚无的人生态度在现实人生中是不可能占主导地位的。于是，从天宝后开始到晚唐五代士大夫文人愈来愈悲观失望、消极衰颓以致"尽归释氏"的精神文化现象，便成为北宋理学出现的契机。理学企图树立"道""理"之精神实体来振拔士人的自强自立性，以安贫乐道的"内圣"人格修养来体现人生价值，以刚健弘毅的精神力量应付各种不同的生存境遇，进而对社会人生的艰危困苦敢于担当，这些正是为疗治士大夫文人精神虚弱疾患所开出的固本扶元之方。从这个意义上来说，大历诗人"多忧苦流寓之思""寄兴于江湖僧寺"，以致叹老嗟卑、艰于振举成为一时风气，既给文坛提供了教训，也给士林提供了教训。

（原载《文艺研究》1999年第5期）

《佛教与晚唐诗》整理修订说明

    《佛教与晚唐诗》一书，是胡遂先生的大作，由东方出版社于2005年初版。自问世以来受到了晚唐诗研究者与爱好者的高度评价，是研究佛教与诗歌关系不可不读的经典之一。

    2017年，胡遂先生因病离世。想起她在《四十初度》中写道："生不愿封万户侯，亦不愿识韩荆州。平生所愿二三子，从容结伴云山游。青春已暮应衰朽，犹自风华如锦绣。世人问我何良方，我有诗笔悬河口。传道授业信可乐，富贵于我浮云走。"不免使人感慨万千。

    之后，我开始着手整理修订家母的遗作。对于《佛教与晚唐诗》一书，我主要进行了以下五个方面的修订。

    一、由于此书是在各篇单行论文的基础上整理而成，因此有部分行文繁复与前后重复的问题，包括诗人生平、诗文鉴赏、相关史事等。

    1. 诗人生平重复举例：如许浑的详细生平在原书第8页与第143页各出现一次，且两处的叙述几乎相同，现将后者进行了必要的精简。

    2. 诗文鉴赏重复举例：如韩偓的《味道》与《寄禅师》（他心明与此心同）的引文与鉴赏在原书171—174页与210—212页分别出现，且两者内容大同小异。现按照相关度，对210—212页重复的部分进行删改，并将一些文字补充到171—174页相关处。

    3. 相关史事重复举例：如在说明佛教对晚唐社会环境的影响时，于原书第4页与第96页分别介绍唐武宗会昌灭佛与宣宗及其之后的皇帝崇信佛教的情况，两处内容几乎相同。现根据上下文意，将第4页进行删改。

4. 其他：如在说明晚唐诗人与魏晋六朝诗人关于山水诗表达的异同时，原书115—116页与127—128页有大段重复。现据文意，将前者出现的相同且无关的内容进行了删除。

二、史实、引文等有部分失校之处。

1. 史实：如原书92—94页，在说明唐末社会动荡、世态炎凉的情况时，部分叙述不当，今据《两唐书》进行了修改。

2. 引文：如原书第21页脚注①《春日使府寓怀二首》当作《镊白曲》，第26页脚注①杜荀鹤《途中春》当作《旅中卧病》，第38页脚注①《重阳日有作》当作《吊秦叟》；第40页，曹操《蒿里行》的"蒿"误作"嵩"；第92页，襄州刺史裴某的"某"当作"茙"；第92页，中书舍人刘配等皆流放岭表，"刘配"应作"刘烜"；第95页，宰相王涯、贾束，"贾束"当作"贾餗"；第133页，脚注①杜牧《遣怀》误作《池州送孟迟先辈》；等等。

三、对一些问题按照现行出版规则进行规范与统一。

1. 年号纪年后附公元纪年。

2. 古地名后附对应的今地名。

3. 规范参考文献的标注格式。

四、对部分内容进行重新分段，以便阅读与理解。

例如：原书139—148页将多位诗人的生平合为一段，现将其各自分段叙述。

五、附录两篇相关的论文。

一篇为《关于佛教与晚唐山水诗的综合思考》，这是作者最早将佛教与晚唐诗结合起来研究的尝试，从此可以看出作者的写作思路与学术脉络；另一篇为《大历文坛由儒入佛思潮》，这是唐代宗大历时期司空曙、刘长卿、严维、卢纶等文人由儒入佛的情况分析，由此可观佛教对晚唐诗人影响的源流。

至于其他明显失校的问题，已在书中径改，但限于修订者自身的水平，造成的舛误在所难免，欢迎读者、专家给予斧正指教。在此，我表示衷心的感谢与诚挚的敬意。

《佛教与晚唐诗》自初版以来就受到学界的高度关注，先后有多篇书评问世。此次再版，感谢家母学生尤其是禹媚的鼎力支持，感谢策划编辑苟敏提供的选题帮助。在本书的编辑出版过程中，冯磊、廖晓莹等编辑老师们提供了高效专业的服务，对此我深怀感激。

邓田田

2024年10月19日，于长沙